AF205201

Wendepunkte des Lebens
Sturm- und Drangzeit Teil 2

FSC
www.fsc.org

MIX

Papier aus ver-
antwortungsvollen
Quellen
Paper from
responsible sources

FSC® C105338

Jan Kern

Wendepunkte des Lebens
Sturm- und Drangzeit Teil 2

Roman

Bibliografische Information Der Deutschen Bibliothek:
Die Deutsche Bibliothek verzeichnet diese Publikation in der
Deutschen Nationalbibliografie; detaillierte bibliografische Daten sind im Internet über www.ddb.de abrufbar.

Cover: Nadja Timm
Layout: SichelWerk

1.Auflage
© 2019 – Jan Kern
Herstellung und Verlag: BoD - Books on Demand,
Norderstedt
ISBN 978-3-749-47945-0

1.Kapitel

Ich stand wie angewurzelt mitten im Schlafzimmer, das schwach von einer kleinen Nachttischlampe, die links neben dem Bett positioniert war, beleuchtet wurde. Niemand befand sich sonst im Raum. Es herrschte eine düstere und beklemmende Atmosphäre, die mir Unbehagen bereitete. Ich fühlte mich allein und schutzlos dieser negativen Stimmung ausgeliefert. Dagegen konnte ich absolut nichts machen. Ein Ausdruck der Hilflosigkeit? Sehr wahrscheinlich. Neben meiner Einsamkeit beschäftigten sich nun meine Gedanken auch sehr intensiv mit meiner Furcht, die sich zunehmend steigerte.

„Wieso spüre ich jetzt so eine enorme Angst", fragte ich mich beunruhigt in dieser brenzlig-werdenden Situation.

Keine Antwort. Nur Stille. Es stockte mir der Atem. Innerlich wuchs meine Unruhe. Schweiß tropfte mir merklich von der Stirn. Mein Körper zitterte vor Erregung. Ich spürte eine Bedrohung, die ich mir zunächst nicht erklären konnte. Ein gewaltiger Spannungsbogen wurde in meinem Kopf erzeugt.

„Was passiert mit mir und meinen Gedanken", fragte ich mich zunehmend verunsichert.

Plötzlich kamen aus dem Nichts kleine, aber giftige Schlangen, die sich rasch wie eine biblische Plage im Zimmer ausbreiteten.

„Sie haben es auf mich abgesehen", dachte ich, als die Viecher sich mir bedrohlich näherten. Panisch flüchtete ich auf das Bett, in der Hoffnung, dass ich mich dort vor den totbringenden Bissen dieser gefährlichen Tiere schützen kann. Leider half mir die hastige Aktion in dieser misslichen Lage nicht wirklich weiter. Aus dem Bett kamen weitere Giftschlangen gekrochen. Sie traten aus dem Kopfkissenbezug hervor und wollten mich mit ihrer Aggressivität attackieren. Immer weiter wurde ich von ihnen in die Enge getrieben. Ich sah keine Fluchtmöglichkeit mehr. Ein aussichtsloser Tatbestand? Muss ich möglicherweise gleich sterben? Alle negativen Gedanken schienen sich in diesem Augenblick in meinem Kopf anzusammeln.

„Was mache ich nun", wollte ich von mir selbst in meiner grenzenlosen Verzweiflung wissen.

Im Hintergrund hörte ich unerwartet eine vertraute Stimme, die mir eindringlich zurief: „René, wach auf! Wach endlich auf"!

Schlagartig wurde ich schweißgebadet aus dem Schlaf gerissen.

Zum Glück erlebte ich soeben nur einen Traum. Nicht die Realität. Es wurde mir wieder bewusst, wie anstrengend und beschwerlich Träume in ihrer Intensität sein können. Zweifelsfrei ging dieses Schlaferlebnis an meine seelische und körperliche Substanz. Innerlich musste ich mich zunächst erst einmal wieder von dem Schreck erholen und zur Ruhe kommen. Dass zuvor Erlebte empfand ich als Schocktherapie. Welche Macht gewann dieser Höllentrip über meine Gefühle? Und was haben diese widerlichen Schlangen damit zu tun?

„Ekelhafte Mistviecher", sprudelte es spontan aus meinen Mund heraus.

Freundschaft werde ich garantiert nicht mit ihnen schließen, soviel sei an dieser Stelle gewiss. Trotzdem musste ich mich gedanklich mit ihnen auseinandersetzen. Ich konnte vor der Konfrontation nicht fliehen.

„Jedoch, warum ist es so", tauchte unweigerlich als Frage auf.

Die Antwortfindung kristallisierte sich als großer Kraftakt heraus. Drohte mir ein schlimmes Unheil? Sind die Schlangen ein Symbol des Bösen? Zumindest in der christlich/ jüdischen Mythologie stehen sie für die Verführung. Eva wurde von einer Schlange dazu gebracht, einen Apfel zu probieren, obwohl Gott es ihr nicht erlaubte. Sie verführte Adam, ebenfalls von der verbotenen Frucht zu kosten. Fazit: Adam und Eva verloren ihre Unschuld, und Gott warf sie aus dem Paradies. So sollte es sich nach der Auffassung der strengreligiösen Glaubensvertreter tatsächlich abgespielt haben. Zwar bleibt der Wahrheitsgehalt eher zweifelhafter Natur, weil es letztlich nur eine verklemmte Sexualmoral wiederspiegelt, aber ich konnte mich den gedanklichen Einflüssen unserer Wertegemeinschaft nicht völlig entziehen.

„Beschäftigte ich mich daher im Unterbewusstsein mit meiner verkorksten Sexualität", hinterfragte ich meine Gedankenspiele.

Bezüglich der Antwort konnte ich mir nicht wirklich sicher sein. Schließlich bin ich kein Psychologe oder Psychotherapeut. Dennoch brauchte ich mir nicht lange zu überlegen, welches Thema mich im zweiten Teil meiner Aufzeichnungen beschäftigen wird. Der Traum nahm mir quasi diese schwierige Entscheidung ab.

„Der Sexualität wird ab sofort ein Sonderkapitel gewidmet", lautete mein Entschluss.

Diese Erkenntnis löste bei mir ein Gefühl der Erleichterung aus, da ich gestern noch nicht wusste, wie es in meinen Memoiren weitergehen soll.

Allmählich erholte ich mich wieder von diesem fürchterlichen Albtraum. Schrittweise konnte ich mein gedankliches Chaos wieder ordnen. Der Kopf erlangte die zunehmende und erforderliche Klarheit. Das Ziel wurde immer sichtbarer vor meine Augen geführt. Die Müdigkeit verschwand aus Körper und Geist, obwohl ich noch kein koffeinhaltiges Heißgetränk inhalierte. Ich erhob mich aus der horizontalen Position meines Bettes, um endlich aufzustehen. Der Tatendrang feierte das ersehnte Comeback. Die Hälfte meines Urlaubs lag zwar bereits hinter mir, aber ich versuchte weiterhin optimistisch zu sein. Für mich blieb das Glas nicht halb leer, sondern halb voll. Im Bad spritzte ich mir vorm Spiegel meines Waschbeckens Wasser ins Gesicht, um die restliche Müdigkeit endgültig aus meinem Bewusstsein zu vertreiben. Mit neuer Frische und Elan bereitete ich mir in der Küche ein reichhaltiges Frühstück vor, welches aus vier Scheiben Toastbrot mit viel Wurst und Käse, ein Becher Kaffee mit Milch und Zucker und ein großes Glas Orangensaft bestand. Diese Stärkung hielt ich für notwendig, um mich der Herausforderung für Teil 2 tatsächlich stellen zu können. Währenddessen arbeitete mein Kopf unnachgiebig, fast gnadenlos weiter. Er kannte keine Pause. Alles fügte sich wie in einem mehrteiligen Puzzle zusammen. Das Konzept für Teil 2 entstand.

Ausgangspunkt der Betrachtung wird das Frühjahr 1998 sein, soviel stand bereits zu diesem Zeitpunkt fest. Parallel zur verstärkten Auslebung meiner Sexualität, entwickelte sich in diesem Zeitabschnitt auch immer intensiver das Künstlertum. Die inneren Kämpfe vor der Leinwand werden daher genauso präsent sein wie der Blick hinter den Kulissen des Rotlichtmilieus.

Diese spezielle Phase meines Lebens bezeichnete ich stets passenderweise als meine Sturm- und Drangzeit. In Bezug auf meine Emotionalität wurde in dieser Epoche viel von mir abverlangt. Zeitweilig führte es auch zwangsläufig zur Überforderung. Teilweise verlor ich sogar die Kontrolle über mich selbst. Ich lief Gefahr, im Nirgendwo zu landen und drohte endgültig zu verschwinden. Es entwickelte sich eine Reise ins Ungewisse. Damit fand ich Thema und Titel des zweiten Bandes. Mit dieser Gewissheit begann ich zu frühstücken und startete hoffnungsvoll in den Tag. Meine Zufriedenheit stieg.

2. Kapitel

Nach meiner ersten Tagesmahlzeit und einen ausgiebigen Entspannungsbad, setzte ich mich eifrig an das Notebook und begann die Fortsetzung zu schreiben. Wie zuvor in meinen Gedanken angekündigt, bleibt zu Beginn das Frühjahr 1998 im Fokus meiner Rückblende. Vorher spielte meine Sexualität mit Prostituierten eher nur eine unbedeutende kleine Nebenrolle. Die kleinen sexuellen Exkursionen im horizontalen Gewerbe während meiner Studienzeit an der Hamburger Universität halte ich für absolut unwichtig und nicht unbedingt für besonders erwähnenswert. Sie hinterließen keine bleibenden Erinnerungen. Ich strich sie irgendwann sogar nahezu komplett aus meinem Gedächtnis. Vermutlich wollte ich sie vergessen, weil ich sie stets als Trostlosigkeit in meinem bisherigen Dasein betrachtete. Daher verschwendete ich in Bezug auf diese Epoche keine weitere Zeile mehr. Das zuvor im Teil 1 geschilderte Abenteuer in der berüchtigten Herbertstraße während meiner Berufsausbildung als Industriekaufmann, schenkte ich in meinen Aufzeichnungen nur deshalb meine besondere Aufmerksamkeit, weil es das Erste dieser Art für mich darstellte. So etwas prägt jeden Menschen. Dieser Tatsache konnte ich keineswegs ignorieren und schrieb sie auf. Ansonsten möchte ich mich lieber mit der Zeit des Hamburger Kiezes in St. Georg ab Ende der Neunziger beschränken. Der Leser dieses Kapitels braucht sich an dieser Stelle der Memoiren aber keine Sorgen zu machen. Sein Voyeurismus wird trotzdem voll befriedigt. Versprochen.

Mal fand ich den Sex gut, mal weniger gut. In diesem Punkt unterschied ich mich damals kaum von einem x-beliebigen Durchschnittstypen. Jedoch nur auf dem ersten Blick. Denn ernsthafte Beziehungen betrachtete ich stets als eine abstrakte Traumwelt, die ich mit meiner Realität nicht in Verbindung bringen konnte. Für mich schien sie nie greifbar zu sein. Es symbolisierte einen unerreichbaren Mythos. Warum? 1998 näherte ich mich bereits den 30. Lebensjahr. Andere in diesem Alter gründen oder haben sogar schon eine Familie mit mehreren Kindern. Ich hingegen nicht. In dieser Hinsicht bin ich ein absoluter Sonderling. Nie strebte ich danach, verbürgerlicht zu werden. Außerdem, wie bereits im Teil 1 erwähnt, empfand ich wegen meiner Mobbingerfahrung auch eine gewisse Angst vor Frauen.

„Welcher Mann lässt sich schon gerne von weiblichen Geschlecht auslachen und verspotten", überlegte ich häufig.

Ehrlich gesagt, wollte ich mir diese Form der Demütigungen ersparen. Daher hielt ich mir das weibliche Geschlecht lieber auf sicherer Distanz. Bei meiner damaligen Lebensweise ergaben sich ohnehin kaum Gelegenheiten, meine negative Haltung zum Thema Beziehung zu überdenken, weil ich meist isoliert in meiner eigenen, eher abgeschiedenen Welt lebte, fast wie ein Asket. Dies tat ich, um mich vor der merkwürdigen Gesellschaft zu schützen. Vielleicht sah ich darin, die einzige Chance überhaupt zu überleben. Denn ich galt wegen meiner Andersartigkeit immer als ein Außenseiter des Systems. Und als ein solcher wurde ich vielfach wie ein Aussätziger behandelt. Es entstand bei mir beinahe das Gefühl, als hätte ich eine unheilbare und ansteckende Seuche oder Pest in mir, die für andere zu einer lebensbedrohlichen Gefahr werden konnte. Diese Form der Verletzung löste bei mir Wut und Enttäuschung aus. Ich zog aus meinen negativen Erfahrungen einfach nur meine Konsequenzen und hielt mich weitgehend vom gesellschaftlichen Leben fern. Trotzdem verfügte ich über gewisse Bedürfnisse, die ich nicht aus meinem Kopf chirurgisch entfernen konnte. Gegen den Ruf der Natur blieb ich daher machtlos. Somit musste ich mich meinem Schicksal fügen. Jedoch das berühmte Spiel „5 gegen 1" befriedigte mich in diesem Zusammenhang kaum. Darüber hinaus wollte ich auch nicht als der vereinsamte Masturbator in die Menschheitsgeschichte eingehen. Dies wäre ein Trauerspiel, was ich mir verständlicherweise um fast jeden Preis ersparen wollte. Zum Glück ermöglichte mir das Schwarzgeld, das ich bei Onkel Alfred verdiente, meine regelmäßigen Damenbesuche im horizontalen Gewerbe zu realisieren. Als Schüler oder als Student stellte es hingegen einen puren Luxus dar, den ich mir bestenfalls nur selten gönnen konnte. Nun stand mir genügend Kapital für die Vögelei zur Verfügung. Ungefähr einmal pro Woche konnte ich in dieses lustvolle Vergnügen investieren, ohne dass es mich in den finanziellen Ruin trieb. Ein Privileg, das ich in vollen Zügen genoss. Nur selten herrschte Geldknappheit. Zumindest bis zur Jahrtausendwende. Erst mit der Festeinstellung in der Firma lebte ich über meine Verhältnisse, weil ich durch den Wegfall der Sozialleistungen mit deutlich weniger Geld auskommen musste. Der gesunkene Lebensstandard zwang mich zur Inanspruchnahme eines Dispositionskredites, kurz Dispo genannt. Die sexuelle Lust, die in dieser Zeit fast zur Sucht wurde, verleitete mich zu diesem jugendlichen, beinahe sträflichen Leichtsinn. Chancenlos blieb ich meinem zunehmenden sexuellen Verlangen ausgesetzt und ausgeliefert. Zugegebenermaßen gefiel ich mir in dieser speziellen Opferrolle. Daher stellte ich mein Handeln damals nicht infrage.

Moralisch fand ich es nie verwerflich, zu den Huren zu gehen. Viele große Künstler ihrer Zeit wie z. B. Toulouse-Lautrec, Gaugien, Van Gogh oder auch Picasso nahmen die Dienstleistungen solcher Frauen häufig und regelmäßig in Anspruch. Vielleicht spielte diese Tatsache auch eine entscheidende Rolle, warum ausgerechnet zu diesem Zeitpunkt die Rotlichtszene eine so starke Faszination auf mich ausübte. Denn fast zeitgleich entdeckte ich, wie bereits erwähnt, mein Künstlertum. Eventuell wollte ich mit meinen erotischen Abenteuern zusätzlich eine typische Künstlervita vorweisen können, um später meine Memoiren aufzumotzen. Nun aber Spaß beiseite. Henry Miller, der bekannte amerikanische Schriftsteller, schrieb beispielsweise ein paar literarische Ergüsse zu dieser pikanten Thematik. Geschadet hatte es ihm zumindest nicht. Eher im Gegenteil. Seine Bücher gehören zweifelsfrei zur anerkannten Weltliteratur. Zwar möchte ich mir nicht anmaßen, dass sich mein Buchprojekt mit seinen Werken messen kann, aber ich denke, dass ich mich nicht verstecken muss. Daher halte ich es für legitim, es auf diesem Wege genauso zu probieren. Die käufliche Liebe ermöglichte es mir, mit meiner Sexualität auf abenteuerliche Entdeckungsreise zu gehen. Dabei schlüpfte ich in eine neue Rolle beziehungsweise Identität. Es wurden alle Reize und Sinne der Erotik und der Leidenschaft im extremen Ausmaß angesprochen. Vielfach erregte es mich und versetzte mich in totaler Ektase, der ich mich nicht entziehen konnte und auch nicht wollte. Darüber hinaus liebte ich es in diesem Kontext ein Geheimnis gegenüber der Öffentlichkeit zu haben. Ich führte ein Doppelleben. Prinzipiell sah ich es nie als ein Verbrechen an, Sex mit Prostituierten zu haben, aber trotzdem betrachtete ich diese Seite meines Lebens als meine persönliche Privatsphäre. Schließlich führte ich zu dieser Zeit keine Liebesbeziehung, sondern ein Single-Dasein. Daher bin ich keinen Menschen Rechenschaft darüber schuldig, was ich treibe. Niemand besitzt das Recht, mich auf die Anklagerbank zu setzen, nur weil ich in der Vergangenheit Nutten gevögelt habe.

Dafür müsste man fast die halbe Menschheit vor Gericht zerren und sagen: „Gleiches Recht für alle".

Zu meiner Person könnte ich im Gerichtssaal ohnehin nur kommentieren: „Ich genoss diese Episode meines Lebens und bereue nichts".

Wenigstens wäre dieses Statement ehrlich und weniger verlogen, als sonst in der Gesellschaft üblich.

Hanna, meine Mutter verteufelte die Dienstleistungsfrauen des erotischen Gewerbes nie. In diesem Punkt blieb sie immer tolerant. Eine Eigenschaft, die ich sehr bei ihr schätzte.

Sie pflegte meist zu sagen: „Diese Frauen üben letztlich einen sozialen Beruf aus. Ohne sie gäbe es vielmehr Vergewaltigungen und sexuelle Kindesmisshandlungen".

Meine Mutter bewies mit dieser Äußerung sehr viel Weitsicht. Trotzdem muss man aber auch die Kehrseite der Medaille betrachten. Viele Huren haben einen Zuhälter und sehen daher nichts von ihrem mühsam erarbeiteten Lohn. Oftmals sind leider auch zusätzlich Drogen im Spiel. Damit meine ich nicht unbedingt verhältnismäßig harmlose Joints, sondern eher die härtere Variante. Durch die Drogensucht werden die Frauen gefügig gemacht. In der Nähe des Hansaplatzes entdeckte ich beispielsweise bei meinen zahlreichen Kiezrundgängen Einwegspritzen auf dem Boden oder im Gebüsch liegend, was mir die traurige Alltagsrealität mancher Prostituierten fast täglich vor Augen führte. Zugegebenermaßen versuchte ich diese Fakten aus meinen Kopf zu verdrängen, weil sie mich sonst emotional zu stark belastet hätten. Hier wollte ich mir das Leben etwas einfacher machen. Denn wegen meiner damaligen Behördenprobleme brauchte ich als Ausgleich Ablenkung der angenehmen Art. Schließlich sollte ich damals eine unzumutbare Arbeit annehmen, was ich aber nicht tat. Die Sozi sperrte mir die Leistungen und bedrohte meine Existenz. Aus diesem Grund wollte ich mir die Seele aus dem Leib ficken. Und die brutale Wirklichkeit, die sich hinter den Kulissen abspielte, passte mir dabei nicht unbedingt in das gewünschte Bild. Es hätte mich vermutlich überfordert, weil ich mich gefühlsmäßig ohnehin schon nahe am Abgrund befand. Vielleicht wäre eine eingehende Konfrontation mit diesem Insiderwissen sogar lebensgefährlich für mich geworden, wer er weiß.

Die Drogenrealität wurde mir aber nicht nur durch die achtlos weggeworfenen Einwegspritzen vor Augen geführt, sondern auch durch 12 bis 15jährige Mädels, die mir bei meinen zahlreichen Rundgängen in St. Georg regelmäßig begegneten. Sie donnerten sich schminktechnisch wie Erwachsene auf, um ihren Körper für Geld potenziellen Freiern anbieten zu können. Dieses ständig wiederkehrende Motiv im Blickfang, empfand ich als erschreckend und schockierend. Speziell in dieser Altersklasse steigt die Wahrscheinlichkeit, dass harte Drogen wie Kokain oder Heroin im Spiel sind. Eine Tatsache, die sich kaum leugnen oder ignorieren lässt, so sehr ich mich auch bemühte. In ihrer kindlichen Naivität werden die jungen Hüpfer in die Zuhälterfalle gelockt, und am Ende folgt der gesellschaftliche Abstieg. Diesem Schicksal können sie in den meisten Fällen nicht mehr entziehen. Manchen jungen Geschöpfen sah ich es sogar an, dass sie Drogen konsumierten. Trotz ihrer Aufmachung erweckten sie auf mich den Eindruck, Zombies beziehungsweise lebende Tote zu sein. In solchen Momenten fühlte ich mich hilflos, da ich nichts an ihrem Schicksal ändern konnte.

„Diesen jungen Mädchen Geld in die Hand zu drücken, hilft ihnen nicht wirklich weiter. Vermutlich würden sie sich ohnehin nur Drogen kaufen, aber nichts zu essen", schoss mir gedanklich bei ihrem Anblick durch den Kopf, als ich an ihnen vorbeiging.

Daher konnte ich letztlich nichts für sie tun. Die schockierenden Bilder verdrängte ich immer wieder, so gut ich es konnte, aus meinem Bewusstsein, was nicht immer gelang. Plötzlich unterbrach ich kurz das Schreiben am Notebook, als ich mir die eben beschriebene Realität erneut vor Augen führte. Ein eiskalter Schauer lief mir gedanklich über den Rücken. Einfach nur gruselig. Mittlerweile 14.05 Uhr. Die Zeit schien beim Schreiben ein rasantes Tempo zurückzulegen. Zumindest empfand ich es so. Daher brauchte ich dringend einen Drink und mixte mir in der Küche ein Rum-Cola. Zunächst nahm ich einen kräftigen Schluck aus meinem gefüllten Glas, ehe ich anschließend meine Aufzeichnungen am PC fortsetzte.

Nie konnte ich Männer verstehen, die mit Minderjährigen Sex praktizierten. Solche Typen betrachtete ich stets mit Abscheu und Ekel. Daran hat sich bis heute nichts geändert.

„Vermutlich sind sie psychisch kränker als ich", erkannte ich folgerichtig.

Darüber hinaus verfügen diese Widerlinge über kein Verantwortungsbewusstsein oder Moral. Sie brauchen das Gefühl, Sex mit einer Jungfrau zu haben. So etwas stufe ich als abartig ein. Denn kein halbwegs normaler Mann kriegt bei fast kindlichen Geschöpfen ein Steifen. Jedenfalls vorstellen möchte ich mir dies nicht. Für mich genießen diese jungen Dinger Welpenschutz. Kinderprostitution wollte ich nie unterstützen. Dies könnte ich auch nicht mit meinen Gewissen vereinbaren, da es zu den schlimmsten Verbrechen unserer Gesellschaft gehört.

Natürlich sprachen mich die jungen Hüpfer bei meinen zahlreichen Rundgängen auf dem Kiez an. Es ereignete sich mitten auf dem Steindamm in der Nähe des Hansatheaters. Trotz der eisigen Kälte trugen die zwei jungen Dinger Miniröcke und Nylonstrümpfe, um ihre Beine als Lockmittel für kauffreudige Freier einzusetzen. Auf mich übte es keinen Reiz aus. Gedanklich schoss mir hingegen durch den Kopf, dass diese Mädchen für ihre Zuhälter sogar frieren müssen und gefahrliefen, eine stärkere Erkältung zu bekommen. Allein schon aus diesem Grund taten sie mir leid. Plötzlich wurde ich aus meinen Gedanken gerissen.

„Hast du Lust zu bumsen", fragte mich eines dieser jungen Mädels, als ich für einen Moment stehenblieb.

Jedoch ich signalisierte mit einer kurzen Geste, dass ich kein Interesse habe und ging weiter.

„Blasen, lecken, ficken. Alles, was du willst. Versprochen", setzte das Mädchen mit einer gewissen Hartnäckigkeit nach.

Sie lief mir entgegen, sodass ich erneut stehenblieb.

„Nein, danke", äußerte ich leicht genervt.

„Ich mache es dir auch für wenig Geld", versprach mir meine unfreiwillige Gesprächspartnerin.

„Trotzdem bleibe ich bei meinen Nein", wiederholte ich meine Aussage mit Nachdruck.

Allmählich wurde ich stinkig. Dies aber schien die junge Hure nicht davon abzuhalten, es weiter zu probieren. Es artete fast schon in ein Betteln aus. Erschreckend, wie ich fand.

„Möchtest du lieber mit meiner Kollegin aufs Zimmer"?

Die geschäftstüchtige junge Dame zeigte mit dem Zeigefinger auf ihre Kollegin, die noch an ihrem Platz stand. Zunächst wunderte ich mich, dass mir nicht ebenfalls entgegenkam. Dann schaute ich etwas genauer zu ihr herüber und erkannte eine Schüchternheit in ihrem Gesicht. Vermutlich übte sie dieses Gewerbe noch nicht lange aus, und die Kollegin führte sie in den Berufsstand neu ein.

„Wie oft muss ich noch sagen, dass ich nicht möchte", erwiderte ich zunehmend genervter.

„Möchtest du vielleicht einen flotten Dreier", erweiterte mein Gegenüber die Angebotspalette.

„Auch dies möchte nicht", entgegnete ich mit einer Entschlossenheit.

„Warum nicht? Du brauchst wirklich nicht viel Geld bezahlen".

In ihrer Stimme meinte ich schon fast eine Verzweiflung herauszuhören. In diesem Zusammenhang ging ich davon aus, dass sich sehr wahrscheinlich auch harte Drogen im Spiel befanden.

„Ehrlich gesagt, stehe ich nicht auf einen Kinderfick", antwortete ich brutal und bewusst unsensibel, um das Gespräch endlich zu beenden.

Irgendwie wusste ich mir nicht anders zu helfen. Allerdings erkannte die junge Dirne, dass ich keine Geldbeschaffungsmaßnahme darstellte. Enttäuscht ging sie an ihrem Platz zurück. Diese Episode erinnert mich ständig daran, warum Minderjährige für mich als Freier nie infrage kamen. Ich hätte mich hinterher als Kinderschänder gefühlt, wenn ich im Bezug auf die beiden Mädchen eine andere Entscheidung getroffen hätte. Mit so etwas wäre ich emotional nicht dauerhaft klargekommen. Darüber hinaus wollte ich auch nicht in ihre Probleme hineingezogen werden, auch wenn es für außenstehende Betrachter egoistisch erscheinen mag. Meine eigenen Sorgen nahmen mich zu stark gefangen. Ein Gefühl der Ohnmacht kam zum Ausdruck. Schnell stand für mich fest, dass ich nichts für sie tun konnte, so traurig sich diese Tatsache auch präsentierte.

Die Frauen, die ich mir für die schnelle Nummer auswählte, befanden sich nachweislich im Alter zwischen 25 bis 40, also weibliche Wesen, die zumindest annähernd meiner Altersstufe entsprachen. Ich konnte mir nur Sex mit halbwegs Gleichaltrigen vorstellen, da ich stets die Auffassung vertrat, dass die Verständigung sonst schwierig wäre. Und Sex ohne richtige Verständigung funktioniert meines Erachtens nicht. Es kommt erfahrungsgemäß zu unnötigen Missverständnissen, die nicht unbedingt befriedigend sind. Die Enttäuschung wäre vorprogrammiert.

Für mich spielte die Nationalität bei meiner Damenwahl keine große Rolle. Ich sammelte Erfahrungen mit Frauen unterschiedlicher Herkunft. Ausprobiert habe ich beispielsweise Farbige, Südamerikanerinnen, Polinnen, Deutsche oder Jugoslawinnen. In dieser Hinsicht blieb ich „multikulti" geprägt. Ich empfand es damals als sehr reizvoll, unterschiedliche Geschmackssorten auszuprobieren. Tagtäglich immer nur Eintopf zu essen, empfand ich als fad und langweilig. Zwischendurch brauchte ich etwas Abwechslung auf der Menükarte. Daher probierte ich auch regelmäßig exotische Gerichte aus.

Auch wenn ich regelmäßig mit den Frauen der käuflichen Liebe aufs Zimmer ging, hielt ich sie mir auf Distanz. Nie nahm ich mir eine mit nach Hause. In diesem Punkt grenzte ich mich ab, weil ich auch die Schattenseiten des Rotlichtes wahrnahm. Es lauerte eine Gefahr, die nicht wirklich einschätzen konnte. Trotz gewisser Intimität bestand nur eine sehr eingeschränkte Vertrauensbasis. Musste ich vielleicht sogar damit rechnen, in meiner Wohnung überfallen zu werden? Zumindest ausschließen konnte ich es nicht. Also erschien es mir ratsam zu sein, Vorsicht walten zu lassen. Naivität könnte sonst fatale Folgen für mich haben. Ich betrachtete die Halbwelt und mein Privatleben stets als zwei unterschiedliche Ebenen, die ich grundsätzlich trennte. Für mich ging es beim Sex mit Prostituierten letztlich nur darum, mir eine schöne Illusion zu schaffen. Es gelang mir zugegebenermaßen nicht immer, aber immer öfter. In meiner Fantasie stellte ich mir vor, mich heimlich mit irgendwelchen Geliebten zu treffen, um erotische Abenteuer mit ihnen zu erleben. Niemand sollte vorerst etwas von meinen sogenannten Doppelleben erfahren. Diese Idee hielt ich für reizvoll, und so konnte eine gewisse sexuelle Spannung erzeugt werden. Dadurch wollte ich die Nüchternheit der käuflichen Liebe durchbrechen. Die Nüchternheit sah eigentlich so aus, dass ein Preis ausgehandelt wurde. Anschließend ging ich mit den Hühnern aufs Zimmer, übte eine 15 bis 20minütige Nummer aus, spritzte ins Kondom ab, und für die jeweilige Frau galt das Geschäft damit als erledigt. Somit benutzte ich diese weiblichen Wesen ehrlicherweise nur als eine Art Samen-Klo. Dies entsprach der allgemein üblichen und praktischen Vorgehensweise des Straßenstriches. Diese raue Wirklichkeit stellte für mich aber kein Hindernis dar. Denn meistens funktionierte meine Methode. Zu meinen wichtigsten Auswahlkriterien gehörte Sympathie. Eine Verliebtheit spürte ich dabei nie, aber die Chemie musste irgendwie trotzdem stimmen. Nur so bekam ich eine reale Chance, eine nahezu perfekte Illusion in meinen Kopf zu kreieren.

Dabei durfte ich nicht vergessen, dass es in diesem zwielichtigen Gewerbe eine Gefahr gab, die von vielen Freiern häufig unterschätzt wird. Es ist ein Lichtsinn, der im schlimmsten Fall sogar tödlich enden kann. Es offenbart ein unkalkulierbares Gesundheitsrisiko. Der Leser dieser Zeilen fragt sich wahrscheinlich, worauf ich hier bewusst ansprechen möchte. Es geht um das Thema ungeschützter Sex. Aids und andere Geschlechtskrankheiten lassen in diesem Zusammenhang weniger herzlich grüßen. Daher blieb es für mich stets eine Selbstverständlichkeit, dass ich die altbewährte Lümmel-Tüte benutzte. Viele Verfechter vom gummifreien Sex vertreten die Auffassung, dass ihre Sexpraxis ihnen einen intensiveren Orgasmus beschwert. Ich halte diese These für einen Mythos, der brandgefährlich ist. Darüber hinaus konnte ich mich durchaus über mega-geile Orgasmen mit Kondom erfreuen. Zwar musste ich mir die Präservative immer von den Huren überstreifen lassen, weil ich es aufgrund meiner motorischen Störungen nicht selbst konnte, aber trotzdem änderte dieser Tatbestand nichts an meiner Überzeugung. Vielfach wurde das Überstreifen des Verhütungsmittels sogar geschickt im Vorspiel eingebaut.

Die einzige Person, die zunächst von meinen inoffiziellen Sex wusste, war übrigens Thorsten Eichbaum, mein ehemaliger Studienkollege.

Er erzählte mir fast beiläufig bei einen seiner zahlreichen Besuche in meiner Wohnung: „Ich gehe gelegentlich auch mal in den Puff, um meinen Spaß zu haben".

„Dann haben wir etwas Gemeinsames. Willkommen im Klub. Ich tue es nämlich auch", legte ich darauf ein Geständnis ab.

Allerdings räumte Thorsten während unserer Unterhaltung schnell ein: „Ich würde auch gerne mal Sex mit Frauen haben, ohne dafür bezahlen zu müssen".

„Kann ich durchaus verstehen, dass du es so siehst. Trotzdem hat der Sex mit den Nutten auch seine Vorteile. Eine mehrköpfige Familie zu ernähren, würde uns vermutlich teurer kommen. Und wir erhalten uns etwas Freiraum in der Gesellschaft, der ebenfalls nicht zu verachten ist", erwiderte ich fast nüchtern und gelassen nach seiner Äußerung.

„Damit hast du sicherlich recht René. Ich muss versuchen, meine Situation pragmatisch zu sehen", stimmte mein Kumpel mir grinsend zu.

Wir mussten auf einmal herzlich über uns selbst lachen. Offensichtlich wurden wir uns unserer Verkorkstheit bewusst. Der beste Weg damit umzugehen, schien es zu sein, sich nicht zu ernst zu nehmen. Humor sahen wir als hilfreiches Mittel, um besser mit unserem Single-Dasein zurechtzukommen. Teilweise tauschten wir seit den gegenseitigen Geständnissen zum Thema Vögeln unsere Erfahrungen aus, indem wir von unseren erotischen Abenteuern erzählten. Jedoch sind wir nie zusammen zu Prostituierten gegangen. Dies schlossen wir kategorisch aus, weil wir es immer als unsere Privatangelegenheit angesehen haben. Niemand von uns wollte den anderen ernsthaft live beim Sex zusehen. So verkorkst stuften wir uns wiederum nicht ein. Daher kam von unserer Seite nicht der Wunsch auf, dass dieses zwielichtige Hobby so hautnah miteinander geteilt wird.

Später erfuhren Hilde und Christina ebenfalls von meiner Tätigkeit als Hurenstecher, wenn auch eher unfreiwillig. In diesem Kontext erinnerte ich mich an einen Besuch in Hildes Wohnung. Zu diesem Zeitpunkt lebte sie bereits von Reinhard getrennt. Bei einem Becher Cappuccino sprach mich Hilde in ihrem Wohnzimmer auf meine Spaziergänge auf dem Steindamm an.

„Ute Hansen hat dich häufig in St. Georg gesehen. Sie arbeitet dort in einer Bäckerei. Was machst du auf dem Kiez? Gehst du zu Strichern"?

Eiskalt wurde ich durch die Gesprächseröffnung überrumpelt. Damit konnte ich nicht unbedingt rechnen. Sofort fühlte ich mich ertappt, obwohl ich meines Erachtens kein Verbrechen begann. Dieses Gefühl bereitete mir Unbehagen.

Zunächst antwortete ich kurz und knapp: „Nein".

Irgendwie gewann ich gerade den Eindruck, dass meine Intimsphäre in einem sehr erheblichen Maß verletzt wird. Dagegen konnte ich in der augenblicklichen Lage nichts machen. Ein Akt der Unbeholfenheit überwältigte mich.

„Scheiße, wie komme ich raus aus dieser Falle", dachte ich innerlich und kochte vor Zorn.

Offensichtlich wurde ich bespitzelt. Zumindest beschrieb dies mein Empfinden. Fast kam ich mir vor wie eine Romanfigur aus George Orwells „1984". Überall hin folgte mir das wachsame Auge, um mich auf Schritt und Tritt zu beobachten.

Alles lief nach dem Motto: „Der große Bruder wacht über euch".

Es wurde für mich immer brenzliger. Zunehmend entstand das Gefühl, dass jemand versuchte, in meine selbstgeschaffene Welt einzudringen, was ich als ernsthafte Bedrohung empfand. Hilde hakte wie ein bissiger Bluthund nach. Sie klebte wie eine Klette an mir, die ich nicht mehr loswurde.

„Was machst du an diesen zweifelhaften Ort? Konsumierst du Drogen"?

Meine innere Unruhe wuchs.

Wieder antwortete ich kurz: „Nein".

Ich wollte keine Information preisgeben. Dies sah ich als mein Recht an. Aber Hildes Hartnäckigkeit kannte keine Grenze.

„Was sonst", setzte sie entschlossen nach.

In meiner Fantasie nahm ich für einen kurzen Moment nicht meine Nachbarin wahr, sondern ein blutrünstiges Fabelwesen, das mich jeden Augenblick zerfleischen und zerfetzen will. Es fletschte mordshungrig die Zähne. Der Körper des Ungeheuers wirkte dabei völlig angespannt. Die Witterung wurde zweifelsfrei aufgenommen. Ich bekam den Part des Beutetiers aufgezwungen. Das Jagdfieber fand seine unbarmherzige Fortsetzung.

Diese Tatsache machte mir panische Angst. Ich versuchte, sie mir nicht anmerken zu lassen, weil ich sonst hoffnungslos verloren gewesen wäre, was mir allerdings schwerfiel.

„Ich gehe zwischendurch dort spazieren", erwiderte ich äußerlich gelassen.

Allmählich entwickelte sich das Gespräch zu einer polizeiähnlichen Vernehmung und galt ab sofort als der Tatverdächtige in einem kriminellen Delikt, zumindest kam ich mir so vor. Hildes Wohnzimmer wurde immer mehr zu einem Verhörraum. Es fehlte eigentlich nur die brennende Stehlampe auf dem Tisch, die den Verdächtigen gelegentlich ins Gesicht gehalten wird, damit dieser sich ertappt fühlt. Ansonsten wurden in dieser Szenerie alle Klischees geboten, die man normalerweise aus einem typischen TV-Krimi kennt.

„Auf dem Kiez geht niemand grundlos spazieren", riss mich meine Gesprächspartnerin aus meinem Gedankenszenario.

Meine Stimmung kippte schlagartig. Die Angst, dass mein inoffizielles Sexualleben enttarnt wird, verschwand. Dafür nervte mich mittlerweile die Unterhaltung in einem sehr erheblichen Maße. Denn ich gewann die Erkenntnis, dass ich im Prinzip nichts zu verbergen hatte. Und noch weniger stellte ich einen Kriminellen dar, der für seine Schandtaten in den Knast gehörte. Daher wollte ich das Verhör abkürzen, indem ich mehr oder weniger bereitwillig Auskunft über meine Kiezaktivitäten gab.

„Naja, zwischendurch gehe ich auch mal mit Prostituierten aufs Zimmer, um zu vögeln, wenn mir danach ist", gestand ich.

Hilde wirkte nach meinem Geständnis erleichtert. Ihre Gesichtszüge entspannten sich. Der harte Gesichtsausdruck verschwand.

„Endlich weiß ich, was mit dir los ist. Es ist in Ordnung, dass du zu Huren gehst. Ich fand es immer ungewöhnlich, dass du keine Freundin hast. Ich machte mir bereits Sorgen, dass du deine Sexualität nicht auslebst. Nun brauche ich mir in dieser Hinsicht keine Sorgen mehr zu machen. Ich hoffe, du benutzt Kondome".

„Ja, natürlich. Denn ich habe keine Lust wegen einmal abspritzen, Aids zu bekommen", entgegnete ich ihr.

Nach ihrem eher unangenehmen Verhör, legte nun Hilde ein überraschendes Geständnis ab, was ich auch beim Verfassen meiner Memoiren erneut als ungewöhnlich einstufte.

„Ich fragte deshalb nach der Benutzung von Kondomen, weil ich bevor ich mit Reinhard eine Beziehung führte, anschaffen gehen musste, um meinen Sohn Mike und mich ernähren zu können. Dabei praktizierte ich ungeschützten Sex. Ich machte später einen entsprechenden Test. Es war alles in Ordnung, aber es hätte auch anders sein können".

„Deine Frage nach Kondomen ist nachvollziehbar, aber ich hatte bisher wirklich keinen ungeschützten Sex", machte ich Hilde nochmals klar.

„Bitte behalte dass, was ich dir über meine Vergangenheit erzählt habe, für dich René", bat sie mich anschließend.

In ihrer Stimme lag eine leichte Unsicherheit.

„Warum sollte ich dies öffentlich ausplaudern? Ich habe keinen Nutzen davon. Und als Moralapostel möchte ich mich hier auch nicht aufführen. Not kennt eben kein Gebot", versuchte ich sie wieder zu beruhigen.

In ihrem Gesicht erkannte ich ein kurzes Lächeln. Sie wirkte wieder ruhiger.

Insgesamt gefiel mir der Verlauf des Dialogs nicht. Natürlich gehörte sehr viel Mut dazu, dass Hilde mir dieses Geständnis machte. Darüber hinaus stellte es auch einen großen Vertrauensbeweis dar, der mich ehrte. Und ich merkte am Schluss der Unterhaltung, dass die Sorge um mein Wohlbefinden im Vordergrund stand. Oberflächlich betrachtet gesehen, hörte sich diese kleine Analyse gar nicht so schlecht an. Dennoch fühlte ich mich in dieser Angelegenheit sehr unwohl, weil es mir nicht behagte, Auskunft über mein Intimleben zu geben. Daher trank ich mit einigen hastigen Zügen meinen Cappuccino aus. Rasch machte sich bei mir eine Aufbruchsstimmung bemerkbar.

„Und dich bitte ich niemanden etwas von meinen Kiezbesuchen zu erzählen, auch Christina nicht. Es geht niemanden etwas an. Dies ist meine Privatangelegenheit", sagte ich am Schluss des Gespräches.

„In Ordnung", versprach Hilde.

Ich verließ die Wohnung meiner Nachbarin. Dabei beschlich mich das ungute Gefühl, dass meine Gesprächspartnerin das

Anvertraute nicht für sich behalten kann, weil es Frauen nach meiner felsenfesten Überzeugung meist nicht können. Denn das weibliche Geschlecht verfügt in allgemeinen über ein stark ausgeprägtes Mitteilungsbedürfnis. Dies entspricht einfach ihrem typischen Naturell. Es ist beinahe zwanghaft.

Und dass ich mit meiner Einschätzung goldrichtig lag, bemerkte ich, als meine Schwester ein oder zwei Tage später bei mir Zuhause anrief. Sofort ahnte ich, was Christina von mir wollte, als ich ihre Stimme in Telefon hörte. Sie platzte vor Neugier und sprach mich gleich auf meinen Besuch bei Hilde an.

„Ich habe von Hilde gehört, dass du zu Prostituierten gehst", eröffnete sie das Gespräch, nachdem sie sich mit Namen gemeldet hatte.

Schnell kam sie zum Thema. Für Frauen eigentlich untypisch. Ich versuchte mir am Telefon nichts anmerken zu lassen, obwohl ich offen gesagt, innerlich genervt reagierte. Wieder musste ich eine lästige Unterhaltung zum Thema Sexualität führen. Eine Tatsache, die mich ärgerte.

„Das ist richtig. Ich hatte allerdings Hilde gebeten, es für sich zu behalten. Aber irgendwie ahnte ich, dass sie es doch ausplaudert", erwiderte ich mit einer gewissen Direktheit.

Christina wusste zwischenzeitlich ohnehin über meine Kiezbesuche bescheid. Und über dieses Thema, wollte ich ehrlich gesagt, nicht länger als nötig sprechen. Es fühlte sich für mich unangenehm an, zweimal in relativ kurze Zeit notgedrungen darüber sprechen zu müssen. Daher hielt ich es für ratsam, dass ich ohne Umwege zur Sache komme, um die Unterhaltung etwas abzukürzen. Somit fand ich meine Strategie für dieses Gespräch.

„Ich finde es gut, dass du es machst. Ich freue mich für dich", riss mich Christina aus der gedanklichen Überlegung.

Offensichtlich verspürte sie keine Probleme mit meiner Auslebung der Sexualität. Eher im Gegenteil. Zu meiner angenehmen Überraschung hörte ich bei ihr sogar eine aufrichtige Freude heraus. Dies machte die Fortsetzung des Dialogs für mich deutlich leichter.

„Jeder hat eben seine sexuellen Bedürfnisse, und ich lebe sie auf meine Weise aus. Für mich waren sie immer eine rein private Angelegenheit. Deshalb behielt ich es verständlicherweise für mich", erklärte ich meiner Schwester kurz und bündig.

Unnötige Füllwörter wollte ich unbedingt umgehen, um eine äußerlich spürbare Unsicherheit zu vermeiden. Wer weiß, wie sonst das Gespräch weiter verlaufen wäre.

„Gehst du immer zur selben Frau", fragte mich Christina.

Mein Sexualleben weckte zunehmend ihre weibliche Neugier.

„Ich habe zwei Stammdamen zu denen ich meist regelmäßig hingehe. Bei ihnen weiß ich wenigstens, was ich für mein Geld bekomme. Jedoch zwischendurch probiere ich auch andere Frauen des horizontalen Gewerbes aus, um eventuell etwas Abwechslung zu haben", antwortete ich fast sachlich.

„Ist es schön", setzte meine Schwester das Fragespiel fort.

Nun gewann das Gespräch eine gewisse Tiefe, die mir nicht behagte.

„Meistens", entgegnete ich ihr vielsagend.

Denn Details wollte ich nicht nennen. Dies wäre mir selbst meiner Schwester gegenüber zu privat gewesen.

„Wie bist du überhaupt dazu kommen", wollte meine Gesprächspartnerin von mir wissen.

„Durch meinen Verdienst bei Onkel Alfred kann ich es mir finanziell erlauben, mit Huren zu vögeln. Für mich ist es die einzige Möglichkeit, Sex mit Frauen zu haben", gab ich zur Antwort.

„René, du hast es nie anders probiert", widersprach mir Christina.

„Du hast durchaus recht. Jedoch ändert dies nichts an die eben genannte Tatsache. Denn ich wurde in der Vergangenheit vielfach vom weiblichen Geschlecht wegen meiner Andersartigkeit ausgelacht und verspottet. Die möchte ich mir in Zukunft ersparen".

„So schlimm war es", hörte ich eine gewisse Ungläubigkeit in der Stimme meiner Schwester.

„Für mich schon. Vertiefend möchte ich ehrlich gesagt darüber nicht reden. Dies bitte ich zu respektieren", sagte ich in einen sehr bestimmenden Ton, der keine Widerworte duldete.

Damit setzte ich Christina eine Grenze, die sie zum Glück auch akzeptierte. Dieses Resultat machte mich ein wenig stolz, da ich es leider zuvor bei Hilde nicht schaffte. Daher wertete ich diese Unterhaltung als ein Fortschritt. Zugegebenermaßen wurde ich hier nicht so überrumpelt, wie im Gespräch zuvor. Trotzdem konnte ich darauf aufbauen. Mit Zuversicht sah ich künftigen Dialogen mit dieser Thematik entgegen. Die Redseligkeit setzte sich noch eine Weile fort. Allerdings konnte ich mich bei meinen Aufzeichnungen am Notebook nicht mehr erinnern, wie es weiterging. Ich weiß nur, dass wir das Thema wechselten. Vermutlich Smalltalk. Gut fand ich von meiner Schwester, dass sie mir während unserer Unterredung in Rahmen ihrer Möglichkeiten Verständnis entgegenbrachte. Mehr konnte ich von ihr nicht erwarten. Geärgert habe ich mich vielmehr über Hilde, weil sie einen Vertrauensbruch begann. Schließlich sah ich sie als eine zweite Schwester an. Jedoch wollte ich irgendwann nicht mehr nachtragend sein und hakte die Angelegenheit zu einem späteren Zeitpunkt ab. Ich konnte es sogar für einen längeren Zeitraum aus meinem Gedächtnis verdrängen. Erst durch meine Aufzeichnungen kam sie wieder zum Vorschein.

Schlagartig unterbrach ich das Schreiben am Notebook. Ein größeres Hungergefühl machte sich bei mir bemerkbar. Ich musste dringend Nahrung zu mir nehmen. Sonst lief ich Gefahr, kurzfristig umzukippen. Dies durfte aber nicht passieren. Deshalb ging ich in die Küche, um mir ein kleines Mahl zuzubereiten. Einen großen Kochaufwand wollte ich allerdings nicht betreiben. Es musste irgendwie schnell gehen. Ein Fertiggericht konnte aber nicht im eingebauten Schrank finden.

„Was mache ich nun", fragte ich mich in meiner fast aussichtslosen Lage.

Ich bekam die rettende Idee, eine große Schüssel mit Müsli und Milch zu essen, was ich letztlich auch in die Tat umsetzte. Nachdem endlich ein Sättigungsgefühl einsetzte, führte ich meine Aufzeichnungen am PC fort.

Wie bin ich eigentlich wieder in Bezug auf Sex auf dem Geschmack gekommen? Schließlich blieben meine bisherigen Exkursionen ins Reich der Erotik eher enttäuschend, wenn nicht sogar frustrierend. Ich entwickelte mich fast schon zum asexuellen Wesen. Selbstzweifel entstanden. Mein Gefühlsleben wurde durcheinandergewirbelt. Ein Chaos im Kopf ließ sich irgendwann nicht mehr ignorieren. Dann aber ereignete sich Anfang Mai 1998 etwas, was bei mir allmählich eine Ordnung schaffte, die ich kaum für möglich hielt. Diese kleine Episode mag für viele unglaubwürdig klingen, aber es hat sich tatsächlich so ereignet. Dies schwöre ich bei allem, was mir heilig ist.

Es geschah an einem Sonntag auf dem Weg zur Arbeit. Draußen strotzte die Sonne vor Kraft und präsentierte sich von seiner besten Seiten. Ich saß nichtsahnend in der S-Bahn in Richtung Bergedorf und träumte vor mich hin. Von meinem Sitzplatz aus beobachtete ich eine attraktive farbige Frau, die nur wenige Meter von mir schräg gegenüber saß. Ich schätzte sie alterstechnisch auf Mitte/Ende dreißig. Sie bemerkte, dass ich interessiert zu ihr herüberschaute. Mit einer eindeutigen Handgeste signalisierte sie, dass ich neben ihr Platz nehmen sollte. Dabei lächelte sie mich fast verheißungsvoll an. Eine Einladung, die ich nicht ablehnen konnte?

„Warum nicht", dachte ich im Stillen und setzte mich interessiert neben der Frau.

Was erwartet mich nun? Ein kleines Abenteuer begann, obwohl es zunächst nicht unbedingt danach aussah. Wir führten eine angeregte und gepflegte Unterhaltung. Sie schien von außerhalb zu stammen, da sie mir einige Fragen zu Hamburg stellte, die ich ihr bestmöglich beantwortete. Sie kam ursprünglich aus der Schweiz, wie sie mir fast beiläufig erzählte. Den genauen Ablauf unserer Diskussion konnte ich leider nicht mehr rekonstruieren. Dies spielte aber zum Glück für den weiteren Verlauf der Handlung keine Rolle. Entscheidend blieb hier vielmehr, dass wir uns sympathisch fanden und die Zeit wie im Fluge verging.

In Bergedorf angekommen, fragte mich die Frau: „Gibt es hier irgendwo eine Waschgelegenheit für meine Hände"?

„Kann ich dir zeigen", antwortete ich und begleitete die Frau zur Bahnhofstoilette.

Während des Weges dorthin fing die Frau an, mir Komplimente zu machen wie z. B. „du bist ein netter Mann" oder „du bist sehr attraktiv". Dabei hakte sie sich vertrauensvoll bei mir ein. Nebenbei teilte sie mir mit, dass sie heute Geburtstag hat und 45 Jahre alt geworden ist. Ehrlich gesagt, wusste ich nicht wie mir geschah. Ich fühlte mich buchstäblich überrumpelt, wenn auch in angenehmerweise. Ich konnte die Sachlage nicht wirklich einschätzen, was mich etwas irritierte. Zumindest kam alles völlig unerwartet und total überraschend. Kaum jemand würde vermuten, so etwas tatsächlich live zu erleben. In einen herkömmlichen Schundroman ist so ein Szenario fast eine Selbstverständlichkeit, kaum wegzudenken. Jedoch in normalen Leben? Einfach undenkbar. Letztlich muss der Leser dieser Zeilen selbst entscheiden, ob ich glaubwürdig bin oder nicht. Darauf kann ich keinen wirklichen Einfluss ausüben. Damit teile ich vermutlich das Schicksal vieler Autoren. Ich weiß, was ich erlebt habe. Warum soll ich lügen? Ich ziehe keinerlei Nutzen daraus. Offen gesagt, bringe ich nicht diese Art von Fantasie auf, um mir so etwas Ungewöhnliches auszudenken. Vielmehr gehöre ich eher zu dieser Sorte Schreiberling, die sich auf Autobiografisches beziehen. Es ist für mich leichter über Dinge zu schreiben, die etwas mit dem richtigen Leben zu tun haben. Vielleicht hilft diese Tatsache den Leser, sich eine objektive Meinung über diesen Sachverhalt zu bilden.

Zurück zum Ereignis. Bei der Toilette angekommen, bat mich die Frau auf sie zu warten, was ich auch tat, obwohl ich befürchtete, zu spät zur Arbeit zu kommen. Für mich entstand eine ungewöhnliche, fast kuriose Konstellation. Ich bekam gemischte Gefühle, die aus Neugier und Irritation bestanden.

„Wieso soll ich auf diese Frau warten", wollte ich unbedingt herausfinden.

Die Suche nach der Antwort blieb der ausschlaggebende Grund, warum ich trotz Zeitnot wartete. Mein fast wissenschaftlicher Forschungseifer verleitete mich dazu, Ärger mit Onkel Alfred zu riskieren. Innerlich baute sich ein Spannungsbogen auf, den ich kaum noch kontrollieren konnte.

Nach knapp fünf Minuten kam meine Bekanntschaft wieder aus der Toilette. Schon auf dem Bahnsteig erweckte sie den Eindruck, dass sie sich zumindest in einen leicht alkoholisierten Zustand befand.

Gedanklich fragte ich mich: „Was kommt wohl als Nächstes"?

In der Nähe des Bahnhofskiosks umarmte und küsste mich diese merkwürdige, aber doch reizvolle Person. Zunächst ging ich etwas zögerlich auf die Kuss-Offensive meiner Partnerin ein, aber ich fand zunehmend Gefallen an dieser Aktion. Ich bekam fast einen Zungenkuss-Orgasmus. So intensiv wurde dieser Vorgang. Zum ersten Mal testete ich meine Zungenfertigkeiten bei einer Frau. Für mich ein absoluter Hochgenuss und eine bleibende Erinnerung.

Anschließend fragte mich die Unbekannte, dessen Name ich zu diesem Zeitpunkt noch nicht wusste: „Würdest du mich zum Wohnheim begleiten"?

Die Irritation wuchs. Eine Verwirrung meiner Gefühle und Gedanken breitete sich unaufhörlich in meinem Kopf aus. Trotz dieser schönen Erfahrung entstand eine gewisse Unsicherheit, die ich nur darauf zurückführen konnte, dass ich mit so einen Erlebnis nicht rechnete. Beinahe zu schön, um tatsächlich wahr zu sein.

Ich erwiderte daher leicht holprig: „Ich habe heute nur wenig Zeit, da ich leider noch arbeiten muss".

Natürlich werden mich viele Leser an dieser Stelle für einen Trottel halten, weil ich aus ihrer Sicht Gefahr lief, mir die Chance eines erotischen Abenteuers entgehen zu lassen. Jedoch verfügte ich damals noch nicht über Erfahrungen mit solchen Gelegenheiten. Darüber hinaus befürchtete ich, nicht mehr Herr der Lage zu sein. Eine Panikattacke ließ sich nicht mehr ausschließen. Deshalb reagierte ich wie ein pflichtbewusster Beamter, der nur seinen Gehorsam gegenüber der Bürokratie kannte. Dennoch ließ sich die Frau von meiner Äußerung nicht beeindrucken.

Weiterhin zielstrebig meinte sie: „Der Weg dorthin ist nicht weit".

„In Ordnung. Dann begleite ich dich ein Stück", gab ich nach, ohne zu wissen, was mich erwarten wird.

Auf dem Weg zum Domizil machten wir zwischendurch halt und küssten uns intensiv. Die Intensität des Vorgangs steigerte sich. Unterhalb der Gürtellinie regte sich etwas, das spürte ich.

Meine Begleiterin sagte auf einmal spontan: „Ich fick dich gleich".

Dabei fasste sie mir kurz in den Schritt.

Beim Wohnheim angekommen, ärgerte ich mich, dass ich zur Arbeit musste. Denn ich wurde zugegebenermaßen geil. Meine Eier befanden sich in einem gefährlichen Zustand. Sie drohten jederzeit zu explodieren.

„Ich würde jetzt gerne bei dir bleiben, aber ich muss zur Arbeit", versuchte ich der rätselhaften Dame klarzumachen.

Gedanklich schwankte ich zwischen Geilheit und Pflichtbewusstsein. Eine absolute Herausforderung.

„Ich bin Prostituierte und in dich verliebt. Ich gebe dir meine Telefonnummer. Hast du einen Kugelschreiber und einen Zettel", erwiderte die zarteste Versuchung seit es Schokolade gibt.

In diesem Moment wurde mir bewusst, dass über keine entsprechenden Utensilien verfügte. „Ausgerechnet jetzt musste mir dies passieren", schoss mir gedanklich in den Kopf.

Normalerweise habe ich so etwas immer dabei. Frust kam auf. Innerlich machte sich eine Enttäuschung bei mir bemerkbar. Entgeht mir eine geile Nummer? Hoffentlich nicht.

Am Schluss unseres Dialogs meinte die Frau: „Ich bin bei Charly. Das ist beim Hauptbahnhof. Frag nach Emma"!

Zum Abschied nochmals ein kurzer Kuss. Danach trennten wir uns wieder. Mit dem Bus fuhr ich zur Arbeit. In der Firma sah ich weder Onkel Alfred noch irgendeinen Kunden, obwohl ich mit leichter Verspätung eintraf. Das sah ich als mein absolutes Glück an. Warum? Ganz einfach. Es überkam mich das Gefühl, dass bei mir durch die Begegnung mit Emma der sexuelle Notstand ausbrach. Aus diesem Grund schloss ich mich in der Toilette ein und musste mir erstmal Abhilfe verschaffen, ehe ich mich auf die Arbeit konzentrieren konnte. In meiner ausgeprägten Fantasie stellte ich mir vor, dass ich Emma vor dem Spiegel, der sich oberhalb des Waschbeckens befand, langsam entkleidete, meinen Schwanz bei ihr hinten reinsteckte und sie vögelte. Mein Lustgefühl steigerte sich dabei zum Höhepunkt, der zweifelsfrei zur Erektion führte.

„Diese Erleichterung tat mir richtig gut", erkannte ich, als ich meine Hände und das vollgespritzte Waschbecken wieder reinigte.

Hinterher fragte ich mich verständlicherweise: „Was ist mir da gerade eben passiert"?

Ich erlebte eine außerplanmäßige Erfahrung. Es gehörte nicht zu meinen typischen Gewohnheiten, auf der Arbeit zu masturbieren. Hinterher wurde mir die Angelegenheit etwas peinlich und unangenehm, so schön der Orgasmus sich auch gestaltete. Meine Hormone spielten Katz und Maus mit mir, soviel stand fest. Gegen dieses Gefühl blieb ich machtlos. Entscheidend bleibt aber die Tatsache, dass ich bei meiner Aktivität nicht entdeckt wurde. Nach dem ich die Toilette verlassen, gewann der normale Alltag wieder die Oberhand. Kunden kamen auf dem Platz, die bedient werden wollten, und das Telefon klingelte fast ununterbrochen. Irgendwann kam auch Onkel Alfred mit seinen BMW auf das Gelände vorgefahren. Alles schien seinen gewohnten Ablauf zu haben. Fast so, als wäre nichts Ausgewöhnliches passiert.

Aus Neugier schaute ich mich später nach Charly am Hauptbahnhof um. Charly hielt ich nicht für eine Person, sondern für ein Lokal oder eine Kneipe, da sich Prostituierte in solchen Orten erfahrungsgemäß aufhielten. Außerdem wusste ich, dass sich beim Hauptbahnhof der Kiez von St. Georg befand. Jedoch konnte ich diese Lokalität nicht finden, so sehr ich mich auch bemühte. Meine Detektivarbeit erwies sich als Flop. Trotzdem weckte die Begegnung mit Emma meine Abenteuerlust. Könnte sie sich bei einer erneuten Begegnung mit mir überhaupt an mich erinnern? Nie erhielt ich eine Antwort. Denn ich sah sie nie wieder in meinem Leben.

Heutzutage gehe ich davon aus, dass Emma oder wie immer sie heißen mag, ein Spielchen mit mir spielte. Immerhin wurde es ein schönes Spiel, das meine Fantasie anregte. Sie schaffte es bei mir die richtigen Knöpfe zu drücken, um mich geil zu machen. Nüchtern betrachtet gesehen, entsprach dies ihrem Berufsstand. Auf diese Weise kam ich mit dem Kiez von St. Georg in Berührung. Zuvor verkehrte ich auf der Reeperbahn. Schnell erkannte ich nun die Vorzüge von St. Georg. Alles schien überschaubarer als St. Pauli zu sein. Und der Zielort lag für mich strategisch günstiger. Mit der Bahn erreichte ich fortan schneller mein Jagdrevier. Diese Vorteile konnte ich nicht von der Hand weisen. Somit fand ich den Tatort für meine künftigen Ausschweifungen.

Nach dieser kleinen Aufregung brauchte ich dringend eine kurze Schreibpause. Daher fasste ich den Entschluss, den Müll zu entsorgen und im Briefkasten nach der Post zu schauen. Normalerweise erledige ich solche Dinge früher, aber durch die Schriftstellerei ergab sich ein anderer Tagesrhythmus. Nachdem ich die Mülltüte im Container entsorgte, öffnete ich den Briefkasten.

„Hoffentlich keine Post von der Arge", dachte ich, als ich die Post herausholte.

Zum Glück konnte ich aufatmen. Dieses alltägliche Ritual nervte mich zunehmend. Eine Zitterpartie, die für mich allmählich an die Substanz ging.

„Nur Werbung für die Altpapiersammlung", freute ich mich.

Erleichterung machte sich bei mir bemerkbar. Die Behörde visierte aktuell nicht mein Profil an. Es ist kein Vergnügen, ständig im Fadenkreuz der Ämter zu sein. Ich spürte regelmäßig die Bedrohung, dass der Finger am Abzug betätigt wird und der finale Abschuss auf mich fällt. Diese Tatsache löste stets bei mir eine Beklemmung aus, die mir Unbehagen bereitete. Die Unberechenbarkeit der staatlichen Institutionen kannte keine Grenzen mehr. Nie wusste ich, welche überfallartigen Attacken mir drohten. Meine Erfahrungen blieben meist negativ. Auf dem Arbeitsmarkt sah ich keine reale Chance, wieder Fuß zu fassen. Die Frührente wäre vermutlich eine Mission impossible, weil ich zurzeit keine neuen Anfälle bemerkte. Nur ein seelisch schlechter Allgemeinzustand verfügte kaum über Erfolgschancen für den Vorruhestand. Außerdem zahlte ich zu wenig in die Rentenkasse ein, um ein vernünftiges Einkommen auf diese Wege zu erhalten. Und mit der Kunst Geld zu verdienen, stellte sich bisher als ein mühsames und schwieriges Vorhaben heraus. Irgendwie befand ich mich in einem verzwickten Teufelskreislauf, wo ich momentan keine Möglichkeit entdeckte, ihn zu durchbrechen.

Im Treppenhaus wurde ich für einen kurzen Augenblick aus meiner negativen Gedankenwelt gerissen. Ich begegnete erneut Mike Borchert. In der rechten Hand trug er eine dunkle Reisetasche. Offensichtlich wollte er damit zu Hilde. Er stoppte, als er mich am Briefkasten sah.

„Hallo Mike. Wie geht es dir", fragte ich ihn.

„Gut. Und selbst", antwortete er mit einer Gegenfrage.

„Man kann nie genug klagen. Und was treibt dich hierher", setzte ich die Unterhaltung fort.

Ich hielt mich bezüglich meiner negativen Gedanken bedeckt, weil ich ihn daran nicht teilhaben lassen wollte. Bedingt durch die Tatsache, dass wir keine Freundschaft mehr pflegten, konnte ich nicht einschätzen, wie er damit umgehen würde. Daher wollte ich die ganze Unterhaltung nur auf den üblichen Smalltalk beschränken.

„Ich bringe Hilde meine schmutzige Wäsche, weil ich zurzeit bei mir zuhause keine Waschgelegenheit habe", gab mir Mike bereitwillig zur Auskunft.

„Dann wünsche dir einen schönen Tag", wollte ich den Dialog beenden.

„Gleichfalls", entgegnete mir mein ehemaliger Kumpel.

Unsere Wege trennten sich wieder. Ich versuchte meine Horrorversion von eben nicht weiter zu vertiefen. Wieder in der Wohnung angekommen, trank ich ein Schluck Rum-Cola aus meinem Glas, dass noch halb leer rechts neben den Notebook auf dem Tisch stand, und arbeitete weiter an meinen Buchprojekt.

Ungefähr eine Woche nach diesem kuriosen Wochenendausflug in die Erotik sprang ich mit einer Prostituierten in die Kiste, wie man es umgangssprachlich auszudrücken pflegt. Es ereignete sich an einen warmen Nachmittag im Mai. Draußen schien die Sonne, und ich befand mich an einen arbeitsfreien Tag in der Ellmenreichstraße. Ich saß auf einem Sims vor dem Gebäude des Schauspielhauses und beobachtete die Frauen, die ihrem Körper für Geld zum Verkauf anboten. Eine attraktive Prostituierte südländischer Herkunft schaffte es einen Freier mittleren Alters von ihren Qualitäten zu überzeugen. Zusammen gingen sie die Treppe zum Adriahof hoch. Nervlich fühlte ich mich an diesem besagten Tag stark angeschlagen. Zu diesem Zeitpunkt befürchtete ich noch meine Wohnung zu verlieren, weil der Staat mir die Miete dafür nicht mehr bezahlen wollte. Aus Sicht der Behörde zu teuer. Daher trank ich am Abend zuvor etwa 1 ½ Flaschen Rotwein, um meine Sinne zu betäuben, was aber nicht wirklich gelang. An diesen Ort versuchte ich auf andere Gedanken zu kommen. Der Kiez fing an, eine Faszination auf mich auszuüben.

Nach einer kurzen Weile kam eine der Prostituierten zu mir auf die andere Straßenseite herüber. Sie witterte einen potenziellen Freier. Äußerlich sah sie der Frau, die ich als Emma kennenlernte, sehr ähnlich. Fast meinte ich sie wiederzukennen, aber beim genauen Hinsehen bemerkte ich doch, dass es sich hier um eine andere Frau handelte. Trotzdem verblüffend.

Zum zweiten Mal in relativ kurzer Zeit begegnete ich dem gleichen Frauentyp, der mich zum Sex animieren wollte. Mein Leben schien einen immer merkwürdigeren Verlauf zu nehmen. In meiner verfahrenen Gefühlslage nahm ich eine Scheißegal-Haltung ein und wartete ab, was nun passierte.

Die Frau fragte mich, wie es in ihrem Beruf üblich ist: „Ich mache alles, was du willst. Blasen und bumsen in allen Stellungen. 70 DM für mich und 20 DM für das Zimmer. Hast du Lust"?

Zunächst wusste ich nicht, ob ich tatsächlich Lust auf Sex verspürte und reagierte zögerlich auf das verlockende Angebot. Aber die Freiberuflerin fasste mir zwischen die Beine und massierte mir die Eier. Ihre Arbeitsbeschaffungsmaßnahme stimulierte mich. Das aggressive Marketing erzielte den gewünschten Erfolg.

In diesem Moment überlegte ich: „Vielleicht ist es in meiner Lage nicht verkehrt, sich die Seele aus dem Leib zu ficken. Schließlich ist einiges an Zeit vergangen, als ich zum letzten Mal mit einer Hure aufs Zimmer ging. Eventuell komme ich auf diese Weise auf andere Gedanken und habe weniger Sorgen, die meinen Kopf belasten".

Nachdem ich der Dame meine Zustimmung signalisiert habe, gingen wir zusammen zu einer Absteige in der Nähe des Hansaplatzes, dessen Namen ich zwischenzeitlich vergaß. Wir mussten zuerst eine steile Treppe herauf, ehe wir das Stundenhotel betreten konnten. Vorne befand sich gleich die Rezeption. Dort bezahlte ich 20 DM für das Zimmer. Dies entsprach einer 30minütigen Raumnutzung.

„Zimmer 21 könnt ihr benutzen. Das ist zurzeit frei", meinte der Mann an der Rezeption.

Darauf gingen wir ins entsprechende Zimmer. Es präsentierte sich als klein, aber zweckmäßig. In Raum befanden sich ein Bett, ein Waschbecken mit Spiegel, eine kleine Kommode neben dem Bett und ein einfacher Kleiderschrank. Und die Wände bestanden aus einer scheußlichen Blumenmustertapete, wie wir sie aus Omas Zeiten kannten. Insgesamt wirkte es sehr altmodisch und grauenhaft eingerichtet.

„Zum Glück will ich hier nicht übernachten, sondern nur eine schnelle Nummer schieben", dachte ich, als ich das Zimmer begutachtete.

„Ich brauche noch einmal 5 DM für die Kondome", sagte meine Begleiterin, nachdem sie von mir ihren Arbeitslohn abkassiert hatte.

Ich gab ihr dafür das Geld, und sie verließ das Zimmer.

Für einen kurzen Moment dachte: „Hoffentlich hat mich die Hure nicht abgezockt und sich aus dem Staub gemacht".

Jedoch sie kam nach weniger als zwei Minuten wieder zurück ins Zimmer.

„Glück gehabt", atmete ich erleichtert auf.

Es hätte durchaus anders sein können. Nicht selten werden ahnungslose Freier auf diese Weise verarscht. Meine Gutgläubigkeit wurde mir diesmal nicht zum Verhängnis.

Wir befreiten uns von den Klamotten. Anschließend legte ich mich auf das Bett, während sich meine Gespielin auf dem Bettrand setzte und mir mit ihrer Hand mein Geschlechtsteil bearbeitete.

„Ist es schön", fragte sie mich mit einem Lächeln im Gesicht.

„Ja, geil", antwortete ich leicht stöhnend.

Nach einer kurzen Weile streifte sie mir ein Kondom über mein Gemächt und fing an, mir einen zu blasen, was ich als sehr angenehm empfand.

„Willst du mich von hinten ficken", fragte sie mich nach etwa fünf Minuten verheißungsvoll.

„Ja", antwortete ich kurz entschlossen.

Sie positionierte sich so, dass ich mein Glied bei ihr hinten reinstecken konnte. Ich versetzte ihr ein paar heftige Stöße mit meinem Schwanz, während sie dabei lautstark stöhnte. Ob ihr Gestöhne tatsächlich über ein Echtheitszertifikat verfügte, wusste ich ehrlich gesagt nicht. Dies schien mir in diesem Moment auch scheißegal zu sein. Schließlich bezahlte ich für diese Dienstleistung und wollte meinen Spaß. Ich wollte kein Geld dafür ausgeben, dass andere sich vergnügen, und ich das Nachsehen habe. Kurz zusammengefasst: Ich bekam die gewünschte Illusion.

Plötzlich schossen mir während des Geschlechtsaktes meine negativen Gedanken wieder durch den Kopf, die nicht mehr verdrängen konnte. Meine Sorgen wegen meiner Wohnung und dem Erhalt des Arbeitsplatzes bei Onkel Alfred beschäftigen mich fortan. Dadurch konnte ich mich nicht mehr zu 100 % fallen lassen.

„Warum muss mein Gehirn jetzt diese Scheiße produzieren", ärgerte ich mich gedanklich.

Ich bekam Versagensängste, die ich nicht selbständig abschalten konnte.

„Hoffentlich kann ich gleich abspritzen", sagte ich zu mir selbst.

Ich fühlte mich wie ein Sportler, der im entscheidenden Moment seine Leistung nicht abrufen kann. Innerlich verkrampfte ich. Meine Bettbekanntschaft erkannte die schwierige Situation und verschaffte mir Abhilfe mit der Hand, weil andere Aktionen uns nicht mehr erfolgsversprechend erschienen.

Insgesamt machte mir dieser Ausflug in die Erotik Spaß, auch wenn ich am Schluss Schwierigkeiten bekam, mich emotional fallen zu lassen. Die Frau sah ich nie wieder. Sie nannte mir nicht einmal ihren Namen. Allerdings fragte ich nicht danach.

Nur einige Tage später hielt ich mich wieder in der berüchtigten Ellmenreichstraße auf und beobachtete neugierig das Treiben der Prostituierten. Ich befand mich in etwa auf dem gleichen Platz wie das letzte Mal. Angeregt unterhielten sich einige Freiberuflerinnen miteinander. Dabei gewann ich den Eindruck, dass es sich hierbei um einen kollegialen Austausch handelte. Sie schienen sich jedenfalls blendend zu amüsieren. Sie lachten und klopften sich teilweise auf die Oberschenkel. Es kam mir in den Sinn, dass sie eventuell über ihre Freier lästerten. Letztlich blieb es aber nur eine Spekulation.

„Manchmal ist es besser, wenn man nicht erfährt, was diese Frauen tatsächlich über mich denken", überlegte ich, als ich weiterhin interessiert zu ihnen herüberschaute.

Meine Sorgen bezüglich der Sozi blieben mir vorerst erhalten, aber trotzdem verspürte ich nicht die gleiche negative Stimmung wie vorher. Ich trank diesmal auch keinen Alkohol, was ich bei meinen jetzigen Vorhaben ohnehin für hinderlich hielt. Denn ich brauchte Ablenkung in Form vom hemmungslosen Sex. Auf diese Weise wollte ich meine Probleme vergessen. Zusätzlich spürte ich einen gewaltigen Nachholbedarf in Bezug auf den Sex. Zuvor spielte er nur eine untergeordnete Rolle in meinem Leben. Es drang mir ins Bewusstsein, dass ich mit Ende zwanzig nur über wenig Erfahrung auf diesem Gebiet verfügte. Dies wollte ich unbedingt ändern. Außerdem standen mir ausreichende finanzielle Mittel bereit, auf die ich jederzeit zurückgreifen konnte.

Ich signalisierte einer Hure, die etwas von ihren Kolleginnen auf der anderen Straßenseite stand, dass ich Interesse habe.

Zielstrebig ging ich zu ihr hin und fragte sie: „Was kostet es"?

Sie antwortete: „80 DM für mich und 20 DM für das Zimmer".

„Einverstanden", entgegnete ich ihr entschlossen.

Damit galt der mündliche Dienstleistungsvertrag zwischen uns beiden als geschlossen.

Zur Abwechslung entschied ich mich diesmal nicht für eine Farbige, aber sie entsprach trotzdem ausländischer Herkunft. Ihre Nationalität konnte ich von ihrem Äußeren her nicht wirklich einschätzen. Sie wirkte exotisch. Mehr konnte ich nicht zu diesem Zeitpunkt nicht feststellen. Später erfuhr ich, dass sie aus Marokko stammte. Sie stellte sich mir als Nathalie vor. Ich vermutete, dass sie ihren Künstlername nannte, was mich aber nicht wirklich interessierte. Wir gingen zusammen die Treppe zum Adriahof hoch, wo sich rechts daneben eine Kneipe namens „Zar und Zimmermann" befand. Dort trafen sich viele Prostituierte mit ihren Freiern, bevor sie sich „sportlich" betätigten. Allerdings genoss diese Lokalität nicht immer den besten Ruf. Nach meinen Informationen wurde sie mehrfach sogar für einige Wochen von der Polizei geschlossen. Vermutlich ging es in diesem Zusammenhang um Drogengeschäfte, aber genau wissen tue ich es nicht. Diese Auskunft erhielt ich von einem Insider, der auf dem Kiez lebte. In meinen Aufzeichnungen nenne ich ihn Karl Schmidt. Seinen richtigen Namen werde ich hier nicht nennen, damit er eventuell meinetwegen keine Schwierigkeiten bekommt. Dafür möchte ich nicht die Verantwortung übernehmen. Er besaß in der Nähe des zwielichtigen Ladens einen kleinen Kiosk. In dieser Spelunke traf ich mich später gelegentlich mit Prostituierten und feierte mit ihnen ausgiebig. Es grenzt an einem Wunder, dass mir dort nichts passierte. Karl warnte mich und meinte, dass ich immer mein Getränk im Auge behalten sollte. Wahrhaftig spürte ich Fortuna an meiner Seite. Oder vielleicht sogar ein Schutzengel? So genau wissen tue ich es nicht. Hauptsache mich gibt es noch.

Nachdem ich Nathalie auf dem Zimmer für die Dienstleistung bezahlt hatte, sagte sie zu mir: „Der Preis, den ich dir auf der Straße nenne, brauchst auch nur bezahlen. Ich nehme kein zusätzliches Geld von Kunden für sogenannte Extras, wie es teilweise meine Kolleginnen machen. Auf diese Weise habe ich viele Stammkunden, die immer wieder mit mir aufs Zimmer gehen, um Spaß zu haben".

„Eine gute Marketingstrategie. Eine geschäftstüchtige und kluge Frau", dachte ich, als ich meine Klamotten auszog und auf einen Stuhl legte, der neben den Bett stand.

Anfangs fing sie an, mir einen zu blasen, nachdem sie mir ein Kondom über meinen Schwanz gezogen hatte. Also das übliche Anfangsritual.

Ich machte ihr nach einigen Minuten klar, dass ich nun die Reiterstellung ausprobieren möchte, was wir sofort in die Praxis umsetzten. Während des Geschlechtsaktes knetete ich ihre wohlgeformten Brüste. Nathalie erweckte bei mir die Illusion, dass sie Spaß bei der Sache verspürte, was wiederum mein eigenes Lustgefühl enorm steigerte. Mein geiler Stängel bekam das Gefühl, in eine Saftpresse hineingeraten zu sein, um ausgepresst zu werden.

„Leider ist das schöne Gefühl nach weniger als zehn Minuten wieder vorbei. Der Reitunterricht bewies aber trotzdem seine Intensität und Ergiebigkeit", bemerkte ich zufrieden, als ich das vollgespritzte Kondom von meinem Gemächt wieder abstreifte.

In August 98 probierte ich wieder eine neue Prostituierte aus. Ihr Name lautete übrigens Teresa und stammte aus Ecuador. Äußerlich würde ich sie als attraktive Mulattin beschreiben, die ich auf etwa Mitte dreißig schätzte und über schöne Rundungen verfügte. Allzu häufig bemerkte ich sie nicht in der Ellmenreichstraße. Wie ich von ihr erfuhr, wartete sie nur von 12.00 bis 16.00 Uhr auf ihre kauffreudige Kundschaft.

„Teilzeithuren gibt es also auch", stellte ich erstaunt fest.

Teresa wurde die erste Frau des horizontalen Gewerbes, mit der ich mehrfach aufs Zimmer ging, um mich zu vergnügen. Anfangs bot sie mir die perfekte Illusion. Sie ließ beim Sex sogar Umarmung und Küsse zu. Dies ist bei Frauen dieses Berufsstandes nicht unbedingt selbstverständlich. Eher eine Rarität, die ich zu schätzen wusste.

An einer Begegnung mit ihr erinnerte ich besonders. In der sogenannten Missionarsstellung bewies ich einmal sehr viel Ausdauer. Ich ging ab wie eine Rakete, zumindest empfand ich es damals so.

Als ich nach einer gewissen Zeit doch fertig wurde, sagte sie zu mir: „Ich will mehr".

Dabei lächelte sie mich vielversprechend und einladend an.

„Ich muss irgendwie etwas richtig gemacht haben", dachte ich in diesem Moment.

Ich konnte aber nicht so schnell nachladen. Und verfügte auch über kein Geld für die Vertragsverlängerung. Daher befriedigte sie vor meinen Augen am Kitzler selbst. Mein Voyeurismus wurde voll befriedigt. Es machte mir Spaß, sie dabei zu beobachten.

Allerdings als ich ein fünftes Mal mit Teresa aufs Zimmer ging, erlebte ich eine totale Enttäuschung, fast eine Pleite. Sie bot mir eine klassische 0815-Nummer. Es gab kein richtiges Vorspiel wie sonst. Während des Liebesaktes schaute sie mindestens zweimal auf die Armbanduhr am rechten Handgelenk und kaute demonstrativ Kaugummi. Auf mich wirkte es trotz ihres beeindruckenden Körpers nicht unbedingt sexy oder besonders erotisch. Eher im Gegenteil. Ich empfand es als äußerst schwanzfeindlich. Denn irgendwie blieb sie gedanklich nicht bei mir. Ich bekam das Gefühl, dass sie unter Termindruck stand, und ich schnell abgefertigt werden sollte. Mit ihrem Verhalten signalisierte sie eine offensichtliche Lustlosigkeit.

„Nicht sehr kundenfreundlich", wie ich rasch bemerkte.

Vielleicht dachte sie, dass sie mit mir über einen Stammfreier verfügte, wo sie sich nicht mehr so viel Mühe geben muss. Sie fühlte sich wahrscheinlich meiner zu sicher. Falsch gedacht. Stets zog ich nach negativen Erfahrungen schnell meine Konsequenzen, um eine Schadensbegrenzung vorzunehmen. Ihr ganzes Verhalten machte nicht unbedingt Lust auf mehr. Die zuvor perfekte Illusion wurde von ihr radikal zerstört. Daher schloss ich endgültig das Kapitel Teresa. Schließlich bekommen die Frauen des zwielichtigen Gewerbes einen tierisch hohen Stundenlohn. Und von Geldverschwendung hielt ich in allgemeinen nie besonders viel. In dieser Hinsicht handelte ich wie ein gutausgebildeter Kaufmann. „Irgendetwas muss meine Berufsausbildung doch gebracht haben", überlegte ich halb in Spaß, halb in Ernst.

Mein eingesetztes Kapital sollte nutzenbringend angelegt werden. Meine Investition sollte sich daher in irgendeiner Form wieder amortisieren. Dies traf auf Teresa leider nicht mehr zu.

Mitte Oktober 98 lernte ich eine Hure kennen, die mich besonders prägte. Wieder eine Mulattin. Die Körpergröße schätzte ich auf ungefähr 160 Zentimeter. Ein sehr ansprechendes

Äußeres mit sehr schönen Rundungen an den richtigen Stellen. Darüber hinaus verfügte sie über ein einladendes Lächeln, dass meine Aufmerksamkeit zusätzlich weckte. Später gehörte sie zu meinen Stammdamen, die ich regelmäßig für meine Vergnügungen buchte.

Abends nach der Arbeit verspürte ich wieder Lust auf Sex und fasste ich den Entschluss, auf dem Heimweg Zwischenstation in der Ellmenreichstraße zu machen. Dort angekommen, herrschte ein regelrechter Hochbetrieb. Nach meiner Schätzung boten sich mindestens zwanzig oder mehr Frauen ihren Freiern an. Das Geschäft schien erstaunlich gut zu laufen.

„Ist jetzt Hauptsaison", fragte ich mich selbst etwas verblüfft.

Diese Angebotsvielfalt entdeckte ich zuvor nicht an diesem Ort. So etwas kannte ich bestenfalls nur in der Herbertstraße. An diesem besagten Tag schien ich besonders schwanzgesteuert sein. Vielleicht sogar not-geil. Darüber hinaus verfügte ich sprichwörtlich über die Qual der Wahl. Eine absolute Herausforderung. Die Frauen präsentierten sich wie Hühner, die verheißungsvoll auf einer Stange aufgereiht hockten und darauf warteten, vernascht zu werden. Jedoch eine Frau stach für mich besonders heraus. Sie lächelte mich verführerisch an. Ihr Alter schätzte ich auf ca. Ende zwanzig. Also meine Altersklasse. Ich vermutete, dass sie aufgrund ihres Aussehens aus Südamerika stammte. Darum sprach ich sie instinktiv auf Spanisch an.

„Hola. Qué tal"?

„Bien. Y tu"?

„Tambien. Gracias. Cuanto questa"?

„140 Mark para mi y 20 Mark para la habitacion".

Diesmal wollte ich trotz des erschreckend hohen Preises nicht handeln. Ich fasste den Entschluss, dass ich diese Frau ausprobieren sollte.

„Vielleicht wird mir bei diesem Preis etwas Besonderes geboten", hoffte ich zumindest.

Ich brauchte etwas Abwechslung beim Sex und wollte unbedingt etwas Neues wagen. Die Eintönigkeit sollte endlich durchbrochen werden. Daher ließ ich mich auf diesem kostspieligen Deal ein.

Meine neue Gespielin wurde die bis dahin teuerste Miet-Frau im horizontalen Gewerbe, aber diese Risikoinvestition machte sich durchaus bezahlt. Nach der Bezahlung des Lohnes und der

Endkleidung fing mein Geld sofort an, zu arbeiten. Die Frau umarmte mich und signalisierte, dass sie mich küssen wollte. Normalerweise galt so etwas in dieser Branche als ungewöhnlich und sogar untypisch. Umso mehr freute ich mich, dass mir dieses unerwartete Servicepaket präsentiert wurde. Ich ging auf dieses überraschende Angebot ein und erweiterte meinen Erfahrungsschatz in Bezug auf meine Zungenfertigkeiten. Wir küssten uns leidenschaftlich und räkelten uns dabei lustvoll im Bett. Ein schönes und ausgiebiges Vorspiel fand seine angenehme Fortsetzung. Nachdem sie mir ein Gummi über mein erregtes Glied gestreift hatte, fing sie an, mir intensiv einen zu blasen.

„Auf diesem Gebiet ist sie die ungekrönte Königin", dachte ich während dieser super-geilen Aktion.

Anschließend setzte sie sich auf meinen Schwanz und ritt ihn zu. Mein Lustgefühl erreichte einen hohen Spannungsbogen. Zum Abschluss streifte sie die Lümmel-Tüte wieder ab, nahm mein Geschlechtsteil zwischen ihre großen Brüste und massierte es damit. Dabei spritzte ich genussvoll ab.

„Ein Wahnsinnsorgasmus. Vielleicht sogar der Fick des Jahrhunderts", seufzte ich zufrieden, als ich mit einem Tuch mein Gemächt reinigte.

Ich analysierte, dass dies meine bisher beste Illusion darstellte. Besser als Teresa bei unseren ersten Begegnungen. Eine gewaltige Steigerung. Eventuell sogar ein Quantensprung.

Nach getaner Arbeit schrieb meine Sexpartnerin mit einem Lippenstift ihre Handynummer und den Namen Alexandria auf einen Notizzettel, den ich anschließend sorgfältig in meine Jackentasche wegsteckte. Sie stammte wie Teresa aus Ecuador, wie sie mir nebenbei mitteilte.

In meinem Kopf entstand der Gedanke: „Die Ellmenreichstraße scheint das Domizil oder Asyl für die Frauen dieses lateinamerikanischen Landes zu sein".

Die Frau erzählte mir am Schluss unserer Begegnung: „Ich wohne eigentlich in Lübeck und verdiene mein Geld mit putzen. Gelegentlich komme ich nach Hamburg, um hier an der Straße zusätzliches Geld zu verdienen. Meistens einmal pro Woche".

„Minijobberinnen gibt es also auch in diesem Berufszweig", stellte bei der Verabschiedung fest.

Sie ging wieder zurück zu ihrem Platz, um auf den nächsten Freier zu warten, während ich mit der Bahn zufrieden heimwärts fuhr.

Unsere zweite Begegnung fand am 30. Dezember 1998 statt. Nachdem ich wieder zu einem unbeschreiblichen Höhepunkt erlebte, benötigte ich unbedingt einen Nachschlag. Die sexuellen Zutaten schmeckten außergewöhnlich lecker, sodass ich Appetit nach mehr verspürte. Ich gierte vor Verlangen.

Daher fragte ich sie: „Ich möchte noch einmal kommen. Ich bin noch geil. Wie machen wir es mit dem Zimmer"?

Positiv überrascht antwortete sie: „Gleich klopft jemand hier von Hotel an die Tür, weil die Zeit abgelaufen ist. Gib dieser Person weitere 20 DM. Dann können wir das Zimmer länger nutzen. Und ich brauche noch einmal 200 DM. Dann kannst du ein zweites Mal abspritzen".

Ich gab der Hotelangestellten 20 DM für die Spielverlängerung, und es ging in die zweite Runde. Es wurde das erste Mal, dass ich die Dienstleistungen einer Prostituierten für eine Stunde in Anspruch nahm. Diesmal erwähne ich gegenüber dem Leser nicht die Details des Liebesaktes. Sorry, aber hier genoss der Gentleman und schweigt. Nur soviel. Es lohnte sich, obwohl es zugegebenermaßen mit einer sehr hohen Geldausgabe verbunden blieb.

Nach meinem dritten erotischen Abenteuer teilte mir die Südamerikanerin auf der Straße mit: „Ich heiße eigentlich nicht Alexandria, sondern Anamaria. Alexandria ist mein Name auf der Straße. Du bist der einzige Kunde, der es weiß. Ich sage es dir nur, weil du mein Lieblingskunde bist. Bitte erzähle es nicht weiter"!

Ein Vertrauensbeweis, der mich überraschte. Kurz überlegte ich, wie ich damit umgehen werde.

„Mache ich nicht", versprach ich ihr nach einer kleinen Denkpause.

Dieses Versprechen konnte ich ihr ruhigen Gewissens geben. Warum sollte ich dieses kleine Geheimnis ausplaudern? Ich hätte ohnehin keinen wirklichen Nutzen davon. Daher blieb das Gesagte bei mir gut aufgehoben. Ich fuhr nach diesem Geständnis mit Bahn nach Hause und machte mir Abendbrot.

Gewisse Dialoge zwischen Anamaria und mir wiederholten sich bei unseren weiteren Begegnungen ständig, was mich gelegentlich nervte. Äußerlich ließ ich mir aber nichts anmerken, um einen unnötigen Konflikt zu vermeiden. Darauf verspürte ich verständlicherweise kein Bock. Offen gesagt, wollte ich einfach nur geilen Sex.

Immer, wenn ich mich mit Anamaria auf dem Zimmer befand, fragte sie mich beispielsweise häufig: „Gehst du auch zu anderen Frauen"?

„Nein", log ich bewusst, „woanders hole ich mir nur etwas Appetit".

Diese Aussage beruhigte sie meist. In ihrem Gesicht konnte ich hinterher oftmals eine Entspannung erkennen.

Manchmal blieb sie aber auch unsicher und fragte nochmals: „Stimmt es auch"?

„Ja", erwiderte ich äußerlich gelassen.

Spätestens dann überzeugte ich sie doch. Anschließend trennten sich unsere Wege bei gegenseitiger Zufriedenheit.

Warum sagte ich die Unwahrheit? Normalerweise wäre ich dieser Frau keine Rechenschaft über mein sonstiges Sexualleben schuldig. Ich bezahlte stets sehr viel Geld für eine Dienstleistung. Fertig, Punkt, aus. Außerdem machte ich ihr nie ein Heiratsantrag. Daher brauchte ich aus meiner Sicht kein schlechtes Gewissen zu haben. Mein Instinkt sagte mir aber, dass es klüger sei zu lügen, da ich sonst mit einer 0815-Nummer rechnen musste, wie sie mir Teresa am Schluss bot. Der Tonfall, wie Anamaria die Frage formulierte, verriet mir, dass sie es mir übelnehmen würde, wenn ich ihr gestanden hätte, dass ich zwischendurch auch zu anderen Frauen ging, um abzuspritzen. Vermutlich hätte ich ihr Ego verletzt und bei einer späteren Begegnung die Konsequenzen gespürt. Der Roomservice wäre aufgrund einer Rachemotivation dramatisch schlechter ausgefallen. Verständlicherweise wollte ich mir dieses Szenario ersparen.

„Wer wirft schon gerne viel Geld zum Fenster heraus", fragte ich mich.

„Ich bestimmt nicht", antwortete ich mir selbst.

In diesem Kontext darf man nicht vergessen, dass diese Frauen einen extrem hohen Stundenlohn erhalten. Deshalb wollte ich für dieses kleine Vermögen auch einiges geboten bekommen und in vollen Zügen genießen. Hierbei entwickelte ich mich zunehmend zu einem Lebemann. Beinahe schon eine

Form der Normalität. Ich weiß, dass ich mich mit meinem Äußerungen möglicherweise inhaltlich wiederhole, und ich will den Leser auch nicht unnötig langweilen, aber manchmal lässt es sich nicht immer vermeiden. Denn das gleiche Thema führt erfahrungsgemäß dazu, dass sich die Gedanken wiederholen. In dieser Hinsicht drehen wir Menschen uns oftmals in Kreis. Ein Naturgesetz, wie ich meine. Trotzdem werde ich mich bemühen, die Wiederholungen in überschaubaren Grenzen zu halten.

Es tat mir finanziell meist nicht weh, soviel Geld für die Huren und die sogenannte käufliche Liebe auszugeben. Schmerzlich wurde es nur dann, wenn die sexuellen Exkursionen sich als Flop erwiesen. In solchen Fällen spielte es letztlich keine Rolle, wie hoch der ausgehandelte Preis tatsächlich ausfiel. Ich ärgerte mich einfach über jeden Pfennig oder später jeden Cent, den ich aus meiner Sicht verschwendete. Hingegen verspürte ich viel Spaß beim Bumsen, spielte der Geldbetrag in der Regel keine allzu große Rolle. Hauptsache ein himmlisch geiles Vergnügen. Zwischendurch probierte ich auch andere Frauen aus, allein deswegen, weil Anamaria nur als Gelegenheitshure arbeitete und deshalb wenig Präsenz auf dem Platz zeigte. Ich spürte zu dieser Zeit in Sachen Sex einen sehr hohen Nachholbedarf und wollte die verlorene Zeit aus meiner Jugend unbedingt zurückgewinnen. Daher ließ sich ein ständiger Samenstau unterhalb der Gürtellinie nicht vermeiden. Fazit: schwanzgesteuert.

Nach einer Weile gewann ich das Gefühl, dass Anamaria völlig von der Bildfläche verschwand und zwar über mehrere Monate, was ich aufrichtig bedauerte. Denn im Bett erwies sie sich als eine absolute Granate, die beim Sex hochexplosiv wurde. Ich konnte nicht einschätzen, ob ich sie je wiedersehen würde. Also musste ich mich notgedrungen nach einer neuen Stamm - Lady umsehen.

„Kann eine andere Frau das gleiche Qualitätssiegel von mir erhalten", fragte ich mich besorgt.

Denn bei meinen bisherigen Testversuchen bekam ich meist nur solide Hausmannskost geboten. Ich versuchte es als Herausforderung zu sehen und meine Abenteuerlust wurde erneut geweckt. Plötzlich musste ich das Schreiben am Notebook kurz unterbrechen, weil sich akut meine Blase bemerkbar machte. Schnell eilte ich zum Klo, um sie zu entleeren. Danach konnte ich meine Aufzeichnungen mit einem Gefühl der Erleichterung fortsetzen.

Meine erste Testperson hieß Irene, zumindest nannte sie sich so. Ähnlich wie Anamaria eine Mulattin. Ich fand sowieso, dass sie sich ähnlich sahen, ohne dass man sie allerdings für Zwillingsschwestern halten könnte. Meine neue Gespielin schien ein paar Jahre älter zu sein als meine bisherige Stammdame, aber sie wirkte trotzdem sehr attraktiv. Mehrfach ging ich mit ihr aufs Zimmer, um sie zu poppen. Besser als manch andere Dame des Dienstleistungsgewerbes, aber kein Vergleich zu Anamaria.

„Gehobene mittlere Qualität", lautete daher mein Werturteil.

Ich konnte nicht sofort einschätzen, ob ich langfristig ihre Arbeitskraft nutzen werde oder nicht. Daher ließ ich es erst einmal auf mich zukommen und schaute entspannt, wie es sich weiterentwickelte.

Bei unseren späteren Begegnungen sagte sie stets nach getaner Arbeit: „Du bist mein Freund".

Offen gesagt, wusste ich nicht, was ich davon halten soll. Wollte sie mich nur als Stammfreier? Oder wollte sie irgendwann sogar eine Beziehung mit mir? Keine Ahnung, was sie tatsächlich anstrebte. Ich ließ ihre Äußerung unkommentiert stehen, weil ich nicht damit umgehen konnte. Schließlich wollte ich bei ihr keine falsche Hoffnung wecken. Dies hätte sonst nur unnötigen Stress für mich bedeutet, was ich aber unbedingt vermeiden wollte.

Oftmals verließen wir zusammen das Hotel. Sie hakte sich bei mir ein und schaute sich draußen um, ob wir beide gemeinsam gesehen werden. Vermutlich wollte sie demonstrieren, dass ich zweifelsfrei als ihre Eroberung galt und keine andere Frau Zugriff auf mich bekam.

Alles lief nach der Devise: „Finger weg! Er ist mein Freund".

Unsere Wege trennten sich erst wieder, als wir uns den Asia-Grill auf dem Hansaplatz näherten. Ein Ritual, das sich mit auffälliger Regelmäßigkeit wiederholte. Ihr Besitzstreben empfand ich zunehmend als unangenehm.

„Drohte mir jetzt die Verbürgerlichung", fragte ich mich ernsthaft besorgt.

Ich ergriff buchstäblich die Flucht. Irgendwann ging ich nicht mehr mit ihr aufs Zimmer. Nachträglich brachte ich in Erfahrung, dass Irene die Schwester von Anamaria war. Dies erklärte mir gewisse äußerliche Ähnlichkeiten, die diese Frauen miteinander teilten.

„Die Ellmenreichstraße scheint ein Standort eines Familienunternehmens zu sein", deduzierte ich herleitend.

Die Tatsache, dass ich mit ihrer Schwester aufs Zimmer ging, störte Anamaria nicht, da das Geld dem Familienbetrieb erhalten blieb. Ohne es mit absoluter Sicherheit vorher zu wissen, vögelte ich mehrfach ihre Schwester. Manchmal gibt es merkwürdige Zufälle, die man bestenfalls in einem klischeebehafteten Roman oder in einen schnulzenartigen Film vermuten würde, aber nicht unbedingt im realen Leben. Mit meiner Feststellung, dass es ein Verwandtschaftsverhältnis zwischen den beiden Frauen geben könnte, lag ich goldrichtig. Wieder einmal konnte ich mich auf meine präzise Beobachtungsgabe verlassen. Ich fühlte mich fast wie die Reinkarnation von Sherlock Holmes. Natürlich hätte ich die Hinweise intensiver verfolgen können, aber ich konzentrierte mich lieber auf das Vögeln. In diesem Punkt unterschied ich mich vom Meisterdetektiv, da die von Sir Arthur Conan Doyle erfundene Figur meist als sexfeindlich dargestellt wurde.

Die endgültige Bestätigung bezüglich des Verwandtschaftsgrades der zwei Frauen erhielt ich, als ich Anamaria irgendwann doch wieder begegnete und nach einer geilen Sexnummer das Zimmer verließ. Irene winkte uns unerwartet freudig zu.

„Hallo. Wie geht´s", begrüßte sie uns kurz, als sie das Hotel betrat.

Offen gesagt, blieb ich im ersten Moment etwas irritiert und erwiderte nichts. Irgendwie fühlte ich mich eiskalt erwischt und konnte mir dieses Verhaltensmuster nicht erklären. Denn ich bin ursprünglich davon ausgegangen, dass Irene sauer auf mich sein könnte, weil ich offensichtlich mit einer anderen Frau aufs Zimmer ging. Denn die Frauen des horizontalen Gewerbes mögen Konkurrenz nicht besonders. Es ist für sie nicht nur ein entgangenes Geschäft, sondern sie fühlten sie oftmals in ihrem Ehrgefühl verletzt. Dies schien aber hier nicht der Fall zu sein.

Und ich fragte mich berechtigt: „Warum"?

Anamaria gab mir nach der Begegnung mit Irene zur Auskunft: „Dies war übrigens meine Schwester. Du kennst sie ja schon".

Danach galt die Frage als beantwortet, ohne dass ich sie offiziell gestellt hatte. Vielleicht bemerkte Anamaria meine Irritation. Darüber hinaus machte mir meine Sexgespielin mit ihrer Äußerung klar, dass sie wiederum ebenfalls kein Problem darin sah, dass ich mehrfach ihre Schwester im Bett vögelte. Hauptsache, die Einnahmen blieben den Familienunternehmen erhalten und gingen nicht an eine Konkurrenzfirma. Schließlich gab es genügend Mitbewerberinnen.

Irene blieb nicht die einzige Hure, die ich während Anamarias Abwesenheit ausprobierte. Ich testete auch eine deutsche Blondine, die ihre Haare hochgesteckt trug. Geschätzt habe ich sie auf etwa Mitte zwanzig. Sie verkörperte dass, was wir Männer häufig gerne als Sexbombe bezeichnen. Kein dürres Gerippe wurde mir präsentiert, sondern wohlgeformte Rundungen an den richtigen Stellen. Ich bevorzugte bei der Auswahl meiner Gespielinnen meist mollige Frauen, die mich im Bett verwöhnten. Ich mag es, wenn bei meinen Sexpartnerinnen etwas zum Anfassen ist. Dies empfinde ich als sehr erotisch. Daher passte sie in mein Beuteschema. Sie hieß übrigens Ina.

Als wir das Zimmer betreten hatten, sagte sie zu mir: „Jede halbe Stunde kostet 200 DM".

Preistechnisch übertraf sie sogar Anamaria. Darum musste ich bei diesem Preis erst mal kräftig schlucken. Hier fragte ich nicht vor dem Betreten des Zimmers nach den Konditionen. Ein fataler Fehler? Keine Ahnung. Zumindest ergriff ich nicht die Flucht. Das erstaunte keinen mehr als mich selbst. Meine Neugier schien größer zu sein als meine finanzielle Vernunft.

„Hoffentlich wird mir bei diesem Tarif wenigstens etwas Besonderes geboten", dachte ich im Stillen.

Ina bemerkte, dass mir der soeben genannte Preis zu hoch erschien.

Daher fügte sie hinzu: „In diesem Preis ist alles inklusiv. Für dieses Geld blase dir einen. Du kannst mich in jeder erdenklichen Stellung bumsen. Und du bekommst zum Abschluss einen schönen Tittenfick".

Ich hoffte, dass diese Worte nicht nur leere Versprechungen darstellten, um den höheren Preis zu rechtfertigen. Mit leichten Misstrauen bezahlte ich für die bevorstehenden Dienstleistungen und ließ mich einfach überraschen. Um es kurz zu machen, meine Erwartungen wurden nicht enttäuscht. Wir machten im

Bett genau dass, was Ina eingangs zuvor beschrieb. Die Details behalte ich bewusst für mich, damit der Leser des Buches sexuell nicht abstumpft. Dafür möchte ich im Ernstfall nicht die Verantwortung übernehmen müssen.

Nur soviel sei hier gesagt: „Die Sexqualität war zumindest fast mit Anamaria vergleichbar, was Lust auf mehr machte".

Als ich mich wieder anzog, sagte Ina zu mir: „Beim nächsten Mal können wir uns auch unter Dusche vergnügen. Auch eine schöne Massage kannst du von mir bekommen. Du musst nur Bescheid sagen".

Dieses Servicepaket erhöhte trotz des hohen Preises mein Interesse, sie weiter auszuprobieren. In diesem Zusammenhang sei erwähnt, dass ich mich nicht, wie gewohnt, im „Adriahof" vergnügte, sondern im „Universum", in der Nähe des Hansaplatzes. Dort verfügten im Gegensatz zu meiner sonst bevorzugten Vergnügungsbasis viele Zimmer über Duschen.

Nur zwei Wochen später fasste ich den Entschluss, Ina für eine ganze Stunde zu buchen. Der Tarif betrug 400 DM zuzüglich Zimmerbenutzung. Ein enormer Preis. Entsprechend hoch stiegen auch meine Erwartungen. Nachdem wir uns entkleidet hatten, legte ich mich auf das Bett, während sie mit einer verheißungsvollen Massage begann. Ihre Hände berührten meinen ganzen Körper, von oben bis unten. Alle meine Sinne wurden stimuliert. Sie verfügte über ein gutes Händchen, im wahrsten Sinne des Wortes. Ich genoss es, wie sie mich verwöhnte. Zunehmend machte sich ein erhebendes Gefühl unterhalb der Gürtellinie bemerkbar. Anders ausgedrückt: Ich wurde geil. Sie erwischte sehr gekonnt meine erogenen Zonen, was zu diesem angenehmen Zustand führte. Als meine Gespielin meine Erregung bemerkte, streifte sie ein Kondom über meinen Schwanz und fing an, mir einen zu blasen. Anschließend setzte sie sich auf mein Gemächt und es wurde zum absoluten Höhepunkt durchgeritten.

Nach einer kleinen Pause verwöhnte sie mich mit ihren Fingerfertigkeiten in der Duschkabine, sodass ich zum zweiten Orgasmus kam. Fazit: Nicht unbedingt preiswert, aber es lohnte sich. Als Information für den Leser: Den Preis konnte ich nur deshalb bezahlen, weil ich einige Tage zuvor Weihnachtsgeld von Onkel Alfred bekam. Dieses außergewöhnliche Wellness-Programm mit der besonderen erotischen Note machte ich mir quasi selbst zum vorgezogenen Weihnachtsgeschenk. In diesem Zusammenhang bin ich mir allerdings nicht sicher, ob es sich hierbei im christlichen Sinne überhaupt um ein angemessenes Präsent handelte. Letztlich konnte es mir scheißegal sein, da ich mich ohnehin nicht zur Spießergesellschaft dazugehörig fühlte. Für mich zählte zwar die Nächstenliebe, aber selbstverständlich nur wie ich sie damals für mich in meiner gesellschaftlichen Position interpretierte. Es ist die Liebe zu sich selbst. Keineswegs überraschend, da ich sowieso als Außenseiter galt. Ich musste stets sehen, wie ich diese schwierige Rolle meisterte. Also tat ich etwas Gutes für mich, damit ich meinen Alltag weiterhin bewältigen konnte. Ein gutes Mittel, um in dieser ehrenwerten Gemeinschaft nicht noch kränker zu werden.

Ich ging noch einige Male mit Ina aufs Zimmer, aber irgendwann erschienen mir die 200 DM für eine halbe Stunde Sex doch als zu teuer. Ich wollte einige Investitionen in Bezug auf Malerutensilien machen, um demnächst ernsthaft mit der Malerei beginnen zu können, was mir aber durch diesen hohen Tarif bei Ina erheblich erschwert wurde. Dieser Zustand galt daher ab sofort als inakzeptabel. Ich kam zu der Erkenntnis, dass ich mich zugegebenermaßen in einer extrem schwanzgesteuerten Phase meines Lebens befand. Und mein Verstand rutschte vielfach in die Hose. Selten konnte ich ein Sprichwort so wortwörtlich nehmen wie in diesem Kontext. Ich musste Malerei und Sex im Einklang bringen. Dies konnte mir nur gelingen, wenn ich eine preiswertere Sexpartnerin habe. Die Suche begann erneut.

Nach einer gewissen Zeit probierte ich eine neue Kandidatin aus. Sie hieß Christina, genau wie meine Schwester. Während des Schreibens am Notebook fasste ich den Entschluss, meine neue Gespielin künftig „Christina 2" in meinen Aufzeichnungen zu nennen, um eine Verwechslung beim Leser zu vermeiden. Ihr Alter schätzte ich ebenfalls auf ca. Mitte zwanzig. Wieder eine Deutsche. Sie trug kurzgeschnittene schwarze Haare und verfügte über die körperlichen Proportionen, die ich bei Frauen sehr schätzte. Entdeckt habe ich sie in einer kleinen Nebenstraße. Allerdings vergaß ich zwischenzeitlich den Namen dieser Straße, was aber für den weiteren Verlauf der Handlung nicht entscheidend ist. Ich sprach sie an.

„Was kostet mich das Vergnügen"?

„Für die ersten dreißig Minuten kostet es dich 100 DM. Und für eine volle Stunde kostet es dich 300 DM. Allerdings kannst du in dieser Zeit sooft wie du willst abspritzen", gab sie bereitwillig zur Auskunft.

„Einverstanden", erwiderte ich darauf.

„Hast du auch zusätzlich 20 DM für das Zimmer", fragte sie mich.

„Ja, habe ich", antwortete ich, als ich kurz in meiner Geldbörse nachschaute.

Somit galten die wichtigsten Punkte des Dienstleistungsvertrages als besprochen, und wir gingen aufs Zimmer.

Nachdem sie mich abkassiert hatte, sagte sie zu mir: „Ich habe ein Freund. Ich verdiene auf der Straße etwas dazu, damit wir zusammen finanziell besser klarkommen".

Zunächst überraschte es mich, dass sie mir dies persönlich anvertraute. Und dies gleich bei unserer ersten Begegnung.

„Vermutlich will sie dadurch eine Grenze ziehen", überlegte ich in diesem Augenblick.

Bei mir kam eine gewisse Erleichterung auf, weil ich keine zweite Irene wollte. Ich wollte einfach nur geilen Sex. Den bekam ich nun geboten. Nachdem wir uns der Klamotten entledigt hatten, nahm sie mein Geschlechtsteil, packte es zwischen ihren großen Brüsten und massierte es, was ich als sehr stimulierend empfand. Schnell führte es zu einer Verhärtung unterhalb der Gürtellinie. Christina 2 streifte mir ein Kondom über das Gemächt und machte sich mit ihrem Mund daran zu schaffen. Dabei legte sie sich blastechnisch richtig ins Zeug. Langsam steigerte sich meine Lust.

Ich signalisierte daher: „Ich möchte dich von hinten ficken".

Sie positionierte sich so im Bett, sodass ich meinen Wunsch in die Tat umsetzen konnte. Ich versetzte ihr mehrere heftige Stöße mit meinem Schwanz, während sie lautstark stöhnte. Meine Geilheit steigerte sich zum Höhepunkt. Ich bekam einen Wahnsinnsorgasmus.

„Sehen wir uns wieder", fragte mich die Hure nach getaner Arbeit.

„Bestimmt", grinste ich sie an, als ich mein vollgespritztes Kondom im Mülleimer entsorgte.

Ich meinte es ehrlich. Denn ihre Tarife stufte ich als annehmbar ein. Sie bot die gleiche Qualität wie Ina für den halben Preis. Gelegentlich konnte ich den Stundenpreis von 300 DM auf 250 DM herunterhandeln. Ich bekam einen Stammkundenrabatt. Christina 2 blieb die einzige Hure, die ich häufiger für eine volle Stunde arbeitstechnisch in Anspruch nahm.

„Das Preis/Leistungsverhältnis stimmt. Eine lohnende Investitionen", analysierte ich im kaufmännischen Kontext.

Dieses Resultat führte dazu, dass ich sie neben Anamaria lange Zeit als eine meiner Favoritinnen einstufte. Wenn ich eine längere Sex-Pause machte, betrachtete sie immer kritisch den Inhalt der Lümmel-Tüte.

„Du warst wirklich lange nicht mehr bei mir. Das sehe ich", stellte sie bei der Ergiebigkeit des Inhaltes fest.

Nach dem Sex ergaben sich gelegentlich kleine Dialoge zwischen uns. Ein Gespräch blieb mir dabei in besonderer denkwürdiger Erinnerung.

Unerwartet vertraute sie mir an: „Ich war vor kurzem schwanger von meinem Freund. Leider habe ich mein Kind in der Schwangerschaft verloren".

Ich bemerkte eine Betroffenheit in ihrer Stimme und erwiderte: „Oh, das tut mir leid, dass es nicht geklappt hat".

„Ich bin auch noch traurig deswegen", gab sie mir darauf zu verstehen.

„Und was ist mit dein Freund", hakte ich nach.

„Der weiß nicht, wie er damit umgehen soll. Er ist vermutlich überfordert", antwortete sie.

Ich nahm sie für einen kurzen Moment in den Arm und streichelte ihr über das Haar, um sie zu trösten. Sie lehnte ihren Kopf an meine Schulter und ließ die Nähe für einen Augenblick zu. Ein klares Indiz, dass es ihr zurzeit nicht gutging. Ich fand es erstaunlich, dass sie mir solche intimen Dinge erzählte. Denn letztlich blieb ich eine fremde Person für sie. In solchen Momenten ist es als Außenstehender schwierig, etwas zu sagen, also ließ ich es. Zuvor beim Sex ließ sie sich nichts anmerken. In dieser Hinsicht verhielt sie sich wie ein Profi. Anders hätte sie ihren Job als Hure auch nicht machen können. Erst durch ihre Äußerung wusste ich, was sie gedanklich und emotional durchlebte. Eine bemerkenswerte Leistung, die sie vollbrachte. Dafür bewunderte ich sie. Es ist nur allzu verständlich, dass sie auch mal Schwäche zeigen musste, sei es nur für einen kurzen Moment. Rückblickend würde ich sagen, dass sie jemanden brauchte, den sie sich mitteilen konnte, um den Verlust des Kindes besser verarbeiten konnte. Und ich stand zufällig gerade zur Verfügung.

Wieder klingelte das gottverdammte Telefon. Ich hasste es, wenn ich in solchen Augenblicken aus meiner Welt gerissen wurde. Immer diese ständigen nervigen Anrufe. Ich spielte mit dem Gedanken, den Stecker herauszuziehen. Jedoch musste ich jederzeit telefonisch erreichbar sein, da sich durch ein Anruf eine neue kulturelle Veranstaltung in Form einer Lesung oder einer Ausstellung für mich ergeben könnte, auch wenn ich aktuell kaum Künstlerkontakte habe, wie noch vor einigen Jahren. Wegen des Buchprojektes konnte ich mich auch nicht um neue Kontakte kümmern. Es nahm bisher zu viel Zeit in Anspruch. Darum hoffte ich, dass ich mit dem Schreiben gut vorankomme, damit ich mich wieder intensiver um die Vermarktung meiner Kunst konzentrieren kann.

Nun ging ich zum Telefon, um zu hören, wer mir auf AB spricht. Meine Spannung stieg. Eine gewisse Erwartungshaltung baute sich auf. Vielleicht eine neue Veranstaltung?

„Hallo Herr Krüger. Hier noch einmal Adriana Kraftmeier von Hamburger Abendblatt. Bitte melden Sie sich endlich! Es ist wichtig", sagte meine Chefin ungehalten am Telefon.

Auch diesmal spürte ich nicht das Verlangen, mit ihr sprechen zu wollen und nahm den Hörer nicht ab.

„Herr Krüger, gehen Sie an das Telefon! Es ist wirklich dringend", bedrängte mich meine Sklaventreiberin.

In ihrer Stimme bemerkte ich eine Aggressivität und einen unmissverständlichen Imperativ in der Tonlage. Für mich zusätzliche Gründe, nicht telefonieren zu wollen.

Nochmals wiederholte sie ihr Anliegen: „Bitte, gehen Sie ran"!

Ich blieb stur. Wütend legte meine Fast-Gesprächspartnerin den Hörer auf. Ich hörte das Knallen des Telefonhörers am AB, der darauf verstummte. Ich sah mich nicht als Leibeigener des Verlags oder der Agentur. Aus diesem Grund hielt ich meine Entscheidung für richtig und bekam auch kein schlechtes Gewissen. Außerdem arbeitete ich an meinen autobiografischen Roman, der für mich zu einer Herzensangelegenheit wurde.

Gedanklich setzte ich mich nochmals damit auseinander, welchen Haupttitel mein zweiteiliges Werk tragen soll. Irgendwie konnte ich mich diesbezüglich nicht endgültig entscheiden. Zuerst dachte ich an „Mein Leben". Diese Idee verwarf ich schnell wieder, weil mir einfiel, dass Marc Chagall diesen Titel für seine Biografie verwendete. Dann kam mir die Idee für „Spiegel der Gesellschaft". Auch diesen Einfall ließ ich wieder fallen. Denn niemand mag es, wenn jemand zu offensichtlich mit dem moralischen Zeigefinger auf ihn deutet. Am Schluss kam doch die rettende Eingebung. Ich entschied mich für „Wendepunkte des Lebens". Wie eingangs im ersten Teil meines Schreibprojektes erwähnt, sprach ich ohnehin von Wendepunkten in meinem Leben. Also blieb die Titelauswahl fast die logische Konsequenz, und ich akzeptierte sie.

Jemand anders hätte an meiner Stelle den Hörer abgenommen, weil er oder sie sonst Angst haben müsste, die Arbeit zu verlieren. Dies ist sicherlich darauf zurückzuführen, weil die meisten Arbeitnehmer durch die hohe Arbeitslosigkeit der letzten Jahre wieder erpressbarer geworden sind. Ich ließ mich davon nicht beeindrucken und kannte meine Rechte, wovon ich auch Gebrauch machte. Denn aus meiner Sicht muss ich als Zusteller in meinem Urlaub nicht auf Bereitschaft sein. Daher hielt ich mein Vorgehen für gerechtfertigt. Ich blieb bei meiner Strategie, im Urlaub verreist zu sein. Nach der Feststellung dieser Tatsache setzte ich das Schreiben am Notebook fort.

Plötzlich verschwand Christina 2 auf dem Kiez für mehrere Monate von der Bildfläche. Ich ging davon aus, dass sie den Verlust ihres Kindes noch verarbeiten musste und daher ihre berufliche Tätigkeit verständlicherweise nicht ausüben konnte. Es wurde mir bewusst, dass Huren nicht nur Sexmaschinen sind, sondern auch Menschen mit normalen Gefühlen. Damit wollte ich mich aber nicht vertiefend beschäftigen, da ich ihr sowieso nicht helfen konnte. Ich hoffte, dass ihr Freund sich um sie kümmerte. Irgendwie mochte ich sie, ohne in sie verliebt zu sein. Trotzdem orientierte ich mich zwischenzeitlich wieder um. Diesmal nahm ich eine Frau von Hansaplatz. Sie nannte sich Anja und stammte aus Polen. Keine klassische Schönheit, aber sie verfügte über ein ansprechendes Wesen. Alterstechnisch entsprach sie wie ich dem Jahrgang 68. Sie besaß langes braunes Haar, welches sie zu einem Zopf gebunden hatte. Ihr

Gesicht wirkte blass, als hätte sie längere Zeit nichts Vernünftiges zu essen gehabt, aber sie sah nicht unterernährt aus. Sie befand sich etwas abseits stehend von ihren Kolleginnen neben dem Universum. Ich ging gezielt auf sie zu und sprach sie an. Über den Preis einigten wir uns schnell und zügig.

„70 DM für eine halbe Stunde und 300 DM für eine volle Stunde", nannte sie auf meine Anfrage ihre Tarifvorstellungen.

„Hört sich gut an", signalisierte ich ihr meine Zustimmung.

Zusammen gingen wir aufs Zimmer.

Beim ersten Mal mit ihr, erzählte sie: „Ich bin geschieden. Von meinem Exmann bekomme ich kein Geld. Deshalb muss ich hier als Prostituierte arbeiten".

Ob diese Geschichte tatsächlich stimmte, konnte ich nicht wirklich beurteilen, aber ausschließen konnte ich es auch nicht. Wie schnell jemand in Not geraten kann, weiß ich aus eigener Erfahrung nur zu gut. Nach der Bezahlung des Hurenlohnes praktizierten wir Sex. Dabei fiel mir auf, dass sie sich bemühte, zärtlich zu sein. Ich genoss es, von ihr berührt und gestreichelt zu werden. Sie nahm sich Zeit, mich zu verwöhnen.

Zwischenzeitlich ging mir durch den Kopf: „Vielleicht gibt sie sich deshalb soviel Mühe, weil sie sich erhofft, dass ein Freier sie von der Straße holt und sie von diesem Elend erlöst".

Zweifelsfrei sah ich mich diesbezüglich nicht als den richtigen Kandidaten dafür, da ich mich selbst in einer schwierigen Lage befand und mich ohnehin für beziehungsunfähig hielt. Es wurde mir klar, dass ich bei ihr keine falschen Hoffnungen wecken sollte, auch wenn ich ihre Streicheleinheiten im Bett erwiderte. Allmählich streifte sie mir ein Kondom über mein Geschlechtsteil und fing an, mir einen zu blasen, was ich auch als Genuss empfand. In der sogenannten Missionarsstellung kam ich zum Höhepunkt.

Ähnlich wie bei Irene musste ich aufpassen, dass ich von ihr eingeengt werde. Ich musste mir immer wieder vor Augen führen, dass ich deshalb zu Prostituierten ging, um nicht dieses typische kleinbürgerliche Leben zu haben. Denn ich empfand es in den meisten Fällen als verlogen und spießig. Darüber hinaus fühlte ich mich bei den Gedanken an diese Form des gesellschaftlichen Daseins in einer Zwangsjacke, die aus zu viel Pflichten, Regeln und Prinzipien bestand. Ein absoluter Widerspruch zu meiner Lebensphilosophie. Ich sah mich stets als

Freigeist, der seinen Individualismus ausleben wollte. Die sogenannte Wertegemeinschaft hat letztlich den Menschen aus mir
gemacht, der ich heute bin, nämlich den Außenseiter, der die
Gesellschaft als Künstler kritisch durchleuchtet.

Nachdem ich schon fast als so etwas wie ein Stammfreier bei
Anja galt, wurde ich mit etwas Schockierenden konfrontiert.
Wir befanden uns bereits auf dem Zimmer. Anja entledigte sich
nur oberhalb der Kleidung und behielt ihren Rock an, was mich
zunächst wunderte, beinahe irritierte. Ich spekulierte, was diese
Aktion bedeutete. Hatte ich sie eventuell verärgert, weil ich ihr
nie signalisierte, dass ich eine Beziehung mit ihr wünschte?
Oder wollte sie nur eine Preiserhöhung erreichen? Ich konnte
es nicht einschätzen. Als ich bereits nackt auf dem Bett lag,
kam die erschreckende Auflösung.

Aufgeregt erzählte sie mir: „Ich wurde hier auf dem Zimmer
von einem Kunden vergewaltigt. Er verletzte mich mit seinem
Messer an meiner Scham. Dies war ein Stammfreier von mir.
Daher rechnete ich nicht mit so einer Aktion. Ich stehe immer
noch unter Schock".

Als ich dies hörte, fühlte ich mich irgendwie komisch. Vermutlich wurde ich kreidebleich. Unwohl fühlte ich mich bei den
Gedanken, ein Vergewaltigungsopfer vor mir zu haben und
blieb sprachlos. Ich wusste nicht, wie ich damit umgehen sollte.
Ein Gefühl der Überforderung entstand.

„Warum erzählt sie es mir erst jetzt, wo wir schon auf dem
Zimmer sind", fragte ich mich gedanklich.

Ich ging davon aus, dass sie trotz dieses Traumas versuchte,
weiterhin ihren Job zu machen, weil sie das Geld brauchte.
Daher wollte sie, dass ich unbedingt mit ihr aufs Zimmer ging.
Dies wäre infrage gestellt, wenn sie es vorher mir gesagt hätte.
Sehr wahrscheinlich ahnte sie es und schwieg vorerst. Am liebsten wäre ich wieder gegangen. Jedoch ich tat es nicht. Ich blieb
wie gelähmt im Bett liegen, weil ich durch ihre Erzählung regelrecht überrumpelt wurde, um angemessen reagieren zu können.
Es herrschte eine düstere und beklemmende Atmosphäre.

Anja sagte weiter zu mir: „Wegen der Verletzung kannst du
dein Schwanz nicht bei mir reinstecken, aber ich kann dir schön
einen blasen. Oder wir machen einen Tittenfick".

Ein gruseliges Szenario spielte sich in meiner Anwesenheit
ab. Die Schattenseite des Rotlichtmilieus drang augenblicklich

in meine Gedankenwelt ein. Ich signalisierte, dass sie mir einen blasen sollte, was sie auch tat. Zwar ließ ich mich auf das sexuelle Spiel ein, aber es stellte keinen wirklichen Genuss für mich dar. Zunehmend bekam ich das Gefühl, ein Triebtäter zu sein. Beinahe identifizierte ich mich sogar mit dem Vergewaltiger, obwohl ich dieses grausame Verbrechen nicht beging. Zugegebenermaßen spritzte ich ab, aber blieb quasi emotionslos. Einen schönen Orgasmus konnte ich aufgrund der Offenlegung der schrecklichen Fakten nicht empfinden. Ich gab ihr 30 DM extra, in der Hoffnung, dass es ihr weiterhelfen könnte. Danach trennten sich unsere Wege. In Stillen fasste ich den Entschluss, künftig nicht mehr mit Anja aufs Zimmer zu gehen. Nie wieder wollte ich mit dem soeben geschilderten Erlebnis konfrontiert werden. Für eine gewisse Zeit entwickelte sich ein Schuldkomplex, obwohl ich für die Vergewaltigung nichts beitrug. Emotional musste ich mich von ihr abgrenzen, weil mich diese Realität zu stark emotional belastete. Außerdem kämpfte ich in dieser Zeit mit meinen eigenen Problemen. Die Auseinandersetzungen mit den Behörden machten mir damals noch arg zu schaffen. Zusätzlich wurde mir klar, dass ich ihr nicht helfen konnte. Sie benötigte dringend einen Seelenklempner. Den konnte ich nicht ersetzen. Über diese Kraft und Kompetenz verfügte ich nicht.

Viele Leser werden mich sicherlich für einen rücksichtslosen Egoisten halten, der nur mit sich selbst beschäftigt blieb. Dies traf meines Erachtens nur zum Teil zu. Denn ich vertrete die Auffassung, dass ich zunächst einmal gut für mich selbst sorgen musste, ehe ich anderen Menschen helfen konnte. Ich steckte selber in einer großen Lebenskrise. Teilweise blieben mir Selbstmordgedanken nicht fremd. Wie hätte ich ihr also helfen können? Vermutlich gar nicht. Ich versuchte ihr, aus dem Weg zu gehen. Dennoch lief sie mir bei einen meiner zahlreichen Spaziergänge auf dem Kiez über den Weg.

„Warum geht's du mir aus dem Weg? Was habe ich dir getan", fragte sie mich in der Nähe des Hansaplatzes.

In ihrer Stimme lagen eine leichte Aggressivität und eine gewisse Verzweiflung. Ich antwortete nicht und wollte sie sogar ignorieren. Darum ging ich einfach weiter.

„Dann gib mir wenigstens 10 oder 20 DM, damit ich mir etwas zu essen kaufen kann", forderte sie mich auf.

Sie folgte mir weiterhin und ließ sich von mir nicht abwimmeln. Ich drückte ihr ein Zehn-Mark-Schein in die Hand, um mein schlechtes Gewissen zu beruhigen. Und natürlich, um sie loszuwerden. Hinterher sah ich sie nie wieder. Was ist aus ihr geworden? Ehrlich gesagt, weiß ich es nicht. Folgte der endgültige soziale Abstieg? In ihrer Situation hielt ich alles für möglich. Nichts konnte ich ausschließen.

Kurz unterbrach ich das Schreiben am Notebook und musste für einen Moment inne halten. Die Erinnerung an Anja wühlte mich wieder auf. Bekam ich nach langer Zeit doch ein schlechtes Gewissen? Hätte ihr helfen müssen? Wenn ja, wie? Ich dachte über die möglichen Antworten nach. Doch ich kam wieder zu denselben Ergebnissen. Für mich gab es keine Möglichkeit, ihr dauerhaft zu helfen. Sie befand sich bereits in einem Teufelskreislauf, wo nur erfahrene Fachkräfte sie wieder auf die Beine bringen konnten. Selbst dies stellte keine Erfolgsgarantie dar. Eine traurige Erkenntnis, die mir wieder bewusst wurde. Ich trank mein Glas Rum-Cola leer, um mich wieder zu beruhigen und setzte meine Aufzeichnungen fort.

Durch Anja machte ich eine mehrwöchige Pause vom Sex. Das Erlebte musste ich erstmal verarbeiten. Die Lust auf Sex kam mir vorerst gründlich abhanden. Was ich mit ihr durchleben musste empfand ich als schwerverdauliche Kost. Das Ereignis im Hotelzimmer lag mir daher verständlicherweise schwer auf dem Magen. Es belastete meine Seele. Daher brauchte ich zunächst Erholung, die ich nur durch die Kunst erreichte. Ich schrieb einige Gedichte, die aber mit der Thematik nichts zu tun hatten. Bewusst entschied ich mich nicht weiter vertiefend mit Anja zu beschäftigen. Ich brauchte Ablenkung, um emotional wieder auf die richtige Spur gebracht zu werden.

Nach einer längeren Kiezabwesenheit probierte ich weitere Prostituierte aus, die mir aber nicht in bleibender Erinnerung blieben. Weder positiv noch negativ. Plötzlich erschien Anamaria wieder auf der Bildfläche. Sie hielt sich für mehrere Monate in ihrer Heimat Ecuador auf. Warum erzählte sie es mir nicht vorher, dass sie nach Südamerika fliegt? Ich wunderte mich nur, warum sie auf einmal vom Kiez fernblieb. Seit ich ihr wieder begegnete, blieb sie für lange Zeit die einzige Hure mit der ich regelmäßig aufs Zimmer ging. Verliebtheit spürte ich zwar nicht, aber bei wusste ich, was ich für mein Geld bekam. Gelegentlich gewährte sie mir sogar ein Stammkundenrabatt, wenn ich mich finanziell knapp bei Kasse befand. Mehr konnte ich nicht erwarten. Auf weitere Experimente verspürte ich erstmal keine Lust mehr. Man könnte fast sagen, dass ich sesshaft wurde. Eine gewisse Bequemlichkeit machte sich bei mir bemerkbar.

Fast acht Jahre prägten mich die Huren vom Kiez in St. Georg. Unterschiedliche Erfahrungen sammelte ich in dieser Zeit. Meine Aufzeichnungen in diesem Kapitel sind nur ein kleiner Auszug davon. Mit einigen Frauen des horizontalen Gewerbes verspürte ich viel Spaß. Ich feierte sogar mit ihnen in der Kneipe „Zar und Zimmermann". Allerdings verfügte ich meist nur abgezähltes Geld. Auf diese Weise gab ich immer soviel Geld aus, wie ich auch bereit war, auszugeben. Dieses System funktionierte tadellos. Selbst wenn ich plante mit einen der ehrenwerten Damen ins Hotel zu gehen, um mich sexuell zu vergnügen, wandte ich diese bewerte Methode an. Dadurch behielt ich eine Kontrolle über meine Finanzen. Die Frauen gaben mir häufig Rabatt. Sie ließen sich deshalb darauf ein, um ihren Kundenstamm zu halten. Schließlich bedeutete er eine regelmäßige Einnahmequelle auf die sie gerade in wirtschaftlich unsicheren Zeiten nicht verzichten konnten.

Natürlich machte ich, wie bereits geschildert, nicht nur schöne, sondern auch negative Erfahrungen. Nicht nur die, die ich in Zusammenhang mit Anja beschrieb. Denn von einigen Huren wurde ich in Hauruckverfahren abkassiert und abgefertigt. Zum Glück kam es nicht sehr häufig vor. Meistens konnte ich mich auf meine guten Menschenkenntnisse verlassen.

Genauso machte ich eine Reihe von negativen Beobachtungen, die mich gedanklich beschäftigten. Nicht nur der Drogenkonsum und der Kinderstrich rückten in meinen Fokus. Beispielsweis von Nathalie, einer Hure mit der ich schon einmal aufs Zimmer ging und häufig Smalltalk hielt, erfuhr ich, dass sich eine Kollegin von ihr aus der Ellmenreichstraße tot aufgefunden wurde.

Sie fragte mich auf der Straße: „Hast du heute schon die Mopo gelesen"?

„Nein, was steht drinnen", erwiderte ich.

Sofort wurde meine Neugier geweckt.

„Chantal ist tot", erzählte sie darauf und zeigte mir das Foto von ihr in der Zeitung.

Ich erkannte sie und reagiert geschockt, weil sie noch sehr jung war.

„Wie ist es passiert", wollte ich genauer wissen.

„Sie wurde von ihrem Zuhälter ermordet. Zum Glück habe keinen Zuhälter und arbeite auf eigene Rechnung", gab Nathalie mir zur Auskunft.

Zwar ging ich nie mit Chantal aufs Zimmer, aber immerhin kannte ich sie von sehen. Sie grüßte mich immer nett, obwohl wir nie zusammen in Bett miteinander verkehrten. Es ist immer erschreckend zu erfahren, dass eine Person ermordet wurde, die man kennt, wenn auch zugegebenermaßen nur oberflächlich. Diese Tatsache machte mir deutlich, dass der Blick hinter die Kulissen schonungslos und somit auch grausam sein kann. Solche Dinge habe ich stets versucht, auszublenden und schaute mir lieber das Treiben auf der Bühne an. Anders hätte ich es damals nicht machen können.

Trotz einiger negativer Aspekte blieben die Erfahrungen, die ich mit den Prostituierten sammelte, sehr wichtig für mich. Ohne diese Frauen hätte ich bei meiner Lebensgeschichte vermutlich nie Sex gehabt. Meine Angst vor dem weiblichen Geschlecht erwies sich als riesengroß. Durch die Huren konnte ich sie zumindest teilweise überwinden. Darüber hinaus verspürte ich mit Ende zwanzig verständlicherweise

aufgrund weniger sexueller Erfahrungen einen starken Nachholbedarf. Dieser ist mittlerweile ausreichend gestillt. Jedoch bedeutet es nicht, dass ich eine völlige Lustlosigkeit empfinde. Sie ist nur auf ein normales und gesundes Maß reduziert. Zeitweilig befürchtete ich, sexsüchtig zu sein, aber dies ist zum Glück nicht der Fall. Die Aufholjagd in Bezug auf Sex erkläre ich hiermit für beendet.

Somit konnte dieses Kapitel schließen und ging zufrieden ins Bett. Ich spürte die Erschöpfung und schlief schnell ein.

3. Kapitel

Um ca. 10.00 Uhr stand ich auf und stellte mit Schrecken fest, dass mir nicht mehr übermäßig viele Urlaubstage für die Fertigstellung des zweiteiligen Romans zur Verfügung standen. Daher versuchte ich die mir zu verbleibende Zeit, möglichst effektiv für meine künstlerische Arbeit zu nutzen. Die Agentur Kraftmeier vom Hamburger Abendblatt fing in den letzten Tagen an, mich mit gezieltem Telefonterror zu quälen, der mir arg zusetzte. Zumindest entsprach dies meinen Empfinden. Ich habe versucht, mich von den Stalker-Attacken nicht beeindrucken zu lassen. Trotzdem hinterließen sie bei mir unübersehbare Spuren. Ich fühlte mich emotional angegriffen, was sich durch Müdigkeit und Erschöpfung bemerkbar machte. Auch leichte Kopfschmerzen bekam ich zu spüren.

„Auch wenn ich diesen Job nicht besonders mag, aber er hilft mir, weiterhin finanziell passabel über die Runden zu kommen", musste ich ernüchternd erkennen.

Eine brauchbare Jobalternative befand sich leider ebenfalls nicht in Sicht. Durch diese Erkenntnisse wurde mir meine sklavische Abhängigkeit vom Arbeitsplatz ins Gedächtnis gerufen und zwar ohne Rücksichtnahme auf meine Gefühlslage. Ich hasste mich und die aktuelle Jobsituation. Innerlich musste ich fürchterlich fluchen.

„Verdammte Scheiße", dachte ich in Anbetracht meiner Verfassung.

Zu allen Überfluss traute ich mir jobtechnisch nichts anderes mehr zu, weil mein Selbstvertrauen sich momentan im tiefsten Keller aufhielt und über keine greifbare Chance verfügte, zu mir in die Wohnung zurückzukehren. Es blieb dort unten eingeschlossen, und ich verlor den Schlüssel dafür. Daher unternahm ich keinen ernsthaften Versuch, einen Jobwechsel auszuprobieren. Spielerisch schaute ich mich zwar im Wochenblatt nach Stellenangeboten um, aber ich blieb zu ängstlich, um bei den ohnehin wenigen Optionen, die mir zur Verfügung standen, einen Versuch zu starten, bei einer Firma nachzufragen.

„Ist mein Verhalten ein Ausdruck von Feigheit beziehungsweise eine geringe Bereitschaft zum Risiko", fragte ich mich mit einer Riesenportion Selbstzweifel.

Denkbar. Eine verzwickte Angelegenheit, die ich zurzeit nicht zu ändern vermochte. Ich trat auf die Stelle und kam nicht entscheidend voran. Diese Tatsache kostete mich sehr viel Kraft. Dadurch geriet ich immer stärker in einen Teufelskreislauf, den ich kaum durchbrechen konnte. Dieses Geständnis musste ich vor meinen Spiegel im Badezimmer ablegen. Ich verspürte das Verlangen, mir selbst dabei ins Gesicht zu sehen. Ein symbolischer Akt, der mir half, mich befreiter zu fühlen und meine Schwächen schonungslos offenzulegen.

„Unter Umständen hilft meine Selbstehrlichkeit, irgendwann die Angst vor einen neuen Job zu überwinden", hoffte ich zumindest.

Ich spritzte mir etwas Wasser ins Gesicht, um die Müdigkeit aus meinen Kopf zu vertreiben.

Mcin Gedankenkarussell drehte sich zwischenzeitlich weiter, obwohl ich noch nicht gefrühstückt hatte. Es wurde mir klar, dass ich meinen beschissenen Job weitermachen muss wie bisher, wenn es mir nicht gelingt, meinen inneren Schweinehund zu überwinden. Daran gab es vorerst nichts zu rütteln. Daher durfte ich den Bogen nicht überspannen. Aus diesem Grund hoffte ich, dass mir weitere Belästigungen durch das Hamburger Abendblatt während meines Urlaubs erspart blieben. Diese Form der Konfrontation konnte ich überhaupt nicht gebrauchen. Es zerrte an meinen Nerven. Wie lange konnte ich dies noch ertragen? Ich benötigte die volle Konzentration für meine künstlerische Arbeit.

„Und nach dem Urlaub muss ich abwarten, ob mir meine Chefin meine Notlüge mit der Reise glaubt oder nicht", stellte ich fest.

Keinesfalls durfte ich mich in dieser Angelegenheit verrücktmachen lassen, weil es pures Gift für mein Buchprojekt wäre. Umso wichtiger wurde es, dass ich mich nach einen reichhaltigen Frühstück in die schriftstellerische Arbeit stürzte und ein weiteres Kapitel aufschlug.

Im neuen Jahr merkte ich, dass Sieg und Niederlage eng beieinander liegen können. Zunächst der Erfolg. Ich unterschrieb den Arbeitsvertrag bei Onkel Alfred. Somit wurde ich offiziell

Arbeitnehmer und galt nicht mehr als Arbeitsloser. Ich gehörte nicht mehr zum Kreis der gesellschaftlich Geächteten.

„Dadurch hatte ich die Institutionen des Öffentlichen Unrechts zumindest vorerst von der Backe", freute ich mich innerlich.

Daher konnte ich mich besser auf die Kunst konzentrieren, was inhaltlich dieses Kapitel besonders stark beschäftigen wird.

Leider musste ich aber auch eine Niederlage einstecken. Ich bekam eine Absage von einem Verlag per Pony-Express zugeschickt. Es meldete sich postalisch der Rowohlt-Verlag. Ein großer Umschlag befand sich im Briefkasten, wo mir sofort klar wurde, was dieser bedeutete. Dies kannte ich bereits durch meine früheren Jobbewerbungen. Die übliche Prozedur. Eine schriftliche Absage.

„Sie haben mir mein Manuskript wieder zurückgeschickt", musste ich notgedrungen nach dem Öffnen des Umschlags feststellen.

Natürlich rechnete ich nicht gleich mit einem schnellen Erfolg. Dies wäre in der Tat sehr naiv gewesen. Trotzdem spürte ich eine riesengroße Enttäuschung, weil ich von der Qualität meines Produktes stets überzeugt blieb. Meine Gedichte tragen meine persönliche und unverwechselbare Handschrift. Ich verfügte zum Glück über drei Eisen in Feuer, die noch heiß blieben und hoffte weiterhin auf baldigen Erfolg. Daher wollte ich mich nicht entmutigen lassen und kämpfte beherzt weiter. Vorzeitiges Aufgeben gehörte nicht unbedingt zu meinen typischen Charaktereigenschaften. Ich blieb weiterhin optimistisch.

Nach der Enttäuschung mit dem Rowohlt-Verlag kam wieder etwas Positives. Zuhause klingelte abends unerwartet das Telefon. In großer Erwartung nahm ich den Hörer ab und hoffte dass sich endlich jemand wegen dem Kauf des Esszimmers melden wird. Allmählich kam bei mir Frust auf, weil bisher nichts passierte. Kaum Resonanz. Fast wollte ich schon Feuerholz aus dem Möbeln machen. Meine Verzweiflung stieg über ein normales Maß, weil ich unbedingt bald mit der Malerei im Atelierzimmer beginnen wollte.

„Hallo, hier René Krüger", nannte ich meinen Namen.

„Guten Tag. Mein Name ist Möller. Meine Frau und ich würden gerne einen Besichtigungstermin wegen des Esszimmers machen. Wir haben Interesse", meldete sich eine ältere männliche Stimme am Apparat.

Meine Gebete wurden erhört. Endlich kam Bewegung in die Sache. Innerlich löste es einen Jubelschrei aus. Trotzdem versuchte ich die Ruhe zu bewahren, um nach außen gelassen zu bleiben. Vor der Zielgeraden bloß nichts verkehrt machen, wurde mein Motto. Daher atmete ich erstmal tief durch, ehe ich etwas erwiderte.

„Ich schlage den morgigen Tag vor und zwar 18.30 Uhr. Vorher kann ich nicht zuhause sein", schlug ich meinen Gesprächspartner vor.

„Einverstanden. Und wo wohnen Sie", wollte Herr Möller wissen.

„In der Lohkoppelstraße 63 in Barmbek", gab ich zur Auskunft.

„ Finde ich. Dann bis morgen", beendete der ältere Herr das Telefonat.

„Bis morgen", sagte ich zum Abschied, bevor ich das Auflegen des Hörers an der anderen Leitung vernahm.

Am nächsten Tag kam tatsächlich ein Rentnerehepartner, dass für ihr Alter noch sehr rüstig wirkte, wegen des Esszimmers vorbei. Pünktlich klingelten sie an meiner Haustür. Ich sah es als ein gutes Zeichen. Meine Schwester Christina traf bereits ungefähr zwanzig Minuten vor den beiden Interessenten ein. Sie wollte bei der Abwicklung des Geschäftes unbedingt dabei sein. Ich gewann den Eindruck, dass sie es mir trotz meiner Berufserfahrung als Industriekaufmann nicht zutraute, einen angemessenen Preis herauszuholen. Darüber wollte ich mich nicht ärgern und konzentrierte mich lieber auf die Kunden. Ich begrüßte die Herrschaften an der Tür und präsentierte ihnen die Möbel. Die Rentner schauten sich das Inventar genau an. Bewusst ließ ich die beiden allein, damit sie sich nicht bedrängt fühlten. Alles andere hielt ich für kontraproduktiv. Zusammen mit meiner Schwester wartete ich in Wohnzimmer und hoffte auf eine erfolgreiche Einigung.

Nach einer kurzen Weile kam der ältere Herr ins Wohnzimmer und sagte: „Wir sind bereit, 450 DM für die Möbelteile zu bezahlen".

Die Verkaufssumme stuften Christina und ich als akzeptabel ein.

„Der Preis ist in Ordnung", signalisierte ich meine Zustimmung, als meine Schwester mir bejahend zunickte.

Mit einem Handschlag galt der mündliche Vertrag als geschlossen. Mein Glück konnte ich kaum fassen. Fast genau drei Monate dauerte es, bis der Verkaufserfolg zur greifbaren Realität wurde. Allmählich näherte ich mich dem Ziel an, schnellstmöglich mit der Malerei beginnen zu können. Den Geldbetrag bekam ich in bar ausgezahlt. Mit dem Mann schleppte ich die schweren Möbelteile zum Auto. Am Schluss bedankte ich mich nochmals beim Rentnerpaar und verabschiedete mich. Als leichten Unsicherheitsfaktor betrachtete ich vor dem Verkauf meine Schwester. Denn sie sagte zu mir, dass ich die Differenzsumme aus eigener Tasche bezahlen muss, wenn ich aus ihrer Sicht zu schlecht verhandeln würde. Diesbezüglich fühlte ich mich unter Druck gesetzt. Jedoch lief alles nach Wunsch, und ich konnte am Ende aufatmen.

„Jetzt kann das Atelierzimmer in Angriff genommen werden", kam mir als Gedanke in den Sinn, als ich mit meiner Schwester wieder allein in der Wohnung aufhielt.

Christina fragte ich daher: „Kannst du mir das Zimmer streichen? Du solltest es auch nicht kostenlos machen".

„Was bekomme ich dafür", wollte sie wissen.

„Als Bezahlung bekommst du ein Bild von mir gemalt", erwiderte ich.

Die Idee fand sofort ihre Zustimmung.

„Hört sich gut an. Ich stelle mir ein modernes und abstraktes Gemälde vor. Die Farbtöne sollen hellbraun, gelb, orange und weiß sein. Es soll in Flur neben der Toilette hängen. Also kein Riesenformat", beschrieb sie mir ihre Vorstellung von Bild.

„Dann schlage ich dir das Format 30 x 40 cm vor", entgegnete ich ihr darauf.

Sie überlegte einen kurzen Augenblick.

„Das Format passt. Die Größe nehme ich".

So konnten wir eine Vereinbarung treffen, die beide Seiten zufriedenstellte. Dies wurde sozusagen meine erste Auftragsarbeit, die ich als Künstler bekam.

Einige Tage später telefonierte ich mit meinem ehemaligen Studienkollegen Thorsten und teilte ihm freudig mit, dass ich eine Festeinstellung bei meinem Onkel erhalten habe.

Er sagte darauf zu mir: „Dann ist es nicht mehr notwendig, dass ich dein offizieller Untermieter bin. Bitte sorge dafür, dass es jetzt rückgängig gemacht wird"!

In der Tonlage blieb er auffallend distanziert. Für mich ein Indiz, dass er sich in der Rolle des Untermieters nie wohlfühlte, obwohl er keine Nachteile dadurch erdulden musste Keine Freude über meine Festeinstellung, was ich ebenfalls als sehr seltsam empfand.

Ich antwortete: „Da ich nicht mehr vom Staat abhängig bin, ist es auch kein Problem. Danke, dass du mir wegen der Wohnung geholfen hast".

Mit dem Dankeschön am Schluss wollte ich meinen Kumpel signalisieren, dass ich seine Hilfe nicht als absolut selbstverständlich hinnahm, was aber nicht viel nützte, wie ich schnell feststellen musste. Kurz angebunden, würgte er mich am Telefon ab.

„Ich muss das Gespräch beenden, weil ich mit jemandem verabredet bin".

Etwas irritiert von seiner Reaktion sagte ich nur: „Tschüss".

So endete dieses merkwürdige Telefonat.

Danach informierte ich schriftlich die Saga, dass Thorsten bei mir als Untermieter ausgezogen ist. Ich bekam immer stärker das Gefühl vermittelt, dass sich mein Kumpel nicht wirklich mit der Rolle des fiktiven Untermieters anfreunden konnte. Als ich ihm damals fragte, fühlte er sich wahrscheinlich von mir überrumpelt, sodass er kaum eine Chance erhielt, nein zu sagen. Vermutlich bereute er hinterher seine Entscheidung und konnte sie von seiner Seite nicht revidieren. Alles Tatsachen, die mir wieder bei den Aufzeichnungen an meinem Notebook ins Gedächtnis gerufen wurden. Für mein Überleben aber eine Notwendigkeit, mein Zuhause zu erhalten. Ich brauchte es für mein seelisches Wohlbefinden.

Die Freundschaft, die immerhin fünf Jahre hielt, neigte sich allmählich dem Ende zu. Der Kontakt wurde zunehmend seltener. Und ich wollte bezüglich unserer Freundschaft kein Bittsteller mehr sein, sodass ich ihn irgendwann nicht mehr kontaktierte. Meines Erachtens habe ich nichts Schlimmes verbrochen. Daher brauchte ich kein schlechtes Gewissen zu haben. Die einseitige Freundschaftspflege, ein Trend, der sich leider schon länger abzeichnete, stufte ich zu diesem Zeitpunkt als inakzeptabel ein. Mein Geduldsfaden riss.

In diesem Zusammenhang dachte ich: „Wenn Thorsten etwas an unserer Freundschaft liegt, soll er sich melden".

Eine Freundschaft funktioniert dauerhaft nur auf einer gleichberechtigten Ebene. Und auffällig häufig wimmelte er mich am Telefon ab. Ich konnte mir sein Verhalten nicht erklären. Es gab keinen Streit, der eine distanzierte Haltung bezüglich unserer Freundschaft rechtfertigen könnte. Alles wirkte irgendwie mysteriös und rätselhaft.

„Hatte ich ihn verärgert, ohne dass es mir bewusst ist", kam mir plötzlich in den Sinn.

Es fiel mir nichts Gravierendes in dieser Richtung ein, so sehr ich meinen Gehirnschmalz auch aktivierte. Eine schmerzliche Tortur, die ich nicht unnötig vertiefen wollte. Gedanklich kam mir nur in den Sinn, dass ich ihn eventuell mit meiner Kunst auf die Nerven ging. Jedoch hielt ich gerade Thorsten für die einzige Person, die mich als Künstler verstand. Ein Irrtum? Möglicherweise.

„Wenn er irgendetwas an mir auszusetzen hat, kann er es mir direkt sagen. Schließlich verfügt er über einen Mund zum Sprechen", überlegte ich weiter.

Außerdem erkannte ich, dass ich nicht mehr verarscht werden wollte. Deshalb schlief die Freundschaft letztlich ein.

Zweifelsfrei hat mir diese Freundschaft viel gegeben und bedeutet. Aber nichts im Leben ist erzwingbar. Eine Lektion, die ich in meinem bisherigen relativ kurzen Erdendasein schon häufiger lernen musste. Es schmerzte mich, loslassen zu müssen, da ich positive Erinnerungen mit unserer Kameradschaft verknüpfte. Dennoch hielt ich diesem Schritt für unvermeidbar. Tatsache ist, Menschen ändern sich, weil unser Leben ein dynamischer Prozess ist. Wir haben uns offensichtlich auseinanderentwickelt. Thorsten konnte vermutlich die Veränderungen, die mein Leben fortan bestimmten, nicht mehr mittragen, was ich außerordentlich bedauerte. Meine Einsamkeit drang ohne Rücksicht auf meine Gefühle wieder stärker in den Mittelpunkt. Genauso schonungslos meldete sich bei mir die Depressionen mit großer Intensität und Heftigkeit zurück. Ich versuchte aus der negativen Gedankenspirale herauszukommen, indem ich mich ablenkte. Ich kaufte mir eine Klassik-CD und stürzte mich wie in einem Blindflug in die künstlerische Arbeit. Es gab für mich nur das Ziel, aus der Krise etwas Positives und vor allem etwas Produktives zu machen. Aus diesem Gedanken schöpfte ich meine Kraft als Künstler. Ich wollte mich nicht aufgeben. Eher im Gegenteil.

Für mich hieß es: „Jetzt erst recht".

Ich schrieb weitere Gedichte und startete weitere Versuche bei Verlagen. Zu meinen verfassten Werken gehörten „Die Herausforderung in der Kunst", „Die Widersprüchlichkeit des Menschen" und „Die Frage nach dem Warum", nur um einige aufzuzählen.

Die Herausforderung in der Kunst

Allzu oft grüble ich darüber nach, ob die Kunst mehr als nur ein Geheimnis ist, das niemals gelüftet werden kann und der Reiz in der Kunst nicht auch in seiner ständigen Herausforderung liegt, der ich stets ausgesetzt bin.

Diese ständigen Herausforderungen eröffnen mir die Möglichkeit, experimentieren zu können, zu wollen oder gar zu müssen.

Während meines Schaffensprozesses begreife ich schnell, dass sowohl die Kunst als auch die Herausforderung selbst ein Experiment darstellt, welches dann entweder gelingt oder eben nicht gelingt und dass die beiden Dinge zu einer untrennbaren Einheit verschmelzen.

Dabei sind die Grenzen ohne jegliche Bedeutung, mein Körper befindet sich außerhalb des Geschehens und alles um mich herum erscheint mir gegenstandslos.

Immer stärker spüre ich, dass sich die eigentliche Grenze nur in meinem Kopf abspielt, meine schöpferische Kraft nun an Tragweite gewinnt, eine Form der Besessenheit, die mehr und mehr Besitz von mir ergreift, entsteht und ein Ende ist daher nie absehbar.

Diese Erkenntnis führt mir vor Augen, dass sich der wahre und echte Künstler nur dadurch beweist, dass der immer bereit ist, ein volles Risiko einzugehen, selbst für den Fall, dass er Gefahr läuft, an einzelnen Herausforderungen vielleicht doch zu scheitern.

Die Widersprüchlichkeit des Menschen

Jeden einzelnen Menschen begegnet die Konfrontation mit sich selbst, sodass er gezwungen ist, sein eigenes Spiegelbild kritisch und genau zu betrachten und erkennt auf diesem Weg die Gegensätzlichkeit seines inneren Wesens.

Seine Gefühlswelt wird nun immer wieder durcheinandergewirbelt und gerät in starke Turbulenzen, sodass die Gegensätzlichkeit seines inneren Wesens einen Ausdruck seiner Widersprüchlichkeit repräsentiert.

All diese Widersprüchlichkeiten, die damit im Zusammenhang stehen, scheinen auf dem ersten Blick gar nicht zusammenzupassen, aber sie gehören unwiderruflich zusammen.

Ein Zusammenspiel der Gegensätzlichkeit unseres inneren Wesens bleibt daher unvermeidbar, und die Frage nach dem Warum wird unausweichlich.

Vielleicht steht die Antwort in der sich jeweils befindlichen Situation unseres Lebens geschrieben, da wir unsere Entscheidungen selbst treffen müssen.

Die Widersprüchlichkeit des Menschen mit all seinen Fühlen und den daraus resultierenden Handeln, lässt sich nicht wirklich erklären und bleibt ein offenes Geheimnis, aber trotzdem erkennt man die Notwendigkeit, da sie uns durch das gesamte Leben begleitet, uns die damit verbundene Last tragbar macht und uns letztlich die Möglichkeit des eigenen Lernens verschafft.

Die Frage nach dem Warum

Viel zu oft lassen wir uns durch den Alltag unseres Lebens treiben, kratzen meist nur an dessen Oberfläche, vergaloppieren und verfangen uns im Rausch der Geschwindigkeit in übliche Klischees und nehmen dabei unsere nähere Umgebung als heile Welt wahr.

Dennoch vernehmen wir irgendwann, vollkommen unerwartet, eine überraschende Wendung, eine Richtungsänderung in unserem Leben, da unverhofft eine Bedrohung in Form eines immer größer werdenden Fragezeichens vor unseren Augen entsteht und somit unweigerlich in unsere heile Welt eindringt, wobei sich hinterher niemand genau erklären kann, weshalb es gerade jetzt entstanden ist.

Dann, völlig unvorbereitet, entstehen aus dem einen Fragezeichen, zwei, drei vier, einfach unendlich viele, sodass man das Gefühl hat, von einer Vielzahl von Fragezeichen vereinnahmt oder gar eingesperrt zu werden und die zentrale Frage unseres Lebens wird ab sofort unüberhörbar „Warum"?

Dies ist eine Frage, wenn sie nur ein einziges Mal vor unseren Augen sichtbar wird, die uns immer wieder in den jeweiligen Situationen unseres Lebens verfolgt, ohne dass jemand tatsächlich über die Möglichkeit verfügt, vor dem Warum die Augen zu verschließen.

Daher wird die Suche nach dem Warum der Antrieb unseres Lebens, und ein ständig sich wiederholendes Frage-Antwort-Spiel gewinnt in diesem Augenblick immer mehr an Bedeutung, wobei die Antwort nicht entscheidend ist, sondern die Frage selbst, da wir ohne sie nichts hätten wonach wir eigentlich suchen sollten und wären ohne sie nichts.

Bedenke bei diesem Frage-Antwort-Spiel, dass die Antwort für jeden einzelnen nicht immer offen vor einen liegt, da sie stets unterschiedlich wahrgenommen wird, und nun stelle dir die zentrale Frage unseres Lebens selbst: „Warum"?

Mitte Februar 2000 kam die zweite enttäuschende Nachricht von einem Verlag. Der dtV-Verlag lehnte mein Manuskript mit der Begründung ab, dass es für ihr Verlagsprogramm ungeeignet sei. Und die Ablehnung kam bereits schon nach drei oder vier Tagen. Erstaunlich, wenn ich bedenke, dass der Rowohlt-Verlag fast drei Monate brauchte, um sich für ein Nein zu entscheiden. Emotional versetzte es mir einen heftigen Niederschlag im Ring, den ich nur mit viel Mühe wegstecken konnte.

„Sind meine Texte tatsächlich so schlecht, dass man es sofort erkennen konnte", fragte ich mich.

Eine leichte Unsicherheit machte sich bei mir bemerkbar.

Obwohl ich wusste, dass der Weg, den ich einschlug, sehr steinig und mit Niederlagen verbunden sein wird, steckte ich bei jedem Versuch eine große Hoffnung hinein, dass es doch schnell klappen könnte, unabhängig davon, ob es tatsächlich realistisch ist. Hinterher kam die schmerzhafte Ernüchterung, da es leider doch eine Absage gab. Ich durchlebte eine Achterbahn der Gefühle. Ständig ging es dabei rauf und runter. Ähnliche Erfahrungen machte ich bereits nach dem Abitur bei meinen Bewerbungen, um einen Ausbildungsplatz als Kaufmann zu erhalten. Bei diesem Vergleich musste ich mit Schrecken feststellen, dass die Verlage genauso einfallslos bei ihren Ablehnungsbescheiden sind wie andere Unternehmen auch. Ich bekam den üblichen Dreizeiler mit dem beigefügten Manuskript zugeschickt. Diese Tatsache verursachte eine zusätzliche Frustration. Irgendwie erwartete ich mehr. Bei mir schoss der Gedanke durch den Kopf, dass ich mir einen Agenten suchen sollte, der mein Manuskript vermarktet.

„Allerdings müsste der Agent auf Provisionsbasis arbeiten", überlegte ich weiter.

Alles andere erschien mir nicht bezahlbar. Genauso spielte ich mit dem Gedanken, das Manuskript auf eigene Kosten drucken zu lassen. Ehe ich mir aber weitgehende Gedanken in dieser Richtung machen wollte, startete ich weitere Versuche bei Verlagen.

Ende Februar 2000 kam meine dritte Absage von einem Verlag. Diesmal der Suhrkamp Verlag in Frankfurt. Natürlich machte sich erneut eine große Enttäuschung in meinen Gedanken breit, die ich nicht so schnell aus meinem Kopf verdrängen konnte. In meiner Situation versuchte ich vergebens gegen dieses negative Gefühl anzukämpfen. Jede neue Ablehnung meines Manuskriptes bedeutete für mich einen gewaltigen Niederschlag in der Kampfarena, den ich von mal zu mal intensiver empfand, weil es meine Chancen, einen geeigneten Verlag zu finden, zunehmend minimierte. Ich spürte, die Angst zu versagen, aber trotzdem wollte ich nicht aufgeben. Der Gedanke, das Manuskript in Eigenregie drucken zu lassen, verstärkte sich daher immer mehr. Sogar einen eigenen kleinen Verlag zu gründen, erschien mir nicht völlig abwegig, auch wenn ich zugegebenermaßen nicht wusste, wie ich es realisieren kann. In meiner Verzweiflung suchte ich nach neuen Optionen, um Erfolg zu haben. Jedoch der Weg dorthin, blieb ungewiss.

Eine Reihe von Gedanken, warum die Verlage mein Manuskript ablehnten, beschäftigte mich zusätzlich. Ich wusste, dass es schwierig werden könnte, bei diesem Schreibstil und dieser Themenwahl einen geeigneten Verlag zu finden. Dies hatte nichts mit der Qualität meiner Texte zu tun, dessen blieb ich mir sicher. Meine Art sich mit gewissen Themen auseinanderzusetzen, ist häufig unbequem und anspruchsvoll, weil ich der Gesellschaft vielfach den Spiegel vor das Gesicht halte. Was sie dann entdeckt ist oftmals eine hässliche und widerliche Fratze, die für jeden Leser/Betrachter abschreckend sein könnte. Daher passte ich nicht in die üblichen Schubladen und wurde von den Verlagen bis dahin radikal und konsequent aussortiert. Dinge, die kritisch, anspruchsvoll oder neuartig sind, werden in unserer Gesellschaft, wenn überhaupt, nur schwerfällig angenommen. Dies ist Ausdruck mangelnder Lernfähigkeit und fehlender Risikobereitschaft, sich Herausforderungen zu stellen, die nicht der gesellschaftstypischen Norm entsprechen. Ungewöhnliche Künstler oder Wissenschaftler mussten schon immer mit solchen Schwierigkeiten kämpfen. Diesbezüglich stellte ich keine Ausnahme dar. So wiederholt sich Geschichte am laufenden Band. Die Historie ist oftmals ein Lehrmeister, der leider abgelehnt wird. Damit muss ich leben, ob ich will oder nicht.

Kurz unterbrach ich das Schreiben am Notebook, da ich eine Kopfmüdigkeit verspürte. Dringend benötigte ich Energiezufuhr in Form von Kaffee. In der Küche bereitete ich mir die Wunderdroge zu, in der Hoffnung, wieder voller Tatendrang zu sein. Ich trank einen kräftigen Schluck aus meinen Becher, den ich darauf neben meiner digitalen Schreibmaschine abstellte. Anschließend setzte ich meine Aufzeichnungen fort.

Nach einigen Niederlagen bei Verlagen brauchte ich Anfang März 2000 unbedingt Ablenkung, um auf andere Gedanken zu kommen. Zuhause fiel mir die Decke auf dem Kopf. Aus diesem Grund besuchte ich nach langer Zeit wieder die Kunsthalle. Thema der Ausstellung: „Surreale Welten". Es wurden Werke von Dalí, Klee, Max Ernst und je ein Bild von Miró und Picasso ausgestellt. Auch Künstler, die mir ehrlich gesagt nicht so bekannt sind, wurden präsentiert. Ich hoffte mehr Werke von Picasso und Miró zu sehen, aber dennoch bekam ich als Besucher eine interessante Präsentation geboten. Die Vielseitigkeit der einzelnen Künstler beeindruckte mich und nahmen mich emotional gefangen. Deshalb kaufte ich mir das Buch zur Ausstellung. Somit gewann ich wieder einige Anregungen für die Malerei, auch wenn sich die Gestaltung meines Atelierzimmers zeitlich heraus zögerte und mich noch nicht eingeladen fühlte, vor der Leinwand zu agieren. Der Grund dafür? Ein Anruf meiner Schwester einige Tage zuvor.

Am Telefon teilte sie mir mit: „Hallo, ich bin es, Christina. Es tut mir leid René, aber wir müssen das Streichen des Zimmers vorerst verschieben, weil ich vor kurzem eine Brust-OP hatte".

„Selbstverständlich geht deine Gesundheit vor. Ich wünsche dir eine gute Besserung", erwiderte ich am anderen Ende der Leitung.

Natürlich konnte ich meine Enttäuschung nicht verdrängen, weil ich wusste, dass dies einen längeren Genesungsprozess erforderte, und die Streicharbeiten nicht gemacht werden konnten. Dies wurde ein zusätzlicher Grund für den Museumsbesuch. Ich versuchte die Wartezeit bis zum Streichen sinnvoll mit meiner künstlerischen Fortbildung zu überbrücken, damit meine Ungeduld nicht zu groß wird.

In der soeben angesprochenen Wartezeit musste ich mich zu meinem Leidwesen wieder einmal mit unangenehmen Dingen beschäftigen. Ende vorigen Jahres stellte mir die Familienkasse Hamburg eine Rechnung von genau 455 DM. In diesem Zusammenhang ging es um Kinderfreibeträge. Ich musste nach vier bis fünf Jahren nachweisen, dass meine Mutter das Geld zu Recht erhalten hat, sonst muss die Summe zurückerstattet werden. Ich fragte mich, warum die Behörde sich erst jetzt bei mir meldete. Nach so langer Zeit verfügte ich über keine Unterlagen, die beweisen konnten, dass Hanna dieses Geld tatsächlich zustand. Bei mir stieß der kriminelle Akt des Staates auf keinerlei Verständnis. Ich empfand es als schreiendes Unrecht, dass ich dieses Geld bezahlen musste. Wieder spürte ich einen enormen Zorn auf den Staat.

Denn Fakt ist: Der Staat kann willkürlich eine Forderung an den Bürger stellen. Und der Bürger muss den Beweis erbringen, dass diese Forderung nicht rechtens ist, ansonsten ist Zahltag. Aus meiner Sicht stellt dies eine Umkehr der Beweislast dar.

„Mit einem demokratischen Rechtsstaat hat dies nichts zu tun", empörte ich mich.

Offiziell befand sich das Recht auf der Seite des Staates. Daher musste ich notgedrungen und zähneknirschend bezahlen.

Zwar befand ich mich moralisch im Recht, aber leider nicht gesetzlich. Genau diese Tatsache wurde ausschlaggebend.

„Vor Gericht hätte ich vermutlich kaum eine Chance gehabt", erkannte ich vorzeitig.

Und zum Kämpfen fehlten mir zu diesem Zeitpunkt die Kraft und die Motivation. Mehr als zwei Jahre musste ich mich mit den Institutionen des Öffentlichen Unrechts auseinandersetzen und um das nackte Überleben kämpfen. Ohne die Hilfe von Freunden und Bekannten wäre ich vermutlich sogar auf der Straße gelandet. Durch die Erschöpfung konnte und mochte ich nicht mehr auf das Schlachtfeld ziehen. Schmerzhaft akzeptierte ich diese Niederlage. Sie gehörte zu den wenigen, die ich gegen die Bürokratur einstecken musste. Letztlich blieb mir nichts anderes übrig. Dank Fortuna konnte ich den Betrag sofort bezahlen, weil ich über ein Heizungsguthaben der Saga verfügte. Dieses Guthaben entsprach fast genau der Zahlungsforderung der Familienkasse. Ich musste nur ca. 6 DM dazu bezahlen. Eine glückliche Fügung des Schicksals. Es tat trotzdem weh.

„Was hätte ich alles mit dem Geld machen können", ärgerte ich mich verständlicherweise.

Die positive Wendung, die ich in diesem Kontext hatte, verdankte ich den Umstand, dass die Heizungsabrechnung verspätet in meinem Briefkasten gelangte. Denn hätte ich sie, wie meist üblich, bereits Ende vorigen Jahres erhalten, könnte ich gar nicht über das Geld verfügen, da dies mit meinen Sozialleistungen verrechnet worden wäre. Irgendjemand muss die schützende Hand über mich gehalten haben. Anders konnte ich mir den Vorfall nicht erklären.

Ein Quantum Trost blieb für mich die Tatsache, dass ich mir ungefähr 200 DM auf anderen Wege vom Staat wiederholen konnte. Denn die GEZ-Befreiung und den Sozialtarif beim Telefonieren hätte ich nach meiner Arbeitsaufnahme nicht mehr für mehrere Monate in Anspruch nehmen dürfen. Jedoch ich tat es, da ich über eine schriftliche behördliche Genehmigung verfügte, die offiziell noch gültig blieb. Ich sah es als eine kleine Ausgleichszahlung an. Diesbezüglich bekam ich kein schlechtes Gewissen. Warum auch? Denn der Staat machte in dieser Angelegenheit immerhin ein Plus von ca. 255 DM.

Die Ungerechtigkeit unseres gesellschaftspolitischen Systems drang augenblicklich in meinen Schädel.

„In diesem Land lebe ich nur deshalb, weil es woanders auch nicht unbedingt besser ist, sondern eher sogar noch schlechter. Ich wählte das etwas geringere Übel für mich", zog ich ernüchternd Fazit.

Ich sah meine Perspektiven verschwinden. Ernsthaft zog ich es in Betracht, nie wieder zu irgendwelchen Wahlen zu gehen, da sich ohnehin nichts an der Politik ändert, egal ob rot oder schwarz das Sagen in Deutschland hat. Ich kam mir vor wie ein Glücksspieler, der vor dem Roulette-Tisch sitzt und entscheiden muss, welche Farbe eventuell die Richtige sei. Stets ging ich als Verlierer vom Platz, eine Tatsache, die mir eigentlich vorher klar sein müssen. Denn beim Glücksspiel gewinnt erfahrungsgemäß meist die Bank. Trotzdem startete ich immer wieder einen neuen Versuch. Der Leser fragt sich vermutlich an dieser Stelle, warum ich es mir trotz negativer Realität weiterhin zumute. Zugegebenermaßen eine Frage, die ich mir selbst schon häufig gestellt habe. Eine plausible Antwort fand ich nie. Vermutlich ist es eine kleine Hoffnung, dass sich doch etwas zum Positiven verändert. Frei übersetzt bedeutet es Zweckoptimismus.

Unter dem Strich betrachtet gesehen, profitierte ich von den staatlichen Leistungen, auch wenn ich einen extrem hohen Preis dafür bezahlen musste. Die behördlichen Auseinandersetzungen hinterließen unübersehbar ihre Spuren. Ich fühlte mich nervlich angeschlagen und erschöpft, obwohl ich keinen Druck des Staates mehr im Nacken verspürte. Die Nachwirkungen ließen sich nicht ignorieren. Daher sah ich es als mein moralisches Recht an, diese Leistungen beziehen zu können. Meine Eltern würden wahrscheinlich für meine Haltung kein Verständnis aufbringen können, weil sie eine andere Generation sind. Für sie verfügte das Pflichtbewusstsein gegenüber der Gesellschaft einen größeren Stellenwert als für die Generation danach.

Heinrichs Standardsatz lautete oftmals: „Wenn ich höre, dass manch Arbeitsloser sagt, ihn stehen staatliche Leistungen zu, geht mir das Klappmesser in der Hose auf. Sie sollten lieber arbeiten gehen".

Und Hanna pflegte immer zu sagen: „Wer Arbeit sucht, findet auch welche. Irgendetwas findet man immer. Zu Not geht man eben putzen. Hauptsache man arbeitet und liegt dem Staat nicht auf der Tasche".

Auch wenn meine Eltern vieles richtig machten, stimmte ich mit dem Wissen von heute hier nicht zu, weil die Rahmenbedingungen vorhanden sein müssen. Diese verschlechterten sich in unseren gesellschaftspolitischen System zunehmend. Das Lohnniveau sank spätestens seit Anfang der Neunziger rapide. Dadurch sank auch fast automatisch das Rentenniveau und nicht, wie uns die Politik glauben lassen will, durch den sogenannten demografischen Faktor. Das ist meines Erachtens schlichtweg Verarschung. Der Sozialstaat wird immer weiter demontiert und die Mehrheit in der Bevölkerung glänzt durch Passivität. Durch die Agenda 2010, die ausgerechnet von der SPD in März 2003 ins Leben gerufen wurde, nahm es später immer dramatischere Ausmaße an. Die Arbeitslosen wurden immer intensiver von Staat und Wirtschaft unter Druck gesetzt, schlecht bezahlte Arbeit anzunehmen und befristete Arbeitsverträge zu akzeptieren. Wer dies ablehnt, gilt als Sozialschmarotzer, den die Leistungen gekürzt oder im Härtefall sogar völlig gestrichen werden. Die Zeitarbeitsfirmen gewannen auffallend an gesellschaftlichem Gewicht. Die Leiharbeit ist letztlich nichts anderes als eine moderne Variante von Tagelöhner. Damit verriet die SPD ihre ursprünglichen Ideale und machte sich für mich auf diesem Wege, zumindest auf Bundesebene, nicht mehr wählbar.

Beim Schreiben musste ich aufpassen, dass ich nicht den Faden verlor. Deshalb hielt ich einmal kurz inne, weil ich spürte, dass mich diese Thematik emotional aufwühlte. Unbewusst führte ich mir meinen aktuellen Status vor Augen, ohne dass ich es beabsichtigte. Die Angst, in meiner Lage in einer dieser sinnlosen Ein-Euro-Jobs gesteckt zu werden, die letztlich nur dazu dienen, den Druck auf die Arbeitslosen zu erhöhen, kam in mir hoch. Es ist in diesem Kontext bezeichnend, dass die sogenannten Hartz-Reformen nach einem rechtkräftig verurteilten Kriminellen benannt sind. Ich atmete einmal tief durch, trank ein Schluck aus meinem Kaffeebecher, dessen Inhalt bereits ekelhaft kalt geworden ist und setzte meine Aufzeichnungen am Notebook fort.

Vielleicht würden meine Eltern heutzutage die Entwicklung des Sozialstaates auch aus einem anderen Blickwinkel betrachten wie damals. Letztlich bleibt es aber nur Spekulation. Zu meiner Entlastung kann ich beitragen, dass ich einiges probierte, um wieder auf die Füße zu kommen. Auch mein jetziges Buchprojekt stellt ein Beleg dafür dar, dass ich mich nicht auf der faulen Haut ausruhe. Dies ändert aber nichts an der Tatsache, dass ich meist von den Behörden, insbesondere von der Sozi, wie ein Mensch zweiter oder dritter Klasse behandelt wurde. Dieser Part wurde nun fast übergangslos von der Arge übernommen. Nichts änderte sich durch die Schröder-Regierung zum Vorteil für die Bedürftigen. Eher im Gegenteil. Sie begann das größte Sozialverbrechen in der Geschichte der Bundesrepublik Deutschland, die Agenda 2010. Daher sehe ich die staatlichen Leistungen auch als eine Art Schmerzensgeld an.

Jetzt aber wieder Themenwechsel und zurück zur Handlung. Ende März 2000 kam bezüglich der Gestaltung des Atelierzimmers wieder Bewegung ins Spiel. In Neckermann-Katalog suchte ich mir einen Schrank und eine Lampe aus, die ich im April bestellen wollte. Und mit Christina fuhr ich zu Max Bahr, um die Farbe für das Zimmer zu kaufen. Zusätzlich besorgten wir Pinsel und Rolle zum Streichen. In April sollte die Streichaktion starten. Allmählich entstand bei mir das Gefühl, dass es Fortschritte gab. Entsprechend groß wurde meine Freude. Allerdings wurde sie etwas getrübt, weil am selben Tag, wo ich mit meiner Schwester wegen der Malutensilien shoppen ging, die vierte Ablehnung von einem Verlag kam.

Zunächst entdeckte ich einen kleinen Umschlag im Briefkasten und dachte: „Endlich eine Zusage von einem Verlag".

Fast besoffen vor Freude öffnete ich den Umschlag. Jedoch beim Lesen des Briefes kam die totale Ernüchterung. Der Verlag zeigte sich als zu geizig, um für die Rücksendung des Manuskriptes zu zahlen. Deshalb kein großer Umschlag im Briefkasten. Ich fühlte mich irgendwie verarscht. Trotzdem musste ich über diese Situation lachen. Vermutlich Galgenhumor. Ich entschied mich, das Manuskript auf eigne Kosten zurücksenden zu lassen, da mir 3 DM Porto günstiger erschien, als ein neues Manuskript zu kopieren und einbinden zu lassen. Daher verfasste ich ein entsprechendes Anschreiben und fügte eine Briefmarke bei. Trotz erneuter Enttäuschung wollte ich mich von der Absage nicht entmutigen lassen und entschloss mich, in April das Spiel fortzusetzen.

Immer noch Ende März 2000. Auf der Arbeit hörte ich eine Hiobs-Botschaft. Zumindest empfand ich es im ersten Moment so.

Onkel Alfred verkündete im Büro: „Ich höre als Chef auf, weil ich demnächst in Rente gehen möchte. Meine Söhne übernehmen fortan das Ruder".

„Mein Stuhl am Arbeitsplatz beginnt bedenklich zu wackeln", dachte ich nach dieser Aktion.

Denn Matthias und Alfred jr. traute ich ehrlich gesagt nicht viel zu. Diese Nachricht erwischte mich eiskalt wie ein Wintereinbruch. Sie verursachte ein Kälteschock bei mir, der mich emotional für einige Stunden erstarren ließ, weil ich zuvor davon ausging, dass ich mindestens drei bis vier Jahre Ruhe vor der Asozialbehörde haben werde, um mich verstärkt auf die Kunst konzentrieren zu können. Nun schien es aber schlagartig infrage gestellt zu sein. Daher wurden meine Gefühle wild durcheinandergewirbelt, sodass ich mich nur schwer beruhigen konnte. Zuhause trank ich zwei Gläser mit Rum-Cola, um diese Nachricht besser verdauen zu können. Ruhig schlafen konnte ich trotzdem nicht.

Ein Tag nach der Schocktherapie sprach ich Onkel Alfred bei einer Tasse Tee auf das Thema Führungswechsel nochmals an. Dabei saßen wir in der Essecke, um das Firmengelände wegen der Kundschaft weiter im Blick zu haben. Es ließ mir gedanklich keine Ruhe, sodass dieser Schritt mir unvermeidlich schien, da ich verständlicherweise wissen wollte, wie es für mich in der Firma weitergehen wird. Zugegebenermaßen bekam ich eine Panikattacke wegen des Generationswechsels im Betrieb, die ich mir aber äußerlich nicht anmerken ließ.

„Wie geht es konkret in der Firma weiter", eröffnete ich das Gespräch.

Onkel Alfred erwiderte: „Ich bleibe noch ungefähr zwei Jahre übergangsweise als Verkäufer in der Firma. Wir sind jetzt quasi Kollegen. Meine Söhne hat es auch kalt erwischt. Sie müssen sich erst einmal an den Gedanken gewöhnen, diese Verantwortung zu übernehmen".

„Dann bleibt vorerst weitgehend alles beim Alten", wollte ich wissen.

„Nicht ganz. Aus einer Einzelunternehmung wird eine GmbH. Der Steuerberater hat diesbezüglich bereits alles in die Wege geleitet", erwiderte mein Gesprächspartner.

„Kostet uns die Änderung in einer neuen Unternehmensform nicht mehr Steuern", hakte ich nach.

„René, das ist richtig", bestätigte mein Gegenüber, „aber wir halten es wegen der Haftung des Unternehmens für sinnvoll".

Plötzlich spürte ich eine gewisse Aufbruchsstimmung bei Onkel Alfred. Er schaute kurz zur Wanduhr, trank hastig seinen Tee aus und stand von seinem Platz auf.

„Entschuldige, aber ich habe noch einen Besichtigungstermin. Eventuell ein neuer Auftrag", sagte er, als er das Büro verließ.

Nachdem sein Wagen das Firmengelände verlassen hatte, musste ich mir meine Lage nochmals vergegenwärtigen. Der Führungswechsel wurde nun eingeleitet. Daran gab es nichts mehr zu rütteln. Formell übernahmen die Söhne die Geschäfte der Firma. Was letztlich meine Cousins daraus machen werden, musste ich zunächst abwarten.

„Dies kann ich erst ersehen, wenn Onkel Alfred ganz aus der Firma aussteigt" erkannte ich folgerichtig.

„Zum Glück habe ich einen Arbeitsvertrag, sonst hätte es eventuell schlecht für mich ausgesehen", atmete ich in diesem Zusammenhang gedanklich auf.

Wieder einmal gewann ich das Gefühl, dass jemand die schützende Hand über mich hielt, obwohl ich nicht unbedingt an Gott glaube. Häufig musste ich mit großen Schwierigkeiten kämpfen und stand nahe am Abgrund. Der tiefe Fall schien schon beschlossene Sache zu sein. Jedoch im entscheidenden Moment fügte sich das Schicksal zu meinen Gunsten. Dadurch erkannte ich schrittweise, dass im Leben nicht alles Scheiße ist, auch wenn es zeitweilig bestialisch und unerträglich in der Atmosphäre stinkt.

In April 2000 kamen mir zwischenzeitlich Selbstzweifel. Ich befürchtete, dass ich als Künstler scheitern könnte, weil mir die letzte Konsequenz fehlte, nämlich den Sprung ins kalte Wasser zu wagen. Ich bewegte mich ständig zwischen zwei Welten, meinen erlernten Beruf als Kaufmann und meiner Berufung als Künstler. Eigentlich hätte ich aus dem normalen Berufsleben aussteigen und nur noch für die Kunst leben müssen, auch wenn ich deswegen für einige Zeit in Armut existieren müsste, aber es wäre wenigstens konsequent. Bin ich ein erbärmlicher Feigling gewesen? Oder erwies es sich nicht als der richtige Moment, den entscheidenden Schritt zu riskieren? Ehrlich gesagt, wusste ich nicht, wann der passende Augenblick für dieses Wagnis sein würde. Zunächst ging ich davon aus, dass ich nach den riesigen Stress mit den Behörden Ruhe benötigte, um mich besser auf die Kunst konzentrieren zu können. Dafür brauchte ich die finanzielle Sicherheit, die mir zunächst nur ein regulärer Arbeitsplatz verschaffen konnte.

Diese Gedanken beschäftigten mich seit April 2000 immer wieder, vermutlich um zu überprüfen, ob ich mich auf dem richtigen Weg befand. Ich baute unnötig viel Druck auf, was sich am Ende als kontraproduktiv erwies. Emotional nahm ich eine Demontage meines Ichs vor. Gerade in Situationen, wo nicht gleich alles klappte, wie geplant, neigte ich dazu, mich selbst zu hassen. Bestes Beispiel dafür wurde die Fertigstellung des Atelierzimmers. Damals schaffte ich es nicht ohne fremde Hilfe, solche Projekte in Angriff zu nehmen. Gleichzeitig wurde ich mir der Tatsache bewusst, dass ich nicht über einen großen Freundeskreis verfügte. Mit dieser Form der Konfrontation fühlte ich mich als hoffnungsloser Versager.

Christina rief mich abends zuhause an.

„René, wir müssen den Streichtermin erneut verschieben. Ich habe wieder Probleme in der rechten Brust. Mein Frauenarzt hat mir solche Arbeiten untersagt", teilte sie mir am Telefon mit.

„Das tut mir leid, dass es dir wieder schlechter geht", erwiderte ich besorgt.

Ich versuchte mir die Enttäuschung nicht anmerken zu lassen. Dies hielt ich in Anbetracht des schlechten Allgemeinzustandes meiner Schwester auch nicht für angemessen. Zweifelsfrei stellte die Gesundheit die höchste Prioritätsstufe dar.

„Es ist eine Entzündung in der Brust, die mir große Schmerzen bereitet", fügte meine Schwester hinzu.

„Du musst dich nicht vor mir rechtfertigen. Dein Frauenarzt hat recht. Du musst dich schonen! Sonst wird es eher noch schlimmer", entgegnete ich meiner Schwester.

„Ich will das Telefonat jetzt beenden, weil ich mich sehr erschöpft fühle", signalisierte mir Christina aus der anderen Leitung.

„Dann wünsche ich dir eine gute Besserung", beendete ich von meiner Seite das Gespräch.

„Danke", sagte Christina und legte den Hörer wieder auf.

Viele Gedanken kreisten fortan in meinem Kopf herum. Fast fühlte ich mich wie ein unbeholfenes Kind, weil ich mir nicht zutraute, die Malerarbeiten selbst auszuführen. Christina machte ich in diesem Zusammenhang keinen Vorwurf. Mit so einer Entzündung ist keineswegs zu spaßen. Und ich wollte nicht für eine chronische Erkrankung verantwortlich sein. Dies hätte ich mit meinem Gewissen nicht vereinbaren können. Mich ärgerte vielmehr mein innerer Widerspruch, den ich mit mir selber austragen musste. Zwischenzeitlich müsste er dem Leser dieser Zeilen ebenfalls aufgefallen sein. Einerseits verfügte ich über das Selbstvertrauen bei der Bildgestaltung auf der Leinwand, aber andererseits herrschte beim Streichen von Wänden große Unsicherheit. Dieser Tatsache bin ich mir heutzutage durchaus bewusst und kann es offen gesagt jetzt auch nicht mehr nachvollziehen. Jedoch gestaltete sich so damals meine Gefühlslage auf dieser Ebene. Dagegen konnte ich nichts machen und musste diese Realität notgedrungen akzeptieren. Vermutlich sind die Widersprüche, die wir zweifelsfrei alle in uns tragen, Prüfungen, den wir uns im Alltag immer wieder stellen müssen. Ein schwieriges Unterfangen, das erfahrungsgemäß viel Kraft kosten kann. Ich hasste es, von anderen Personen abhängig zu sein. Dennoch versuchte ich das Beste daraus zu machen. Daher machte ich mir Gedanken, für den Notfall eine Alternative für Christina zu finden, falls sie langfristig ausfallen sollte. Dabei stieß ich gedanklich auf meinen Nachbarn Dirk Heidemann, den Ehemann von Sabine. Ein gelernter Maler, der in der Vergangenheit Arbeiten für Hanna und mich ausführte. Zumindest wenn er keinen Alkohol trank, machte er eine gute Arbeit. Fast sah ich keine andere Möglichkeit. Denn ich wurde immer ungeduldiger. Die innere Unruhe wuchs. Die Zeit schien gegen mich zu laufen. Ich wollte erst das Atelierzimmer fertig haben, ehe ich mit der Malerei anfange. Und der Wunschtermin für die Fertigstellung des Kreativraumes sollte mein Geburtstag sein, aber die Fortschritte machten sich kaum bemerkbar, sodass das angestrebte Datum für dieses Highlight nicht realisierbar erschien. Meine Unzufriedenheit mit mir selbst stieg.

Für mich brauchte ich unbedingt das Gefühl, dass es doch mit der Gestaltung meines kleinen Malstudios voranging. Daher bestellte ich über Christina die Deckenstrahler und den Schrank bei Neckermann. Zuvor beriet mich meine Schwester bei diesem Vorhaben. Ich hoffte, dass wenigstens hierbei keine Hindernisse auftauchten. Gleichzeitig versuchte ich mein anderes Ziel, ein Verlag für mein Manuskript zu finden, nicht aus den Augen zu verlieren. Ich startete zwei weitere Versuche (Ullstein Verlag; Fischer Verlag). Die Chancen stufte ich zwar als gering ein, aber ich musste trotzdem versuchen die kleinsten Erfolgsaussichten zu nutzen.

„Nur wer etwas versucht, kann auch etwas gewinnen", hieß in diesem Kontext meine Devise.

Und wieder musste ich abwarten, was bei diesen Versuchsballons herauskommt. Aufgeben wollte ich trotz einiger Fehlschläge nicht. Ich stand als angeschlagener Boxer wieder im Ring und hoffte weiterhin auf den Erfolg als Autor. Die Angst zu versagen, wurde mir in meiner Lage genauso gegenwärtig wie der Optimismus doch erfolgreich sein zu können. Emotional ging es dabei ständig rauf und runter. Ich durchlebte einen hochexplosiven Gefühlsmix, der mich am Rande der Überforderung trieb. Ein enormer Spannungsbogen wurde erzeugt.

Wieder unterbrach ich das Schreiben am Notebook. Schlagartig wurde mir bewusst, dass mir demnächst dieses Szenario erneut bevorstehen könnte. Denn nach der Fertigstellung meines zweiteiligen Romans werde ich wieder in der Arena stehen müssen und meine inneren Kampf mit meinen Gefühlen austragen. Verfüge ich über ausreichende Nehmerqualitäten? Letztlich musste ich es darauf ankommen lassen, soviel schien hier gewiss zu sein. Ansonsten könnte ich an dieser Stelle sofort mit dem Schreiben aufhören. Jedoch wollte ich nicht vorzeitig das Handtuch werfen und setzte meine Aufzeichnungen fort.

Anfang Mai 2000 gab es immer noch keine Fortschritte bei der Gestaltung des Atelierzimmers. Die Zeit versuchte ich durch eine Paul Klee-Ausstellung in der Kunsthalle zu überbrücken. Es wurde mir eine interessante Präsentation des deutsch-/schweizerischen Künstlers geboten. Paul Klee ist ein moderner Maler, der gerne abstrahierte. Seine Leistung bezüglich der

Kreativität ist durchaus vergleichbar mit Miró oder Kandinsky. Was mich allerdings erstaunte, blieb die Tatsache, dass er viele kleine und mittelgroße Formate für die Bildgestaltung benutzte. Großformatige Werke konnte ich hingegen nicht in den ehrwürdigen Hallen des Museums wahrnehmen. Mit relativ einfachen Strichen konnte der Künstler Erstaunliches zu Papier bringen. Insofern lohnte sich die Ausstellung in jedem Fall. Auch hier konnte ich viel lernen und mir entsprechende Anregungen für künftige Bilder holen. Natürlich war und ist es nie mein Ziel, andere Künstlerkollegen zu kopieren. Trotzdem können Maler wie Paul Klee mich in meiner Malweise beeinflussen.

Nochmals sprach ich nach einigen Wochen mit Christina am Telefon wegen des Streichtermins. Für mich eine große Herausforderung, mich solange in Geduld zu üben, aber ich wollte es mir nicht mit meiner Schwester verscherzen und möglicherweise als rücksichtloser Egoist dastehen.

Ich fragte sie: „Hallo, hier René. Ich wollte wissen, wie es dir geht. Ich frage wegen des Streichtermins. Oder brauchst du noch mehr Zeit für die Genesung"?

Sie versprach mir: „Zwar brauche ich einige Tage, um wieder fit zu sein, aber im Mai klappt es in jedem Fall mit dem Streichen".

Diese Aussage beruhigte mich und meine Hoffnungen stiegen, dass es bald über die Bühne gehen wird. Meine Schwester und ich setzten das Telefonat mit etwas Smalltalk fort, aber ich kann den genauen Inhalt nicht mehr rekonstruieren, so sehr ich es während des Schreibens auch versuchte. Stattdessen erinnerte ich mich daran, dass ich die Wartezeit bis zum Streichen des Zimmers weiterhin sinnvoll überbrückte. Ich arbeitete an einem weiteren Gedicht. Titel des Werkes: „Der Impuls der Gesellschaft". Anfangs gelang die Umsetzung nicht. Zwar bestand die Grundidee, aber ich fand nicht die passenden Worte, um das Schriftstück fertigzustellen. Den verfassten Text empfand ich als zu sachlich und zu emotionslos.

„Das sprachliche Gefühl scheint mir abhanden gekommen zu sein", befürchtete ich.

Immerhin verfügte ich über das Gedankengerüst und die Struktur des Gedichtes. Somit bestand eine passable Arbeitsgrundlage.

Erzwingen konnte ich es nicht und sagte daher zu mir selbst: „Vielleicht funktioniert es morgen".

Zumindest einige Tage später gelang tatsächlich die Umsetzung. Das Ergebnis sah ich als gelungen an. Das Machwerk verfügte über mehr Inhalt und Substanz. Die ursprüngliche nüchterne Sachlichkeit verschwand, und ich entdeckte meine Sprache wieder. Vorübergehend zweifelte ich an meinen dichterischen Fähigkeiten, aber mit der Fertigstellung erlangte ich meinen Glauben an mich selbst zurück. Es wurde mir eine zentnerschwere Last von den Schultern genommen. Ich konnte wieder aufatmen. Denn die seelische Tortur fand sein wohlverdientes Happy End. Zweifelsfrei bedeutet Kunst Leidenschaft. Eine Tatsache, die mir augenblicklich ins Bewusstsein eindrang. In der Endfassung sah das Werk wie folgt aus:

Der Impuls der Gesellschaft

In unserem Leben entstehen immer wieder Baustellen, die unsere gesellschaftlichen Veränderungen begleiten und den Impuls des Lebens in Bewegung halten, wobei aber eigentlich nie der Ruf nach einer vorgegebenen Moral oder sogar eines vorgegebenen Imperativ zu vernehmen sein darf, sondern vielmehr der unüberhörbare Schrei nach dem Menschen als individuelles Einzelwesen.

Daher heißt es nun, stets wachsam zu sein, da sonst der Eindruck erweckt wird, dass die Entwicklung der Gesellschaft die Anpassung als Vorgabe verlangt, dieses jedoch zwangsläufig die Gefahr des geistigen Stillstandes durch mangelnde Bewegungsfähigkeit verursacht.

Denn nur eine individuelle Eingabe eines revolutionären Gedankens lässt die notwendigen Umwälzungen und die damit verbundenen Veränderungen zu.

Natürlich kann jede Veränderung ein Risiko für die Eröffnung von Problemen auslösen, aber sie bedeutet gleichzeitig auch eine Chance für Lösungen, die den erforderlichen gesellschaftlichen Fortschritt positiv beeinflusst.

Somit dringt jetzt in unser Bewusstsein ein, dass gerade der Reiz des mögliche Risikos für die ununterbrochenen Bewegungen des Geistes sorgt und dass der hierbei im Zusammenhang stehende Prozess des Lernens für die ständige Nahrungszufuhr der Gesellschaft verantwortlich ist, um über die angestrebte Energie zur Bewältigung der stetig anstehenden Konflikte zu verfügen.

Deshalb erkenne, dass mit jedem Schritt der Anpassung die Dosis eines sich langsam einschleichenden Giftes immer stärker in unserem Geist bemerkbar macht, sodass durchaus eine Bedrohung auftreten kann, die den Tod des Geistes und somit auch des gesellschaftlichen Impulses als Konsequenz zufolge hätte, wobei jeder Versuch der Wiederbelebung von vorne herein zum Scheitern verurteilt wäre.

Mitte Mai 2000 wurde das Atelierzimmer gestrichen. Endlich, ich konnte einen entscheidenden Schritt weiter nach vorne gehen und kam meinen Ziel, mit der Malerei beginnen zu können, ein deutliches Stück näher. Das Zimmer wirkte hell und freundlich. Christina leistete gute Arbeit. Allerdings musste ich dafür einen anstrengenden Tag in Kauf nehmen. Mein Neffe Andres beschäftigte mich rund um die Uhr. Ich blieb für ca. zwei Stunden mit ihm auf dem Spielplatz, habe Nudeln für ihn gekocht, und er hat mich auch sonst gut auf Trab gehalten.

Im Stillen dachte ich nur: „Tagtäglich könnte ich nicht auf Kinder aufpassen. Damit wäre ich garantiert überfordert".

Mit einiger Mühe konnte ich diese Aufgabe bewältigen, aber ich fühlte mich hinterher stark erschöpft. Dadurch wurde mir bewusst, dass ich bezüglich des Kinderzuwachses die richtige Entscheidung getroffen habe. Als Vater würde ich aus meiner Sicht dauerhaft versagen. Für diese Mammut-Aufgabe wäre ich schlichtweg nicht belastbar. Vermutlich ist es auch meiner seelischen Erkrankung geschuldet.

Die Gestaltung meines Atelierzimmers kristallisierte sich als sehr zeitraubend heraus. Es kostete mich bereits vier Monate Geduld. Und die Arbeiten daran konnten immer noch nicht als abgeschlossen betrachtet werden. Auch im Juni gab es diesbezüglich kein Happy End.

Abends rief mich Christina zuhause an.

Am Telefon teilte sie mir mit: „Hier ist Christina. Ich muss wegen der Montageanleitung nochmals bei Neckermann anrufen, sonst ist es schwierig mit dem Aufbau des Schrankes".

An ihrer Stimme merkte ich, dass es ihr unangenehm war.

„Das ist zwar ein schlampiger Service vom Versandhaus, aber du kannst nichts dafür. Danke für die Info und die Mühe", erwiderte ich am Apparat.

Meine Enttäuschung ließ ich mir erneut nicht anmerken, damit sich meine Schwester nicht noch schlechter fühlte. Nach unserem Telefonat setzte sie das Gesagte in die Tat um, aber das Versandhaus ließ sich viel Zeit. Außerdem mussten auch die Deckenstrahler angebracht werden. Ein Ende des Aktes schien für mich nicht erkennbar zu sein. Vom Gefühl her entwickelte es sich zu einer unendlichen Geschichte.

Zunehmend verdüsterten sich die Wolken am Horizont und ein emotionales Gewitter kündigte sich in meinem Kopf an, das fortan kein Erbarmen kannte. Mein privates Universum sah ich daher von der Farbe Schwarz dominiert. Ein unberechenbares Stimmungstief, das ich nicht mehr kontrollieren konnte, kam auf, und ein gewaltiger Sturm meiner negativen Gedanken, der ein totales Chaos meiner Empfindungen bei mir verursachte, feierte ein ungewolltes und unerwünschtes Comeback. Die Alarmglocken läuteten unüberhörbar in meinem Gehirn.

Mit Schrecken stellte ich fest: „Meine Depressionen klopfen erneut bei mir an".

Darüber hinaus plagten mich Selbstzweifel über die Kunst. Eine dichterische Flaute machte sich unerwartet bei mir bemerkbar. Aus meiner Sicht machte es keinen Sinn, die Segel zu setzen, in der Hoffnung, dass ich wieder auf Kurs gebracht werde. Dafür fehlte mir der Ansturm der Euphorie, der mich antreiben könnte. Stattdessen herrschte in diesem Bereich eine innere und bedrohliche Stille, die ich mir nicht wirklich erklären konnte. Und mit der Malerei wollte ich erst beginnen, wenn das Atelier fertiggestellt ist. Ich musste mich notgedrungen in Geduld üben. Es blieb mir nichts anderes übrig.

Bei Christina schien sich in ihrem Leben etwas Entscheidendes zu verändern. Sie lernte einen Mann in der Kneipe kennen, wo sich eine ernsthafte Beziehung anbahnte.

Euphorisch sagte meine Schwester am Telefon: „Es könnte der Mann meines Lebens werden".

„Ich wünsche dir, dass es so ist", entgegnete ich ihr.

Am Telefon erzählte sie mir, wie sie ihn kennengelernt hatte. An die genauen Details des Gespräches konnte ich mich bei meinen Aufzeichnungen nicht erinnern. Im Gedächtnis blieb mir nur, dass Christina auf Wolke sieben schwebte.

Anfangs fand ich ihre Aussage über den Mann sehr gewagt und zweifelte an der Richtigkeit, aber die Beziehung entwickelte sich prächtig. Ich freute mich für sie, weil sie bereits zwei gescheiterte Ehen hinter sich lassen musste. Sein Name ist übrigens Harald Kamps.

„Endlich kein Ausländer", dachte ich bei der Analyse des Telefonats.

In diesem Kontext möchte ich nicht als ausländerfeindlich verstanden werden. Dies bin ich keineswegs. Jedoch bei Christinas beiden Ehen machten sich die kulturellen Unterschiede stark bemerkbar, sodass sie auch einer der Gründe des Scheiterns darstellten.

„Dies sollte meiner Schwester in Zukunft erspart bleiben", überlegte ich weiter.

Nun aber wieder zurück zur Person Harald Kamps. Er wohnte in der Sentastraße in einer kleinen Dachgeschosswohnung. Alterstechnisch bestand nur ein Jahr Unterschied. Sein Beruf ist Gärtner. Nebenbei machte er zusätzlich einen Job als Reinigungskraft. Auf mich machte er einen netten und sympathischen Eindruck, als er sich mir kurz vorstellte. Daher räumte ich einer möglichen ernsthaften Beziehung große Chancen ein. Und meine Schwester wirkte seit dieser Zeit zufriedener und ausgeglichener.

Wegen der neuen Beziehung von Christina musste ich innerhalb kurzer Zeit mehrfach einhüten, um auf Andres aufzupassen. Zunächst hatte ich es gerne gemacht, damit die beiden Turteltauben sich näher kennenlernen konnten. Jedoch wurde es mir ehrlich gesagt irgendwann doch etwas zu oft.

„Ich muss auch mal wieder mehr Zeit für mich haben", stellte ich fest.

Die Angelegenheit regelte sich von allein, sodass ich es nicht ansprechen musste, weil sich die Beziehung festigte. Daher wurde ich immer weniger als Aufpasser für Andres angefordert.

Sehr häufig beobachtete ich die beiden, wie vertraut sie miteinander umgehen. Dabei dachte ich zwangsläufig über meine eigene Befindlichkeit nach.

Bei mir entstand die Frage: „Warum bin ich allein"?

Nach meinen persönlichen Empfindungen sind die meisten Frauen in nahezu jeder Hinsicht sehr anspruchsvoll. Vermutlich eine Folgewirkung der weiblichen Emanzipation. Für einen guten Stecher hielt mich ohnehin nie und mit knapp 2.100 DM netto pro Monat galt ich finanziell gesehen nicht unbedingt als gute Partie. Also akzeptierte ich die Tatsache, dass ich wahrscheinlich allein bleiben werde und zu Nutten gehen musste, um meine sexuellen Bedürfnisse zu befriedigen. Sicher gab es noch andere Gründe, warum ich zu diesem Zeitpunkt ein Single-Dasein führte. Dies möchte ich aufgrund der Vielzahl der Argumente hier unerwähnt lassen. Ich gehe davon aus, dass sie den Rahmen meiner Aufzeichnungen sprengen würde. Damit möchte ich den Leser dieser Zeilen nicht unnötig belästigen und noch weniger überfordern. Für mich blieb es ohnehin wichtiger, Freunde zu haben, die meine Interessen wie Kunst oder Philosophie teilten. Und eine Frau passte damals in diesem Zusammenhang nicht wirklich in meine Modellbetrachtung hinein.

Ende Juni 2000 kam die fünfte Absage von einem Verlag. Diesmal bekam ich Post vom Ullstein-Verlag. Natürlich spürte ich wieder eine Enttäuschung, auch wenn ich die Chancen nicht allzu hoch einstufte.

„Damit musste ich wohl oder übel leben, da ich mich für diesen Weg entschieden habe", erkannte ich mit einer gewissen Ernüchterung, da ich erneut einen Niederschlag im Ring erlebte.

Ein Versuch blieb noch offen. Ich ging davon aus, dass die nächste Antwort von einem Verlag in sieben bis vierzehn Tagen erfolgen würde. Ich wollte bis zum Monatswechsel warten, bevor ich weitere Versuche startete.

Mittlerweile lernte ich mit solchen Enttäuschungen besser umzugehen, da ich bereits über Plan B in Hinterkopf verfügte.

Denn ich führte mir stets vor Augen: „Sollte dieser Weg nicht funktionieren, weiß ich, dass ich andere Wege gehen muss, um Erfolg zu haben".

Im Klartext bedeutete dies, dass ich meine Gedichte notfalls im Selbstverlag veröffentlichen wollte. Damit eine Finanzierung dieser Idee möglich ist, steckte ich ein Teil meines Geldes in zwei Investmentfonds. Nach meiner Auffassung warf das Sparbuch zu wenig Ertrag ab. Selbstverständlich wusste ich, dass mit dieser Investition ein gewisses Risiko verbunden blieb, aber für die Umsetzung meines Lebenstraumes erklärte ich mich bereit, dieses Wagnis einzugehen. Dies gehörte meines Erachtens zum Leben einfach dazu.

„Letztlich ist Geld nur gedrucktes Papier", philosophierte ich.

Es mag seltsam klingen, dieses aus meinem Munde zu hören, weil ich meist relativ sparsam und solide lebe und mein Geld bisher brav auf mein Sparbuch einzahlte, wann immer etwas vom Haushaltsgeld übrig blieb. Jedoch sparte ich nie um des Sparens willen, sondern um ein bestimmtes Ziel zu realisieren wie zum Beispiel den Erfolg als Künstler. Dafür lebte ich. Alles andere erschien mir zweitrangig. Es bleibt der Antriebsmotor für mein Leben. Dieser Grundsatz behält auch in der Gegenwart seine Gültigkeit. Darüber hinaus brauchte ich die Reserven für den Notfall. Entweder für gezielte Investitionen oder um saure Gurkenzeiten zu überbrücken. Ich versuchte optimistisch zu sein und ging davon aus, die richtigen Investitionsentscheidungen getroffen zu haben.

Anfang Juli 2000 kam die sechste Absage von einem Verlag. Somit verfügte ich über keine Eisen mehr im Feuer. Für mich stellte sich die Frage, ob ich überhaupt noch weitere Versuche wagen sollte. Die Antwort ließ ich zunächst offen und konzentrierte mich wieder auf die Gestaltung des Atelierzimmers. Christina und Harald bauten mir den Mehrzweckschrank für meine Malerutensilien zusammen. Dieses Highlight richtete mich nach einer erneuten Absage von einem Verlag wieder auf. Bei mir entstand das Gefühl, wenigstens auf dieser Baustelle entscheidend voranzukommen. Nun mussten noch die Deckenstrahler angebracht werden.

„Wenn dies getan ist", dachte ich, „dann ist das Atelierzimmer zumindest soweit hergerichtet, dass ich jederzeit mit der Malerei beginnen kann".

Meine Chancen stiegen, dass ich wie geplant in September mit der Malerei beginnen kann. Nach dem Aufbau des Schrankes räumte ich meine Malerutensilien ein. Zufriedenheit machte sich bei mir bemerkbar, als ich den Raum nochmals bewusst betrachtete.

„Für meine Zwecke ist alles nahezu perfekt", freute ich mich.

Überfallartig musste ich das Schreiben am Notebook unterbrechen.

„Wieso habe ich ausgerechnet jetzt diese wahnsinnigen Kopfschmerzen", fluchte ich lautstark.

Sofort brauchte ich ein Aspirin, sonst wäre mein Kopf in Sekundenschnelle explodiert. Auf das Schreiben konnte ich nicht mehr konzentrieren, soviel stand für mich fest. Dafür spürte ich das Brummen im Schädel zu stark. Meine Gedanken verfügten nicht mehr über die notwendige Klarheit. Irgendwie schien mir nach kotzen zumute zu sein. Ich musste notgedrungen eine Zwangspause machen.

„Ist es möglicherweise Stress", fragte ich mich verwundert.

Eigentlich gab es keinen nennenswerten Grund für meine seelische Aufgewühltheit. Ich machte Fortschritte bei der Arbeit. Daher müsste ich normalerweise sehr zufrieden sein. Ich fand keine brauchbare Erklärung für meine schlechte Verfassung. Eventuell Überforderung oder Perfektionswahn? Was anderes fiel mir spontan nicht ein.

„Vielleicht sollte ich keine Analyse meines Zustandes machen, weil ich sonst verrücktwerde", überlegte ich weiter.

„Stattdessen sollte ich lieber etwas für meine Entspannung tun", kam als nächster Gedanke in meinen Kopf.

Nachdem ich ein Aspirin genommen hatte, fasste ich den Entschluss ein Entspannungsbad zu nehmen und dabei klassische Musik von Mozart zu hören. Bei diesem Ritual versuchte ich an gar nichts zu denken, was mir auch weitgehend gelang. Ich schloss meine Augen und genoss diese Form der Meditation.

„So etwas sollte ich häufiger machen", erkannte ich während dieser Zeit.

Es tat mir richtig gut. Die Kopfschmerzen verschwanden nach ungefähr dreißig Minuten, sodass meine Konzentrationsfähigkeit für das Schreiben wieder hergestellt wurde. Das wohltuende Bad gab mir den notwendigen Schubs, um weiterzuschreiben, was ich auch in die Tat umsetzte.

Ende Juli 2000 startete ich bezüglich meines Manuskriptes einen neuen Versuch, wieder in der Hoffnung, vielleicht doch Erfolg zu haben. Der Versuchsballon hieß Droemerscher Verlagsanstalt und befand sich in München. Für den August zog ich in Betracht, zwei weitere Versuche bei Verlagen zu starten.

Zu schnell wollte ich die Flinte nicht ins Korn werfen. Ich sah mich eher als Kämpfertyp, auch wenn meine Nerven zwischenzeitlich brachlagen und mir gelegentlich nach kotzen zumute schien.

Nur wenige Tage nach meinen Versuch einem weiteren Verlag mein Manuskript anzubieten, brachte mir Harald netterweise die Deckenstrahler im Atelierzimmer an. Zu diesem Zeitpunkt kannte er mich kaum. Trotzdem führte er diese Arbeiten ohne Gegenleistung fast selbstverständlich für mich aus.

„Eine Seltenheit in der heutigen Zeit", drang mir positiv ins Bewusstsein.

Daher sagte ich hinterher zu ihm: „Danke, dass du die Strahler für mich angebracht hast. Das kann ich kaum wieder gutmachen".

„Kein Problem, habe ich gerne gemacht", erwiderte er in seiner freundlichen Art.

Ich freute mich sehr, dass das Atelier nun bezugsfähig wurde. Immer intensiver entstand der Gedanke, endlich mit der Malerei beginnen zu können. Eine neue Welt wurde für mich in Form des Malstudios geschaffen, wo ich wiederum in die Lage versetzt wurde, meine Kreativität voll zu entfalten. Ein schönes, fast unbeschreibliches Gefühl. Nur der Zeitpunkt des perfekten Startes für die künstlerische Gestaltung musste noch gefunden werden.

In August 2000 machte sich wieder große Ernüchterung bei mir breit. Ich bekam Absage Nr. 7 von einem Verlag. Diesmal allerdings mit einer erstaunlichen Begründung. Kein fantasieloser Dreizeiler wie sonst üblich. Mein Manuskript wurde als ambitionierte Arbeit bezeichnet, was ich als ein Lob interpretierte. Dennoch wurde mein Manuskript genau mit dieser Begründung abgelehnt, da sich der Verlag nur auf dem Unterhaltungssektor konzentriert, was im Klartext bedeutete, dass mein Werk als zu intellektuell eingestuft wurde.

Im Prinzip sah ich die Nachricht vom Verlag mit einem weinenden und einen lachenden Auge. Einerseits bekam ich eine gewisse Anerkennung, aber andererseits wurde mein Werk wegen des zweifelsfrei hohen Anspruchsniveaus abgelehnt. Die Situation verfügte über eine große Ungerechtigkeit, weil es offensichtlich ein großes Problem darstellt, qualitativ hochwertige Kunst zu vermarkten, während Massenware einen reißenden Absatz findet. Die Äußerungen des Verlages bestätigten mir immerhin, dass ich eine gute künstlerische Leistung ablieferte. Diese Tatsache gab mir trotz der Absage, Auftrieb weiterzumachen.

Nach dieser Absage tauchten wieder die altbekannten Fragen auf. Welche Möglichkeiten gibt es für mich, um doch Erfolg zu haben? Soll ich weitere Versuchsballons starten wie bisher? Welcher Verlag ist der Richtige für mich? Soll ich mich alternativ selbst vermarkten? Wenn ja, welche Risiken gehe ich dabei ein? Soll ich mir vielleicht einen Agenten suchen? Wenn ja, wie seriös ist der Agent?

Es spukte eine Vielzahl von Gedanken immer wieder in meinem Kopf. Sie wiederholten sich ständig. Die Geister, die ich rief, wurde ich nicht mehr los. Sie folgten mir überall hin und machten mir das Leben unsagbar schwer. Verzweifelt suchte ich nach einer brauchbaren und praktikablen Lösung, die mich zum gewünschten Erfolg führen sollte. Tatsächlich finden konnte ich sie nicht.

Als eine weitere Möglichkeit zog ich in Betracht, ein zusätzliches Werk zu schreiben, das sich als sogenannte leichte Kost verkaufen könnte. Im Hinterkopf machte sich seit längerer Zeit schon die Idee breit, eine Satire über die Mode zu schreiben. Arbeitsgrundlage dafür sollte ein bereits zum Thema verfasster Text sein, den ich 1989 in meiner Schulzeit auf dem Wirtschaftsgymnasium für den Deutschunterricht schrieb. Allerdings konnte ich das Projekt erst sehr viel später umsetzen, da sich erfahrungsgemäß in der Kunst nichts erzwingen lässt. Ich verwarf diese Option vorläufig wieder, da der Zeitpunkt dafür noch nicht reif zu sein schien. Eine Tatsache, die ich notgedrungen und zähneknirschend akzeptieren musste.

Bedingt durch die Erfolglosigkeit bei Verlagen kehrten meine Depressionen zurück. Beinahe gewann ich den Eindruck, dass sie in meiner Gedankenwelt wieder heimisch geworden sind. Vermisst hatte ich sie ehrlich gesagt nicht, aber sie verfügten über eine unangenehme Aufdringlichkeit, der ich mich leider nicht entziehen konnte.

„Verdammte Scheiße", fluchte ich innerlich, als mir dieser Tatbestand bewusst wurde.

Wieder einmal befand ich mich in einem Teufelskreislauf, den ich zumindest vorerst nicht durchbrechen konnte. Dieses Gefühl quälte mich mit seiner unerträglichen Grausamkeit. Daher hoffte ich, das Stimmungstief schnell und zügig zu überwinden. Der Kampf, den ich quasi gegen mich selbst führte, kostete mich viel Kraft. Ein Gefühl der Übermüdung und der Erschlagenheit überkam mich. So etwas kannte ich vorher nicht. Künstlerisch zu arbeiten, hielt ich für unmöglich, nahezu aussichtslos. Das Ergebnis wäre vermutlich ein Fiasko gewesen. Die Kraftlosigkeit hätte sich wahrscheinlich in meinen Bildern wiedergespiegelt. Deshalb musste ich meine Kraft unbedingt zurückgewinnen, um endlich mit der Malerei beginnen zu können. Trotz fehlender Energie blieb mein Wille, im Jahr 2000 mit der Malerei anzufangen, ungebrochen.

Ich entschloss mich zum Miniurlaub, um wieder Kraft zu schöpfen und den Tiger im Tank zu spüren. Die vier freien Tage haben mir jedenfalls gut getan. Ich ging zweimal Essen, zweimal ins Kino, hörte klassische Musik und schrieb ein Gedicht („Der Schicksalsweg des Künstlers").

Der Schicksalsweg des Künstlers

Der Künstler begibt sich auf einem langen Pfad der Wanderschaft, stets im Kampf um Anerkennung und Würdigung seiner Arbeit und das schwere Gepäck, was er dabei zu tragen hat, ist die Verzerrung des Geistes und der Emotionen während seines Schaffensprozesses, wobei immer die Gefahr der totalen Erschöpfung und manchmal sogar der fatalen Selbstzerstörung besteht.
Der Künstler ist sich in der Regel des Risikos bewusst, aber das Schicksal lässt ihm keine andere Wahl, wobei er seinen Weg unbeirrt und konsequent weitergeht, da sonst kein Ziel erkennbar wäre, das zuvor Gewollte würde vor seinen Augen verschwinden und er wäre dazu verdammt als Blinder im Dunkeln zu tappen, mit dem Ergebnis, nie wieder sehen zu können.
Sein Weg des Schicksals ist durch seine Einsamkeit und Isolation geprägt, da der Künstler seinen Pfad allein beschreiten muss.
Die Einsamkeit und Isolation entsteht dadurch, dass der Künstler auf seinem Weg des Schicksals meist von niemandem erkannt wird.

Die Erkenntnis, meist nie erkannt zu werden, führt beim Künstler häufig zu Bitterkeit und vielfach auch zu Traurigkeit, aber dennoch ist er bereit, seinen Weg des Schicksals weiterzugehen.

Denn sein Weg des Schicksals ist hierbei auch die Hoffnung zu behalten, vielleicht von jemanden erkannt zu werden und den verdienten Lohn in Form von Anerkennung und Würdigung für seine Arbeit zu erhalten, was letztlich bedeuten würde, dass er sein Ziel am Ende doch erreichen kann.

In Anschluss an das neuverfasste Gedicht beschäftigte ich mich eingehender mit der Farbenlehre und der Acrylmalerei. Die Acrylfarbe hielt ich für einen guten Einstieg in die Materie, da sie vielseitig und einfach anwendbar ist. Darüber hinaus ist sie nicht wie die Ölmalerei mit einer alten Tradition behaftet. Dies nahm mir die Scheu und die Angst vor der Leinwand. Immer stärker und intensiver spürte ich, dass sich der Zeitpunkt für den ernsthaften Beginn der Malerei näherte.

Zunächst fragte ich Onkel Alfred, der gerade an seinem Schreibtisch ein Angebot für einen Kunden erstellte: „Kann ich für ein paar Tage in Oktober Urlaub nehmen"?

Er legte kurz seinen Stift zur Seite.

„Wenn du es vorher mit Frau Sommer abgesprochen hast, geht es mit deinem Urlaub in Ordnung. Für mich ist nur wichtig, dass wenigstens einer von euch die Stellung in der Firma hält".

Anschließend ging ich freudig zu meiner Kollegin Andrea, die im kleinen Nebenzimmer die vorbereitenden Arbeiten für den Steuerberater erledigte.

„Ist es für dich in Ordnung, wenn ich mir in Oktober ein paar Urlaubstage nehme", fragte ich sie.

„Kein Problem. Ich kann hier allein die Stellung halten. Momentan ist wenig los", antwortete Andrea.

Bei mir entstand das Gefühl, ein Traum geht endlich in Erfüllung. Für den Zeitraum des Urlaubs nahm ich mir vor, den Stecker für das Telefon herauszuziehen, da ich keinerlei Störungen wollte. Im Urlaub wollte ich mich ausschließlich auf die Malerei konzentrieren. Alles andere erschien mir nebensächlich und unwichtig. Meine verlorengegangene Energie kehrte allmählich zurück. Daher ergänzte ich in letzter Zeit meinen Bestand an Malerutensilien, da ich unbedingt einen ausreichenden Vorrat für den Schaffensprozess zur Verfügung haben wollte.

Trotz aller Vorfreude, die ich innerlich verspürte, endlich als agierender Künstler mit Pinsel und Farbe vor der Leinwand stehen zu können, bekam ich ein Angstgefühl. Scheitere ich bereits bei meinen ersten Malversuchen? Zweifelsfrei stand für mich fest, dass ich meine Furcht überwinden musste. Denn ich wollte keineswegs, dass mir mein Lampenfieber bezüglich der Malerei ein Strich durch die Rechnung machte. Die Leinwand durfte mich nicht einschüchtern.

Ziel- und orientierungslos lief ich durch die Straßen von St. Georg. Ich wusste absolut nichts mit mir anzufangen. Eine Tatsache, die ich ungern zugab. Mein Stimmungstief erreichte einen neuen Höhepunkt. Nicht einmal die Lust auf Sex verspürte ich an diesem besagten Tag. Zuvor hätte ich gevögelt, was das Zeug hält. Immer stärker entwickelte ich mich wieder zu einem asexuellen Wesen, zumindest gewann ich zunehmend den Eindruck, dass es so sein könnte. Der Geschlechtsakt, auch im Volksmund Ficken genannt, schien die Privatperson René Krüger nicht sonderlich zu interessieren. Alles wirkte trostlos und öde. Dies sah ich schon fast als ein Alarmsignal, dass mich zusätzlich ins Grübeln brachte. Daher wollte ich wieder den Heimweg einschlagen, um aus der negativen Gedankenspirale herauszukommen. Doch bevor ich in Richtung Hauptbahnhof ging, sah ich unerwartet und überraschend Anamaria wieder, die an ihrem gewohnten Platz in der Ellmenreichstraße neben den Adriahof stand. Ich freute mich, sie nach monatelanger Abwesenheit von Kiez wiederzusehen. Ihre Präsenz bewirkte bei mir einen raschen positiven Stimmungswechsel.

„Vielleicht kehrt durch sie meine Lust an Sex zurück", dachte ich, bevor ich zu ihr auf die andere Straßenseite ging.

Es fiel mir schlagartig ein, dass ich nur 120 DM ausgeben konnte. Normalerweise nahm sie höhere Tarife für ihre Dienstleistung. Dennoch probierte ich mein Glück. Ich hoffte auf einen Stammkundenrabatt.

„Leider kann ich dir zurzeit nur 100 DM geben plus 20 DM für das Zimmer", versuchte ich ihr klarzumachen.

„Kein Problem. Du bist mein Lieblingskunde", erwiderte sie gelassen.

Damit galten die Tarifverhandlungen als abgeschlossen. Die Umsetzung des Vertrages wurde prompt in Angriff genommen. Dabei wurde nur wenig geredet, aber aktiv sich betätigt. Leidenschaftlich küssten wir uns im Bett und kamen schnell zur Sache. Meine Gespielin schaffte es wieder, im wahrsten Sinne des Wortes, mich sexuell bei der Stange zu halten. Den Geschlechtsakt empfand als ein sehr eindringliches Erlebnis, was meine Stimmung wieder deutlich verbesserte. Es half mir sogar die Scheu vor der Leinwand zu überwinden. So gesehen befand sich Anamaria genau zur richtigen Zeit wieder auf der Bildfläche.

Daher konnte ich meine Urlaubstage gut nutzen. Ich schaffte drei Bilder in sieben Tagen. Alle drei Werke gestaltete ich als expressive Landschaftsbilder. Die Detailmalerei hielt ich für einen Anfänger wie mich damals für völlig ungeeignet und entsprach auch nicht meiner Mentalität oder meinen Naturell. Als Vorbilder galten die sogenannten Brücke-Maler (1904- 1914). Eine Malgruppe, die mit Ausnahme von Max Pechstein keine akademische Ausbildung an einer Kunstschule genoss und einfach nach ihrem Gefühl malte. Mit malerisch einfachen Strichen und Farbe als starkes Ausdrucksmittel brachte die aus Dresden stammende Künstlergruppe Erstaunliches hervor. Mit allen drei Gemälden gab ich mich zumindest vorerst zufrieden. Denn es ging mir zunächst nur darum, den richtigen Zugang zur Malerei zu finden. Ich wollte Spaß und Freude an der bildlichen Gestaltung gewinnen. Aus meiner Sicht hielt ich es sogar für noch wichtiger als das eigentliche Talent. Von diesem blieb nach der Fertigstellung der ersten Bilder ohnehin überzeugt. Natürlich wusste ich, dass die Bilder noch nicht ausgereift sind, aber ich konnte auf das Erreichte aufbauen. In diesem Punkt verfügte ich über ein gesundes Selbstbewusstsein. Improvisationstalent, Kreativität und ein gutes Gefühl für Farbe sah ich ab sofort als meine besonderen Stärken an.

„Diese drei Stärken muss ich künftig in meinen weiteren Bilder noch intensiver herausarbeiten", überlegte ich bei der Betrachtung meiner Erstlingswerke im Atelier.

Diese wichtige Erkenntnis gewann ich nach meinen ersten Malversuchen.

Als vorläufige Titel für meine ersten Malversuche wählte ich „Baumallee", „Harmonie und Disharmonie" und „Ländliches

Gehöft". Nach getaner Arbeit herrschte bei mir die Unsicherheit, ob ich diese Bilder als vollendet betrachten konnte oder nicht.

In diesem Kontext fiel mir ein Picasso-Zitat ein: „Ein Bild wird nie fertig".

Die Kunst besteht auch darin, den richtigen Zeitpunkt zu wählen, wann man eine künstlerische Arbeit endgültig beendet. Und die größte Gefahr für einen Maler ist die Versuchung, bei einem Bild zu weit zu gehen, weil dies unter Umständen ein Kunstwerk zerstören kann.

Daher fragte ich meine Schwester Christina, wie ihr meine Bilder gefallen. Ich traf sie zufällig im Treppenhaus. Sie besuchte zuvor Hilde.

„Hallo Christina, ich habe vor kurzem meine ersten Gemälde gemalt. Hast du Lust, sie dir anzuschauen", fragte ich sie, als sie sich auf meiner Etage befand.

„Oh, da bin ich neugierig", erwiderte Christina.

Ich präsentierte ihr im Atelierzimmer meine drei Malversuche.

Zum Bild „Harmonie und Disharmonie" äußerte sie: „Die Kontraste zwischen den oberen und unteren Abschnitt sind zu extrem. Es sind daher zwei Bilder in einen. Aus diesem Grund würde ich an deiner Stelle den unteren Abschnitt nochmals überarbeiten".

Zu den beiden anderen Werken kommentierte sie: „Die anderen Bilder gefallen mir gut. Das Bild mit dem Häuschen ist von den Farben her sehr ausdrucksstark. Und die Baumallee mit dem tiefblauen Hintergrund gefällt mir noch besser. Es ist mein Favorit".

Christinas Kritik konnte ich durchaus nachvollziehen und fand meine weitgehende Zustimmung. Sie bemühte sich, konstruktiv zu sein. Trotzdem überlegte ich beim Bild „Harmonie und Disharmonie", was bewusst diesem Titel trug, ob nicht gerade durch die Gegenüberstellung der beiden Extreme auch ein gewisser Reiz liegt. Im oberen Teil wurde eine Stille und Ruhe erzeugt. Das Bild blieb in diesem Abschnitt in seiner Farbgebung ausgeglichen und harmonisch gestaltet. Jedoch die Ruhe wurde durch den unteren Teil des Bildes komplett infrage gestellt. Die Unruhe und Disharmonie wurde durch die Wellen, die im Werk außer Kontrolle geraten sind und durch die aggressiven Farben hervorgerufen. Wie ich bezüglich dieses Gemäldes weiter verfahren würde, wusste ich zu diesem Zeitpunkt noch nicht. Also packte ich es bis zur endgültigen Entscheidung vorläufig zur Seite.

Hingegen das Bild „Baumallee" konnte ich schon als abgeschlossen betrachten. Dieses Werk verfügt über eine monochrome Farbpalette und zwar in blaugrün. Das ganze Gemälde wurde durch eine gelbe Farbgebung in den Baumkronen, die ich zusammen mit einigen unterschiedlichen Grüntönen in einer Punkt-in-Punkt-Technik dargestellt habe, belebt. Und eine zusätzliche Belebung wurde durch das Weiß, welches ich mit einer Verwisch -Technik zusammen mit unterschiedlichen blaugrünen Tönen für den Hintergrund aufgetragen habe, erreicht. Das Machwerk befindet sich nahe der totalen Abstraktion, da sich die Landschaft hauptsächlich durch die drei Bäume erahnen lässt. Ansonsten ist die Landschaft nur sehr vereinfacht dargestellt, quasi nur angedeutet.

Das Bild „Ländliches Gehöft" ist nicht so abstrakt wie „Baumallee" umgesetzt. Wesentliches Stilelement ist der Expressionismus. Vor allem die Vegetation ist in diesem Ausdrucksmittel gehalten. Im Mittelpunkt des Werkes steht das Gehöft mit seinen Weggabelungen. Dieser Teil des Gemäldes ist durch warme und leuchtende Farbtöne wie beispielsweise rotbraun, gelb oder Ocker dargestellt. Die Schatten sind wiederum in blauviolett gehalten, um eine gewisse Ausdruckskraft und Dramatik zu erzeugen. Genau wie beim Bild „Harmonie und Disharmonie" wusste ich hier noch nicht, ob ich weiter daran arbeiten soll oder nicht. Die Entscheidung blieb vorerst offen und gab mich mit den Zwischenergebnissen zufrieden. Bei allen drei Versuchen deutete sich bereits eine eigene Handschrift an.

Zwar zog ich ein Lehrbuch für Acrylmalerei und die dort drinnen beschriebenen Arbeitsschritte als Hilfestellung heran, aber ich hielt mich nicht stur daran. Genauso wenig habe ich die Motive im Lehrbuch kopiert, sondern ich sah sie als Ausgangspunkt meiner Betrachtung. Während des Malens verselbständigten sich die Motive immer mehr, sodass letztlich eigenständige Werke daraus entstanden sind. So gesehen nutzte ich meinen Urlaub sehr gut und effizient für meine künstlerische Arbeit.

Einige Tage nach dem Urlaub überarbeitete ich innerhalb von zwei Tagen das Bild „Harmonie und Disharmonie". Mit der Neufassung konnte ich diesmal deutlich zufriedener sein.

„Ich habe einen Zeitpunkt erwischt, wo ich sagen kann, hier höre ich auf, weiter gehe ich nicht", sagte ich zu mir selbst, als ich das Bild analytisch und kritisch auf der Staffelei betrachtete.

Unter Berücksichtigung einer Gesamtharmonie erreichte eine Dramatik, Lebendigkeit und Natürlichkeit. Durch die vorgenommenen Veränderungen änderte ich den Namen des Werkes in „Die trügerische Idylle- Das bedrohte Paradies".

Nun machte sich bei mir eine Erschöpfung bemerkbar. Der Schaffensprozess forderte sehr viel Substanz. Drei Tage hintereinander hatte ich die halbe Nacht künstlertisch durchgearbeitet und relativ wenig geschlafen. Denn neben der Gemäldearbeit schrieb ich auch ein weiteres Gedicht mit dem Titel „Eine Demonstration gegen den Krieg".

Eine Demonstration gegen den Krieg

In der Szenerie unserer Medien begegnet mir der Krieg als Instrument der Macht, des Fanatismus und des Kapitals, wobei Einzelschicksale eine beinahe unbedeutende Rolle für die Verantwortlichen des Massakers auf der Bühne des Terrors und der Gewalt einnehmen und das vom nicht gebeutelte außenstehende Publikum erkennt dabei meist nie wirklich die grausamen Zusammenhänge der schrecklichen Handlung und ihrer unveränderlichen Konsequenzen des Leids und der Zerstörung.

Daher präsentiere ich dem Publikum eine Frau auf dem Verhandlungstisch liegend, eingeschnürt in Plastikfolie, überhäuft mit blutigen Eingeweiden und zusätzlich befindet sich noch ein Zettel neben der Frau mit der Botschaft: „Nur über meine Leiche".

Die Stühle am Verhandlungstisch bleiben trotz der Erfahrung des Todes unbesetzt, und es entsteht dadurch die altbekannte Frage: „Warum"?

Hierbei besteht keine Notwendigkeit, ein zweites Mal hinzuschauen, da die Seelen der Verlierer bereits aufgefressen wurden und man begreift: „Die Geschichte des Krieges ist ein gieriges und unersättliches Monster".

Deshalb ignoriere nie die Folgen des Krieges und vergiss nie zu sagen: „Der Maßstab meiner Betrachtung bleibt stets der Mensch".
Denn ich entziffere mit den Folgen des Krieges das Schicksal des Menschen und klage mit diesen abschließenden Worten die Verantwortlichen des Krieges an.

Von diesem Kraftakt musste ich mich erstmal erholen und neue Energie tanken. Für mich stand nur relaxen in Form von Musik hören oder Videofilme schauen auf der Tagesordnung. Ich verspürte aufgrund meiner körperlichen Ermüdungserscheinung auch keine Lust auf dem „Fucking Palace".

Kurz unterbrach ich das Schreiben am Notebook. Es stach mir ins Auge, dass ich in meinen Tagebuchaufzeichnungen in Zusammenhang mit dem Kiez den Ausdruck „Fucking Palace" mit auffälliger Regelmäßigkeit benutzte. Daher kam ich zu dem Entschluss, dass es ratsam und konsequent wäre, wenn ich es in meinen zweiteiligen Roman fortan genauso machen würde.

„Es verlieh dem Text das Prädikat authentisch zu sein", erkannte ich bei meinen weiteren Überlegungen.

Außerdem passte diese Formulierung ganz gut zu einem emotionalen Sozial-Krüppel wie mir. Nach dieser glorreichen Erkenntnis setzte ich meine Aufzeichnungen fort.

Das Bild „Ländliches Gehöft" musste ich nochmals zum großen Teil überarbeiten. Denn bei einem Korrekturversuch zerstörte ich versehentlich ein Teil des Werkes. Eine vorübergehende kleine Konzentrationsschwäche führte zu diesem überflüssigen Missgeschick. Darüber ärgerte ich mich so massiv, dass eine Wut in mir aufkam. Dabei hasste ich mich selbst und konnte mich nicht mehr im Spiegel ertragen.

„Verdammte Scheiße, was habe ich bloß gemacht", fluchte ich lautstark durch die Wohnung und geriet in Panik.

Zunächst brauchte ich ein wenig Zeit, um mich innerlich wieder zu beruhigen. Ein Chaos in meinem Kopf drohte, weil ich anfing, hektisch zu werden. Die selbstzerstörerische Ader machte sich akut bei mir bemerkbar. Davor musste ich mich schützen. Deshalb verließ ich das Atelierzimmer und setzte mich auf die Couch im Wohnzimmer. Nach einer kurzen Atempause fand ich zu mehr Gelassenheit zurück, sodass ich mich erneut ans Werk machte. Bei der Überarbeitung verschwand der Vorbau des Gebäudes. Stattdessen setzte ich ein Buschwerk davor. Um das Gebäude interessanter zu gestalten, setzte ich zwei Fenster ein. Darüber hinaus veränderte ich die Tonwerte beim Haus. Hinterher konnte ich wieder aufatmen. Am Ende der Überarbeitung gelang mir zumindest ein annehmbares Durchschnittswerk.

„René, so etwas darf dir nicht noch einmal passieren, soviel ist sicher", sagte ich zu mir selbst, als ich hinterher das Gemälde zur Seite stellte.

„Ländliches Gehöft" räumte ich bezüglich des Verkaufes geringere Chancen ein als bei „Baumallee" oder „Das bedrohte Paradies". Daher zog ich es in Betracht, das Bild zu einem späteren Zeitpunkt nochmals zu überarbeiten. Allerdings fiel diesbezüglich noch nicht die endgültige Entscheidung. Gelernt habe ich hierbei, dass Kunst Aufbau und Zerstörung bedeutet. Es ist ein fast nie enden wollender Prozess, um nach Perfektion zu streben. Nach dieser praktischen Erfahrung eine unbestreitbare Tatsache.

Ende Oktober 2000 unternahm ich weitere Versuche, die Qualität bei „Ländliches Gehöft" zu erhöhen, aber leider ohne Erfolg. Für einen Newcomer, der gerade erste Malversuche vor der Leinwand vornimmt und nur Hobbymaler sein möchte, wäre das Bild vermutlich in Ordnung. Denn es verfügte über einige passable Ansätze. Jedoch ich wollte mich nach den Maßstäben eines professionellen Malers messen lassen. Mit dieser künstlerischen Arbeit sah ich mich als blutigen Anfänger. Die Schwächen, die sich darin wiederspiegeln, konnte ich nicht übersehen, noch weniger akzeptieren. Diese Erkenntnis brachte mich am Rande der nervlichen Verzweiflung.

„Ehrlich gesagt, weiß ich nicht, was ich mit dir machen soll", kommunizierte ich bei erneuter Betrachtung meiner Arbeit mit dem Bild.

Ich hoffte, dass mir das Bild eine Antwort gibt. Leider eine Fehlanzeige, wie ich schnell feststellen musste. Gedanklich spielte ich einige Szenarien durch. Komplett übermalen? Das brachte ich nicht über das Herz. Teilweise neu grundieren und sich etwas Neues einfallen lassen, ähnlich wie bei „Das bedrohte Paradies"? Keine Ahnung. Bei meinen Überlegungen wurde mir bewusst, dass ich nichts erzwingen konnte. Vielleicht habe zu viel gewollt und riskiert? Möglicherweise.

Eventuell malte ich bei diesem Bild zu stark mit dem Verstand statt mit dem Gefühl. Dies könnte ein entscheidender Fehler gewesen sein, der mich beim Schaffensprozess beeinträchtigt hat. Trösten musste ich mich mit der Tatsache, dass auch den großen Malern nicht immer alles auf Anhieb gelingt. Daher legte ich das Bild zur Seite und wartete auf den geeigneten Zeitpunkt, um es endgültig fertigzustellen. Stattdessen konzentrierte ich mich das Bild für Christina. Ich kaufte eine Leinwand mit dem Format 30 x 40 und einige ergänzende Farben. Danach nahm ich das Werk in Angriff, was ein Ausflug in die Totalabstraktion bedeutete. Die vorherrschenden Farben wurden Zinnober, orange, Ocker und olivgrün. Darüber hinaus gab es auch Anteile von blau, gelb und weiß. Titel des abstrakten Werkes: „Der Feuerteufel". Im Mittelpunkt des Bildes befindet sich eine Art Verschmelzung zwischen Teufelsgestalt und Feuer. Und auf der Bildfläche breitet sich eine Feuerbrunst aus. Die unterschiedlichen Grünflächen könnten Landschaftsgras symbolisieren und die Blauflächen Wasser oder Himmel. Die Komposition der Farben stimmte. Die Harmonie sah ich als gegeben an, ohne dass das Gemälde langweilig oder öde wirkte. Aus meiner Sicht handelte es sich um ein gelungenes Malprojekt, sodass ich mit dem Ergebnis zufrieden sein konnte. Ich hoffte, dass Christina es genauso sah. Zusätzlich schrieb ich die Gedichte „Die Konfrontation mit der Erkenntnis" und „Die Konfrontation mit anderen Kulturen".

Die Konfrontation mit der Erkenntnis

Manchmal entsteht für mich eine Situation, die völlig unausweichlich wird, nämlich die Konfrontation mit der Erkenntnis.
Für die Konfrontation mit der Erkenntnis begebe ich mich in einem fiktiven Raum, wo sich ein anziehendes Licht in einer dunklen Ecke befindet.
Dieses anziehende Licht in einer dunklen Ecke entpuppt sich jedoch als mörderisch heißer Draht, und ich sehe: „Installationen sind gefährlich".
Daher bedeutet die Verlockung des anziehenden Lichtes stets eine Gefahr und die Berührung des heißen Drahtes eine schmerzhafte Erfahrung.

Nun wird mir bewusst, dass ich in einer beinahe aussichtslosen Falle geraten bin.

Diese Erfahrung lässt für mich nur eine Schlussfolgerung zu: „Schock ist ein Mittel zur Erkenntnis".

Die Konfrontation mit anderen Kulturen

Tatsache ist, Völkerwanderung bleibt eine stetige Konfrontation des Neuen, wobei Erdteile und Meere zu fragilen Flächen ohne Grenzen werden.

Unsere Welt befindet sich quasi in ständigen Umbruch, da eine Flucht für viele Menschen aus vielerlei Gründen unvermeidlich wird.

Dabei bedeutet für diese Menschen das Exil, immer am falschen Ort zu sein, und ein Zuhause existiert daher nur auf Reisen.

Denn überall entstehen Begegnungen des alltäglichen Misstrauens, der menschlichen Überforderung, der schwer überwindbaren Angst und des mangelnden Verständnisses, sodass die Frage entsteht: „Leben Fremde unter Fremden"?

Trotzdem ist ein Zurück meist nie möglich, da der Rückweg durch unumkehrbare Prozesse versperrt bleibt und somit Ausweichmöglichkeiten verhindert.

Dadurch vermitteln unterschiedliche Interpretationen des Lebens eine Vorstellung von unterschiedlichen Hintergründen und Geschichten verschiedener Kulturen, was hier die Notwendigkeit erfordert, ein Zusammenleben erproben zu müssen, wobei aber auch die Chance entsteht, Toleranz zu erlernen, um ein friedliches Miteinander auf Dauer zu ermöglichen.

In Anschluss an „Feuerteufel" und den zwei neuverfassten Gedichten begann ich mit einer Fotodokumentation. Ich machte Fotos von meinen bisherigen Kunstwerken und dem Atelierzimmer, um meinen künstlerischen Werdegang nachzuzeichnen. Den Film brachte ich schnell zur Entwicklung, in der freudigen Erwartung, die Fotos in einen Album zu archivieren.

Ende November 2000 übergab ich Christina zuhause das Bild „Der Feuerteufel". Ihre Begeisterung hielt sich in Grenzen, um es einmal vorsichtig auszudrücken. Dies merkte ich an ihrem Gesichtsausdruck.

„Es ist zwar ein schönes Bild, aber es passt farblich nicht an den gewünschten Ort. Für den Flur ist es zu dunkel und käme nicht richtig zur Geltung", sagte sie zu mir.

Ich schaute einmal kurz auf das Bild und betrachtete dabei gleichzeitig den Flur.

„Du hast recht Christina", stimmte ich ihr selbstkritisch zu.

Bei der bildlichen Gestaltung achtete ich zu wenig auf die Farbabstimmung mit dem Flur.

„Könntest du das Bild auf der rechten Seite mit gelb aufhellen", fragte sie mich anschließend.

Jedoch ich lehnte es trotz berechtigter Kritik ab, weil ich damals noch nicht über die Souveränität von heute verfügte.

„Lieber nicht. Ich laufe sonst Gefahr, das Bild zu zerstören. Das Risiko ist mir zu groß".

Christina akzeptierte meine Entscheidung und hängte es alternativ ins Wohnzimmer, weil sie vermutlich meine Unsicherheit spürte.

Nach meinen Besuch bei meiner Schwester holte ich die Fotos ab, die ich von meinen gemalten Werken und den Atelierzimmer machte. Bei mir herrschte bezüglich der Fotoqualität eine gewisse Anspannung, da ich kein ausgebildeter Fotograf bin, sondern nur hobbymäßig fotografiere. Daran gemessen sahen die Abzüge brauchbar aus, sodass ich den Entschluss fasste, weiterhin Fotos von meiner künstlerischen Arbeit zu machen.

Am nächsten Tag setzte ich das nächste Leinwandabenteuer bildlich um. Es wurde das erste großformatige Werk, was ich künstlerisch produzierte. Titel des Gemäldes: „Der Sonnenuntergang". Inspiration für diese Arbeit wurde ein Bild des französischen Impressionisten Claude Monet aus dem 19. Jahrhundert. Selbstverständlich keine Kopie, aber eine Anregung. Im Mittelpunkt des Geschehens eine große Sonne, die kurz davor ist, in der Landschaft zu versinken. Die Landschaft präsentiert sich in einen Zustand nahe der totalen Abstraktion. Damals hielt ich es für mein bestes Werk. Ich spürte bei der Betrachtung des Bildes eine große Zufriedenheit, fast sogar ein wenig Stolz.

Anfang Dezember 2000 nahm ich mir mein nächstes Werk vor. Ich bekam zunehmend das Gefühl, in einem Schaffensrausch geraten zu sein, den ich mir weder erklären noch kontrollieren konnte. Für Außenstehende muss der Eindruck entstanden sein, dass er Besitz von mir und meiner Seele ergriff. Mein Handeln wurde stark durch meinen Mal-Trieb dominiert. Alles andere wurde mehr oder weniger zur Nebensache. Es ist fast schon mit einer Sex- oder Drogensucht vergleichbar. Ich galt ab sofort als Maljunkie. Aus diesem Abhängigkeitsverhältnis konnte ich mich nicht mehr befreien. Allerdings strebte ich dieses Ziel nicht an. Denn dieses Suchtphänomen verschaffte mir sogar mehr Befriedigung als Sex. Und dieses schöne, beinahe geile Gefühl wollte ich mir unbedingt langfristig erhalten.

Titel des Werkes: „Der brennende Mann". Es gibt keine reale Perspektive im Bild. Die Darstellung der Person wirkt ebenfalls nicht real. Keine natürlichen Proportionen der Körperpartien. Die Person ließ ich scheinbar unvollendet und wirkte wie ein Geist. Alles im Bild durchaus gewollt, wenn auch nicht vorher geplant. Das Gemälde verfügte über seinen eigenen, persönlichen und speziellen Charakter und erfordert die Fantasie des Betrachters. Während des Schaffensprozesses verlor ich das Gefühl für die Zeit. Als ich aufs Zeiteisen schaute, schlug es 21.55 Uhr. Ich stellte fest, dass ich mein Mittagessen versäumte.

„Wie praktisch. Auf diesem Wege sparte ich eine Mahlzeit ein", dachte ich laut.

Als Ersatz aß ich zwei Stücke Tiramisu, die ich zwei Tage zuvor von Christina geschenkt bekam. Anschließend ging ich zufrieden ins Bett.

Etwa eine Woche später überkam mich erneut die Malleidenschaft. Ich malte quasi die ganze Nacht durch. Genauer gesagt von 19.00 Uhr bis 6.30 Uhr. Die Pause blieb hier ein absolutes Fremdwort. Mein Körper nahm draußen vor der Tür Platz. Im Raum herrschte nur mein kreativer Geist. Eine regelrechte Schaffenswut kam auf und drückte sich zunehmend im Bild aus. Ungefähr 11 ½ Stunden später spürte ich die Müdigkeit in meinem Körper, sodass er für vier bis fünf Stunden seinen Tribut forderte. Sofort nach dem Aufstehen trieb es mich fast magnetisch vor die Leinwand und vollendete in ca. zwei bis drei Stunden ohne Frühstück das Bild. Das Ergebnis konnte sich durchaus sehen lassen. Dieses Werk beschreibe ich als kraftvoll, dynamisch und abstrakt. Dargestellt ist ein großes Feuer, das sich über das ganze Bild ausbreitet und außer Kontrolle gerät.

Daher erhielt diese Arbeit den passenden Namen „Flächenbrand".

Nach der Fertigstellung spürte ich eigentlich die totale Erschöpfung und stand kurz vor dem K.O. Trotzdem ging ich am gleichen Tag in einer Emil Nolde-Ausstellung in der Kunsthalle. Gezeigt wurden hauptsächlich seine religiösen Bilder. Der religiöse Aspekt seiner Arbeiten interessierte mich eher weniger, sondern nur der Künstlerische. Die Farbigkeit, die expressive Landschaft und teilweise auch die Einfachheit der Darstellung konnten mich begeistern. Kopieren lag mir nicht im Sinn, aber die Einflüsse sollten in meinen Bildern spürbar werden, zumindest galt dies als mein künftiges Ziel. Fazit? Die Ausstellung lohnte sich.

Am Ende des Jahres nahm ich eine kleine Analyse meiner damaligen Lebenssituation vor. Ich fasste den Entschluss, keine weiteren „Versuchsballons" bei Verlagen zu starten. Denn ich wollte die Stückzahl meiner Gedichte auf 100 erhöhen, ehe ich es in Betracht zog, weitere Versuche zu probieren. Mit dieser Zielerreichung befand ich mich bereits auf einen guten Weg. Ein Versuch beim Piper Verlag blieb noch offen. Nach meinen bisherigen Erfahrungen stufte ich die Chancen als gering ein, eine positive Antwort zu erhalten. Der Erfolgswille blieb trotzdem meine Antriebskraft. Der Hauptschwerpunkt für 2001 sollte weiterhin die Malerei bleiben, wo ich bereits gute Resultate erzielte. Zwanzig oder besser sogar dreißig Bilder sollten bis Ende nächsten Jahres entstehen. Der Vermögensaufbau durfte meines Erachtens ebenfalls nicht vernachlässigt werden. Denn ich hoffte, dass der Vermögensaufbau den Berufsausstieg erleichtern könnte. Das normale Berufsleben befriedigte mich nicht. Ich sah es nur als Pflichterfüllung gegenüber der Gesellschaft. Gezwungenermaßen musste ich wie die meisten Menschen Geldverdienen, da ich nicht aus einen reichen Elternhaus stammte. Und zu allen Überfluss reichte mein schmales Gehalt geradeso zum Überleben. Die Vermögenswirksamen Leistungen musste ich von meinem geringen Einkommen komplett selbst tragen.

Mit dem Weihnachtsgeld ging ich im Jahr 2000 zu meinem Leidwesen leer aus, während meiner Kollegin Andrea vermutlich welches erhalten hat.

Zu mir sagte sie in einem Vier-Augen-Gespräch: „Ich habe auch kein Weihnachtsgeld erhalten".

Die Aussage erschien mir jedoch nicht sehr glaubwürdig, da ich eine leichte Unsicherheit in ihrer Stimme bemerkte. Beinahe gewann ich den Eindruck, dass ihr dieses Thema unangenehm wurde. Ich ließ ihre Aussage unkommentiert stehen, da ich wusste, dass ich ohnehin nichts an diesem Tatbestand ändern konnte. Knapp eine Stunde vor unserer kurzen Unterredung beobachtete ich von Flur aus eine Szene zwischen Andrea und meinen Onkel, die ein Indiz für meinen Verdacht bezüglich des Weihnachtsgeldes darstellte.

Mit einen freudigen Strahlen im Gesicht sagte Andrea zu Onkel Alfred: „Oh, danke schön".

Dabei gewann ich das Gefühl, dass Onkel Alfred ihr irgendetwas in die Hand drückte. Auch wenn ich es nicht eindeutig von meiner Position aus erkennen konnte, ging ich davon aus, dass sie Weihnachtsgeld in Form eines Barschecks bekam. In den Jahren zuvor erhielten wir es immer auf diese Weise.

„Zugegeben, ich sehe bekloppt aus, aber deshalb muss ich es noch lange nicht sein. Daher sollte man mich nicht für dumm verkaufen. Das ist eine Beleidigung meiner Intelligenz", fluchte ich innerlich, als ich allein auf dem Platz stand.

Ich unterbrach für einen kurzen Moment das Schreiben am Notebook und hielt kurz inne, weil mir an dieser Stelle wieder bewusst wurde, dass meine Arbeitsleistung keine Wertschätzung genoss. Darüber hinaus empfand ich als schreiende Ungerechtigkeit, wie man damals mit mir umgegangen ist. Eine innere Wut kam in mir hoch, als wäre es noch ein brandaktuelles Ereignis. Ich brauchte einige Mühe, mich wieder einigermaßen zu beruhigen. Dabei atmete ich einmal tief durch und versuchte das Geschehene abzuhaken. Es wurde mir klar, dass ich die Vergangenheit ohnehin nicht ändern konnte. Mit dieser Erkenntnis setzte ich meine Aufzeichnungen fort.

Meine menschliche Enttäuschung konnte ich auf der Arbeit nur mit sehr viel Mühe verbergen. Ich fühlte mich als Mitarbeiter zweiter Klasse. Meine gute Arbeitsleistung wurde selten beachtet. Wehe aber, ich machte aus Sicht des Firmenclans etwas falsch. Dann drohte ein fürchterliches Donnerwetter, dass man vermutlich in ganz Bergedorf hören konnte. In solchen Situationen musste ich darum zittern, dass ich nicht vom

Blitz getroffen werde, indem ich meinen Arbeitsplatz verliere. Immer bekam ich das Gefühl vermittelt, dass ich froh sein durfte, weiterhin mein Gnadenbrot verdienen zu können. Mein Selbstwertgefühl litt unter dieser Realität. Ich kam mir vor wie ein Stück Scheiße. Es stank unerträglich nach Erniedrigung. Oftmals kaum auszuhalten.

Meine Urlaubsansprüche betrugen nur läppische 20 Tage, obwohl in den meisten Firmen eher 25 bis 30 Tage Normalität darstellten. Und selbst bei den 20 Urlaubstagen versuchte man mich zu bescheißen, zumindest entsprach es meinen Empfinden. Ich fühlte mich irgendwie ausgenutzt. Diese Tatsachen verursachten bei mir totalen Frust. Kein schönes Gefühl, verarscht zu werden. Natürlich wurde ich auch wütend auf mich selbst, da ich nichts an meiner Lage ändern konnte. In solchen Augenblicken, wo mir dies bewusst wurde, fühlte ich mich als erbärmlicher Schwächling. Wie gerne wäre ich aufgetrumpft und hätte über dieses oder jenes meine Meinung geäußert, aber es fehlte mir häufig der Mut oder die Energie dazu. In meiner Ausbildungszeit baute ich Selbstvertrauen in der Firma auf, aber seit meiner Festeinstellung passierte das genaue Gegenteil. Für mich erneut ein klarer und eindeutiger Beleg dafür, dass Onkel Alfred über wenig Ahnung von Menschenführung verfügte. Im Gegensatz zu meinen damaligen Ausbilder Herr Vogtländer schaffte er es nicht, meine Fähigkeiten zu erkennen und entsprechend zu nutzen. Dadurch kam ich mir im Betrieb zunehmend immer überflüssiger vor. Der Sinn meiner Tätigkeiten erschloss sich mir immer weniger.

Daher stellte ich mir die berechtigte Frage: „Was mache ich eigentlich hier"?

Dieses Gedankenspiel löste bei mir einen emotionalen Abnabelungsprozess von der Firma aus, aber ich musste trotzdem aufpassen, dass ich meine Arbeit vernünftig ausführte, da ich weiterhin von meinem Job abhängig blieb. Daher musste ich nach außen hin notgedrungen mit den Wölfen heulen, sonst wäre ich als Lamm zur Schlachtbank geführt und aufgefressen worden. Für mich ein unerträgliches Gefühl, nur als eine Art Hilfsmuli in der Firma angesehen zu werden, aber ich brauchte meine Arbeit, um finanziell nicht mehr die Behörden im Nacken zu spüren, was für mich unangenehmer blieb als meine Arbeitsplatzsituation.

Daher hieß meine Parole: „Durchhalten".

Meine Tätigkeit als Autor machte Appetit auf zwei Stücke Torte.

„Für mein Arbeitsfleiß muss ich mich erstmal belohnen, bevor ich weitermache", überlegte ich, als ich das Schreiben unterbrach.

Ich fasste den Entschluss zur Konditorei Meinecke in der Weidenstraße zu gehen, um es mir gutgehen lassen. Zugegebenermaßen ist sie nicht unbedingt als preisgünstig einzustufen, aber dafür bietet sie qualitativ ausgezeichnetes Backwerk. Diesen Luxus kann ich mir bei meinen Einkommensverhältnissen nicht allzu oft leisten. Daher betrachtete ich es immer als etwas Besonderes, mir dort gelegentlich ein Stück Kuchen oder Torte zu kaufen. Darüber hinaus sah ich es sehr praktisch an, dass dieser Backladen in weniger als fünf Minuten zu Fuß erreichbar blieb. Ich zog meine Schuhe an und machte mich auf dem Weg.

Im Treppenhaus begegnete ich meiner Nachbarin Sabine und ihrem Ehemann Dirk Heidemann. Sie kamen gerade vom Einkauf zurück. In ihren Händen trugen sie Aldi-Tüten.

„Hallo René", begrüßten mich beide freundlich, fast im Gleichklang.

„Hallo Sabine und Dirk", erwiderte ich.

„Wir kommen von einkaufen zurück. Das Geld geht weg wie nichts", meinte Sabine.

„Ich merke es auch. Ich habe kaum etwas im Einkaufswagen, aber die Geldbörse ist trotzdem leer. Der Euro ist eben der Teuro", stellte ich ernüchternd fest.

„Gehst du jetzt auch einkaufen", fragte Dirk.

„Ich gehe nur zum Konditor und will mir etwas Torte gönnen", antwortete ich.

„Einen schönen Tag noch", sagten beide, als sie ihre Wohnung betraten.

„Ebenfalls", entgegnete ich am Schluss der Unterhaltung.

Auf dem Weg zur Konditorei dachte ich, dass die beiden schon lange zusammen sind. Dirk wurde Sabines Ehemann Nr. 3.

Hanna pflegte über ihn zu sagen: „Dirk hat Sabine nur deshalb geheiratet, um finanziell abgesichert zu sein. Denn ich weiß, dass er die meiste Zeit bei seinen Bruder Günther schwarz gearbeitet hat. Dadurch zahlte er nur wenig in die Rentenkasse ein. Ohne Sabine würde er vermutlich geldlich nicht zurechtkommen. Jedoch muss ich ihn hoch anrechnen, dass er seiner Frau das Lesen und Schreiben beigebracht hat. Und ebenso das Kochen. Die vorigen Ehemänner haben hingegen Sabine bewusst dumm gehalten, um sie noch besser ausnutzen zu können".

Dieses Beispiel zeigte mir deutlich, dass viele scheinbar glückliche Ehen nur selbstverfasste Theaterstücke sind, die dem Publikum nahezu täglich vorgeführt werden. In diesem Komödien werden meist nur die heile Welt präsentiert. Genau dies wird allgemein vom Zuschauer erwartet. Jedoch hinter den Kulissen gibt es die Realität, dass die materielle Absicherung häufig die tatsächliche Hauptrolle im Ehedrama spielt. Dadurch wird Liebe oftmals zur trügerischen Illusion. Die Scheinheiligkeit der Gesellschaft kennt offenbar keine Grenze.

Genug über das leidige Thema philosophiert. Stattdessen widmete ich mein Interesse lieber den angenehmeren Dingen des Lebens, indem ich mir zwei Stücke Marzipantorte von Konditor genehmigte. Auf dem Rückweg schaute ich im Briefkasten wegen der Post. Zum Glück keine Hiobs-Botschaften. Keine unerwarteten Rechnungen oder behördlichen Attacken. Nicht einmal die nervige Werbung, die meist sofort als Altpapier aussortiert wird, fand ich vor. Ich konnte beruhigt aufatmen und nach einer reichhaltigen Kalorienaufnahme mich wieder auf die Arbeit meines Romans konzentrieren.

Bei der Betrachtung meiner Jobsituation wuchs bei mir der Wunsch nach Freiheit und Unabhängigkeit. Finanziell wollte ich auf eigenen Füßen stehen, um als freischaffender Künstler arbeiten zu können. In diesem Zusammenhang erinnerte ich mich an einem Traum, den ich ein paar Tage zuvor im Schlaf erlebte. Ich befand mich allein auf dem Deck eines Luxusdampfers und betrachtete die tobende See. Plötzlich erkannte ich eine riesengroße Stadt, die aus einer Vielzahl von Wolkenkratzern bestand. Immer stärker wurde mir bewusst, dass dieser Ort größtenteils unter Wasser stand.

„Keine Menschenseele weit und breit", stellte ich mit Schrecken fest.

Es herrschte eine beklemmende Atmosphäre, die mich zunehmend beunruhigte. Ein Angstgefühl entstand. Ein unerwarteter Schock-Zustand kam hinzu, als ich die umgekippte Freiheitsstatue im Meer entdeckte. Nur der Kopf und die Hand mit der Fackel ragten aus dem Wasser heraus.

„Welche Botschaft soll mir hier vermittelt werden", fragte ich mich zunächst verwundert.

„Ist mein Freiheitswunsch nur eine Illusion, weil sich gewisse Abhängigkeiten in einer Gesellschaft nicht vermeiden lassen", überlegte ich weiter.

Ich versuchte diese Tatsache aus meinen Gedanken zu verbannen und versuchte weiterhin an meinen Erfolg als Künstler zu glauben.

Genug über meine damalige Jobsituation gejammert. Im Urlaub machte mir eine starke Erkältung arg zu schaffen. Trotzdem nutzte ich die freien Tage für die Kunst. Ich überarbeitete das Bild „Ländliches Gehöft" und machte daraus den „Garten der Fantasie". Kein Bild wurde bis dahin so arbeitsintensiv. Mindestens 200 Arbeitsstunden investierte ich in dieses aufwendige Machwerk, obwohl die Leinwand nur über die Maße 80 x 60 verfügte. Jedoch die Arbeit lohnte sich.

„Ich würde hierbei selbst von einem Meisterwerk sprechen. Falsche Bescheidenheit wäre hier vollkommen fehl am Platze", kam mir gedanklich bei der Betrachtung meiner fertigen Arbeit in den Kopf.

Das Bild sprühte vor Lebendigkeit, Ausdruckskraft, Leidenschaft und Lebensfreude. Alles verschmilzt zu einer untrennbaren Einheit. Mehr konnte ich hier nicht erwarten.

„Besser kann ich es nicht machen", erkannte ich.

Daher machte ich keine weiteren Arbeitsschritte. Vermutlich hätte es sonst meine ganze Arbeit zerstört. So etwas könnte ich mir nie verzeihen.

Zusätzlich malte ich ein Gemälde mit dem Titel „Lebenskraft". Es verfügte über einen surrealen Charakter. Es stellt einen brennenden Mann dar, der aus der Hitze der Sonne entsteht. Im Hintergrund befindet sich ein fiktiver Kosmos und darin bewegen sich einige Spermien. Sie werden von der abgebildeten Person ausgestreut und sorgen somit für neues Leben. Meines Erachtens ein gelungenes Bild, dass als siebtes Werk zum Verkauf angeboten werden konnte.

Beim Malen ging ich körperlich bis zur absoluten Leistungsgrenze. Die gesundheitlichen Probleme blieben deutlich spürbar. Ich musste während des Malens häufiger Pausen machen, da ich nur bedingt über Energie verfügte. Nur mein unbedingter Wille trieb mich immer wieder vor die Leinwand. Am Ende lohnte sich die Quälerei.

Gesamtfazit des Urlaubs: „Trotz Erkältung positiv. Wieder wurden zwei Bilder fertiggestellt. Ich kann zufrieden sein".

Insgesamt malte ich von Mitte Oktober bis Anfang Januar acht Bilder. Nicht gerade wenig, wenn ich in diesem Zusammenhang bedenke, dass ich zu dieser Zeit noch mehrere Gedichte schrieb, einen Single-Haushalt führte und einen Fulltime-Job ausüben musste, um mich finanziell über Wasser halten zu können, ohne auf staatliche Unterstützung angewiesen sein zu müssen. Daher empfand ich bezüglich meiner künstlerischen Leistung berechtigten Stolz.

Der Raum für diesen Schaffensdrang bot mir das Atelierzimmer. Daher schrieb ich ein Gedicht mit dem Titel „Das Atelier". Dies zeigte mir, dass sowohl das Schreiben als auch das Malen sich wunderbar ergänzen können. Beides kann sich ideal gegenseitig inspirieren. Ich gewann das Gefühl, der Traum, Künstler zu sein, ging endlich in Erfüllung.

Das Atelier

Ich stehe in meinem Atelier, das nur wenige Quadratmeter verfügt, aber trotzdem den Ort meines Schaffens repräsentiert, der für die notwendige Bewegung meines Lebens sorgt.

Nun begreife ich, dass dieser kleine Raum auch ein Ort der Auseinandersetzungen, der Konfrontation meines Geistes darstellen, die zunehmend unvermeidlich werden.

Dabei bieten mir die Staffelei und die Zeichentafel die erforderlichen Angriffsflächen für Leinwand und Papier, die wiederum zu einem Ort meiner Farben werden, die mich ständig, fast ununterbrochen berauschen, ich Feuer und Flamme bin, wobei meine Ungeduld wächst, mein Körper vor Erregung zittert und meine Gedanken nicht mehr über die nötige Klarheit verfügen.

Jedoch kommt auch wieder der Augenblick, wo eine gewisse innere Ruhe und Stille den Raum betritt, sodass ein Hauch von Besinnlichkeit entsteht, die zum Nachdenken anregt und mich in die Lage versetzt, zu mir selbst zu finden.

Insgesamt entsteht ein Wechselbad der Gefühle, das sich in den Resultaten meiner Bilder wiederspiegelt.

Die Wiederspiegelung der Resultate ermöglicht mir, mich selbst durch die Kunst zu entdecken, kaum vorstellbar, aber dennoch ist es die Wahrheit, so wahr ich hier stehe.

Ich stellte fest, dass mich niemand als Maler in eine bestimmte Schublade packen kann. Denn ich legte mich bei meinen ersten acht Bildern nicht auf eine spezielle Stilrichtung fest, was aber auch nicht in meiner Absicht lag. Vielseitigkeit sollte mein unverwechselbares Markenzeichen als Künstler sein. Ich hoffte, dass mir meine Einstellung zur Malerei nicht irgendwann zum Verhängnis wird, da unsere Gesellschaft durch ein Schubladen-Denken geprägt ist. Davon wollte ich mich allerdings nicht entmutigen lassen und ging meinen bisherigen Weg unbeirrt weiter.

Nach meinen Urlaub schrieb ich ein weiteres Gedicht. Titel des Werkes: „Der Maler und seine Instinkte". Es beschreibt wie das vorige Gedicht meine Erfahrungen mit dem Künstlermedium Malerei. Das Schreiben ging trotz verstärkter Konzentration auf die Malerei weiter.

Der Maler und seine Instinkte

Ich gestehe, ich bin ein Instinktkünstler.
Ich gehorche meinen Gefühlen.
Meine Gefühle sagen mir, was ich sehe.
Die Dinge, die ich sehe, wachsen in meinem Kopf und wollen sichtbar für das menschliche Auge werden.
Daher kommt die Formulierung direkt aus dem Kopf über die Hand auf die Leinwand, wobei der Vorrat an Ideen unerschöpflich ist und die Stapel ins Unendliche wachsen könnten.
Deshalb liegen viele Flaschen von Farben und die dazugehörigen Pinsel stets griffbereit, um den Tatendrang, den ich jetzt in mir verspüre, befriedigen zu können, und sage zu mir selbst:
„Vertraue Deinen Instinkten und male"!

Von meinen letzten Leinwandarbeiten machte ich paar Fotos, die sich diesmal größtenteils als unbrauchbar herausstellten. Daher machte ich neue Fotos, die sich besser für Präsentationszwecke eigneten. Insgesamt gewann ich den Eindruck, auf dem richtigen Weg zu sein.

Gaugien sagte einmal: „Ich wollte wollen".

Stattdessen sagte ich: „Ich will".

Meine Ziele behielt ich weiter unbeirrt im Auge. Inwieweit ich meine Ziele tatsächlich erreichen werde, konnte ich damals nicht abschätzen, aber ich setzte meine ganze Energie dafür ein, um sie verwirklichen zu können.

Zwischenzeitlich machte ich mir auch Sorgen um Christina und Harald.

In einem Telefonat erzählte mir meine Schwester: „Haralds Job als Gärtner bei seinem Schwager ist vermutlich in Gefahr. Wir wissen noch nicht wie es weitergeht. Die Arbeitsmarktsituation ist nicht berauschend. Eine Jobalternative muss her".

„Hat Harald schon mit der Jobsuche begonnen", fragte ich interessiert.

„Wir haben angefangen, im Wochenblatt bei den Stellenangeboten zu schauen, aber bisher war noch nichts Passendes dabei", erwiderte Christina.

„Hört sich nicht gut an. Ich hoffe, Harald hat bald Erfolg mit seiner Jobsuche", entgegnete ich meiner Gesprächspartnerin.

„ Ich versuche dich auf dem Laufenden zu halten. Nun muss ich aber das Gespräch beenden, weil es gerade an der Haustür klingelte", würgte mich meine Schwester überraschend am Telefon ab.

Das Telefonat wurde quasi beendet, ohne dass ich Tschüss sagen konnte.

Zwar wollte Harald den Job bei seinem Schwager sowieso irgendwann beenden, aber nicht vorzeitig. An Christinas Tonfall konnte ich erkennen, dass die Situation sehr brenzlig wurde. Wer meldet sich schon gerne arbeitslos? Ich spreche aus eigener Erfahrung. Die Auseinandersetzungen mit den Behörden sind meist nicht sehr hilfreich, sondern eher quälend und existenzgefährdend. Und die Bürokratie ließ mich phasenweise an meinem Verstand zweifeln. Ich drohte zeitweilig sogar verrückt zu werden. Nicht grundlos musste ich irgendwann zum Seelenklempner. Ich hoffte, dass Harald dieses leidliche Schicksal erspart bleibt. Es gab etwas Hoffnung, dass er seinen Job zumindest erstmal nicht verlieren wird. Letztlich konnten wir nur abwarten, wie es sich weiterentwickelt. Ich drückte den beiden die Daumen.

Seit Herbst vorigen Jahres gab es wieder einen verstärkten Kontakt zum ehemaligen Kollegen Richard Klasen. Abends rief er mich überraschend an.

„Hallo René, hier ist Richard Klasen. In Blankenese gibt es demnächst ein Schreibkursus. Er kostet 48 DM für vier Doppelstunden. Ich denke, dass er interessant für dich sein könnte. Darum rufe ich an", meldete er sich am anderen Ende der Leitung.

„Hört sich wirklich interessant an", reagierte ich aufgeschlossen.

„Ich gebe dir die Adresse und die Telefonnummer", meinte Richard anschließend.

Ich notierte mir die Angaben, die mir Richard telefonisch durchgab und bedankte mich am Schluss des Telefonats dafür, dass er in diesem Zusammenhang an mich dachte.

Nachdem Gespräch überlegte ich kurz, ob ich den Kursus tatsächlich machen sollte.

„ Vielleicht eine Möglichkeit auf Gleichgesinnte zu treffen", dachte ich ernsthaft.

Denn einer der Gründe für meine Einsamkeit und zeitweilig auch für meine Depressionen blieb der fehlende Austausch mit ähnlich denkenden Menschen.

„Sogenannte Normalos können mich bestenfalls nur bedingt verstehen", stellte ich ernüchternd fest.

Künstler leben in ihrer eigenen und speziellen Welt. Daher entschloss ich mich, einen Versuch zu wagen und rief wegen des Schreibkurses in Blankenese an. Jedoch niemand nahm den Hörer ab. Zwischen zehn und zwanzig Mal ließ ich es klingeln. Doch vergebens.

„Vielleicht soll es so sein, dass niemand an das Telefon geht", sagte ich zu mir selbst.

Ich entschied mich, keine weiteren Versuche zu unternehmen. Schnell fand ich drei Gründe wegen des Schreibkursus nicht noch einmal anzurufen.

1.) Blankenese schien mir ehrlich gesagt zu weit weg zu sein.

2.) Der Zeitpunkt erschien mir ungünstig, da ich mich vorläufig mehr auf die Malerei konzentrieren wollte und mich der Kursus von meinem Vorhaben abgelenkt hätte.

3.) Vier Doppelstunden wären mir doch etwas zu wenig. Zwölf Doppelstunden wären deutlich besser damit etwas

Konstruktives herauskommt. Meines Erachtens konnte so ein Crashkurs quasi nur an der Oberfläche kratzen.

Richard meinte es mit seinem Vorschlag sicher gut, aber so ein Kursus erschien mir nach reichhaltiger Überlegung doch als Zeitverschwendung. Ich ließ die Idee schnell wieder fallen.

Seit über einer Woche lief ich ziellos durch die Straßen von St. Georg, ohne dabei das Bedürfnis zu spüren, einige Muschis miauen zu lassen. Meine Favoritin Anamaria sah ich in dieser Zeit ohnehin nicht. Sie galt als einzige Prostituierte, die mich noch sexuell ausreichend befriedigen konnte. Darum ging ich ab sofort fast nur mit ihr aufs Zimmer. Vermutlich wollte ich sexuell keine weiteren Versuchskaninchen ausprobieren, da ich seit meiner Festeinstellung deutlich sparsamer mit meinem Geld wirtschaften musste. Ich wollte schlichtweg kein Geld für irgendwelche Flops zum Fenster hinauswerfen. Meine finanziellen Gegebenheiten zwangen mich in diesem Kontext ökonomischer und pragmatischer zu denken. Natürlich spürte ich eine Erleichterung, dass ich in dieser Zeit Ruhe vor den Behörden bekam und wollte auch nicht undankbar sein. Trotzdem kotzte es mich an, jede Mark zweimal, manchmal sogar dreimal umdrehen zu müssen, ehe ich sie ausgeben konnte. Ich bekam zunehmend seit Februar 2000 das Gefühl, finanziell auf absoluter Sparflamme leben zu müssen. Das Mittagsessen bestand meist nur aus Pfannkuchen, Kartoffelpuffer, Dosenfutter, Milchsuppe, Milchreis, Bratnudeln oder Pfannengerichte günstig aus der Gefriertüte. Selten etwas Besonderes. Meist nur an den klassischen Feiertagen wie beispielsweise Weihnachten gönnte ich mir etwas Luxus. Zuhause bestand das Frühstück aus Weizenmischbrot zu 95 Pfennig beziehungsweise Dosenbrot von der Bundeswehr, dass ich durch meine Arbeitskollegin Andrea günstig auf Vorrat kaufen konnte. Auf Brot gab es Butter, Marmelade, Honig, Pflaumenmus und Aldi-Nutella. Das Abendbrot sah meist genauso aus. Meine Getränke bestanden meist aus Früchtetee und Brausetabletten (Ca, Mg, Multivitamin), die im Leitungswasser aufgelöst werden. Gelegentlich trank ich auch Kakao und billige Cola zu 29 Pfennig. Restaurantbesuche schränkte ich stark ein. Café-Besuche wurden ebenfalls zur Mangelware. Genauso sah mit den Besuchen in der Videothek aus, um sich Filme auszuleihen. Nur die Anzahl der Kinobesuche blieb konstant. Die Ausgaben für die Malerutensilien wurden von mir monatlich fast halbiert. Beim Energieverbrauch wurde ich nicht nur sparsam, sondern zugegebenermaßen sogar geizig. Beispielsweise beim Heizungsverbrauch reduzierte sich der Energiekonsum gegenüber dem Vorjahr um ca. die Hälfte. Dadurch fror ich mir die Eier zu Erbsen. Dies ging auf Kosten meiner Gesundheit in Form von mehreren Erkältungen. Abwasch machte ich nur einmal pro Woche, um Wassergeld zu sparen. Die Waschmaschine stellte ich ebenfalls meist nur einmal pro Woche an. Das TV-Gerät lief erst frühestens um 19.30 Uhr abends. Beim Klamottenkauf ersetzte ich nur die Sachen, die zuvor kaputtgingen und schaute dabei auf dem Preis. Im Herbst kaufte ich mir Winterschuhe für 50 DM. Andere gaben locker das Doppelte oder mehr aus. Vorratsbeschaffungen machte ich nur selten, da sie in der Regel Kapitalbindungskosten verursachen. Dadurch bestand sonst die Gefahr für finanzielle Engpässe, die ich unbedingt vermeiden wollte. Gelegentlich kaufte ich Obst wie beispielsweise Bananen, Äpfel und Kiwis, um Mangelerscheinungen zu vermeiden.

Finanziell spürte ich, dass ich mindestens über 500 DM pro Monat weniger verfügte. Die Liste der Sparmaßnahmen könnte ich vermutlich endlos fortsetzen. Damit möchte ich den Leser an dieser Stelle nicht unnötig langweilen oder nerven. Dies wäre kontraproduktiv und sähe verdächtig nach Selbstmitleid aus.

„Vielleicht halten mich einige für undankbar", überlegte ich während des Schreibens am Notebook.

Nur manchmal macht das Leben nur bedingt Spaß, wenn einer geregelten Arbeit nachgeht und sich trotzdem nichts leisten kann. Diese Tatsache verursachte bei mir großen Frust.

Im Volksmund gibt es zwar den Spruch: „Ohne Fleiß kein Preis".

Jedoch für mich gilt auch die Erkenntnis: „Ohne Preis kein Fleiß".

Zumindest wurde meine Entlohnung keine große Motivation zu arbeiten, vor allem wenn ich höre, dass die Firma einen Gewinn von ungefähr 30.000 DM erwirtschaftete, und ich trotzdem kein Weihnachtsgeld erhielt. Damit ich finanziell besser klarkam, machte ich eine Auflistung über Einkommen und Ausgaben.

| Monatsgehalt, netto | 2.128,86 DM |
| VWL-Leistungen | 78,-- DM |

Fahrkosten	116,30 DM
Metzler-Fond	100,-- DM
Gas	9,-- DM
Miete	1.009,90 DM
Kreativsparen	100,-- DM
Normalsparen	75,-- DM
Bankkosten	9,-- DM
GEZ-Gebühren	28,25 DM
Strom	38,-- DM
Telefon	35,-- DM
	1.598,45 DM

Nettogehalt 2.128, 86 DM ./. Kosten 1.598, 45 DM = Haushaltsgeld 530,31 DM

Die oben genannte Summe galt als der traurige Rest, der zum Leben übrigblieb. Erschreckend fand ich die Tatsache, dass es den meisten Singles oftmals auch nicht besser erging. Mein damaliges Monatsentgelt entsprach den realen Durchschnittseinkommen pro Kopf in der Bevölkerung. In den Medien wurde in diesem Kontext häufig von einem deutlich höheren mittleren Pro-Kopf-Einkommen gesprochen, der ein Vielfaches der tatsächlichen Realität entsprach. Wer verdient allen Ernstes soviel Geld? Die Mehrheit in der Bevölkerung bestimmt nicht. Die Politik betreibt zweifelsfrei nur Augenwischerei und täuscht den Bürger arglistig. Wie kommen die meisten Menschen mit so wenig Geld zurecht? Meist nur durch die Inanspruchnahme eines teuren Dispo, Ratenkäufe und zusätzliche Nebenjobs. Vielfach ist man sogar zur Schwarzarbeit gezwungen. Im Sinne des Staates ein Verbrechen. Und im Sinne mancher Bürger Notwehr, um einigermaßen über die Runden zu kommen. Anders wäre es meines Erachtens unmöglich, das Leben finanziell zu bewältigen. Warum lassen sich die Menschen so massiv ausbeuten? Warum gehen sie nicht auf die Straße und demonstrieren?

Die damalige Bundesregierung propagierte, dass wir etwas für uns private Altersvorsorge tun sollen. Dafür wurde die sogenannte Riester-Rente eingeführt.

Während des Schreibens am Notebook fragte ich mich: „Wie soll man dies umsetzen, wenn das Geld gerade so zum Überleben reicht"?

Aus meiner Sicht führt diese Entwicklung zwangsläufig zur Altersarmut. Jedoch kein lautstarker Protest der Massen. Aus diesem Grund bessert sich auch nichts, und die Missstände bleiben. Daher finde ich den Kadavergehorsam, der in Deutschland dominiert, zum Kotzen. Von der rotgrünen Regierung erhoffte ich mir zugegebenermaßen mehr. Jedoch die asoziale Kohl-Politik wurde von ihr größtenteils fortgesetzt. Schröder bot in der ersten Amtsperiode seiner Kanzlerschaft bestenfalls eine CDU-Light-Politik, was ich als eine große Enttäuschung empfand.

Nur durch den künstlerischen Schaffensprozess konnte ich zeitweilig meine Geldsorgen und Depressionen verdrängen. Mitte Januar 2001 malte ich ein weiteres Gemälde. Titel des Werkes: „Berglandschaft". Im Bild erschien mir ein abstrahiertes Bergmassiv, teilweise wolkenverhangen und sonnenstrahlendurchflutet. Unterhalb der Berge tobte ein Fluss. Ähnlich wie bei „Garten der Fantasie" wurde mit extremen Farbkontrasten gearbeitet. Es ist ein ausdruckstarkes Werk. Mit dem Ergebnis konnte ich sehr zufrieden sein.

Trotz des gelungenen Werkes verschwanden meine Depressionen nicht, so sehr ich es mir auch wünschte. Schnell wurde ich häufig müde, zeitweilig erschöpft und oftmals irgendwie geistesabwesend. Der Fick, den ich ein paar Tage zuvor mit Anamaria praktizierte, lenkte mich zwar vorübergehend von meiner schlechten Stimmung ab, aber nun brach der finanzielle Notstand aus. Für knapp 100 DM kaufte ich das Notwendigste ein. Ansonsten musste ich für den Rest des Monats Konkurs anmelden.

Anfang Februar 2001 malte ich mein nächstes Bild. Ich nannte es „Die Träumerin". Ich betonte die Architektur des weiblichen Körpers, indem ich ihn ähnlich wie Modigliani langestreckt darstellte. Diesmal probierte ich eine Mischtechnik aus Acryl und Ölkreide aus. Die Grundierung und den Hintergrund machte ich wie gewohnt in Acryl. Der weibliche Akt wurde mit Ölkreide gezeichnet. So konnte ich das malerische und zeichnerische Element miteinander kombinieren. Der Hintergrund ist dekorativ in einer Punkt-in-Punkt-Technik gehalten und erinnert entfernt an Gustav Klimt. Mit diesem Ergebnis konnte ich hochzufrieden sein. Ich entschloss mich zukünftig, weiterhin Menschenbilder mit dieser Mischtechnik umzusetzen. Kurz nach der Fertigstellung zeigte ich Hilde, die mich besuchte, das Aktbild im Atelierzimmer. Sie zeigte sich davon angetan und zog es in Betracht, es zu kaufen.

Sie sagte zu mir: „Das Bild möchte ich eventuell für Mike zum Geburtstag haben".

„Das Bild findet deine Zustimmung", hakte ich interessiert nach.

Denn ich witterte einen potenziellen Käufer für eines meiner Bilder.

„Absolut. Wie lautet der Preis für dieses Bild ", erwiderte Hilde mit einer Gegenfrage.

„Das weiß ich noch nicht. Ich muss mir dazu noch meine Gedanken machen", sagte ich zu ihr.

Mit dieser Antwort gab sich Hilde vorerst zufrieden und verließ wieder meine Wohnung.

Nach ihrem Besuch machte ich mir Gedanken, welchen Preis ich für „Die Träumerin" nehmen könnte. Die Preisfestlegung gestaltet sich durch unsere Freundschaft als schwierig. Ich entschied mich für einen Preis von 250 DM. Normal würde ich mindestens 400 DM nehmen, was aus meiner Sicht schon als sehr preiswert zu bezeichnen wäre. Denn ich rechnete abzüglich der Materialkosten einen Stundenlohn von ungefähr 12,50 DM aus. Das ist ein Hilfsarbeiterlohn, den ich für mein Bild ansetzte. Bezüglich eines möglichen Bilderverkaufs blieb ich emotional eher zurückhaltend und abwartend. Ich wollte mich nicht zu früh freuen. Einer Enttäuschung wollte ich lieber vorbeugen.

llerdings gab es eine Enttäuschung gegen die ich nichts machen konnte. Ich erhielt eine Absage vom Piper Verlag. In dieser Hinsicht begab sich das Glück nicht auf meiner Seite. Entmutigen lassen wollte ich mich trotzdem nicht.

„Irgendwann musste ich doch Erfolg haben. Notfalls gehe ich auch andere Wege, um an das Ziel zu gelangen", dachte ich leicht trotzig.

Einige Tage später. Richard lud mich überraschenderweise zum Essen in einem Restaurant in Klövensteen ein. Gegessen hatten wir übrigens Wildschweinbraten mit Rotkohl und Klößen. Dabei unterhielten wir uns auch über meine finanzielle Situation.

Während des Essens sagte ich zu ihm: „Ich möchte gerne häufiger in Fucking Palace bumsen. Doch mein Verdienst ist zu gering, um es mir regelmäßig leisten zu können".

Richard erwiderte nur: „Ich verstehe nicht, warum du kein Untermieter nimmst. Dies wäre eine gute Einnahmequelle. Damit wären alle deine Probleme gelöst".

Die Antwort enttäuschte mich, da ich mir erhoffte, dass er mir einen Tipp für einen Gelegenheitsjob geben könnte, aber ich ließ mir äußerlich nichts anmerken.

„Ich denke noch einmal über dein Vorschlag nach", wich ich einer weitergehenden Diskussion aus.

Für mich stand meine Entscheidung ohnehin schon fest, die ich aber für mich behielt. Daher wechselte ich bei unserer Unterhaltung schnell das Thema.

„Wie sieht es bei dir jobmäßig aus", fragte ich ihm.

„Zurzeit arbeite ich noch für die Baufirma in Stellingen. Demnächst muss ich mir etwas anderes suchen. Denn ich muss ständig hinter meinem Geld hinterherlaufen. Das mag ich überhaupt nicht. Es nervt", antwortete Richard.

Ich bemerkte eine leichte Verärgerung in seiner Stimme.

„Kann ich verstehen. Vor meiner Festeinstellung musste ich häufig meinem Geld hinterherlaufen. Dies empfand ich auch nicht immer als sehr angenehm", erzählte ich anschließend.

Das Gespräch nahm einen anderen Verlauf, weil ich die Richtung änderte. Wenn ich es nicht getan hätte, wären mit Garantie irgendwelche blöden Sprüche von Richard gekommen. Dies blieb mir dank meiner Geistesgegenwärtigkeit erspart.

Es überkam mich das Gefühl, dass Richard nie begriff, warum ich die Auseinandersetzung mit den Behörden führen musste. Denn einen Untermieter hätte ich praktisch schon damals nehmen können, aber ich tat es nicht. Diese Entscheidung traf ich nicht grundlos, da ich wegen meines schlechten Allgemeinzustandes und meiner sozialen Phobie mit einem Untermieter zweifelsfrei überfordert gewesen wäre. Richard hätte es vermutlich nicht verstanden, wenn ich versucht hätte, ihm dies zu erklären. Möglicherweise hätte es sogar ein Streit gegeben. Bilanzierend musste ich beim Schreiben am Notebook ernüchternd erkennen, dass er mich nicht wirklich kannte. Ich ging davon aus, dass er sich nur sehr oberflächlich mit mir auseinandersetzte. Es fehlte ihm an Empathie. Daher konnte er sich nicht in meine emotionale Beschaffenheit hineinversetzen. Seine Stärken lagen offenbar woanders. Er präsentierte sich als Mensch, der alles Mögliche ausprobiert und keine Angst vor Niederlagen verspürte. Charakterisieren würde ich ihn als Machertyp, der es immer wieder schaffte, sich Jobs oder Geld zu organisieren. Er beherrschte die Überlebenskunst wie kein anderer. In dieser Hinsicht bewunderte und beneidete ich ihn. Seine Tricks haben entscheidend dazu beigetragen, dass ich den Kampf gegen die Behörden gewann. Trotzdem verstand er nie die Hintergründe, warum ich den Konflikt mit dem Staat austragen musste. Diese Erkenntnis entnahm ich aus unserer Unterhaltung im Restaurant. Zum Glück sprach er mich später nicht nochmals auf das Thema Untervermietung an.

Gedanklich konnte ich das Aktbild „Die Träumerin" als abgeschlossen betrachten, sodass ich den Kopf für das nächste Gemälde freibekam. Es wurde ein total abstraktes Werk. Zunächst nannte ich es „Farbimprovisation 1". Später erfolgte die Umbenennung in „Lebensfreude". Das Bild malte ich in weniger als neun Stunden und zwar ohne nachzudenken. Beim Schaffensprozess herrschte eine Art Automatismus. Ich agierte wie im Wahn vor der Leinwand, fast als würde jemand anders den Pinsel führen. Irgendwie verlor ich die Kontrolle über mich selbst. Das Bild verselbständigte sich und entwickelte seinen eigenen Charakter. Es entstand eine Farborgie. Ohne übertreiben zu wollen, ich sehe es als Meisterwerk. Eines meiner besten Bilder überhaupt. Es ließ sich beliebig aufhängen, es passte immer.

Einige Tage nach der Fertigstellung von „Lebensfreunde" wurde ich wieder mit meiner Angst konfrontiert. Telefonisch bewarb sich ein Verkäufer in der Firma. Ich befand mich allein in Büro.

„Guten Tag. Mein Name ist Peter Meier. Ich möchte mich als Verkäufer bei Ihnen bewerben", stellte sich der Mann freundlich vor.

Diesen Anruf empfand ich als Schocktherapie. Ich versuchte die Kontrolle über mich selbst zu behalten und ließ mir nichts anmerken.

Am Telefon gab ich zur Auskunft: „Wir sind zurzeit voll besetzt. Wir brauchen keinen weiteren Verkäufer in der Firma".

Der Bewerber am Telefon wollte verständlicherweise nicht gleich aufgeben und ließ sich nicht sofort abwimmeln.

„Woher wollen Sie dies wissen", fragte er mich mit etwas Nachdruck.

„Ich arbeite in einer kleinen und überschaubaren Firma. Daher weiß ich es", antwortete ich äußerlich unbeeindruckt.

Danach galt das Telefonat schlagartig als beendet. Der Mann legte ohne weitere Worte den Hörer auf. Ich sah in seiner Person einen ernsthaften Konkurrenten bezüglich meines Arbeitsplatzes, da ich vom Firmenclan nur als Hilfsmuli gesehen wurde. Diese Realität drang mir augenblicklich ins Bewusstsein. Innerlich kam ich nicht zur Ruhe. Eine Hektik entstand in meinem Kopf. Am liebsten hätte ich in dieser Situation Alkohol getrunken, um mich zu betäuben. Nur schwer konnte ich meine Fassung zurückerlangen.

„Durch einen neuen Verkäufer wäre mein Arbeitsplatz früher oder später überflüssig geworden", erkannte ich folgerichtig.

Erneut unterbrach ich das Schreiben am Notebook. Das eben beschriebene Szenario gab sehr gut meinen damaligen Stellenwert in der Firma wieder. Ständig die Angst im Nacken, meinen Arbeitsplatz verlieren zu können. Ein unerträgliches Gefühl. Normalerweise ist das Verhalten, was ich hier offenbarte, untypisch für mich, aber es ging um mein Überleben. Meine Handlungsweise interpretierte ich als Panikaktion. Es stockte mir bei dieser Rückblende der Atem. Ich spürte die Beklemmung von damals. Selbst nach so langer Zeit bekam ich ein schlechtes Gewissen. Ein Wechselbad der Gefühle wurde ausgelöst, das ich nur mit Mühe wieder in den Griff bekam. Innerlich musste ich mich erst einmal sammeln, bevor ich meine Aufzeichnungen fortsetzte.

„Wohin hat dich bloß deine Angst getrieben", fragte ich mich, da mich Entsetzen über mein eigenes Handeln packte.

Vorher verurteilte ich bei anderen stets solche Verhaltensmuster. Und nun musste ich feststellen, dass ich kein Deut besser war. Ich fühlte wie ein Schwerkrimineller, dem sein schlechtes Gewissen plagte.

Ich ging hart mit selbst ins Gericht.

„Wie werde ich mich bei einer ähnlichen Situation in Zukunft verhalten? Mache ich es beim nächsten Mal genauso", überlegte ich weiter.

Selbstkritisch musste ich erkennen: „Ich kann diese Frage nicht klar und eindeutig beantworten".

Ich hoffte, dass der Mann keinen zweiten telefonischen Versuch startet. Dies hätte zweifelsfrei zu meinem schlechten Gewissen zusätzlich noch Ärger bedeutet. Zwar liebte ich meinen Job nicht besonders, aber ich blieb von ihm abhängig. Eine Tatsache, die ich mir wieder ins Gedächtnis rief. Sonst hätte ich die Kurzschlusshandlung nicht begonnen.

„Not kennt kein Gebot", hieß vermutlich meine Devise in dieser heiklen Lage.

Aus Angst macht der Mensch häufig viele Fehler. Eine wichtige Erkenntnis, die auf Lebenserfahrung und Beobachtungen beruht. Jedoch reichte diese Tatsache aus, um im Ernstfall wenigstens mildernde Umstände zu bekommen? Ehrlich gesagt, konnte ich mir diesbezüglich nicht sicher sein. Darum legte ich kein vorzeitiges Geständnis ab und ließ es darauf ankommen. Das Motiv läge im Falle einer Anklage ohnehin auf der Hand. Zum Glück wurde meine Tat nie aufgedeckt. Eine Verteidigung mit einem guten Plädoyer wäre sehr schwierig gewesen.

Die Situation am Arbeitsplatz zeigte mir sehr deutlich, dass ich meinen Weg als Künstler in jedem Fall weitergehen musste. Ende Februar 2001 malte ich ein weiteres Bild. Die Grundierungsschichten wurden in Acryl gehalten und das sichtbare Motiv in Ölkreide und teilweise in Bleistift dargestellt. Diesmal wählte ich mein Motiv aus meiner Vorstudiensammlung aus, die ich ungefähr Mitte vorigen Jahres angefertigt hatte. Der Stil ist keineswegs von Picasso kopiert, aber von ihm inspiriert. Es entstand eine Symbiose zwischen Gesicht und Fragezeichen. Daher heißt das Werk „Warum?".

„Philosophischer kann ein Thema kaum sein", dachte ich nach der Fertigstellung des Gemäldes.

Ich arbeitete mit extremen Farbkontrasten, um die Ausdruckkraft des Werkes zu verstärken. Gelungen, wie ich meine.

Sorgen machte mir mein Hals. Die Halsschmerzen quälten mich mit ihrer verbissenen Hartnäckigkeit und machten mir arg zu schaffen. Ich wurde diese unangenehme Plage einfach nicht los. Zeitweilig nervte mich zusätzlich die Heiserkeit. Sie machte mich teilweise sogar sprachlos. Zur Gegenwehr trank ich heiße Zitrone und Gemüsebrühe. Gurgeln tat ich mit Chinosol, das ich zum Glück im Badezimmerschrank fand. Medikamente konnte ich mir aufgrund meiner finanziellen Lage nicht leisten. Ich hätte zuvor nicht mit Anamaria wieder aufs Zimmer gehen dürfen. Meine Geilheit schien mir mehr und mehr zum Verhängnis zu werden. Durch meine Fucking Palace-Besuche lebte ich weit über meine Verhältnisse. Anamaria sah ich nie als meine Angetraute, aber sie konnte Flötentöne blasen wie keine andere. Sie sorgte sexuell für die nötige Aufregung unterhalb der Gürtellinie. Der Vulkan in meinen Inneren brodelte in ihrer Gegenwart und kam explosionsartig zum Ausbruch. Wie eine Feuerfontäne sprudelte es stets aus mir heraus. Vielleicht resultierte daraus eine sexuelle Hörigkeit, der ich mich nicht immer entziehen konnte. Anders konnte ich meine finanzielle Unvernunft nicht erklären. Denn in früheren Zeiten beherrschte ich den Umgang mit meinen Finanzen. Wegen meiner kleinen Schwäche entwickelte sich meine finanzielle Lage zumindest zu einen mittelgroßen Problem. Irgendwie spürte ich, dass ich gegen diese typische männliche Schwäche schutzlos ausgeliefert blieb. Daher akzeptierte ich sie vorläufig.

Anfang März 2001 malte ich auf Ölmalblockpapier mit Ölkreide ein Stillleben, das von den Bildern Chagalls beeinflusst wurde, aber ohne eine Kopie des Künstlers zu sein. Die Themen- und Farbwahl blieb ähnlich wie beim weißrussischen Maler. Allerdings nahm ich Vereinfachungen vor, indem ich das Chagall-typische wie zum Beispiel Liebespaare, Ziegenköpfe, Kühe usw. weggelassen habe, um dem Bild einen individuellen Charakter zu verleihen.

Beim Betrachten des Bildes dachte ich: „Ölkreide auf Papier ist eine preiswerte Alternative, wenn ich kein Geld für eine Leinwand habe. In meiner finanziellen Situation muss ich improvisieren lernen".

Qualitativ stufte ich die Arbeit zwar nur als zufriedenstellend ein, aber darauf konnte ich aufbauen. Das Bild bekam den Titel „Poetisches Stillleben".

Nach getaner Arbeit belohnte ich mich mit einer Ausstellung im Museum für Kunst und Gewerbe, eine Präsentation der russischen Avantgarde. Sie überraschte durch ihren Abwechslungsreichtum, da es nicht nur Gemälde zu sehen gab, sondern auch Fotos, Kostüme, Plakate usw. Darüber hinaus wurde den Museumsbesucher alle 30 Minuten eine Dokumentation zur Ausstellung gezeigt. Für mich lohnte sich der Museumsbesuch in jedem Fall. Vor allem die abstrakten Bilder begeisterten mich, obwohl ich ein Teil dieser Werke schon aus einer Ausstellung in der Kunsthalle vor ca. zwei Jahren kannte.

Nach diesem Highlight kaufte ich mir in der Innenstadt eine Leinwand aus Baumwolle. Ursprünglich wollte ich mir eine Leinwand aus Leinen kaufen, da sie qualitativ besser sind.

Jedoch als ich die Preise dafür sah, dachte ich: „Scheiße, 70 bis 80 DM ist zurzeit zu viel Geld bei meinem Einkommen".

Notgedrungen musste ich daher einen Kompromiss eingehen.

Einige Tage nach meinem Museumsbesuch telefonierte ich mit Richard.

Er machte mir während des Telefonats den Vorschlag: „Vielleicht solltest du deine Bilder im Kaufhaus oder im Einkaufszentrum zum Verkauf anbieten. Einige Künstler haben dies schon gemacht und zwar mit Erfolg".

Ich antwortete: „Eine gute Idee. Wenn ich beim Galeristen keinen Erfolg haben sollte, wäre es eine Alternative über die ich ernsthaft nachdenken werde".

Ich hielt es tatsächlich für eine glänzende Präsentationsmöglichkeit, die mir als Option eröffnet wurde.

„Warum bin ich nicht selbst auf diese Möglichkeit gekommen", dachte ich, als Richard mir diesen Vorschlag machte.

Am Ende des Telefonats bedankte ich mich bei Richard, weil er extra deswegen anrief. Kurz nach dem Gespräch kam mir in den Sinn, dass er auch einen Vorwand suchte, mich anzurufen. Wollte er sich nicht eingestehen, dass er eine Einsamkeit spürte? Es wäre zumindest nicht auszuschließen. Ähnliche Gedanken schossen mir durch den Kopf, als er wegen des Schreibkurses in Blankenese anrief.

„Helfen kann ich ihn aber nur, wenn er offen über seine Probleme sprechen würde", überlegte ich ernsthaft.

Dies fiel Richard aber vermutlich schwer. Falscher Stolz? Möglich.

Diesen Gedanken konnte ich zu dieser Zeit nicht eingehend vertiefen, weil ich zugegebenermaßen stark mit mir selbst beschäftigt blieb.

„Wieso", fragt sich wahrscheinlich der Leser an dieser Stelle.

Vielleicht breitete sich der Egoismus in meinem Kopf aus. Diese negative Eigenschaft hat häufiger leider die Angewohnheit rücksichtslos mit seiner Umwelt umzugehen. Dagegen sind wir Menschen oftmals machtlos. Zu meiner persönlichen Entlastung kann ich vorbringen, dass es Situationen gibt, wo man erst gut für sich selbst sorgen muss, ehe man sich um andere kümmern kann. So ein spezieller Sachverhalt lag meines Erachtens vor. Darüber gewann ich das Gefühl, dass Richard innerlich stark genug zu sein schien, um mit seiner Einsamkeit zurechtzukommen. Daher wechselte ich gedanklich das Thema.

Nochmals dachte ich intensiv über die Möglichkeit nach, die Richard mir vorschlug.

„Als Anfänger irgendwo eine Ausstellung zu erhalten, ist bestimmt nicht leicht", kam mir als erste Überlegung.

Ich setzte das Gedankenspiel fort.

„Mit großer Wahrscheinlichkeit muss ich bei meinen ersten Versuchen Klinkenputzen gehen. Dies lässt sich nicht vermeiden. Und der Erfolg ist nicht unbedingt garantiert. Dabei muss ich an sämtliche Türen klopfen, in der Hoffnung dass mir jemand öffnet. Warum soll ich beim Kaufhaus oder Einkaufzentrum nicht auch ein Versuch wagen? Schließlich bedeutet eine solche Aktion eine Belebung ihres Geschäftes. Daher dürfte es meines Erachtens nicht zu teuer werden. Jedoch ist der Zeitpunkt, ernsthaft über eine Ausstellung nachzudenken, verfrüht, da ich noch zu wenig an Kunstwerken vorzuweisen habe. Trotzdem behalte ich die Idee mit dem Kaufhaus oder dem Einkaufzentrum im Hinterkopf".

Für mich blieben die ganzen Vermarktungsstrategien noch Zukunftsmusik. Daher konzentrierte ich mich wieder auf dem Schaffensprozess. Im März produzierte ich insgesamt sieben Ölkreidebilder auf Papier. Bild Nr. 1 nannte ich „Siegesgewissheit" und die restlichen Papierarbeiten „Zustand 1 bis 6". Es sind abstrakte und surreale Zustandsbeschreibungen. Dargestellt sind Gesichter in einer Art Mosaikform. Für mich symbolisieren die Bilder die menschliche Seele mit ihren hellen und dunklen Facetten. Um diese Symbolik besonders zu unterstreichen, wollte ich die kühle Arroganz vermeiden und stattdessen eine Lebendigkeit erzeugen. Aus meiner Sicht gelungene Arbeiten. Dennoch fasste ich den Entschluss diese Art von Experimente vorläufig abzubrechen, damit nicht zu viel Routine und Langeweile entsteht.

Trotz Malerei vernachlässigte ich das Schreiben nicht. Ich verfasste ein weiteres Gedicht. Titel des Werkes: „Die Architektur des Lebens".

Die Architektur des Lebens

Die Philosophie des Lebens spiegelt sich in seiner geplanten Architektur wieder, da sich die Gestaltung des gesamten Lebens darauf stützt.

Die Gestaltung des gesamten Lebens lehrt uns Menschen, gewisse Regeln zu beachten, da es sonst das Zusammenleben in einer Gemeinschaft erheblich erschwert, sodass nicht reparierbare Risse entstehen könnten, die letztlich alles zum Einsturz bringen würden.

Klar ist hierbei, Architektur darf nicht autonom sein, sondern vielmehr eine Kunst des Machbaren, die gleichzeitig von den Gegebenheiten des Ortes abhängig sind, wobei immer zu bedenken wäre, dass keine eigensinnigen Fassaden, die ausschließlich nur der persönlichen Befriedigung des Egos dienen, gewünscht sind.

Gewünscht sind stattdessen immer eine klare Struktur und sinnvolle Konstruktionen, die für die Ausgewogenheit zwischen Einheit und Vielfalt sorgt.

Die Ausgewogenheit zwischen Einheit und Vielfalt mindert in einer Gemeinschaft das Risiko einer tödlichen Monotonie oder einer gefährlichen Überfrachtung.

Bei einer genauen Betrachtung der Architektur erkennt man, es gibt keinen verbindlichen Stil, der ein richtiges Zusammenleben in einer Gemeinschaft garantiert, sondern es ist die Forderung eines sorgfältig ausgesuchten Entwurfes, der sich für die Einhaltung der notwendigen Regeln verantwortlich zeigt, sodass stets eine funktionale und visionär einprägsame Form gefunden werden muss.

Inspiration für dieses Gedicht wurde ein Artikel in der Zeitschrift Art, wie sooft in letzter Zeit. Dabei handelte es sich um einen Bericht über ein Architektenbüro in Hamburg. Er beschreibt die Bauphilosophie des Unternehmens. Sie diente als wichtiger Stichwortgeber für meine kreative Arbeit als Dichter. Ich leitete mir daraus eine gesellschaftorientierte Lebensphilosophie ab und übersetzte diese Information in meine eigene und spezielle Sprache. Mit der Qualität konnte ich hochzufrieden sein.

Die Kunst konnte mich allerdings nicht immer von den Depressionen abhalten, weil sie über sehr viel Durchsetzungsvermögen verfügten. Daher trieb ich mich trotz Geldnot immer wieder im Rotlichtviertel herum.

Als ich Anamaria in der Ellmenreichstraße sah, bekam ich die sprichwörtlichen Frühlingsgefühle unterhalb der Gürtellinie. Den Sex mit ihr empfand ich als äußerst befreiend, wie immer, aber ein geistiger Austausch fand quasi nicht statt. An Beispiel Anamaria merkte ich, dass viele Frauen berechenbar sind, wenn sie ein bestimmtes Ziel ansteuern.

Anamaria holte nach dem Geschlechtsakt ihre übliche Scheckliste gedanklich hervor und ging sie mit mir der Reihe nach durch. Das nervige Frage-Antwort-Spiel begann.

„Hast du ein Auto"?

„Nein, ich habe nicht einmal einen Führerschein".

„Hast du eine schöne Wohnung"?

„Ich bin mit meiner Wohnung zufrieden".

„Hast du Arbeit"?

„Ja, aber ich verdiene nicht viel".

Dabei machte sie geistig ihre Häkchen oder nicht. Wenn genug Häkchen vorhanden sind, dann ist man der ausgesuchte Traummann, sonst nicht. Männer sind hingegen schwanzgesteuert und somit das schwächere Geschlecht. Sex ist ein Machtfaktor, den niemand unterschätzen sollte.

Bei dieser Form der Unterhaltung fühlte ich mich unwohl und unbehaglich. Irgendwie lief ich Gefahr, in eine verhängnisvolle Falle zu laufen. Ich musste wahnsinnig aufpassen, nicht in Gefangenschaft zu geraten.

„Bei Anamaria scheint das Jagdfieber ausgebrochen zu sein", geriet ich allmählich in Panik.

Mit großer Wahrscheinlichkeit gehörte sie zur Gattung der Gottesanbeterinnen. Sie wollte unbedingt ein Beutetier namens Ehemann erlegen und es ihr Eigen nennen. Und ich sollte vermutlich das geeignete Opfer sein. Dafür schlich sie sich an mich heran, lauerte auf ihre Chance und versuchte mich bei der nächstbesten Gelegenheit zu krallen, um mich mit Haut und Haaren zu verspeisen. Nach dieser Erfahrung verspürte ich verständlicherweise kein großes Bedürfnis, sie häufiger als nötig wiederzusehen. Darum reduzierte ich meine Begegnungen mit ihr.

Auf unsere Meetings konnte ich zugegebenermaßen nicht ganz verzichten, weil es Anamarias Explosivität stets gelang, mich scharf zu machen. Dabei spielte ich mit dem Feuer, was große Gefahren mit sich brachte.

Daher hieß mein Motto: „René, sei bloß vorsichtig"!

Die Frau versuchte mich stärker an sich zu binden.

Beispielsweise sagte sie zu mir: „Kauf dir doch ein Handy! Dann können wir häufiger miteinander telefonieren".

Jedoch ich entgegnete ihr immer: „Ein Handy kostet mir einfach zu viel Geld".

Danach galt für mich die Diskussion bezüglich des Themas als beendet. Handys sah ich nicht als mein zukünftiges Kommunikationsmittel an. Überall für jedermann erreichbar zu sein, betrachtete ich als totalen Stress. In der Bahn, im Supermarkt, beim Sex und selbst auf öffentlichen Toiletten beim Scheißen und Pissen klingeln diese nerv-tötenden technischen Geräte. Nichts kann mehr in Ruhe erledigt werden. Es wird sich ab sofort auf mehrere Sachen gleichzeitig konzentriert. Bei mir entstand der Eindruck, dass die Menschen immer verrückter werden. Und die Gespräche in der Öffentlichkeit immer absurder. Eine vernünftige Unterhaltung scheint seit der Einführung dieser merkwürdigen Erfindung kaum noch möglich zu sein. Wohin soll uns diese Tatsache führen? Keine Ahnung. Ich suchte nicht ernsthaft nach einer passenden Antwort, weil ich diese neumodische Errungenschaft als zu unbedeutend einstufte.

Für mich stand nur fest: „Ich schaffe mir dieses Scheißding nicht an. Sonst lande ich ohne Heilungschance in der Klapsmühle".

20.00 Uhr. Überfallartig verspürte ich ein großes Hungergefühl. Daher unterbrach ich das Schreiben am Notebook. In der Küche bereitete ich mir ein Abendmenü mit vier Scheiben Toastbrot, die mit reichlich Wurst und Käse belegt wurden, vor. Dies aß ich mit Genuss. Dazu trank ich ein großes Glas

Orangensaft. Nach dieser Stärkung setzte ich meine Aufzeichnung fort.

Nun wieder zu Anamaria.

Ein anderes Mal fragte sie mich: „Hast du Lust mit mir Essen zu gehen"?

Ich log: „Ich habe keine Zeit. Momentan habe ich viel zu tun".

Die übliche Standardlüge in solchen Situationen. Zugegebenermaßen etwas einfallslos, aber trotzdem wirksam. Es gelang mir, den Kopf wieder aus der Schlinge ziehen. Ihre Absichten durchschaute ich, da ihre Worte ein offenes Buch für mich repräsentierten. Sie hoffte, dass ich eine Beziehung mit ihr eingehe und sie möglicherweise heirate. Genauso bemerkte ich, dass sie davon ausging, dass ich viel Geld verdiene. Mehrfach versuchte ich ihr klarzumachen, dass es nicht der Realität entspricht. Vermutlich glaubte sie mir nicht. Es bestand bereits ein Bild von mir, das sie nicht mehr verändern wollte. Es hätte nicht in ihre Anschauung gepasst. Vielmehr entstand ein Produkt ihrer Fantasie. Ihre Wunschvorstellung sollte zur baldigen Wirklichkeit werden.

„So etwas kann fatale Folgen haben", befürchtete ich zunehmend.

Eine verhängnisvolle Affäre?

Ich hoffte: „Nein".

Die Dialoge zwischen uns empfand ich zunehmend als ernsthafte Bedrohung. Ablenkung von Anamaria hielt ich für das beste Rezept, um nicht in ihrer gefährlichen Nähe zu geraten. Daher stürzte ich mich nach einer kurzen Pause in die künstlerische Arbeit. Ich agierte wieder vor der Leinwand. Die Grundierung machte ich wie gewohnt in Acryl. Die anschließend gemachten Verzweigungen im Bild stellte ich in unterschiedlichen Farben mit Ölkreide dar. Die notwendige Fixierung konnte ich allerdings erst im nächsten Monat vornehmen, da ich nicht über genügend Geld auf meinem Konto verfügte, um Fixaktiv kaufen zu können. Dennoch betrachtete ich das Werk als beendet. Seit dem Aktbild „Die Träumerin" entdeckte die Vorliebe für Mischtechniken (Kombination Acryl/Ölkreide). Es wurde allmählich mein Stilmittel. Das Bild bekam den Titel „Verflechtungen". Mit dem Ergebnis konnte ich sehr zufrieden sein.

Anfang April 2001 wurde mir bewusst, dass mein Seelenzustand erschreckend schwankte. Es ging emotional ständig rauf und runter. Es zeichnete sich vor meinen Augen eine wellenförmige Stimmungskurve ab, die ich kaum beeinflussen konnte. Irgendwie drängte sie sich mit extremer Hartnäckigkeit immer wieder auf und brachte mich am Rande der Verzweiflung. Mich erstaunte nur, dass dies keine negative Auswirkung auf meine künstlerische Arbeit bekam. Eher im Gegenteil. Ich verspürte eine intensive, fast unkontrollierbare Schaffenswut. Wenn ich nicht malte, schrieb ich und umgekehrt. Ende März und Anfang April schrieb ich einige Gedichte. Um wieder aus dem Stimmungstief herauszukommen, fasste ich den Entschluss, in den Urlaub zu fahren. Für meine persönliche Fortbildung buchte ich eine Reise nach Paris. Ich hoffte, dass mir das Schicksal keinen Strich durch die Rechnung machte. Denn ich buchte als erste Person beim Veranstalter die Reise zum September 2001. Wenn bei so einer Reise nicht genügend Leute zusammenkommen, findet sie zum besagten Termin nicht statt. Ich wollte für ein paar Tage Tapetenwechsel mit etwas Bildung und Kultur. Und Frankreichs Hauptstadt war und ist die Kunstmetropole schlechthin. Aus meiner Sicht gibt es keine Stadt, die soviel Kunst bietet wie dieser Ort. Der Besuch der Museen sollte mir bei der Weiterentwicklung als Künstler helfen. Darum stufte ich die geplante Reise als sehr wichtig ein.

Für mich wurde völlig klar: „Die Paris-Tour musste in jedem Fall stattfinden".

Diesbezüglich wollte ich optimistisch sein und wartete ab.

Nach der Reisebuchung stattete ich der Kunsthalle wieder einen Besuch ab. Name der Ausstellung: „Picasso, Beckmann, Nolde und die Moderne". Die Ausstellung sah ich als gelungen an. Die drei Picasso-Bilder, Edvard Munch und die deutschen Expressionisten beeindruckten mich besonders. Gestört hat mich nur, dass keine Bilder von Van Gogh oder Matisse gezeigt wurden, obwohl es optimal zur Thematik gepasst hätte. Außerdem hoffte ich mehr als drei Picasso-Bilder zu sehen. Trotzdem spürte ich keine Enttäuschung. Sie gehörte sogar zu den besten Ausstellungen, die ich bis dahin in Hamburg sah.

Ein paar Tage nach dem Besuch der Ausstellung setzte ich meine Experimente des abstrakten Expressionismus fort. Diesmal probierte ich in diesem Zusammenhang wieder etwas

Neues aus. Nachdem ich den Untergrund geschaffen hatte, drückte ich die Farbe direkt aus der Flasche und ließ sie auf die Leinwand tropfen. Dabei benutzte ich die Farben weiß, gelb und orange. Mit Ölkreide machte ich später in unterschiedlichen Farben spontan einige Linien, um den dunklen Untergrund aufzuhellen und eine gewisse Lebendigkeit zu erzeugen. Einige Stunden später kam meine Schwester zufällig vorbei. Ihr zeigte ich das Bild im Atelierzimmer.

„Wie findest du das Bild", fragte ich sie.

Auf ihre Reaktion blieb ich nun gespannt. Ich konnte nicht einschätzen, ob ich ihr der neue Stil gefällt.

Sie erwiderte: „Das Bild find ich interessant. Es ist etwas Neues bei dir, aber der Untergrund ist zu dunkel".

Nochmals betrachtete ich das Werk und gab Christina recht. Nach dem Besuch meiner Schwester machte ich in unterschiedlich hellen Acrylfarben noch einige Tupfer auf die Leinwand. Dadurch wirkte das Gemälde nicht mehr düster. Und die Mattigkeit des Bildes verschwand durch den Glanzfirnis. In seiner Machart erinnerte es entfernt an den Stil von Jackson Pollock. Ich nannte es „Orgasmus Nr. 1". Diesen Titel wählte ich bewusst aus, weil die Farben, die direkt aus der Flasche auf die Leinwand tropften, wie männliche Spermien aussahen und eine Erektion symbolisierten. Mit dem Ergebnis konnte ich mehr als zufrieden sein.

Am nächsten Tag wusste ich nichts mit mir anzufangen. Ich ging wieder ziellos durch die Straßen von St. Georg. Anamaria begegnete ich nicht dabei.

„Zum Glück", dachte ich, „auf diese Weise spare ich Geld beim Fucking Palace ein".

Die Sinnlosigkeit meines Milieurundgangs wurde mir nach ca. 30 Minuten bewusst und fuhr ergebnislos wieder nach Hause. Ich fasste den Entschluss, den Tag nicht völlig planlos verstreichen zu lassen und nahm das nächste Bild in Angriff. Hierbei kehrte ich zur Landschaftsmalerei zurück. Dargestellt ist ein Bergmassiv, das teilweise an einem Vulkan erinnert. Der Himmel besteht aus einem graufarbigen Schleier. Für die Arbeit brauchte ich weniger als vier Stunden. So schnell malte ich noch nie.

„Das Ergebnis ist ausgezeichnet", erkannte ich selbstzufrieden.

Nur zwei Tage später malte ich ein weiteres Gemälde. Titel des Werkes: „Die blaue Tänzerin". Es ist in vielerlei Hinsicht ein Gegenstück zum vorigen Aktbild „Die Träumerin". Während „Die Träumerin" eher impressionistisch gemalt ist, verlieh ich „Der blauen Tänzerin" eine expressionistische Note. Der Expressionismus kam durch die starken Farbkontraste zur Geltung. Der Akt ist in Blau gehalten. Der Hintergrund besteht aus Gitterstäben und einer Feuerbrunst. Der Fußboden ist in zwei Farben geteilt. Die eine Hälfte in Gelb/weiß und die andere im kräftigen Blau gehalten. Die Körperteile verschwinden teilweise geheimnisvoll im Bild. Der Kopf des Aktes ist überdurchschnittlich groß und in hellblau gemalt. Dies soll den Gesichtsausdruck besonders hervorheben. Fazit: Ich blieb insgesamt mit meiner Arbeit zufrieden. Meine Bilanz konnte sich sehen lassen. Fünfzehn Gemälde, acht Ölkreidezeichnungen und einige Gedichte geschrieben. Alles in einem Zeitraum von ca. sechs Monaten. Mein Schaffensdrang blieb weiterhin ungebremst.

Nur drei Tage später wurde ich fick-technisch wieder schwach. Die Treffen mit Anamaria reduzierte ich zwar, aber trotzdem schwebte beharrlich der Pleitegeier über mir. Er lauerte darauf, dass ich vor Erschöpfung zusammenbreche, damit er ohne Anstrengung seine Mahlzeit erhält und mich augenblicklich verspeist. Dies wollte ich unbedingt verhindern. Deshalb rief ich von Hauptbahnhof bei meiner Bank an.

„Guten Tag. Hier René Krüger. Ich brauche für mein Girokonto ein Dispo von 500 DM".

„Kein Problem Herr Krüger, wir richten es für sie ein", sagte der Bankangestellte am Telefon freundlich.

Am Telefon gab ich meine Kontonummer durch und am nächsten Tag konnte ich über das Dispo verfügen. Erschreckend einfach erhalten junge Leute von der Bank einen solchen teuren Kredit. Menschen, die schlechter als ich mit Geld umgehen können, geraten schnell in eine Schuldenfalle, wo es ihnen, wenn überhaupt, nur mit viel Mühe wieder gelingt, sich zu befreien. Sie sind häufig gezwungen in die sogenannte private Insolvenz zu gehen. Es ist die einzig verbleibende Rettungschance für sie, um finanziell wieder auf einem grünen Zweig zu kommen. In dieser Hinsicht sind Banken nach meinen persönlichen Empfinden als kriminell einzustufen. Allerdings in meiner Situation half es. Ich musste nur darauf achten, die Übersicht zu behalten, was aber zugegebenermaßen nicht leicht wurde. Daher kaufte ich für den Rest des Monats nur das Nötigste ein. Und für den Mai plante ich einige Ausgabenkürzungen. Nur 2 x Essengehen, 1 Kinobesuch und höchstens 1 Museumsbesuch. Für den Bücherkauf begrenzte ich den Etat auf 30 DM und für einen Fucking Palace-Besuch stand ein Betrag von maximal 120 DM zur Verfügung. Für Lebensmittel wollte ich es auf 40 DM pro Wochen begrenzen. Bei Farbe und Leinwand konnte ich nicht sparen. 80 bis 100 DM kalkulierte ich dafür ein.

Zusätzlich machte ich mir Gedanken zur teilweise sehr schlechten Stimmung in der Firma. Onkel Alfred und seine Söhne führten eine stärkere Auseinandersetzung miteinander. Diesbezüglich kann ich mich nur an einige Wortfetzen aus dem Büro erinnern, die aber die giftige Atmosphäre vor Ort unmissverständlich wiederspiegelten.

Alfred jr. sagte verärgert: „Mein Bruder und ich wollen die Firma nach unseren Vorstellungen führen. Ständig wird gegen unsere Anweisungen gehandelt. Wenn es so weitergeht, machen wir den Laden dicht".

Darauf erwiderte Onkel Alfred ebenfalls emotional aufgebracht: „Ich bin froh, dass ich bald in Rente gehen kann. Dann brauche ich diese Auseinandersetzungen nicht mehr zu führen".

Die Söhne wirkten auf mich unberechenbar. Ihre Führungsstärke stellten sie mit ihrem Verhalten nicht unbedingt unter Beweis. Stattdessen machten sie vielmehr den Eindruck, dass sie sich wie trotzige Kinder benahmen. Niemand wollte nach ihren Regeln spielen und daher verspürten sie keine Lust mehr, weiterzumachen. Ich konnte nur hoffen, dass Onkel Alfred noch einige Jahre durchhält, da so die Chancen für mich stiegen, den Job entsprechend länger zu behalten. Zugegebenermaßen dachte ich egoistisch in dieser angespannten Lage, da Onkel Alfred an einen Punkt ankam, wo er gerne in Rente gehen wollte. Jedoch er musste für seine Söhne weiterarbeiten, obwohl sie zumindest alterstechnisch erwachsen sein müssten. Er wurde dazu verdammt, bis zum Umfallen für seine Kinder zu arbeiten und machte sich zum Sklaven seiner Familie.

„Eigentlich ist er ein armes Schwein. Tauschen möchte ich nicht mit ihm", überlegte ich.

Jedoch Mitleid kam nicht wirklich auf. Schließlich hatte er es sich selbst so ausgesucht. Ein schlechtes Gewissen bezüglich meiner Einstellung zum Thema brauchte ich daher nicht zu haben. Nur auf diese Weise überlebt man in diesem asozialen System.

„Vielleicht beruhigt sich die Lage wieder", sagte ich zu mir selbst.

Letztlich konnte ich nur abwarten. Alles schien möglich zu sein. Die Konsequenzen blieben vorerst offen.

Die aktuelle Atmosphäre in der Firma zeigte mir allzu deutlich, dass ich nicht ewig darauf setzen konnte, diesen Job zu behalten. Genau aus diesem Grund wollte ich mir einen PC und einen dazugehörigen Drucker anschaffen. Durch Jürgen Dietrich, einen langjährigen Freund von Richard ergab sich die Gelegenheit, günstig an diese Dinge heranzukommen. Jedoch machte mir das Leben ein Strich durch die Rechnung. Meine Waschmaschine bereitete mir große Probleme. Wasser sammelte sich in der Trommel an, ca. ein halber Eimer voll. Dies versetzte mir ein Schreck in der Morgenstunde.

„Hoffentlich muss ich mir keine neue Waschmaschine kaufen. So etwas sprengt meinen finanziellen Rahmen", stellte ich fest.

Kurz darauf fluchte ich lautstark: „Scheiße, Scheiße, Scheiße. Warum passiert dies ausgerechnet mir"?

Innerlich versetzte das Schreckerlebnis mich emotional in Aufruhr. Daher testete ich nochmals die Waschmaschine. Ich wollte Gewissheit, ob sie noch einwandfrei funktioniert. Sonst hätte ich keine Ruhe gefunden. Zum Glück lief alles wieder normal. Es gab keine Komplikationen. Ich konnte zunächst aufatmen. Trotzdem hielt ich es für ratsam, vorsichtig zu sein. Denn ich interpretierte das Ereignis als böses Omen. Ich stornierte den Computerkauf, auch wenn eine gute Gelegenheit ungenutzt blieb.

Jürgen sprach ich folgende Nachricht auf AB: „Ich bin es, René. Leider muss ich den Kauf wieder stornieren, weil meine Waschmaschine kaputtgegangen ist".

Fortuna ließ mich in dieser Situation nicht im Stich.

Zwar machte Richard mir später am Telefon klar: „Jürgen war von deiner Stornierung nicht besonders begeistert".

Jedoch der Kauf konnte problemlos rückgängig gemacht werden. Alles andere erschien mir vorerst zweitrangig. Natürlich eine unangenehme Angelegenheit, aber ich konnte es zu diesem Zeitpunkt nicht ändern. Ich brauchte in dieser schwierigen Phase meines Lebens eine gewisse Kontrolle über meine Finanzen. Anders hätte ich es damals nicht handhaben können. Es ist Bestandteil meiner Überlebensstrategie. Jeder von uns ist auf seiner Art verkorkst. Dabei stelle ich keine Ausnahme dar. Ich versuchte stets zu meinen Schwächen zu stehen. Sonst habe ich keine Chance, mit mir selbst auf Dauer klarzukommen. Mein Ziel, mir ein PC anzuschaffen, behielt ich trotz der Stornierung weiter im Auge, da mein Arbeitsplatz immer stärker in Gefahr geriet.

Beim Öffnen der Firmenpost wurde ich zum zweiten Mal mit einer Bewerbung konfrontiert. Dadurch geriet ich in heller Aufregung und Panik.

„Was mache ich jetzt? Was mache ich jetzt?...", wiederholte ich mehrfach ständig die Frage.

Die scheinbare Stille verschwand und ein unbarmherziger Sturm zog auf. Meine Gefühle wurden beim Betrachten der Bewerbung durcheinandergewirbelt. Das schlechte Gewissen und die Existenzangst lieferten sich um 12.00 Uhr mittags in meinem Beisein ein unerbittliches Duell. Bei diesem Zweikampf beschossen sich beide Seiten gedanklich gnadenlos mit Pro- und Kontraargumenten. Es dauerte ungefähr zehn oder fünfzehn Minuten bis die Entscheidung endgültig fiel. Die Angst, meinen Arbeitsplatz zu verlieren, setzte sich letztlich durch. Ich ließ die Bewerbung im Papierkorb verschwinden. Erstaunlich was der Selbsterhaltungstrieb mit mir machte. Bei mir entfachte sich die gesamte kriminelle Energie, die sich bedenklich bei mir ausbreitete.

„Ein Heiliger bist du nicht, soviel steht fest", bemerkte ich mit Schrecken.

Dennoch sagte ich zu mir selbst: „René, wenn du die Gelegenheit hast, es wieder zu tun, machst du es vermutlich erneut".

Mit Ehrlichkeit und Selbstkritik sparte ich nicht. Irgendwie sah ich keine Alternative für meine Kurzschlusshandlung.

„Der Firmenclan wird nie wirklich meine Leistung anerkennen", zog ich ernüchternd Fazit.

Also musste ich immer damit rechnen, auf die Abschussliste zu geraten. Ein neuer Verkäufer wäre durchaus ein Vorwand gewesen, mich zu entlassen. Mein Stuhl am Arbeitsplatz wackelte bedrohlich. Der schmerzhafte Sturz nur eine Frage der Zeit?

In diesem Zusammenhang erinnerte ich mich wieder an einem Traum, den ich im Schlaf erlebte. Draußen dunkelte es. Ich hörte dass Gekläffe von Wölfen. Die Geräusche empfand ich als gefährliche Bedrohung. Trotz meiner Angst spürte ich eine gewisse Neugier, die der beunruhigende Lärm auslöste, die unbedingt befriedigt werden musste. Ich schaute aus dem Fenster eines Hochhauses und beobachtete aus einer sicheren Distanz ein Rudel mordshungrige Wölfe, die sich lautstark bemerkbar machten.

„Wollen mich die Bestien zerfleischen", fragte ich mich besorgt.

Plötzlich spürte ich eine lähmende Angst, die zunehmend Besitz von meinem Körper ergriff.

„Zum Glück können mir die Raubtiere nichts anhaben. Sie können nicht in das Haus eindringen", versuchte ich mich wieder zu beruhigen.

Überfallartig kam von der Seite eine weitere Meute Wölfe und griff das alte Rudel an. Ein grausamer Kampf um das Überleben begann. Blut spritzte hoch. Das brutale Gemetzel riss mich wieder schockiert und entsetzt aus dem Traum.

Was sollte mir dieser Traum sagen? Beobachtete ich fremde oder meine eigenen Aggressionen? Bekam ich möglicherweise Angst vor mir selbst? Oder verspürte ich die Angst, über meinen eigenen Schatten zu springen? Fragen über Fragen. Und keine Antworten in Sicht. Ein Zustand, der für mich unerträglich wurde. Die Thematik des Traumes beschäftigte mich sehr häufig in meinem Leben. Sie begleitet mich überall hin und beweist mir ihre unerbittliche Hartnäckigkeit. Fast schon wie eine Seuche, die man nicht mehr ausrotten kann. Daher muss sie wohl oder über übel als unheilbar eingestuft werden.

Ausgerechnet jetzt überkam mich ein Müdigkeitsanfall. Zunehmend hatte ich Schwierigkeiten, mich auf das Schreiben am

PC zu konzentrieren. Die Schlafkrankheit kündigte sich unangemeldet an. Meine Augen konnte ich kaum noch aufhalten.

„Es ist bereits 23.00 Uhr", erkannte ich, als ich erstaunt zum Wecker schaute und meine Finger von der Tastatur nahm.

Für mich ein klares Signal ins Bett zu gehen. Ich schlief schnell ein.

4. Kapitel

Erst um 9.03 Uhr wachte ich wieder auf.

„Ein herrliches Gefühl, solange schlafen zu können und nicht diesen bescheuerten Zeitungsjob machen zu müssen", erkannte ich, als mir bewusst wurde, was die Stunde schlug.

Und mein AB blinkte nicht. Also auch kein weiterer Telefonterror durch meine Chefin Adriana Kraftmeier. Besser konnte der Tag heute nicht beginnen.

In der Küche bereitete ich mir meine erste Tagesmahlzeit inklusive koffeinhaltiges Heißgetränk vor.

Hanna pflegte stets in diesem Zusammenhang zu sagen: „Das Frühstück ist die wichtigste Mahlzeit am Tag".

Mit dieser Aussage behielt sie recht. Denn das Frühstück verschaffte mir die notwendige Energie, um gestärkt in den neuen Tag starten zu können. Im neuen Kapitel drehte es sich wieder alles um die Auslebung meines Künstlertums und meiner Sexualität. Auch die Entwicklung in der Firma versuchte ich weiter im Blick zu behalten. Zielstrebig setzte ich mein Buchprojekt am Notebook fort

Zunächst beschäftigte ich mich wieder mit meinem künstlerischen Schaffensprozess. Ich schrieb mehrere Gedichte und plante das nächste Gemälde. Das erforderliche Format für die Leinwand betrug 100 x 120 cm. Das Motiv wurde ein Landschaftsbild, frei nach der Vorlage des Malers Bernd Zimmer. Im Klartext bedeutete dies, dass es keine Kopie des Werkes „Einschnitt-Tal" werden sollte, sondern ein eigenständiges Bild. Die Idee dafür erhielt ich aus meiner Lieblingszeitschrift Art. Die Umsetzung sah ich als absolut gelungen an. Die Arbeit ist ein Unikat und trägt unverkennbar meine Handschrift. Surreale und expressionistische Elemente sind darin enthalten. Ich arbeitete mit ungemischten Farben und wendete fast alle Techniken der Acrylmalerei an. Vor allem arbeitete ich schnell und spontan, denn ich wollte Frische, Leidenschaft und starke Ausdruckskraft erzeugen. Dargestellt ist ein Auszug eines Canyon-Abgrundes. Das Motiv konnte nur durch eine großformatige Leinwand zur Geltung kommen. Ich erkannte, dass abstrakte Landschaften meine malerische Stärke besonders hervorheben.

Dennoch wurde mir klar, dass ich mich auf dieses Genre nicht beschränken wollte, da ich mich als Künstler sonst zu häufig wiederhole. So etwas ist für jeden Künstler verhängnisvoll und bedeutet seinen sicheren kreativen Tod.

Das Bild bekam den Titel „Lebensadern". Es zählte zum damaligen Zeitpunkt zu meinen besten Werken. Ich fasste den Entschluss, es im Wohnzimmer über meine Dreisitzgarnitur aufzuhängen. Meine Schwester, die kurzfristig und überraschend bei mir vorbeikam, hatte dies netterweise für mich getan, da ich handwerklich sehr ungeschickt bin.

Ich betrachtete das Bild am gewünschten Platz und konnte sehr zufrieden sein, vielleicht sogar stolz. Es blieb das einzige, was ich im Mai produzierte. Insgesamt gesehen, zog ich ein sehr positives Fazit. Siebzehn Gemälde wies meine bisherige Bilanz aus. Elf davon im Jahr 2001. Keines davon würde ich als misslungen ansehen. Sicherlich ist keines wirklich perfekt, aber die Natur ist es auch nicht immer und schafft gewisse Abstraktionen. Ich behalte mir das Recht vor, es genauso tun zu dürfen. Es erstaunte mich ohnehin, dass ich trotz meines schlechten seelischen Allgemeinzustandes in der Lage blieb, soviele Kunstwerke zu schaffen. Dies bezog ich sowohl auf die Malerei als auch auf die Dichtkunst.

„Vielleicht ist es das einzige, was mich überhaupt am Leben erhält", kam mir schmerzhaft in den Sinn.

Die Depressionen kosteten mich viel Kraft und raubten mir zeitweilig sogar den Schlaf. Damit ich nicht völlig aufgab, brauchte ich etwas, was meinem Leben einen Inhalt gab: die Kunst.

Schlagartig schossen mir einige Gedanken durch den Kopf, die ich nicht mehr abschalten konnte. Sie drängten sich mir förmlich auf.

„Für mich blieb schon immer klar, dass ich nie eine Familie gründen würde. Es wäre in jeder Hinsicht hinderlich für meine Lebensplanung. Die Verantwortung, die damit zweifelsfrei verbunden wäre, käme einem Selbstmordkommando gleich. Heutzutage haben Frauen und Kinder hohe materielle Ansprüche. Und für die Rolle des klassischen Ernährers halte ich mich für völlig ungeeignet. Der bedrohliche Konsumterror würde meine Lebenserwartung drastisch herabsetzen. Die Lebenslust würde verlorengehen. Die Kunst bliebe dabei auf der Strecke.

Das Leben würde sich zu einer unnötigen und grausamen Quälerei entwickeln. Wahre Glücksmomente wären bestenfalls nur ein Relikt aus der Vergangenheit. Und mein Leben müsste ich endgültig als gescheitert ansehen", philosophierte ich.

Ein Horrorszenario, was ich bei der Betrachtung des Bildes gedanklich durchlebte. Ich bekam das Gefühl, dass mein Single-Dasein die bessere Lebensvariante ist. Die Freiräume, die ich als Single genoss, wurden für mich irgendwann überlebensnotwendig.

In Juni bekam ich das Gefühl, meine Depressionen los zu sein. Zuvor spürte ich sogar eine gewisse Todessehnsucht. Dieses emotionale Tief empfand ich als negativen Sog, der mich in den Abgrund zog und viel Kraft kostete. Fast meine gesamte Energie verschwand aus meinem Körper. Dies bemerkte ich, als ich mich mit Christina und Harald in einer Kneipe befand. Ich stand meist teilnahmelos und sprechmüde am Tresen. Mein Mund blieb meist wie zugeklebt, während die anderen sich angeregt unterhielten. Alles rauschte wie bei einer rasanten Autofahrt an mir vorbei. Daher hörte ich bei der Unterhaltung meist nicht aufmerksam zu. Die Themen blieben bei mir nicht inhaltlich haften. Irgendwie ging es um Sport und Shopping, meine ich mich schwach zu erinnern. Lauter belangloser Kram, wo ich ohnehin nicht viel zu sagen konnte.

Später dachte ich: „Wäre ich bloß zuhause geblieben. Zumindest hätte ich wenigstens 12 DM gespart".

Ein paar Tage später fühlte ich mich wieder lebendiger. Deshalb spürte ich bezüglich eines neuen Bildprojektes einen großen Optimismus. Ich kaufte mir Leinwände und anschließend besuchte ich nochmals die Ausstellung über die Maler der Moderne in der Kunsthalle, um mich auf die Malerei einzustimmen. Die Entscheidung erwies sich als goldrichtig. Ich bekam das Gefühl, den freien Tag sinnvoll genutzt zu haben, was meiner Seele guttat.

In den drei Tag zuvor ging es mir hingegen sehr schlecht. Einen Großteil der Zeit verbrachte ich auf dem Kiez. Dabei spazierte ich bei trostlosem Wetter, bestehend aus Regen und grauen Himmel, durch die Straßen, in der Hoffnung, Anamaria zu begegnen. Jedoch Fehlanzeige. Offensichtlich hielt sie sich nicht in Hamburg auf, was mich zur Vermutung hinreißen ließ, dass sie für diesen Monat bereits genug Geld im horizontalen

Gewerbe verdiente. In solchen Fällen blieb sie in Lübeck. Ein geiler Fick hätte vermutlich meine Stimmung zweifelsfrei gehoben. Nun stieg meine Stimmung auch ohne Sex wieder. Dadurch sparte ich viel Geld und sprühte voller Tatendrang. Dies sah ich absolut pragmatisch.

Doch bevor ich mein 18. Gemälde malen konnte, musste ich ein Teil des Chaos in der Firma beseitigen.

Meine Kollegin Andrea machte mich netterweise darauf aufmerksam: „Dein Onkel ist verärgert, weil du aus seiner Sicht deine Arbeit vernachlässigt hast".

Zum großen Teil bedingt durch meine Depressionen blieb die Ablage auf dem Schreibtisch meines Onkels in den letzten zwei bis drei Wochen liegen.

Onkel Alfreds Kommentar soll laut Andrea gewesen sein: „Der Schreibtisch ist nicht aufgeräumt. Wieso hat René nicht für Ordnung gesorgt? Ich muss mir demnächst einen neuen Mitarbeiter suchen, wenn er es nicht macht".

Zu meiner Entlastung muss ich in diesem Zusammenhang erwähnen, dass ich nie eine klare Arbeitsanweisung bezüglich meiner Aufgaben erhielt, seitdem ich nach dem Abbruch des VWL-Studiums wieder in der Firma anfing. Ich blieb weitgehend auf mich allein gestellt und vertraute darauf, dass ich gleichen Arbeiten ausführen sollte wie zu meiner Ausbildungszeit. Ausgenommen blieb der Bereich der vorbereitenden Arbeiten für den Steuerberater. Diesen Part übernahm meine Kollegin Andrea. Und das Aufräumen des Schreibtisches meines Onkels gehörte damals garantiert nicht zu meinen Aufgaben als Azubi. In der Firma setzte man einfach voraus, dass ich wusste, welche Aufgaben aktuell für mich zugedacht wurden. Und schon entstehen Missverständnisse. Über diesem Punkt wollte ich aber nicht weiter diskutieren, weil ich wusste, dass dies ohnehin nicht zu brauchbaren Lösungen führen würde. Denn ich kannte die Firmenpolitik nur zugut. Daher schwieg ich und beseitigte das Chaos. Schließlich wollte ich keinen unnötigen Ärger. In dieser Situation kotzte es mich an, auf diesem Job angewiesen zu sein.

Andrea sammelte durch ihre Info Pluspunkte. Nachdem ich Onkel Alfreds Ablage in Ordnung brachte, legte ich ein Verzeichnis über die laufenden Aufträge an, um wieder bessere Karten in der Hand zu haben. Die Sachlage durfte ich nicht unterschätzen. Zum Glück entwickelte sich kein böses Nachspiel.

Endlich konnte ich mich auf das nächste Bild konzentrieren. Dabei ging ich in die Totalabstraktion. Titel des Werkes: „Strahlenwirkung". Es sind Verästelungen angedeutet, und es wirkte so als strahlte die Sonne auf das Bild. Zusätzlich sind Wellen in Silber- und Goldmetallic eingezeichnet. Es ist farbenfroher als „Verflechtungen", aber nicht so stark farblich ausgestaltet wie „Lebensfreude". Kein Meisterwerk, aber aus meiner Sicht zufriedenstellend.

Etwa eine Woche später packte mich erneut die Malleidenschaft. Ich machte eine Grundierung für das nächste Bild und skizzierte die Umrisse eines weiblichen Aktes. Am nächsten Tag vollendete ich das Werk, indem ich den Hintergrund und die Feinheiten des Aktes gestaltete. Als Vorlage diente mir ein Gemälde von Modigliani aus einem Kunstbuch. Ein lebendes Aktmodell konnte ich mir bei meinen Einkünften leider nicht leisten. Und Anamaria wollte ich zwar bumsen, aber nicht malen, zumindest nicht gegen Bezahlung. Ohne Gage hätte sie sich bestimmt nicht hüllenlos gemacht. Darüber hinaus wollte ich auch eine gewisse Distanz zu ihr bewahren. Diese wäre verloren gegangen, wenn sie mir zuhause als Modell zur Verfügung gestanden hätte. Daher musste ich mich mit Bildvorlagen aus Büchern und Zeitschriften behelfen.

Für das Bild benutzte ich wieder die Mischtechnik aus malen und zeichnen beziehungsweise aus Acryl und Ölkreide. Mit dieser Methode kam ich gut zurecht. Ein Akt beziehungsweise ein Portrait ohne Vorzeichnung beherrschte ich offen gesagt nicht, aber damit kann ich leben. Am Ende zählt ohnehin nur das Ergebnis. In diesem Zusammenhang darf der Leser nicht vergessen, dass ich über keine Ausbildung als Künstler verfüge, sondern Autodidakt bin. Die Anleihen bei Modigliani konnte ich nicht leugnen, sie galten sogar als beabsichtigt. Trotzdem wollte ich, dass sich meine Handschrift im Bild wiederspiegelt. Dies geschieht beispielsweise durch die bereits erwähnte Mischtechnik und den abstrakten Hintergrund. Zufriedenheit machte sich bei mir nach der Fertigstellung des Bildes bemerkbar.

Ende Juni 2001 spielte die Waschmaschine zum zweiten Mal verrückt. Die Wäschetrommel füllte sich wieder voll mit Wasser. Meine Alarmglocken läuteten unaufhörlich und kannten kein Erbarmen. Mein Schädel drohte jederzeit zu explodieren. Ich bekam das Gefühl, wahnsinnig zu werden. Ich hasste solche verflixten Komplikationen. Übrigens tue ich es auch heute noch. Es verursacht unnötigen Stress und fast unkontrollierbare Angstzustände. Mein Ziel blieb es, Vermögensaufbau zu betreiben, um als Künstler finanziell auf stabileren Füßen zu stehen. Daher wollte ich versuchen, die Geldausgabe für eine neue Waschmaschine möglichst lange heraus zu zögern. Ich fasste den Entschluss, den Vorfall einfach zu ignorieren, dass ich wahrscheinlich bald die Geldausgabe tätigen musste. Der Gedanke, notgedrungen eine Neuanschaffung von mehreren Hundert D-Mark machen zu müssen, quälte mich.

„Das Geld verrinnt wie Sand in meinen Händen", stellte ich zu meinem persönlichen Bedauern fest.

Ich brauchte unbedingt Ablenkung, um wieder auf andere, vor allem positivere Gedanken zu kommen. Zunächst ging ich zu meinen Lieblingsitaliener essen. Anschließend fickte ich wieder in Fucking Palace. Diesmal zu meinem eigenen Erstaunen nicht Anamaria, sondern Christina 2, die ich dort ca. neun Monate nicht mehr sah. In einem Gespräch nach unseren Geschlechtsakt bemerkte ich zu meiner angenehmen Überraschung, dass sie noch immer wusste, wer ich war und was ich machte.

„Arbeitest du immer noch als Verkäufer von Gartenhäusern", fragte sie mich.

„Ja, den Job habe ich immer noch", antwortete ich.

„Hattest du schon Erfolg mit deinen Gedichten und einen Verlag gefunden", fragte sie weiter.

„Nein, wahrscheinlich werde ich meine Gedichte im Selbstverlag veröffentlichen", gab ich zur Auskunft.

„Und was macht deine Malerei", wollte sie wissen.

„Ich habe schon eine Vielzahl von Bildern gemalt. Ich hoffe bald eine Ausstellung machen zu können", erwiderte ich.

Nachdem wir uns während des Gespräches wieder angezogen hatten, verabschiedeten wir uns. Einige Male ging ich mit ihr noch aufs Zimmer.

Christina 2 und Anamaria verfügten beide über ihre speziellen Vorzüge. Ich mochte sie beide auf ihre Weise und zog es ernsthaft in Betracht zwischendurch zu wechseln, um sexuell eine schärfere Würze zu haben. Nur über einen Nachteil verfügte die ganze Fickerei. Das Konto befand sich mit 70 bis 80 DM im Minus. Nicht unbedingt dramatisch, aber trotzdem ärgerlich. Der Juli erforderte massive Sparmaßnahmen.

Nur zweimal pro Monat zum Lieblingsitaliener essen gehen. Diesmal kein Cappuccino extra bestellen. Darüber hinaus monatlich nur ein Kinobesuch, vorläufig keine Bücher käuflich erwerben, abgezählt Lebensmitteleinkäufe tätigen und bei Malerutensilien blieb der Etat auf maximal 100 DM beschränkt. Ende Oktober/Anfang November sollte das Konto wieder ausgeglichen sein, da Weihnachten vor der Tür stand und unüberhörbar anklopfte. Für 2002 nahm ich mir vor, nur alle sechs Wochen in den Fucking Palace zu gehen, weniger Gemälde zu malen, aber dafür alternativ mehr Pastellzeichnungen zu machen und eine neue Urlaubsreise blieb zumindest mit einem Fragezeichen versehen. Ich hoffte, die Sparmaßnahmen schrittweise umsetzen zu können.

Erfolgsansätze meiner Sparpolitik fand ich Ende Juni in meinem Briefkasten in Form meiner Gasabrechnung vor.

„Zum Glück keine Kostenexplosion", sagte ich mir selbst, als ich sie mir anschaute.

Ich musste nur 7,41 DM nachzahlen und wurde von 9 auf 10 DM hochgestuft. Dies hielt ich für vertretbar, aber es blieb auch meiner Sparsamkeit zu verdanken. Wäre der Preis für Gas nicht gestiegen, hätte ich sogar über ein Guthaben verfügt. Diese Erkenntnis motivierte mich, die Sparpolitik im Energiebereich fortzusetzen. Auch beim Wasserverbrauch wollte ich sparsam sein. Die Wasseruhren, die ca. 13 bis 14 DM mehr Miete bedeuteten, sollten sich bezahlt machen. Allerdings musste ich hier abwarten, wie es sich weiterentwickelt.

Anfang Juli 2001 kaufte ich mir eine neue Leinwand. Format 80 x 80 cm. Ein Landschaftsbild sollte demnächst entstehen. Zusätzlich wollte ich ein Bild für Christina zum Geburtstag malen. Über eine passende Leinwand verfügte ich bereits. Mehr Bilder nahm ich mir für den Juli nicht vor, um die Kosten unter Kontrolle zu halten.

Nur wenige Tage vor meinen eigenen Geburtstag wollte ich meiner Schwester eine Freude machen. Ich arbeitete an Christinas Geburtstagsgeschenk. Es entstand ein Meisterwerk. Die Farben leuchteten in gelb, Ocker, orange, weiß und Türkis. Das Bild stellte ich in weniger als fünf Stunden fertig. Die abstrakte

Arbeit wurde eine Schnellschussproduktion. Ich überreichte Christina vor meinen eigenen Geburtstag ihr Geschenk, auch wenn ihr Ehrentag erst in August stattfand. Ich machte die Geschenkübergabe nicht unbedingt von einem Stichtag abhängig, sondern ich tat es, weil ich Lust dazu verspürte. Meine Schwester freute sich zu diesem Bild. Es gefiel ihr eindeutig besser als „Der Feuerteufel". Dies konnte ich in ihrem Gesicht ablesen. Es passte an den gewünschten Platz im Flur.

Während unseres Gespräches erwähnte sie: „Eventuell habe ich eine Auftragsarbeit für dich. Eine Freundin von mir möchte ein bestimmtes Motiv gemalt haben".

Ich horchte auf und fragte sie: „Was ist es für ein Motiv"?

„Ein Leuchtturm und das Meer. Die Vorlage ist eine Postkarte", antwortete sie.

Ich spürte eine gewisse Unsicherheit, ob mir so eine Auftragsarbeit liegen würde. Denn ich sah mich nie als Realitätsmaler.

Dabei stellte sich mir die Frage: „Soll das Gemälde ein fotografisches Abbild der Postkarte sein oder verfüge ich über eine künstlerische Freiheit bei dieser Arbeit"?

Dennoch wollte ich mich dieser Herausforderung stellen. Notfalls auch das Risiko des Scheiterns eingehen.

Daher sagte ich zu Christina: „Ich würde mich freuen, diese Auftragsarbeit zu bekommen".

Leider klappte es mit nicht. Es entwickelte sich zu einer heißen Luftblase, die rasch zerplatzte. Die Gründe dafür sind mir bis heute nicht bekannt. Allerdings fragte ich bei Christina nie nach. Vermutlich hielt ich es damals für überflüssig, weil die Antwort nichts an den Tatbestand geändert hätte.

Nach der Fertigstellung des Bildes gönnte ich mir ein Geburtstagsstößchen mit Anamaria, obwohl es eigentlich nicht in meinem Etat drinnen lag. Viel Gesprächsstoff gab es bei unserer erneuten Begegnung nicht, sondern wir konzentrierten uns auf das Wesentliche unserer Geschäftsbeziehung. Ich bekam für mein Geld ein absolutes Verwöhnungsprogramm geboten. Sie bewies wieder einmal ihre Zungenfertigkeiten, lutschte meinen Schwanz, und ich vögelte sie in unterschiedlichen Stellungen. Bereuen tat ich nichts. Fazit: Mega-geiler Sex.

Der negative Kontostand hielt mich nicht davon ab, zwei Tage später zu meinem Lieblingsitaliener in der Hamburger Straße zum Mittagstisch essen zu gehen. Kurz vorher holte ich die Fotoarbeiten bei Budni ab. Ich schaute mir an meinem Platz die Fotos an, die ich von meinen Gemälden gemacht habe. Die Kellnerin, die an meinen Tisch kam und sich die Fotos ebenfalls anschaute, war total begeistert.

„Ich finde deine Bilder toll. Ich kenne ein Malergeschäft in Eppendorf. Es befindet sich an der Ecke Geschwister-Scholl-Straße/Tarpenbekstraße. Der Inhaber fördert junge Talente. Du solltest unbedingt hingehen und dich um eine Ausstellung bewerben".

Ich bedankte mich bei der Kellnerin für den Insidertipp.

„Ist es die erste Chance für eine Ausstellung", fragte ich mich fast euphorisch.

Meine Erwartung wollte ich nicht zu hoch schrauben, um mir eine mögliche Enttäuschung abzumildern. Dennoch wurde mir klar, dass ich mir diesen Laden demnächst anschauen werde.

Ende Juli 2001 arbeitete ich wieder an der Leinwand. In den späten Abendstunden klingelte es an meiner Haustür.

„Wer kann es sein", wunderte ich mich.

Ich öffnete die Haustür und fragte: „Wer ist da"?

„Ich bin es, Christina", hörte ich eine Stimme im Treppenhaus.

Wenige Augenblicke später kam Christina die Treppe herauf. Sie befand sich in einen angetrunkenen Zustand. Meine Schwester benahm sich aufgrund eines gewissen Alkoholpegels in der Kneipe daneben. Daher gab es Streit mit Harald. Wegen eines solchen Schwachsinns muss ich mir die ganze Nacht um die Ohren hauen? Mehr als ärgerlich. Darüber hinaus musste ich Harald anlügen, um Christina ein Alibi zu geben. Denn meine Schwester verbrachte einige Zeit in Bananas, einer zwielichtigen Kneipe, die es heute nicht mehr gibt. Es blieb laut ihrer Aussage alles harmlos, aber es wäre möglicherweise der Verdacht aufgekommen, dass es dort ein Fehlverhalten meiner Schwester gegeben hat. Dies musste unbedingt vermieden werden. Meine Begeisterung hielt sich bezüglich der Notlüge in Grenzen, aber ich wollte meine Schwester nicht in Stich lassen. Außerdem ging ich davon aus, dass sie mir die Wahrheit erzählte. Diesbezüglich verließ ich mich auf meine Menschenkenntnisse. Mindestens zweimal holte ich für sie bereits die Kastanien aus dem Feuer.

Am Telefon sagte ich zu Harald: „Hallo, hier ist René. Ich wollte nur Bescheid sagen, dass Christina seit gut zwei Stunden bei mir ist, damit du dir keine Sorgen machst. Sie kommt gleich".

„In Ordnung. Dann weiß ich, was los ist", erwiderte Harald beruhigt.

Nachdem Telefonat dachte ich nur: „Warum lernt meine Schwester nicht, dass es auch Grenzen gibt? Wenn irgendwann die Grenze zu stark überschritten wird, jammert sie mir garantiert die Ohren voll".

Ehrlich gesagt, blieb ich angepisst, da ich mich lieber auf die künstlerische Arbeit konzentriert hätte. Zusätzlich hatte es mir gestunken, dass ich in der Firma krankmachen musste.

Christina meldete mich bei Tante Rita telefonisch krank. Dabei blamierte sie mich, weil sie sich bei der Krankmeldung widersprach. An die Worte konnte ich mich beim Schreiben am PC zwar nicht mehr erinnern, aber es wurde mir bewusst, dass jemand beim genauen Hinhören gemerkt hätte, was eigentlich los ist. Zum Glück spürte ich keine negativen Konsequenzen, da ich kein hohes Ansehen auf der Arbeit genoss. Ich galt immer als der bedauernswerte Verwandte, der von Familienclan durchgefüttert werden musste. Ein unschönes Gefühl, in diesem Szenario wieder daran erinnert zu werden.

Zu meiner aktuellen Arbeit an der Leinwand meinte Christina: „Ich finde das Bild gut. Ich würde es Zuflucht nennen".

Jedoch ich blieb mein schlimmster Kritiker. Deshalb versuchte ich daran, einige Überarbeitungen vorzunehmen. Leider ging ich bei diesem Bild zu weit.

„Lerne ich nie aus meinen Fehlern? Wieso wiederhole ich sie", fluchte ich innerlich.

Vermutlich brachte mich der Besuch meiner Schwester aus der Ruhe. Meine Konzentration beim Malen ging völlig verloren. Diese Tatsache zwang mich, das Bild zu übermalen. Anfänglich fühlte ich mich am Boden zerstört und verzweifelt, denn das Werk verfügte über gute Ansätze.

Nach einer Besinnungspause machte ich mich an ein neues Bild, das erst ein paar Tage später fertiggestellt wurde. Das Ergebnis konnte sich sehen lassen. Es ist ein ausdrucksstarkes Landschaftsbild mit einigen Abstraktionen. Dargestellt ist eine Herbststimmung mit zwei Häusern. Etwa 200 bis 250 DM

Materialkosten und ungefähr 45 bis 50 Arbeitsstunden musste ich in dieses Bild investieren, aber es lohnte sich.

Es überkam mich das Gefühl, dass ich im August eine Pause von ein bis zwei Wochen benötige, um genügend Kraft für neue Bilder und Gedichte zu tanken. Meine Zielsetzung behielt ich trotzdem weiterhin im Auge, weil ich wusste, dass ich in der Firma keine langfristige Zukunft haben werde. Es tauchten immer wieder Situationen auf, die mir diese Realität eindeutig belegten. Eine telefonische und eine schriftliche Bewerbung musste ich bereits abwehren. Die Verteidigungsschlachten konnte ich nicht endlos fortsetzen. Dafür fehlten mir dauerhaft die erforderliche Energie und die Kaltschnäuzigkeit. Darüber hinaus musste ich mir für ein Peanuts-Gehalt zu viel gefallen lassen. Darin sah nicht meine Berufung. Vielmehr wurde mir schmerzlich bewusst, dass mir das normale Berufsleben nicht wirklich gefiel.

In Anschluss an das Landschaftsbild mit zwei Häusern malte ich nachts an einem weiteren Gemälde. Erst um 3.00 Uhr nachts ging ich zu Bett. Gegen 8.30 Uhr stand ich wieder auf und sah das Ergebnis von letzter Nacht. Entsetzen machte sich bei mir breit. Das Bild dunkelte stark nach. Eines der wenigen Nachteile bei Acrylfarben. Bei der Farbmischung muss ich das mögliche Nachdunkeln stets berücksichtigen, was ich hier zumindest nicht ausreichend tat. Das Resultat zwang mich, das Bild fast neu zu machen. Ohne Frühstück begann ich mit der Arbeit. Gegen Nachmittag beendete ich mein Werk. Es ist eine Abenddämmerung am Meer. Ich wählte die Kombination aus Acryl und Ölkreide. Der Anteil der Ölkreide domminierte die Leinwand. Sichtbar wurde eine Arbeit, die sich der totalen Abstraktion näherte. Das Format betrug 50 x 70 cm. Als Vorlage diente mir wieder ein Gemälde des zeitgenössischen Malers Bernd Zimmer. Natürlich machte ich keine Kopie, aber das Bild aus dem Kunstmagazin wurde eine gute Anregung. Somit hatte ich 21 Gemälde (plus zwei Bilder für Christina) und acht Ölkreidezeichnungen fertiggestellt. Fazit? Das Bildergebnis stufte ich als akzeptabel ein.

Mein Schaffensdrang blieb ungebremst. Zwei Tage später arbeitete ich an einem neuen Bild. Ich machte ein sogenanntes Zustandsbild, ähnlich wie bei den Experimenten mit Ölkreide auf Ölmalblockpapier. Nur diesmal benutzte ich Acryl auf

Leinwand. Das Bild sah ich als gelungen an, aber es blieb unvollendet, weil mir orange fehlte. Abschließende Bilanz für Juli 2001? Drei Gedichte, drei Gemälde plus Christinas Geburtstagsgeschenk und ein Bild fast fertig. Ein großartiges Fazit.

Anfang August 2001 vollendete ich das Zustandsbild und nannte es schlicht „Zustand Nr. 7". Außerdem überarbeitete ich den „Feuerteufel". Christina bat mich darum, es doch zu tun. Mit gelber Ölkreide setzte ich im Bild einige Akzente. Dies belebte den „Feuerteufel". Zumindest ich fand das Endprodukt nach seiner Überarbeitung besser als vorher. Jedoch Christina sollte das letzte Wort haben. Ich zeigte ihr die Neufassung.

„So finde ich das Bild eindeutig besser", sagte Christina, als ich ihr das Werk in ihrer Wohnung zurückgab.

Auf Christinas Geburtstag bekam ich eine Auftragsarbeit als Kunstmaler. Martina und Joachim, Freunde und Nachbarn meiner Schwester, wollten für ihr Esszimmer eine Herbstlandschaft haben. Das Werk sollte sich an „Baumallee" orientieren, nur eben in den üblichen Herbstfarben Karmin, Zinnober, gelb, orange, Umbra und Siena gebrannt, ein wenig grün, Kobaltblau und weiß. Die Auftragsarbeit sollte kurz nach der Paris-Reise in Angriff genommen werden.

Joachim fragte mich: „Was soll das Bild kosten"?

Ich überlegte nur kurz. Denn der richtige Preis musste schnell gefunden, da ich Selbstsicherheit ausstrahlen wollte.

„Ich möchte 350 DM für das Bild haben".

Joachim widersprach meinen Vorstellungen nicht. Sein Schweigen interpretierte ich als Preisakzeptanz. Die Auftragsarbeit sah ich als Finanzspritze, um Weihnachten nicht Trübsal blasen zu müssen. Ein ausgeglichenes Konto könnte dabei sehr hilfreich sein.

Nach Christinas Geburtstag machte ich wieder eine Produktion von Spermien, die ich „Orgasmus Nr. 3" nannte. Es wurde das 23. Gemälde, das zum Verkauf angeboten werden konnte. Zum Glück verfügte mein Domizil über genügend Kapazität, um die produzierten Werke problemlos zu lagern.

Knapp eine Woche nach meiner dritten Spermaproduktion malte ich ein weiteres Gemälde mit dem Titel „Rhythmus". Es handelte sich um ein abstraktes Bild. Ich arbeitete mit einer Wischtechnik, ähnlich wie bei Christinas „Kampf der Farben". Nur diesmal stellte ich eine Person dar, die eine Tanzbewegung macht und durch die Geschwindigkeit begleitet wird. Die Körperteile sind alle erkennbar, wenn auch abstrahiert. Aus meiner Sicht gelang mir ein Meisterwerk. Ich musste aufpassen, dass ich nicht mein größter Bewunderer werde. Dies hätte fatale Konsequenzen für mich als Künstler haben können. Zwar ist nichts gegen ein gesundes Selbstvertrauen zu sagen, aber ich muss ausreichend selbstkritisch sein, sonst gebe ich mich zu schnell mit den Ergebnissen zufrieden und bleibe in der Entwicklung als Künstler stehen. So etwas darf mir keinesfalls passieren, sonst versinke ich in der Bedeutungslosigkeit.

Ende August ging ich wieder mit Anamaria aufs Zimmer. Ich bekam mein übliches Leistungspaket für mein Geld geboten. Mit endlos langen Wiederholungen wollte ich an dieser Stelle meiner Aufzeichnungen den Leser nicht unnötig langweilen. Kurz zusammengefasst: Ich genoss geilen Sex.

Als wir nach dem Geschlechtsakt wieder in unseren Klamotten steckten, verkündete Anamaria: „Ich will nächstes Jahr wegen meinem dreijährigen Kind nicht mehr hier an der Straße stehen. Ich suche mir einen Job in Hamburg. Du kannst mich dann gerne besuchen kommen".

Diese Einladung traf mich wie ein Schock. Ich muss in diesem Moment kreidebleich geworden sein. Eiskalt lief mir ein Schauer am ganzen Körper herunter. Emotional brach bei mir die Eiszeit aus. Es drohte der grauenvolle Erfrierungstod. Nur eine klug eingefädelte Flucht konnte mich davor bewahren. Allmählich spürte ich, dass ich mich dieser Gefahr demnächst nicht mehr aussetzen durfte. Gedanklich befasste sich mein Kopf mit der Tatsache, dass ich das Kapitel Anamaria voraussichtlich bald endgültig schließen muss. Vor allem machte mir die Fortsetzung des Gespräches Angst, weil sie auch das Wort heiraten in den Mund nahm.

„Besser ist es, wenn sie stattdessen mein Schwanz in den Mund nehmen würde", dachte ich leicht genervt.

Schließlich ging ich damals nicht zu Huren, um für mich die Frau meines Lebens zu suchen, sondern um zu ficken und geil abzuspritzen. Das Leben eines typischen Kleinbürgers wollte ich nie führen. Die Auslebung meines Künstlertums erschien mir weitaus wichtiger.

Als Anamaria im Gespräch vom Heiraten sprach, sagte ich ihr auf Spanisch: „Necesito mi Libertad y la inpendencia".

Ihre Enttäuschung konnte ich in ihrem Gesicht ablesen, aber ich wollte keine falschen Hoffnungen bei ihr wecken. Dies hielt ich für unfair.

„Sollte sie tatsächlich ihre Dienstleistungen demnächst nicht mehr anbieten", dachte ich, „dann werde ich den Sex mit ihr vermissen".

Allerdings sah ich darin auch die Chance, dass ich in Zukunft weniger Geld für Sex ausgebe. In Anbetracht meiner finanziellen Möglichkeiten bedeutete es eine Erholung meines Kontostandes. In solchen Fällen blieb ich stets sachorientiert.

„Ausgerechnet jetzt macht sich meine Blase bemerkbar", fluchte ich und unterbrach das Schreiben am PC. Der Besuch der 00-Abteilung duldete keinen weiteren zeitlichen Aufschub. Zum Glück verfügte ich über die Lizenz zum Pinkeln. In diesem Bewusstsein verschaffte ich mir unterhalb der Gürtellinie Erleichterung, ehe ich das Schreiben fortsetzen konnte.

Zuhause wieder angekommen, schaute ich im Wohnzimmer in die Glotze. Eigentlich wollte ich mich mit Politik nicht mehr auseinandersetzen und spielte mit den Gedanken, nicht mehr wählen zu gehen, aber das politische Klima in Hamburg zwang mich dazu, es mir anders zu überlegen. Denn ein Machtwechsel mit einem Rechtsaußen namens Schill im Senat stellte für mich ein gruseliges Szenario dar.

„Müssen wir ein erneutes Nazi-Deutschland befürchten? Gibt es dafür bald das Hamburger Modell", geisterte mir ein beklemmender Gedanke durch den Kopf.

Innerlich versuchte ich diesen Denkansatz vorerst nicht näher zu vertiefen.

Stattdessen beschäftigte ich mich mit der Frage: „Warum ausgerechnet jetzt ein Machtwechsel"?

Ich kann die Menschen verstehen, wenn sie sagen: „Nach 44 Jahren SPD-Herrschaft muss ein Machtwechsel her".

Das ist in einer gesunden Demokratie üblich und oftmals sogar notwendig, da grundsätzlich Parteienfilz entsteht, wenn eine Regierung zu lange an der Macht ist. Jedoch sollte der Machtwechsel nicht um jeden Preis erfolgen. Deshalb entschied ich mich zur Wahl zu gehen und für die SPD zu stimmen. Ein Rechtsaußen wie Schill wird das politische und kulturelle Klima systematisch vergiften und verseuchen, soviel stand für mich bereits fest. Der Mann ist ein Populist, der nur dass sagte, was die Leute hören wollen, unabhängig von Wahrheitsgehalt seiner wohlklingenden Versprechen. Darüber hinaus konnte er mithilfe seiner juristischen Ausbildung seine sogenannte politische Botschaft überzeugend verkaufen. Und seine Position als Richter erweckte auf die Massen den Anschein der Seriosität. Doch die Realität sah meines Erachtens leider anders aus. Er stellte die perfekte Verkörperung eines gefährlichen Machtmenschen dar. Beispielsweise schickte er als Richter Zuschauer im Gerichtssaal ohne Aufnahme der Personalien für mehrere Tage in den Knast, nur weil sie etwas gestört haben. So eine Vorgehensweise verfügte über keine Rechtsstaatlichkeit, sondern beinhaltet eine Diktatur. Eine Entfernung aus dem Gerichtssaal und ein angemessenes Bußgeld für die Störer hätten auch gereicht. Für mich ein Beweis, dass der Mann ein unberechenbarer Rechtsaußen ist, der sich als purer Selbstdarsteller entlarvt, der gerne Publikum hat und es liebte, in Mittelpunkt eines Bühnenszenario zu stehen. Es entstand die Gewissheit, dass ich es nicht verhindern kann, dass dieser Idiot in die Bürgerschaft einzieht, aber ich hoffte, dazu beitragen zu können, dass er wenigstens nicht im Senat sitzen wird. Das wäre zumindest ein Teilerfolg.

Die Leute fallen immer wieder auf die gleichen Typen herein und lernen offensichtlich nichts Neues hinzu, weil sie kein Geschichtsbewusstsein haben.

Ich erkannte: „Das Volk ist dumm wie Schifferscheiße".

Die Menschen sind halt eine primitive Spezies und bleiben auf einer gewissen Entwicklungsstufe stehen. Sie lassen sich leicht blenden und können daher gewisse Gefahren nicht erkennen. Schill griff die Stimmung in der Bevölkerung auf, redete den Leuten nach dem Mund und versuchte auf diesem Wege eine politische Karriere zu machen. Er konnte sich berechtigte Hoffnungen auf den Blitzsieg machen. Die Voraussetzungen wurden dafür zweifelsfrei geschaffen.

„Ist der Mann nur ein primitiver Sprücheklopfer oder tatsächlich ein gefährlicher Rechtsaußen", fragte ich mich in diesem Kontext immer wieder.

Beides lehnte ich entschieden ab. Zugegebenermaßen besaß dieser Mann eine sehr gute Rhetorik und fand deshalb viel Zulauf. Er konnte so geschickt formulieren, dass politische Gegner ihn nicht direkt wegen seiner rechten Gesinnung angreifen konnten. Stets bewegte er sich nahe der Grenzen, ohne sie eindeutig zu überschreiten. Innerhalb dieser Sicherheitszone schoss er gezielt verbal auf seine Gegenspieler. Er verstand es, sich im entscheidenden Moment zurückzunehmen. Dadurch bot er seinem Gegenüber wenige Angriffsflächen. Das machte ihn aus meiner Sicht noch gefährlicher als die DVU oder die Republikaner. Für mich schien sich die Geschichte zum Wiederholungstäter zu entwickeln. Dieser Spiegel führte mir gnadenlos den Stillstand eines gesellschaftlichen Entwicklungsprozesses klar vor Augen. Diese Tatsache zeigte mir deutlich, dass die Menschen keineswegs die Krönung der Schöpfung repräsentieren, sondern eher eine Horde wildgewordener Affen. Eine TV-Schlagzeile brachte diese Realität besonders schmerzhaft zum Ausdruck.

Eine Nachrichtensprecherin verkündete: „Die Schill-Partei liegt laut einer Umfrage bei 15 %".

Diese Hiobs-Botschaft schockierte mich, und ich verstand die Welt nicht mehr. Wenn ich als freischaffender Künstler bereits etabliert gewesen wäre, hätte ich Hamburg vermutlich wegen eines Innensenators Schill verlassen. Berlin als Ausweichquartier hielt ich für eine denkbare Alternative. Ein Demagoge im Senat, vergleichbar mit Jörg Haider in Österreich, eine grauenhafte Vorstellung. Ein absolutes Horrorszenario.

„Droht uns die Wiederauferstehung eines rechten Messias", überlegte ich ernsthaft.

Zumindest ausschließen konnte ich es nicht mehr.

In meinen Albträumen sah ich in der Hamburger City nahe des Rathauses begeisterte Menschenmassen, die Schill fanatisch jubelnd zuriefen: „Mein Führer erlöse uns! Erlöse uns von dem Übel der bisherigen Politik"!

Dabei streckten die ahnungslosen Menschen ihre Hände nach ihrer politischen Gottheit aus, weil sie etwas von seiner Aura spüren wollten. Und er grinste mit seiner diabolischen Fratze siegesgewiss in die Kameras. Abgründe taten sich auf, die ich verständlicherweise nicht vertiefen wollte. Sie kamen meinen Vorstellungen von der Hölle erschreckend nahe.

Genauso genoss ich Ole von Beust mit großer Vorsicht. Erst sprach er sich gegen Schill aus und später für ihn. Für mich belegte sein Verhalten schlichtweg nur Macht-Geilheit. Schließlich wollte dieser Mann unbedingt das Wort Bürgermeister auf seiner Visitenkarte drucken lassen und zwar um jeden Preis. Er machte wie Schill große Versprechungen, die sich gut anhörten, aber ihre Realisierbarkeit eher Zweifel aufwarfen. Entsetzen machte sich bei mir breit, als ich hörte, dass die CDU die Abschaffung der Kulturbehörde in Betracht zog. Bei der tatsächlichen Umsetzung dieses Vorhabens ginge Hamburg ein großes Stück Lebensqualität und Attraktivität verloren. Zusätzlich geisterte das Gerücht, dass ein CDU-Bürgermeister einen Großteil der Saga-Wohnungen verkaufen wollte. Aus diesem Grund bekam ich Angst, mein Zuhause zu verlieren. Gedanklich verdrängte ich schnell dieses unangenehme Thema so gut es ging aus meinem Kopf und wollte mich vorerst nicht mit Politik beschäftigen. Es belastete nur unnötig meine ohnehin schwachen Nerven.

Ich hoffte, dass in der Firma nicht über „Super-Schill" gesprochen wird.

„Sonst müsste ich kotzen", befürchtete ich beinahe ernsthaft.

Es brach eine Schill-Hysterie aus und niemand erkannte, dass es sich hierbei um einen gefährlichen Blender handelte. Leider bewahrheiteten sich meine Befürchtungen bezüglich des Gesprächsthemas auf der Arbeit. Ich hörte Sätze wie beispielsweise „Jetzt gibt es einen Politikwechsel in Hamburg" oder „Alles wird durch Schill besser, weil er durchgreift". Für mich eine verbale Vergewaltigung meines Gehörgangs, da die Äußerungen, die in der Firma die Runde machten, schonungslos klarstellten, dass die Kleinbürgermentalität zur vollen Entfaltung kam. Für mich bedeutet Kleinbürgertum in diesem Kontext „Kleingeist". Typische Symptome dafür sind unheilbare Blödheit und angeborene Naivität. Mit diesen Kleinbürgern kann ich offen gesagt nichts anfangen. Bei dieser Betrachtungsweise werde ich zugegebenermaßen zu einem elitären Arschloch, das sich aus solchen Personenkreisen lieber selbst abgrenzt. Tragisch ist hierbei, dass sich Dummheit meist durchsetzt und die Intelligenz häufig auf der Strecke bleibt. Somit bleibe ich oftmals einsam und allein. Mit dieser Realität muss ich wohl oder übel zurechtkommen.

Jetzt aber wirklich genug von Politik. Ich konzentrierte mich wieder auf die Kunst und die Paris-Reise. Zunächst kaufte ich eine Leinwand, die mir kostentechnisch 30 DM einsparte. Ein unschlagbares Sonderangebot. Durch die Reisegesellschaft kam die telefonische Bestätigung, dass der Termin für die Paris-Tour stand. Freudestrahlend konnte ich die Reise bezahlen und die Unterlagen abholen. Demzufolge buchten genügend Leute die Reise, was vor einigen Wochen noch nicht sicher schien. Ich hoffte durch die Reise neue Einblicke in die Kunstwelt zu erhalten, um Inspiration für meine eigenen Werke zu bekommen. Allerdings machten mir meine Halsschmerzen Sorgen. Ein leichtes Drücken im Hals und leichte Schwierigkeiten beim Luftholen tauchten als Symptome auf. Wenigstens keine Schluckbeschwerden.

„Müssen sich die Probleme mit meinem Hals ausgerechnet kurz vor der Paris-Reise bemerkbar machen", ärgerte ich mich.

Ich hasste es, Geld für Medikamente ausgeben zu müssen. Jedoch die Notwendigkeit blieb unstrittig, da ich für die Reise wieder fit sein wollte.

Nachdem ich mir mein Medikament besorgt hatte, traf ich Anamaria. Natürlich buchte ich bei ihr wieder das All-Included-Paket. Also wieder geilen Sex. Trotzdem festigte sich bei mir der Gedanke, auf Distanz zu ihr zu gehen. Auslöser für meine Haltung wurde das anschließende Mittagessen auf dem Hansaplatz beim Asia-Grill. Draußen schien freudestrahlend die Sonne. Anamarias Cousine Amelie gesellte sich zu uns an den Tisch. Ich schätzte sie auf 18 oder19 Jahre. Zumindest wirkte sie blutjung. Mit Prostitution wollte sie sich etwas dazuverdienen. Anamaria wollte sie in dieses zwielichtige Gewerbe einführen.

Plötzlich fragte mich Anamaria während des Essens: „René, du bist ein lieber und netter Mann. Hast du Lust mich zu heiraten"?

Ich antwortete mit einem klaren und eindeutigen Nein.

Dann fragte mich Anamaria: „Vielleicht willst du Amelie heiraten. Sie kann dir eine gute Frau sein. Und sie braucht einen Mann. Wie wär es"?

„Heiraten ist nicht mein Ding. Ich brauche meine Freiheit", erwiderte ich.

Ich dachte im ersten Moment, dass ich im falschen Film geraten bin. Dann überlegte ich weiter. Der Wunsch, mich heiraten zu wollen, erschien mir durchaus nachvollziehbar. Nicht, weil ich ein toller Mensch bin, sondern die Frauen erhofften sich dadurch, nicht mehr auf dem Straßenstrich arbeiten zu müssen.

Im Prinzip übten sie weiterhin ihren Beruf aus. Denn sie würden nur deshalb mit mir ins Bett steigen, damit ich sie ernähre und ihnen eine kostenlose Unterkunft gebe. Außerdem bräuchten sie sich nur auf einen Kunden einstellen. Dies wäre zweifelsfrei eine enorme Arbeitserleichterung. Und offiziell hätten sie bei einer Heirat einen besseren gesellschaftlichen Status. Aus meiner Sicht alles Vorteile, die klar auf der Hand lagen. Es gibt viele Frauen, die nur wegen der finanziellen Sicherheit heiraten und nicht aus Liebe. Diese Form der Prostitution ist weiter in unserer Gesellschaft verbreitet als manche vermuten. Eine Scheinheiligkeit, die hier meines Erachtens zur vollen Entfaltung kommt.

Heiraten sah ich damals ohnehin als Gefängnis des Mannes an. Und ich sollte heiraten, ohne verliebt zu sein? Dies kam für mich erst recht nicht infrage. Ich heirate doch nicht, um regelmäßig eine Frau bequem zuhause ficken zu können. So etwas wäre mir rein ökonomisch gesehen zu kostspielig. Preiswerter erschien mir die Variante, gelegentlich im Fucking Palace vögeln zu gehen. Dieser Kostenfaktor galt für mich als überschaubar. Konnte ich mir die käufliche Liebe nicht leisten, musste ich auf Handbetrieb umstellen. Dies sah ich absolut nüchtern.

An einer Scheidung wollte ich in diesem Zusammenhang gar nicht erst denken. Sie wäre vermutlich noch teurer als die Ehe selbst. Vermutlich mein endgültiger Ruin. Viele geschiedene Männer müssen teilweise sogar unterhalb des Sozialhilfeniveaus leben. Dieses Schreckensgespenst wollte ich mir in jedem Fall ersparen. Deshalb erklärte ich das Heiraten zum Tabuthema.

Zuhause quälten mich in unbarmherziger Weise meine Depressionen. Deshalb bekam ich meine Finanzen nicht in den Griff. Ich lebte über meine Verhältnisse und wusste nicht mehr, was ich tun sollte. Ein Gefühl der Angst überkam mich. Daher kam die Paris-Reise genau zur richtigen Zeit. Ich sah darin die Chance, mein emotionales Tief wieder zu überwinden.

Meine Reisevorbereitungen wie zum Beispiel Kofferpacken und Wohnung auf Vordermann zu bringen, standen bei mir ab sofort auf dem Programm. Ein wenig Bammel bekam ich wegen der Sprache. Zwar besorgte ich mir ein französisches Wörterbuch und lernte auch einige Vokabeln, aber das Pauken gestaltete sich schwieriger als erwartet. Allein nur die Aussprache

155

zu üben, kostete viel Zeit und Mühe. Außerdem fehlte mir häufig die innere Ruhe zum Lernen. Ich wollte mich trotzdem nicht entmutigen lassen und freute mich auf die Reise.

Die Reise bekam zu Beginn einen kleinen Dämpfer.

Der Busfahrer Jürgen Brand, der sich gleichzeitig als Reiseführer verantwortlich zeigte, verkündete während der Hinfahrt: „Die Führung durch den Louvre muss leider ausfallen, da zwei Reiseteilnehmer kurzfristig wegen Krankheit abgesagt haben".

Natürlich spürte ich die maßlose Enttäuschung. Ich hoffte, dass sich diese Info nicht als schlechtes Omen erwies. Doch es gab auch Positives auf dem Weg nach Frankreich zu berichten.

„Ich kann Ihnen durch meine Beziehung Eintrittskarten für das Moulin Rouge anbieten. Sie kosten allerdings 500 Franc. Wer gerne Karten haben möchte, möge sich in die Liste eintragen", bot uns der Busfahrer an.

„Umgerechnet sind es zwar 150 bis 160 DM, aber solche Gelegenheiten bieten sich nicht häufig im Leben", schoss mir als Gedanke durch den Kopf.

Ich trug mich in die Liste ein, ohne weiter darüber nachzudenken.

Meine Unterkunft in Paris stufte ich als top ein. Stören tat mich nur die Dusche, da ich offen gesagt eine Badewanne bevorzuge. Die Zimmer im Hotel verfügten alle über einen Safe, den ich auch nutzte. Die 50 Franc sah ich als gut angelegt an. Die Reiseteilnehmer bestanden ausschließlich nur aus älteren Herrschaften. Eine alterstechnisch gemischtere Reisegruppe wäre mir lieber gewesen. Zumindest schien alle nett zu sein.

Jürgen Brand machte mit uns abends eine Lichterfahrt durch Paris. Alles wurde hell angestrahlt, was für mich ein beeindruckendes Erlebnis darstellte. Die Gebäude kamen perfekt zur Geltung. Als Höhepunkt der Busfahrt sah ich die Zwischenstation am Place de la Concorde und am Eiffelturm an. Diese Unternehmung bildete einen schönen Tagesabschluss, die ich in vollen Zügen genoss. Somit erwies sich der erste Reisetag zwar als anstrengend, aber auch als schön.

Am nächsten Morgen erwartete mich und die Reisegruppe ein reichhaltiges Frühstücksbüffet, bestehend aus Wurst, Käse, Marmelade und Eiern. In Frankreich nicht unbedingt selbstverständlich, selbst in Nobelabsteigen nicht. Meist essen Franzosen nur ein Croissont oder ein Baguette mit etwas Butter und

Marmelade zum Frühstück. Der Kaffee ist für sie das Wichtigste am Morgen. Ich frühstückte reichlich, da mir am zweiten Tag der Reise eine ganztägige Stadtrundfahrt bevorstand. Bei der Sighseeingtour mit dem Bus beeindruckten mich die Architektur und die Vielseitigkeit der Metropole. Sie bot für jedermann etwas für die Sinne. Kunstfreunde, Modebewusste und Feinschmecker kommen garantiert auf ihre Kosten.

Ich begriff, warum Hemingway schrieb: „Paris ist ein Fest fürs Leben".

In dieser einzigartigen Stadt spiegelt sich eine Weltanschauung wieder, wie sie woanders nicht geboten wird.

Mit Erstaunen stellte ich fest, dass im Krieg so gut wie nichts zerstört wurde, und die Pariser blieben zumindest so schlau, die alten Außenfassaden stehenzulassen. Für die Stadtrundfahrt wurde zusätzlich eine Reiseleiterin namens Anna, die ursprünglich aus dem Baltikum stammte und viele Jahre in dieser Stadt lebte, angeheuert. Sie erklärte die Sehenswürdigkeiten sehr anschaulich und lebendig. Präsentiert wurden uns während der Fahrt die typischen Pariser Attraktionen wie zum Beispiel Louvre, Notre-Dame, Eiffelturm, Arc de Triomphe usw. Zwischenstation machten wir auf dem Montmartre nahe der Sacré Coeur. Die weiße Kuppelkirche stößt allgemein auf ein geteiltes Echo. Architekturkritiker lehnen dieses Gebäude ab, während Touristen sie meist heiß und innig lieben. Ihr Bau war zum Dank dafür beschlossen worden, dass der Krieg 1870/71 für Frankreich mit relativ leicht zu ertragenden Folgen beendet werden konnte; erst 1919 wurde sie eingeweiht. Ansonsten wird dieser Stadtteil geprägt durch enge Gassen, den romantischen Treppen und den versteckten Restaurants, die es trotz des Touristenrummels immer noch gibt. Auf dem Place du Tertre ließen sich scharenweise Touristen von dort ansässigen Künstlern auf der Leinwand oder Papier verewigen. Dabei wurde dem Publikum vom Kitsch bis zur richtigen Kunst alles geboten.

Essenspause machten wir im Restaurant Auberge de la Bonne Franquette. In dieser Lokalität dinierten früher einige Maler, insbesondere die Impressionisten. Van Gogh, Monet, Cezanné und Co. suchten früher als Gäste die Örtlichkeit auf. Das Essen erwies sich bezüglich des Preises und der Qualität als akzeptabel. Ich bezahlte umgerechnet etwa 35 DM für ein Menü Ente orange, ein Dessert Moussee chocolate und ein Getränk meiner Wahl.

Jürgen Brand bestellte für die Reisegruppe die Menüs telefonisch vor. Oftmals erwies er sich als Paris-Kenner und kannte einige Geheimtipps, wovon die Reisegruppe stark profitierte. Er lebte zuvor mit seiner Familie mehrere Jahre in der französischen Metropole.

Am dritten Tag in Paris machte die Reisegruppe einen Ausflug nach Versailles. Da ich schon bei meiner ersten Paris-Reise einen Ausflug zum Schloss machte, entschloss ich mich alternativ ins Musée d´ Orsay zu begeben, das auch als Hochburg der Impressionisten und Expressionisten bezeichnet wird. Der Besuch lohnte sich. Etwa drei Stunden verbrachte ich in diesem ehrwürdigen Museum. Es wurde seit 1986 quasi die Creme della Creme der Künstler von Ende des 19. Jahrhunderts/Anfang des 20. Jahrhunderts im ehemaligen Bahnhof geboten. Die Werke, die ich dort sah, lösten bei mir eine Begeisterung aus. In diesem Zusammenhang ist es schwierig, bestimmte Bilder besonders hervorzuheben.

Positiv zu erwähnen ist, dass ich zu Fuß den Weg ohne Straßenkarte zum Museum gefunden habe. Bei der Stadtrundfahrt von Vortag merkte ich mir bestimmte Punkte, an die ich mich orientierte. Vorher hatte ich Angst, mich zu verlaufen, weil sich einige Straßen ähnelten, aber es klappte alles reibungslos. Daher konnte ich für diesen Tag zufrieden sein.

Am vierten Tag machte unsere Reisegruppe einen Ausflug nach Fontainbleau. Ursprünglich wollte diese Ausfahrt nicht machen, da ich bei meiner ersten Paris-Reise mit Hanna ebenfalls einen Kurztrip dorthin machte, aber letztlich war ich froh, dass ich es doch tat. Denn einiges konnte ich nach so langer Zeit nicht mehr erinnern. Es wurde mir eine kleine Auffrischung meiner Vergangenheit geboten. Beispielsweise vergaß ich, dass Napoleon nach seiner letzten Niederlage 1814 beim Schloss Abschied von seinen Soldaten nahm. Er hat den großen Hof vor dem Entrée seinen Namen gegeben: Cour des Adieux. Bis zu Ludwig XVI. haben mehrere Könige an diesem Palast gebaut. Es bildet daher eine Abfolge der verschiedenen französischen Baustile, und auch die Innendekoration stammt aus unterschiedlichen Epochen. Besonders sehenswert sind die gut erhaltenen Renaissance-Räume und vor allem die Galerie von Franz I. sowie eine Porzellansammlung in der Galerie des Assiettes. In Anschluss an die Schlossbesichtigung zeigte uns Jürgen Brand auch Teile, die ich vorher überhaupt noch nicht kannte, wie zum Beispiel das Künstlerdorf, welches sich in der Nähe des Schlosses befand. Dort hielten sich früher zeitweilig die Impressionisten auf.

Gegen Nachmittag machte ich mich mit zwei älteren Frauen der Reisegruppe, die übrigens Marga und Ruth hießen, einen Abstecher zum Eiffelturm. Der aus Dijon stammende Ingenieur Gustave Eiffel (1832-1923) hatte die kühne Stahlkonstruktion am Champs de Mars für die Hundertjahrfeier der Revolution, zur Weltausstellung von 1889, zusammennieten lassen.

Marga stellte enttäuscht fest: „Schade, dass die dritte Etage gesperrt ist".

Hingegen ich konnte aufatmen. Denn die dritte Etage traute ich mir nicht zu, weil ich Höhenangst habe. Natürlich wollte ich auf der Plattform die schöne Aussicht genießen, aber die Höhe von 321 Meter (mit Antenne) durfte ich bei meiner Phobie nicht unterschätzen.

„René, gerate nicht in Panik und bewahre die Ruhe", sagte ich daher zu mir selbst.

Die schwierige Situation im Fahrstuhl erforderte meine volle Konzentration. Bei meinen beiden Begleiterinnen ließ ich mir nichts anmerken.

„Hoffentlich sind wir gleich oben am Ziel", schoss mir als Gedanke durch den Kopf.

Innerlich bekam ich weiche Knie. Während der Fahrt im Fahrstuhl musste ich Atmungsübungen machen, um mich weiterhin auf den Beinen halten zu können. Dabei schaute ich nicht bewusst nach draußen, sondern gegen eine leere Wand. Auf diese Weise gelang es mir, die Kontrolle über meine Ängste zu behalten. Wir erreichten endlich die zweite Etage des Eiffelturms. Oben angekommen, wurde ich für die Konfrontation mit meiner Angst mit einem phantastischen Ausblick auf die Stadt reichlich belohnt. Ich machte eine Vielzahl von Fotos und genoss die Perspektiven.

Anschließend zeigte sich der Rückweg ins Hotel von seiner grausamen Seite. Wir brauchten ungefähr zwei Stunden, um wieder am Zielort zu sein. Ich fragte mich mit meinen wenigen

Französisch-Brocken und meinen mittelprächtigen Englisch-kenntnissen durch. Uns taten hinterher die Füße weh. Ich spürte eine Erleichterung, als ich endlich zu Bett gehen konnte. Jedoch schlafen konnte ich trotz Erschöpfung nicht, da ich in der Glotze mit einem furchtbaren Ereignis konfrontiert wurde, dass die Welt erschütterte. Mit dem Datum 9/11 ging es in die Historie ein. Der TV-Zuschauer erlebte Geschichte live und zwar in sehr grausamer Weise. Fast fehlen mir hier die Worte. Zwei Türme stürzten durch einen schrecklichen Terroranschlag in New York ein. Mehrere tausend Menschen kamen brutal ums Leben. Was ich mit eigenen Augen miterlebte, schockierte mich. Hilflosigkeit und Fassungslosigkeit machten sich bei der Berichterstattung breit. Wie geht man mit diesen Schreckens-bildern um?

Am 5.Tag in Paris sorgte der gestrige Terroranschlag für Gesprächsstoff beim Frühstück.

Jürgen Brand meinte: „Der Anschlag in New York hat gezeigt, dass der Islam eine gefährliche Religion ist. Häufig sind unberechenbare Fanatiker darunter".

Marga äußerte darauf zum Thema: „Ich sehe es genauso".

Ich kommentierte nur: „Jeder hat das Recht auf seine Weltanschauung, aber mit diesem Anschlag ist man eindeutig zu weit gegangen".

Am liebsten hätte ich zu diesem Thema gerne mehr gesagt, aber ich ließ es. Mit meinen Äußerungen wäre ich vermutlich auf Unverständnis gestoßen, was ich unbedingt vermeiden wollte. Beispielsweise hätte ich zusätzlich gesagt, dass es nicht nur Fanatiker bei den Moslems gibt, sondern auch in Christentum. Die USA ist dafür sogar ein ausgezeichnetes Beispiel. Die meisten Menschen verfügen nur über eine Tunnelblick-Perspektive. Unter solchen Voraussetzungen erschienen mir Diskussionen für sinnlos und hätten zu unnötigen Streit geführt. Und ehrlich gesagt, wollte ich wegen Politik mir nicht den Resturlaub versauen lassen.

Nachdem Frühstück machte ich zusammen mit Ruth und Marga eine Führung durch den Louvre. Wegen der geringen Reiseteilnehmerzahl wurde von Reiseveranstalter, wie bereits eingangs erwähnt, das Louvre-Programm gestrichen. Daher blieb unsere Eigenregie gefordert.

Der Louvre-Palast wurde bereits 1793 ein Museum. Was ursprünglich als Festung konzipiert wurde, wird seit 1981 nach muesologischen Gesichtspunkten erweitert und renoviert. Die umstrittene Glaspyramide gehört inzwischen schon zum selbstverständlichen Stadtbild von Paris, und in der darunter gelegenen funktionelle Eingangshalle mit schwungvoller Treppe drängeln sich täglich tausende Besucher. Derzeit wurden in mehr als 200 Räumen rund 150.000 Zeugnisse des ägyptischen, griechischen und orientalischen Altertums, 6.000 Gemälde, 2.500 Skulpturen, 90.000 Zeichnungen sowie 46.000 Stiche und Radierungen untergebracht. Ich freute mich auf dem Museumsbesuch, obwohl ich wusste, dass ich nur einen kleinen Teil dieser Kunstschätze zu sehen bekommen werde. Denn wenn man sich den Anspruch auf Vollständigkeit erfüllen möchte, benötigt ein Besucher mehr als ein halbes Jahr.

Mit der Metro fuhren wir zum Museum. Als wir beim Louvre ankamen, sahen wir eine kilometerlange Menschenschlange. Wenn uns kein Louvre-Führer angesprochen hätte, wären wir frühestens erst in zwei Stunden hereingekommen.

Er fragte uns im einwandfreien Deutsch: „Haben Sie Interesse an einer Führung durch den Louvre? Wenn Sie mit mir kommen, brauchen Sie nicht stundenlang an der Kasse stehen".

„Und was soll es kosten", fragte ich interessiert.

„42 Franc pro Person. Ich zeige Ihnen die interessantesten Stellen inklusive Mona Lisa in ungefähr 1 ½ Stunden", antwortete der freundliche ältere Mann.

Wir stimmten dem Angebot zu. Der Museumsführer führte uns in ca. 90 Minuten durch die Räume. Für meinen persönlichen Geschmack wurde die Führung zu schnell durchgezogen. Und ich gewann den Eindruck, dass der Führer über wenig Ahnung von der Materie verfügte. Vermutlich lernte er sich seine wenigen Kenntnisse notdürftig an. Möglicherweise besserte sich der ältere Herr seine dürftige Rente durch diesen Job auf. Immerhin zeigte er uns die Filetstücke wie zum Beispiel den Galeriesaal mit den Altmeistern der Malerei inklusive der Mona Lisa, Kronjuwelen, antike Schätze und königliche Möbel. Enttäuscht blieb ich von der Mona Lisa. Dieses Gemälde ist zum Schutz hinter einer dunklen Glaswand und kommt nicht ausreichend zur Geltung. Andere Werke beeindruckten mich mehr. Zwar empfand ich die Führung als etwas zu kurz, aber trotzdem lohnte es sich, sie gemacht zu haben. Zusätzlich half der Museumsbesuch die Regenzeit sinnvoll zu überbrücken. Draußen bei schlechtem Wetter zu laufen, hätte sicherlich kein Spaß gemacht. Als wir das Museum verließen, hörte das Unwetter auf. Die Sonne kam wie auf Bestellung zum Vorschein. Die Sonnenstrahlen luden uns für weitere Unternehmungen ein. Wir wollten das Tuilerie-Museum besuchen, um uns die Seerosendekorationen von Monet anzuschauen. Und ein Besuch in der Oper wegen des Deckengemäldes von Chagall stand ebenfalls auf unser Programm. Jedoch blieb leider beides wegen Streik geschlossen. Immerhin fuhren wir zum ersten Mal mit der Metro, ein besonderes Erlebnis. Im Hotel wieder angekommen, freute ich mich auf dem nächsten Tag.

Am sechsten Tag in Paris stand das Centre Pompidou auf der Tagesordnung. 1977 wurde dass vom ehemaligen Staatspräsidenten Georges Pompidou mitgestaltetem Museum für Moderne Kunst eröffnet, ein jahrelang umstrittener Glas- und Röhrenbau. Derzeit besitzt das Museum 30.000 Werke, von denen aber nur 1.500 bis 2.000 auf 15.000 Quadratzentimeter gezeigt werden können.

Wieder mit Ruth und Marga unterwegs, hoffte ich, dass wir nicht wie am Vortag vor verschlossenen Türen stehen werden. Zunächst sah es leider doch danach aus. Zumindest stand Pünktlichkeit nicht auf dem Programm. Ungeduldig warteten wir auf die Öffnung der Räumlichkeiten. Um die Spannung nicht unnötig ins Unerträgliche zu steigern, sei hier gesagt, dass das Glück zu uns zurückkehrte. Mit einer Stunde Verspätung öffneten sich die Tore des Museums. Ich atmete auf. Meine Befürchtungen wurden gottseidank nicht zur bitteren Realität. Noch eine Enttäuschung hätte ich nicht spurlos verkraftet. Meine Aufregung und mein Puls stiegen, als wir das Gebäude betraten. Es ist immerhin das meistbesuchte Museum der Stadt und hat mit rund acht Millionen Besuchern pro Jahr sogar den Eiffelturm überflügelt.

„Welche Bilder werden mich gleich erwarten", fragte ich mich freudig erregt.

Denn in diesem Haus werden in bestimmten zeitlichen Intervallen Wechselausstellungen gemacht. Die Spannungskurve erreichte ihren vorläufigen Höhepunkt, als wir uns mit der Rolltreppe der vierten Etage näherten.

Allerdings weckte dieses Stockwerk nur bedingt mein Interesse. Gezeigt wurden nur wenige Filetstücke. Meine ganze Hoffnung lag im nächsten Stockwerk. Meine Erwartungen wurden endlich erfüllt. Beim Anblick, der hier gezeigten Werke, bekam ich einen Orgasmus nach dem anderen. (Natürlich nur bildlich gesprochen.) Ausgestellt wurden Arbeiten von Matisse, Chagall, Picasso, Braque, Delaunay, Leger usw. Ich versuchte Marga und Ruth einiges zu den einzelnen Bildern zu vermitteln, aber es interessierte sie nur bedingt. Daher brach ich kurzfristig meinen Vortrag ab. Ehrlich gesagt, konnte ich das Desinteresse nicht nachvollziehen. An ihrer Stelle wäre ich froh, wenn ich einen fachkundigen Begleiter an meiner Seite hätte, der mir etwas über die Bilder erzählen kann.

In dieser Situation dachte ich nur: „Was soll ich machen? Ich kann sie nicht zwingen, mir zuzuhören".

Also schaute ich fortan die Bilder für mich allein an und genoss es einfach hier zu sein.

Abends machten wir eine Lichterfahrt auf der Seine. Die Stadt von der Wasserseite zu erleben, nahm ich als absolutes Highlight wahr. Die Gebäude und Denkmäler wurden angeleuchtet und präsentierten sich von ihrer Schokoladenseite. Teilweise wirkte es wie eine Lichtershow. Die Sehenswürdigkeiten wurden uns mehrsprachig erklärt. Ich ließ die gesammelten Eindrücke auf mich wirken.

Genauso ein Genuss wurde in Anschluss an die Seine-Fahrt die Show in Moulin Rouge am Boulevard de Clichy. Am liebsten hätte ich einen Zeichenblock und einen Stift in die Hand genommen und Zeichnungen gemacht. Ich fühlte mich an die Zeit von Toulouse-Lautrec oder Degas erinnert.

„Leider haben wir nichts Vergleichbares in Hamburg", überlegte ich während der Veranstaltung.

Der Charme des Pariser Nachtlebens ging zugegebenermaßen im Laufe der Jahre verloren. Die Zeiten, wo Irma la Douce am Pigalle stand, sind längst vorbei, und der legendäre Platz ist zum billigen Amüsierrummel abgesunken. Trotzdem erlebte ich eine genussvolle Show live. Hier schien die Zeit noch ein wenig stehengeblieben zu sein und vermittelte mir ein Gefühl von Nostalgie. Daher gehört das Moulin Rouge zu den wenigen positiven Ausnahmen in diesem verruchtem Viertel. Die 500 Franc erwiesen sich als eine gute Investition.

Am siebten Tag in Paris ging ich mit Marga allein ins Picasso-Museum. Ruth verspürte keine Lust, mitzukommen. Sie wollte lieber ein bestimmtes Kaufhaus besuchen. Beim Verfassen meiner Aufzeichnungen konnte ich mich nicht erinnern, wie es hieß. Die Konsum-Kacke interessierte mich sowieso nicht. Daher aktivierte ich auch nicht meinen Gehirnschmalz, um die Gedächtnislücke wieder zu schließen. Ich konzentrierte mich lieber auf dem Kunstgenuss. Der Museumsbesuch lohnte sich. Untergebracht wurde es seit 1985 in eines der schönsten Stadtpaläste des Marais. Das sogenannte Hotel Salé wurde im 17. Jahrhundert für Aubert de Fontenay, den Salzsteuereintreiber des Königs erbaut und zu Beginn der achtziger Jahre des 20. Jahrhunderts geschickt renoviert, um den Werk des Genies gerecht zu werden. Dort wurden Werke aus fast allen Schaffensphasen Picassos ausgestellt. 229 Gemälde, 137 Plastiken, 34 Collagen und über 3.000 Zeichnungen und Drucke konnten bestaunt werden. Marga schien zumindest kunstinteressierter zu sein als Ruth. Daher machte ich bei ihr einen zweiten Versuch, ihr die Werke näherzubringen.

„Picasso ist am 25. Oktober 1881 in Malagá geboren und starb in April 1973. Demzufolge ist er fast 92 Jahre alt geworden. Und in fast 92 Lebensjahren schuf er mehr als 30.000 Kunstwerke. Wissenschaftler haben ausgerechnet, dass er ungefähr ein Kunstwerk pro Lebenstag geschaffen hat. Dies ist Weltrekord. Das schaffte bisher kein anderer Künstler. In diesem Museum befindet sich ein guter Querschnitt aus all seinen Schaffensphasen", begann ich meinen Vortrag.

Dann sagte ich etwas zu den einzelnen Werken während Marga interessiert zuhörte. Teilweise machte sie sich ein paar Notizen auf einem Zettel.

Das Picasso-Museum in Paris gefiel mir besser als das in Barcelona, da in der spanischen Metropole hauptsächlich nur das Jugendwerk des Genies ausgestellt ist. Das Pariser Museum bot die Vielseitigkeit des spanischen Malers. Dies machte den entscheidenden Unterschied aus. Es löste bei mir totale Begeisterung aus.

Am achten Tag der Reise ging es wieder in Richtung Hamburg. Insgesamt konnte ich ein positives Fazit ziehen. Ich schaffte alle vier Museen, die ich in Paris sehen wollte. Darüber hinaus besuchte ich das Moulin Rouge, den Eiffelturm, vielfach mit der Metro gefahren u.v.m. Ich bereute die Reise nicht. Paris ist fantastisch. Meine Begeisterung kannte keine Grenzen.

Nach der ereignisreichen Paris-Reise brauchte ich dringend etwas zu trinken und unterbrach das Schreiben. Allerdings noch kein Rum-Cola. Dafür schien es eindeutig zu früh zu sein. Also machte ich mir in der Küche einen Cappuccino, in der Hoffnung etwas munterer zu werden. Ich platzierte mein Getränk außerhalb des Gefahrenbereiches, damit bei einer Unvorsichtigkeit nicht die ganze Flüssigkeit auf die Tastatur meines Notebooks landete. Dies wäre zweifelsfrei eine Katastrophe. Dies wollte ich unbedingt vermeiden. Nichts wäre mehr zu retten. Für mich würde eine Welt zusammenbrechen. Meine schlagartige Müdigkeit ließ mich zu dieser Vorsicht mahnen. Dennoch befand sich mein Heißgetränk in greifbarer Nähe. Ich trank einen kräftigen Schluck aus dem Becher und setzte meine Aufzeichnungen fort.

Wenige Tage nach der Paris-Reise fuhr ich mit der U-Bahn nach Eppendorf, um mir dem Malerbedarfsladen anzuschauen, den mir die Kellnerin im italienischen Restaurant empfahl. Der Laden, der übrigens „Farbpalette" hieß, wirkte unscheinbar und schien nur für Insider bekannt zu sein. Utensilien gab es dort alles was das Malerherz begehrt und dies sogar relativ kostengünstig. Ich schaute mir die aktuelle Ausstellung an und bekam das Gefühl, dass ich mich nicht mit meinen Bildern verstecken musste. Nur hielt ich den Zeitpunkt für eine eigene Ausstellung noch nicht für reif. Nach meinen Empfinden brauchte ich mehr Bilder zum Vorweisen. Ich sprach kurz mit dem Inhaber des Ladens, der sich mir mit Werner Kaufmann vorstellte.

Er erzählte mir: „Ich male selbst auch, aber ich stelle nie in Galerien aus. Entweder muss ich als Künstler für die Ausstellungsfläche bezahlen oder muss 50 bis 60 % von Verkaufserlös an die Galeristen abgeben. Beides kommt für mich nicht infrage. Meistens mache ich Ausstellungen bei mir zuhause oder in Arztpraxen. Ich nehme den Künstlern nicht soviel ab Für die Werbung und die Flyer müssen sich die Künstler allerdings selbst kümmern. Für mich sind die Ausstellungen eine verkaufsfördernde Maßnahme, damit die Kundschaft Malerutensilien bei mir kauft".

Diese Info hörte sich für mich vielversprechend an. Ich räumte mir gute und realistische Chancen ein, dort eine Ausstellung machen zu können. Das Schicksal schien sich zu meinen Gunsten zu entwickeln. Ich traf die Entscheidung, einen Großteil meiner Malerutensilien in diesem Laden zu kaufen. Allein deswegen lohnte sich das Geschäft anzuschauen. Auf diesem Wege blieb ich bezüglich einer möglichen Ausstellung im Kontakt.

Nur ein Tag später malte ich ein weiteres Gemälde. Es wurde etwas total Abstraktes, was sich aus einem Kampf der Verzweiflung entwickelte. Ich verfügte bereits über ein fertiges Bild und wollte noch ein Schritt weitergehen. Und genau dies löste bei mir die Verzweiflung aus, die zur Zerstörung des Bildes führte. Ich geriet in einen Zustand des Schocks, am Rande eines Nervenzusammenbruches. Ich probierte es wieder und wieder, um den Schaden zu beheben. Ein vergleichbares Bild wollte nicht gelingen.

„Warum nicht", schrie ich mehrmals wütend und lautstark im Atelierzimmer.

Ich durchlebte in diesem Moment die Hölle, zumindest entsprach es meinen Empfinden. Dabei fühlte ich mich wie ein Häufchen Elend und hasste mich dafür. Erst nach zahlreichen Versuchen konnte ich mit der Qualität des Bildes zufrieden sein. Ich nannte das Werk schlicht „Farbmuster". Dieser schwierige Kampf zeigte mir, dass ich meine schöpferische Kraft noch nicht voll zurückerlangte. Ich konnte nur mit angezogener Handbremse künstlerisch arbeiten. Ohnehin bekam ich das Gefühl, nicht ganz gesund zu sein. Die meiste Zeit trug ich wegen Halsschmerzen einen Schal, spürte eine gewisse Müdigkeit und Erschöpfung und geriet in eine melancholische Stimmung. Eine bevorstehende Erkältung?

Trotzdem versuchte ich ein weiteres Gemälde zu malen, was aber nicht gelang. Über die farbliche Grundierung der Leinwand kam ich nicht hinaus. Zurzeit verfügte ich nicht über eine souveräne Hand. Jeder Versuch, die Badenden zu malen, scheiterte. Meine Hand zitterte und meinen seelischen Allgemeinzustand konnte ich nur als schlecht einstufen. Außerdem spürte ich nicht das innere Feuer. Es blieb bestenfalls auf Sparflamme. Gleichzeitig machte sich immer stärker die Erschöpfung der letzten Tage bemerkbar. Erneute Verzweiflung entstand in meinen Inneren, da ich nicht wusste, was ich tun sollte. Ich sehnte mich nach meiner schöpferischen Kraft zurück. Jedoch zwang mich mein Zustand, die Leinwand wieder zurückzustellen.

Ende September 2001 fanden die Bürgerschaftswahlen in Hamburg statt. Der erwartete Machtwechsel kam. Die SPD wurde nach 44 Jahren trotz leichter Zugewinne abgewählt. Die CDU verlor dramatisch und lag bei 26,2 %, aber konnte mithilfe der sogenannten Schill-Partei den Bürgermeister stellen. Das Ergebnis der Schill-Partei schockierte mich. Mit 19,5 % wählte fast jeder fünfte wahlberechtigte Bürger den Bekloppten. Dieses Resultat konnte ich nur als beängstigend und alarmierend einstufen.

„Wie kann man nur auf so einen Blender hereinfallen", fragte ich mich kopfschüttelnd.

Für mich der ultimative Beweis, dass die Masse in der Gesellschaft nicht lernfähig ist. Daher wurden wir fortan von einer schwachen CDU, einen Jörg Haider-Verschnitt und einer Null-Programm-Partei, die es gerade Mal mit viel Mühe schaffte, die 5 %-Hürde zu überspringen, regiert.

„Ole von Beust dürfte nach dieser Wahl vor lauter Macht-Geilheit keine Erektionsstörungen kennen", erkannte ich folgerichtig.

„Wo soll uns dies noch hinführen", tauchte als nächste Frage auf.

„Ein Desaster für Hamburg", lautete meine Antwort.

Die Paris-Reise galt zweifelsfrei als Gewinn, aber den restlichen September wertete ich als Misserfolg. Ein kleines abstraktes Gemälde und eine grundierte Leinwand sah ich als mageres Resultat für den Monat an. Kein einziges Gedicht geschrieben. So etwas betrachtete ich als totale Enttäuschung. Der Abbau meiner Schulden entwickelte sich zu einem Fiasko. Das Konto blieb über das eigentliche Limit von 500 DM überzogen.

„Was kann ich tun, um meine Lage insgesamt zu verbessern", wollte ich von mir selbst wissen.

Ich fand nicht wirklich eine passende Antwort. Bei der Miete kann ich bekanntlich nicht sparen. Beim Energieverbrauch sparte ich schon so gut ich konnte. Für Klamotten gab ich ohnehin kaum Geld aus. Malerutensilien kaufte ich häufig nach Just-in-Time-Prinzip. Essenstechnisch lebte meist sehr minimalistisch. Das einzige Einsparungspotenzial sah ich in den Fucking Palace-Besuchen. Allerdings bestand mein Problem darin, dass ich zu dieser Zeit ein schwanzgesteuerter Affe blieb, der chancenlos gegen seinen stark ausgeprägten Sexualtrieb kämpfte.

„Vielleicht sollte ich mir demnächst einen Knoten in meinem Schwanz machen", zog ich gedanklich in Betracht.

Jedoch diese Idee verwarf ich wieder, als mir bewusst wurde, dass dieses Vorhaben zu einem schmerzhaften Unterfangen werden könnte.

Überraschend klingelte Hilde an meiner Haustür, weil sie den Entschluss fasste, ein Bild von mir zu kaufen. Sie suchte sich ausgerechnet das Bild aus, wo ich die höchsten Materialkosten und die meisten Arbeitsstunden investierte. In diesem Zusammenhang sprach ich von „Garten der Fantasie". Der hohe Aufwand machte die Preisgestaltung schwierig. Eine zusätzliche wurde die Tatsache, dass Hilde als Freundin der Familie galt. Natürlich wollte sie gleich einen Preis von mir hören.

„Wie viel möchte du für dieses Bild haben", fragte sie mich.

Ich erwiderte: „Zum Preis muss ich mir noch meine Gedanken machen, weil das Bild sehr arbeits- und materialintensiv war".

Mit dieser Antwort gab sie sich vorerst zufrieden, und wir verabschiedeten uns.

Welchen Preis konnte ich für „Garten der Fantasie" nehmen? Normal hätte ich mindestens 750 DM nehmen müssen, soviel stand für mich fest, aber mit Hilde konnte ich dies nicht machen. 350 DM erschien mir wiederum selbst unter Freunden als zu wenig. Bei diesem Preis käme nach Abzug der Materialkosten auf einen Stundenlohn von ungefähr 3 DM. Also entschied ich mich für den Kompromiss von 500 DM.

Das Bild gab ich mit gemischten Gefühlen weg. Einerseits entstand bei mir eine Begeisterung, mein erstes Bild verkauft zu haben, aber andererseits steckte in diesem Gemälde sehr viel Herzblut, sodass ich es nur ungern weggab. Daher sah ich die 500 DM für diese Arbeit als Schmerzensgeld. Viele Leser werden an dieser Stelle meiner Aufzeichnungen vermutlich nicht verstehen, warum ich in diesem Kontext von Schmerzensgeld spreche, aber mein Empfinden drückte sich so aus. Ich verkaufte immerhin ein Stück meiner Seele. Die Zwickmühle für jeden Künstler in solchen Augenblicken ist es, dass er aus existenziellen Gründen gezwungen ist, zumindest einen Teil seiner

Kunst zu verkaufen, auch wenn es ihm gelegentlich schwerfällt. Leider bezahlen sich die Rechnungen nicht von selbst.

Anfang Oktober 2001 sprach ich in meinem Atelierzimmer erneut mit Hilde über das Bild.

Sie wiederholt ihre Frage von September: „Wie viel möchtest du für dieses Bild haben"?

Diesmal gab ich eine konkrete Antwort.

„Ich möchte 500 DM für dieses Bild haben".

„In Ordnung. Ich kann dir 100 DM anzahlen und ab Dezember eine Ratenzahlung von monatlich 100 DM anbieten", schlug Hilde mir vor.

Ich erklärte mich mit ihrem Vorschlag einverstanden, da ich wusste, dass sie in Geldangelegenheiten als sehr zuverlässig galt. Damit verkaufte ich mein erstes Bild als Künstler.

Nach diesem Deal nahm ich mein 27. Gemälde in Angriff. Diesmal probierte ich Action Painting aus, gedacht als Hommage an Jackson Pollock. Das Werk gestaltete sich als farbenfroher als beim Amerikaner und so bewahrte es trotz einiger deutlicher Anleihen an den abstrakten Künstler seinen individuellen Charakter. Diese Arbeit blieb namenslos. Das Resultat genügte meinen Ansprüchen. Ich befand, dass dieser Malstil gut geeignet schien mit wenig schöpferischer Kraft gute und manchmal sogar ausgezeichnete Ergebnisse zu erzielen.

Nach der Fertigstellung des Bildes besuchte ich eine Sonderausstellung in der Kunsthalle. Thema: „Serienarbeiten von Künstlern". Die Arbeiten von Monet und ansatzweise auch die von Andy Warhol begeisterten mich. Der Rest der Ausstellung befriedigte mich nur bedingt. Ich kann mich nicht einmal erinnern, was zusätzlich zu den Exponaten gehörte und ordnete es bei meinen Aufzeichnungen in die Bedeutungslosigkeit ein. Vielmehr wurde mir klar, dass dies quasi das erste Mal wurde, dass mich ein Besuch in der Kunsthalle nicht vollständig befriedigen konnte.

Nur wenige Tage nach dem Besuch der Kunsthalle machte ich ein weiteres abstraktes Experiment, das 28. Gemälde. Es wurde wieder eine Action-Painting-Variante im Geiste von Jackson Pollock. Diese Variante sah ich als gelungener an als das vorige Werk. Bei der Betrachtung meiner Arbeit ging ich davon aus, dass es sich daher vermutlich später leichter verkaufen lässt. Als Künstler lassen sich solche Gedankenspiele leider nicht immer verhindern. Schließlich möchte niemand einen leeren Kühlschrank vorfinden. Und die Miete muss auch bezahlt werden. Jedoch hasse ich solche Szenarien.

Allmählich kehrte meine schöpferische Kraft zurück, sodass ich eigentlich mit der Auftragsarbeit für Christinas Nachbarn beginnen wollte. Jedoch ein Anruf von Christina machte mir einen Strich durch die Rechnung.

Am Telefon teilte mir meine Schwester mit: „Meine Nachbarn stornieren die Auftragsarbeit. Sie haben jetzt ein Druck im Esszimmer hängen".

Ich erwiderte: „Zum Glück habe ich dafür noch nicht das Material eingekauft. Denn sonst hätten mir deine Freunde zumindest das Material bezahlen müssen. Ich wollte in den nächsten Tagen mit der Auftragsarbeit beginnen".

Christina schwieg lieber zu meiner Reaktion. Sehr wahrscheinlich sah sie den Sachverhalt anders. Dennoch wollte sie vermutlich einen Streit vermeiden. Ich ging ebenfalls nicht näher auf das Thema ein. Stattdessen bedankte ich mich bei meiner Schwester dafür, dass sie mich rechtzeitig informierte. Ohne diese Information hätte sich meine finanzielle Lage durch den Kauf der Malerutensilien verschlimmert.

Die Stornierung des Auftrages empfand ich als Beleidigung.

„Wie kann man nur einen Druck gegen ein Original von mir bevorzugen", ärgerte ich mich nach dem Telefonat mit meiner Schwester.

Zugegebenermaßen fühlte ich mich in meiner Eitelkeit gekränkt. Darüber hinaus wäre diese Auftragsarbeit eine hilfreiche Finanzspritze für mich gewesen.

Ich konzentrierte mich wieder auf die künstlerische Arbeit, um mich nicht länger über die Stornierung zu ärgern. Mitte Oktober 2001 machte ich ein weiteres Gemälde „Die Badenden". Dabei benutzte ich für diese Arbeit die Leinwand, die ich bereits im September farbig grundierte. Der Zeitpunkt schien dafür reif zu sein. Ursprünglich wollte ich wegen der Enttäuschung eine Mal-Pause bis Anfang November machen, aber ich spürte, dass ich unbedingt mit dem Bild „Die Badenden" beginnen musste. Es entwickelte sich zu einem triebhaften Zwang. Ich konnte mich nicht dagegen wehren. Innerlich ließ es mich nicht in Ruhe. Die künstlerische Arbeit verfügte über ein enormes und erschreckendes Suchtpotenzial und trieb mich gewaltsam vor die Leinwand. Eifrig und von einer beinahe unkontrollierbaren Schaffenswut angesteckt, machte ich mich ans Werk.

„Die Badenden" abstrahierte ich nur. Ich benutzte Ölkreide für die Körperumrisse. Das Wasser beziehungsweise das Meer gestaltete ich ebenfalls mit Ölkreide und zwar in unterschiedlichen Blautönen, gelb, orange und rot. Die Ölkreide setzte ich auch für den Himmel ein. Im Wesentlichen blieb es aber nur die Sonne, die ich im Himmel darstellte. Weitere Teile des Himmels und des Strandes ließ ich im Urzustand, wie ich die Leinwand grundierte. Mit dem Ergebnis konnte ich hochzufrieden sein.

Meine Ausbeute für diesen Monat? Drei Gemälde und zwei Gedichte. Damit befand ich mich im Gegensatz zu September endlich wieder im grünen Bereich.

Anfang November 2001 machte ich mich an das Bild für Christina. Ursprünglich wollte ich nur die Leinwand grundieren, aber dann konnte ich es nicht lassen, das Bild fertigzustellen. Wieder ein abstraktes Werk. Das Resultat stimmte mich zufrieden. Nun musste ich noch ein paar brauchbare Fotos von meinen letzten Arbeiten machen. Christina sollte das Bild erst dann von mir erhalten, wenn die Fotos gelungen sind. Daher erzählte ich ihr vorläufig nichts von der Fertigstellung des Gemäldes.

Zwei Tage spielten meine Gedanken verrückt. Sie quälten mich fast bis zur Unerträglichkeit. Es herrschte ein absolutes Chaos in meinem Kopf. Mein Schädel drohte jedem Moment zu explodieren. Ich durchlebte die Hölle.

„Was kann ich dagegen tun", fragte ich mich verzweifelt.

Ich schaute auf meinem Wecker. Erst 4.35 Uhr. Trotz Übermüdung fand ich keinen Schlaf. Es grenzte an einen Wunder, dass ich keinen Alkohol trank. Ich bekam das Gefühl, am Ende meiner Kräfte zu sein, sowohl körperlich als auch nervlich. Ich zerbrach mir die Birne, warum ich in dieser Verfassung geriet. Eigentlich gab es keinen nennenswerten Grund. Meine Schaffenskrise als Künstler galt als überwunden. Trotzdem entstand bei mir das Gefühl, dass ich immer stärker abbaute. Dies machte sich beispielsweise beim letzten Treffen mit Anamaria bemerkbar, da ich nicht zum sexuellen Höhepunkt kam. Stattdessen Kreislaufprobleme. Und seelisch ging es mir schlecht. Es entwickelte sich zu einer gewissen Peinlichkeit.

Richard Klasen würde vermutlich in diesem Zusammenhang äußern: „Kein Schwanz ist so hart wie das Leben".

Diese Äußerung gehörte zu seinen Standardsätzen in bestimmten Lebenssituationen. Vielleicht auch ein Stück Selbstironie? So genau wollte ich es nicht ergründen. Es interessierte mich auch nicht wirklich. Es blieb seine Privatangelegenheit. Ich fand es nur ungewöhnlich, dass ein Mann seines Alters solche Sprüche machte.

Ich konnte nur im Bezug auf mich sagen: „Ehrlich gesagt war mir so etwas noch nie passiert".

Damit musste ich zunächst klarkommen.

Anamaria fragte mich: „Was ist los? Warum kannst du nicht abspritzen? Mache ich etwas falsch"?

„Nein", beruhigte ich sie, „ich hatte zu viel Stress auf der Arbeit".

Wieder eine Standardlüge. In Wahrheit kannte ich den Grund für mein sexuelles Versagen zunächst nicht. Vermutlich konnte ich mich emotional nicht fallen lassen. Zu viele Gedanken schwirrten schlagartig durch meinen Kopf. Plötzlich kreiste sich tatsächlich alles um meine Arbeit in der Firma. Zuhause gelang es mir nicht, mich auf andere Sachen zu konzentrieren. Die Angst, meinen Job zu verlieren, stieg. Mein Umsatz sank um ca. 50 % gegenüber dem Vorjahr, eine Tatsache, die mir immer intensiver in meinen Schädel einzementiert wurde.

„Ich muss mich 2002 mehr anstrengen, um meinen Job länger behalten zu können. Denn ich kann nicht abschätzen, ob ich als Künstler Erfolg haben werde oder nicht", stellte ich ernüchternd fest.

Damit ich wieder aus dem emotionalen Loch herauskam, nahm ich Mitte November das nächste Gemälde in Angriff, nämlich „Weiblicher Akt mit Hut". Als Vorlage diente mir ein Bild des deutschen Expressionisten Ernst Ludwig Kirchner. Natürlich keine Kopie, aber eine Inspiration durch dieses Werk. Ich malte es in drei Sitzungen.

1.) Tag Grundierung der Leinwand.
2.) Tag Rohfassung des Bildes
3.) Tag Endfassung

Das Resultat stellte mich mehr als nur zufrieden. Es wurde ausdrucksstark und leicht abstrahiert. Den Hintergrund gestaltete ich dekorativ, sodass es zumindest entfernt an Jugendstil von Gustav Klimt erinnert. Einflüsse von Matisse oder den deutschen Expressionisten konnten von mir nicht geleugnet werden.

Nach der Fertigstellung des Bildes schrieb ich ein Gedicht mit dem Titel „Der Krieg des Terrors". Darin verarbeitete ich den Terroranschlag, den ich während meines Paris-Aufenthaltes in Fernsehen sah.

Der Krieg des Terrors

Unvorbereitet lassen Schrecksekunden die Welt erzittern, und die globale Medienwelt macht uns zu Augenzeugen einer Apokalypse des Terrors, wo unschuldige Menschen grausam sterben müssen.

Die Situation wird gespenstisch, da wir uns nun auf ein Schlachtfeld des unsichtbaren Krieges begeben und der Ausnahmezustand, der quasi eine Rückkehr in die sogenannte Normalität des Alltags fast unmöglich macht, wird ausgerufen. Ein Gefühl der Ohnmacht, der Wut, der Überforderung, der Verzweiflung und der Verwundbarkeit entsteht, die eine kaum kontrollierbare Panik auslöst, wobei beispielsweise Aktienkurse in den Keller stürzen, die zunehmende Arbeitslosigkeit die Existenz bedroht und eine wirtschaftliche Rezession zu einer bevorstehenden Konsequenz wird, sodass materielle Werte, die zuvor hoch im Kurs standen, dramatisch an Bedeutung verlieren.

Stattdessen verstärkt sich mehr und mehr die Sehnsucht nach Sicherheit und Geborgenheit, sodass die Politik die Gunst der Stunde nutzt, um den Überwachungsstaat zu installieren, wobei natürlich die Frage entsteht: „Ist der gläserne Mensch im Jahrhundert der Globalisierung tatsächlich die Lösung oder doch nur Ausdruck der Hilflosigkeit"?

Das Gefühl der Angst und der Trauer lässt sich hierbei nur schwer in Worte fassen, da auch Selbstzweifel sichtbar werden, die man vorher nicht kannte, und es stellt sich die Frage: „Warum haben wir so viele Feinde"?

Ob diese Frage ein Zeichen der Hoffnung wird, wo alle Betroffenen sich am Tisch der Vernunft setzen werden oder der Ruf nach Vergeltung seine Gültigkeit behält, der letztlich nichts an der Situation ändert, kann und muss uns die Zukunft sagen, die jedoch noch ungewiss ist.

Das Gedicht nahm direkten Bezug auf dem Konflikt zwischen den USA und Bin Laden. Als Künstler bin ich quasi das Auge der Welt und bezog daher kritisch Stellung zu diesem Thema. Für mich ein Ausnahmewerk, was ich aber als gelungen ansah. Es ging nicht nur malerisch gut voran, sondern auch dichterisch.

Zwar kam durch den künstlerischen Schaffensprozess automatisch eine verstärkte Einsamkeit zum Vorschein, da ich mich beim Malen und Schreiben in mein Domizil zurückzog, aber trotzdem kehrte die gewünschte seelische Stabilität zurück. Ich befand mich eindeutig auf dem Weg der Genesung, aber ich überwand den Berg noch nicht vollständig. Von Gefühl her schaffte ich ungefähr die Hälfte meiner geplanten Bergtour. Ich hoffte, dass ich bald genügend Kraft aufbringe, um die zweite Hälfte der Strecke zu absolvieren. Denn ich wollte unbedingt vor Tatendrang strotzen und wieder zu mir selbst finden.

Momentan befand ich mich in einer Phase meines Lebens, wo ich mich von der Rotlichtszene weniger angezogen fühlte. Meine Lust auf Sex erreichte den absoluten Tiefstand, was mir aber gewisse finanzielle Vorteile brachte. Letztlich blieb für mich entscheidend, dass meine künstlerische Kreativität nicht darunter litt. Meine Kostenaufstellung zeigte mir, dass mein Minus auf dem Konto voraussichtlich zwischen 350 bis 400 DM zum Jahreswechsel betragen müsste. Mein Kontostand wäre schlechter, wenn ich das Heizungsguthaben der Saga nicht hätte. Ich ging bei meiner Rechnung davon aus, dass ich im Frühjahr 2002 finanziell wieder auf einen grünen Zweig kommen würde.

Wie sah meine Lebenssituation überhaupt aus? Es blieb ein Segen, dass ich Christina, Andres und Harald hatte, auch wenn der Kontakt sich zunehmend in Grenzen hielt. Der seltene Kontakt erklärt sich dadurch, dass wir in sehr unterschiedlichen Welten lebten. Jedoch empfand ich es als ein gutes Gefühl, zu wissen, dass es Menschen in meiner Nähe gibt, die mir in Notzeiten zur Seite stehen. Dankbarkeit empfand ich auch bei der Freundschaft zu Richard Klasen, auch wenn der Kontakt sich immer unterschiedlich intensiv entwickelte. Und die Freundschaft zu Thorsten musste ich endgültig als beendet ansehen, weil er sich nicht mehr meldete.

Dass ich über künstlerische Talente verfüge sah ich als ein besonderes Geschenk. Ohne diese Gaben hätte mein Leben spätestens nach dem Scheitern des VWL-Studiums keine Perspektive gehabt. Vermutlich hätte ich sogar ohne die Kunst Selbstmord begannen. Eine erschreckende Erkenntnis, die ich beim Verfassen meines Buches nicht verdrängen konnte. Darum hielt ich beim Schreiben für einen kurzen Moment inne, bevor ich meine Aufzeichnungen fortsetzte.

Und der Job bei Onkel Alfred beziehungsweise bei seinen Söhnen stellte zum damaligen Zeitpunkt eine Nische dar, die mir das finanzielle Überleben absicherte. Finanziell ging es mir durch das Schwarzgeld zwar besser, aber dafür bekam ich vor der Festeinstellung viel Stress mit den Behörden. Dies blieb mir zumindest vorläufig erspart. Dadurch konnte ich mich besser auf die künstlerische Arbeit konzentrieren, was ich als einen großen Vorteil ansah. Dabei konnte ich allerdings die Realität nicht ignorieren, dass mein Stuhl in der Firma bereits gefährlich wackelte. Es schien nur eine Frage der Zeit zu sein, dass ich damit zusammenbreche und schmerzhaft auf dem Boden der Tatsachen landete. Daher saß ich nicht souverän auf meinem Platz. Der Leser dieser Zeilen wird sich wahrscheinlich an dieser Stelle fragen, warum ich davon ausging, dass ich meinen Arbeitsplatz zu diesem Zeitpunkt als gefährdet einstufte. Die Antwort lag für mich auf der Hand. Die Umsatzzahlen gingen spürbar zurück. Und meine Arbeitsleistung bekam, wenn überhaupt, nur selten Anerkennung. Aus diesem Grund schien es für mich naheliegend zu sein, dass ich diesem Job nicht bis zu meiner Altersrente inne haben werde.

Ende November 2001 malte ich ein weiteres Gemälde. Es wurde ein abstraktes Experiment, eine Kombination aus Action Painting und Spermaproduktion. Ursprünglich wollte ich am Wochenende nur eine Leinwand grundieren, aber nun verfügte ich wieder über ein fertiges Bild, welches ich sogar als sehr gelungen ansah. Meine Mindeststückzahl an Bildern hatte ich fast schon erreicht. Es fehlten nur noch zwei Werke. Diese Tatsache stimmte mich zufrieden.

Bis fast Mitte Dezember schrieb ich eine Vielzahl von Gedichten. Zu diesen Werken gehörten u.a. „Kunst: Ein Spiegel der Gesellschaft" oder „Die Verantwortung der Kunst" .

Kunst: Ein Spiegel der Gesellschaft

Erkenne die Kunst als eine Notwendigkeit für jede Gesellschaftsform, da sich die Kunst durch die Gesellschaft ausdrücken kann.

Kunst wird quasi zu einem Netz aus Bewegung im öffentlichen Raum, dass unsere Gesellschaft mit unseren Gefühlen, unseren Empfindungen und somit auch mit unserer Seele konfrontiert.

Kunst ist die Erfahrung dieser ständigen Bewegungen, die uns kaum Zeit einräumen, Luft zu holen, und wir sind gezwungen unserem Geist stärker zu bemühen, uns für neue Dinge des Lebens zu öffnen.

Dabei entsteht für ganz kurze Zeit eine Leere, die uns die Chance eröffnet, sich zu verändern, sich weiter zu entwickeln und bringt dadurch die neuen Dinge des Lebens im Fluss.

Damit ist die Kunst eine andauernde Definition vom öffentlichen Raum, von öffentlichen Dialog und Bewusstsein, von der Wahrnehmung der Welt und letztlich von uns selbst in der Gesellschaft.

Daher spiegelt sich der Geist der Gesellschaft in der Kunst wieder.

Die Verantwortung der Kunst

Privat bin ich kein Mensch, der sich offiziell beklagt, sondern ein Mensch der stillschweigend seine Konsequenzen zieht.

Hingegen die Kunst fordert von mir, dass ich die Welt öffentlich hinterfrage, da Kunst Verantwortung bedeutet, wobei mich nicht nur der rein sachliche Blick interessiert, sondern auch der zwischenmenschliche Aspekt.

Dabei ist für mich die Kunst eine emotionale Ausdrucksform des Idealismus, die absolute Konsequenz erfordert.

Die Konsequenz kann sein: „Suche Dir ein Lebensthema und verfolge es"!
Kunst kann in diesem Zusammenhang eine gesellschaftskritische Protestnote sein, die sowohl lautstark als auch still, fast unauffällig im Verborgenen erteilt werden kann.
Daher frage ich mich jetzt: „Ist Kunst ein Symbol des Widerstandes und der Erkenntnis"?

Damit schrieb ich 2001 38 Gedichte. Ein Rekordergebnis. Mein Soll wurde mehr als erfüllt. Zusätzlich malte ich mein 29. Gemälde in diesem Jahr. Die Magische 30 beinahe erreicht. Ich wählte das Format 50 x 50 für das nächste abstrakte Experiment. Diesmal benutzte ich eine Gabel als Mal-Gerät. Das Ergebnis konnte sich durchaus sehen lassen. Ich fasste den Entschluss, die Gabel häufiger für die Malerei einzusetzen.

Das 30. Gemälde in diesem Jahr sollte wieder ein Landschaftsbild sein und zwischen Weihnachten und Silvester entstehen. Bezüglich meiner künstlerischen Arbeit konnte ich ein positives Fazit ziehen.

Die Fotos von meinen letzten künstlerischen Arbeiten verfügten über eine ausreichende Qualität. Daher brachte ich Christina ihr Bild vorbei.

„Das ist wirklich gut geworden", freute sich Christina, als sie zufrieden das Werk betrachtete.

Ich erkannte ein leichtes Strahlen in ihrem Gesicht.

„Ich finde es auch gut", meinte Harald, als er ebenfalls einen Blick auf das Geschenk warf.

Ich blieb nicht lange, da ich noch einige Erledigungen machen musste. Über das Lob freute ich mich. Dies baute mich wieder ein Stück auf.

Insgesamt blieb ich erstaunt über mich selbst. Denn nur wenige Tage nachdem ich Christina ihr Bild vorbeibrachte, schrieb ich das 39. Gedicht in diesem Jahr. Titel des Werkes: „Die Konfrontation mit der Leinwand".

Die Konfrontation mit der Leinwand

Wenn ich vor der Leinwand stehe, wird die Malerei zu einer Begegnung zwischen Realität und Fiktion, und ich erkenne:
„Ich möchte wissen, was ein Bild ist, wie es funktioniert".

Nun wird mir bewusst, ich existiere häufig nur, wenn ich vor
der Leinwand stehe, da eine dynamische und explosive Kraft
von ihr ausgeht, die für mich nur schwer erklärbar ist.
Daher stürme ich als Maler die Leinwand und sage zu mir
selbst: „Ich male, also bin ich".
Dabei entwickelt sich in der Malerei Wichtiges von selbst, da
nichts erzwingbar ist.
In der Malerei treffe ich auf spannungsgeladene Szenarien in
denen sich die Gegensätze meiner Emotionen zeigen, die eine
gewisse Widersprüchlichkeit des menschlichen Wesens wiederspiegeln, wobei die Kulissen für das ewige Spiel von Leidenschaft, Schmerz und Begierde wechseln und das Geschehen
mal ins Harmonische, mal ins Disharmonische ziehen.
Dadurch wird die Leinwand zu einem Konzentrat der Konfrontation, der ich nicht ausweichen kann, da sie mein unausweichliches Schicksal repräsentiert und somit auch ein wesentli-
cher Bestandteil meiner Identität geworden ist.

Nie hielt ich es für möglich, dass ich in diesem Jahr eine so
große Schaffenswut als Dichter aufbringen würde, da ich mich
verstärkt auf die Malerei konzentrieren wollte. Und das Schreiben sollte eher nur beiläufig erfolgen. Nun schrieb ich mindestens dreimal so viel wie ursprünglich geplant. Fazit: Mit der
Produktion von Bildern und Gedichten erzielte ich ein erstaunliches Ergebnis.

Hilde bezahlte die zweite Rate in Höhe von 100 DM für das
Bild „Garten der Fantasie". Sie legte das Geld auf die Schuhkommode im Flur. Dies konnte sie machen, weil sie für Notfälle ein Schlüssel für meine Wohnung bekam. Durch diese Zahlung galten zumindest die Materialkosten als abgedeckt. Die
offenstehende Summe betrug nur noch 300 DM.

Nach einer mehrwöchigen Pause begab ich mich trotz meiner
schwierigen finanziellen Situation in den Fucking Palace. Sicher
kein Segen für meinen Geldbeutel, aber für mein Ego hingegen
schon. Denn das Entsaften klappte wieder problemlos. Zugegebenermaßen ein geiles Gefühl. Zuvor tauchten Zweifel bezüglich meiner Manneskraft auf. Jetzt galten sie als beseitigt.
Mit Anfang 30 Potenzprobleme zu haben, empfand ich als
frustrierend. Solche Probleme sollten frühestens mit 80 Jahren
auftreten, nicht eher.

Mein Schaffensdrang blieb weiterhin ungebrochen. Ständig trieb mich eine enorme Unruhe voran. Entweder schrieb ich oder agierte vor der Leinwand. Ich bekam das Gefühl gegen meine innere Uhr zu arbeiten. Ärgern tat mich, dass mein Konto sich wegen Weihnachten, Silvester und einige andere Dinge im Minus befand. Diese Realität zwang mich Überlegungen anzustellen, wie ich im Januar improvisieren kann. Zunächst stockte ich mein Dispo von 300 Euro auf 400 Euro auf. Leider eine Notwendigkeit. Nie hätte ich gedacht, dass ich jemals ein Dispo benötigen würde.

Mitte Dezember 2001 schrieb ich weitere Gedichte. Darunter „Die Tunnel-Blick-Perspektive".

Die Tunnel-Blick-Perspektive

Der Mensch ist meist nur mit sich selbst beschäftigt, ein Tatbestand, den niemand an dieser Stelle verschweigen oder gar leugnen sollte.
Dadurch erkennt der Mensch oft nicht, wer er eigentlich ist.
„Ein Tatbestand mit Widerspruch"?
Durchaus möglich, es ist der Ausdruck einer schnelllebigen Zeit geworden, geprägt durch eine gewisse eisige menschliche Kälte, die jeden einzelnen Menschen ständig verfolgt und sich leider nicht abschütteln lässt.
Die Schnelllebigkeit unserer Zeit dokumentiert sich insbesondere auch durch die sogenannte TUNNEL-BLICK-PERSPEKTIVE, die ausschließlich das Augenmerk nach vorne ausgerichtet hat und somit den Blick links und rechts zur Seite unmöglich macht, sodass das Gefühl entsteht, es rauscht alles an einen vorbei.
Alles, was um einen herum geschieht, nimmt der Mensch daher häufig nicht wirklich bewusst wahr, wodurch das Bewusstsein für das Leben allmählich verschwindet, und der Tod der menschlichen Seele zur unausweichlichen Konsequenz wird.

Bei diesem Gedicht ging es um das Thema Egoismus und Oberflächlichkeit des Menschen. Im Dezember schrieb ich bereits zehn Gedichte, ein neuer Rekord.

„Wohin soll mich die Schaffenswut führen", fragte ich mich in diesem Zusammenhang.

Unerwartet bekam ich in diesem Jahr 400 DM Weihnachtsgeld von Onkel Alfred in bar in die Hand gedrückt.

„Ich glaube, letztes Jahr hatten wir es vergessen", sagte Onkel Alfred bei der Geldübergabe.

„Das ist richtig", bestätigte ich.

In dieser Angelegenheit wollte ich nicht aus Höflichkeit lügen, weil ich es für falsch hielt, eine heile Welt vorzuspielen.

„Darum ist es dieses Jahr etwas mehr als sonst", entgegnete Onkel Alfred auf meine Äußerung.

Mit diesem Weihnachtsgeld rechnete ich nicht, da ich im Jahr zuvor bekanntlich leer ausging. Umso größer wurde die Freude, als ich es doch erhielt. Endlich konnte ich in finanzieller Sicht relaxen. 100 DM zahlte ich auf mein Sparbuch für den nächsten Urlaub ein, während der Rest für die Haushaltskasse seine Verwendung fand. Auf diese Weise konnte ich mein Konto spürbar entlasten.

Allerdings ging ich für das nächste Jahr nicht davon aus, dass ich erneut Weihnachtsgeld erhalte.

„Warum nicht", fragt sich vermutlich der Leser dieser Zeilen.

Ich stufte die Wahrscheinlichkeit sehr hoch ein, dass Onkel Alfred dann endgültig in Rente geht. Und von den Söhnen erwartete ich in dieser Richtung gar nichts. In dieser Hinsicht unterstellte ich einen vorhersehbaren Geiz. Daher konnte ich für 2002 dieses Geld nicht einplanen. Als vorsichtiger Kaufmann muss ich nicht realisierte Gewinne in meiner Aufstellung vernachlässigen, um böse Überraschungen zu vermeiden.

In den nächsten Tagen schrieb ich mehrere Gedichte. Zu den Werken gehörten „Die bildliche Vision" und „Die Bedeutung der Farbe".

Die bildliche Vision

In meiner Vorstellungskraft sehe ich ein noch nie überwundenes Hindernis und erkenne die Struktur einer Vision, wo ich genau weiß, dass ich das Hindernis irgendwie überwinden muss.
Daher entsteht ein Kampf, wobei ich mir im Geiste ein Konzept erschaffe und letztlich doch das Hindernis überwinde.

Jetzt, wo das Hindernis überwunden ist, sehe ich meine Bilder wie Ruinen oder Bausteine, die ich Stück für Stück nur zusammensetzen brauche.

Dabei sind die Farbe, die Pinsel und sonstigen Malerutensilien ab sofort das Material, mit dem ich etwas konstruieren kann.

Während des Schaffensprozesses wird mir mehr und mehr bewusst, dass nicht ein festgelegter Stil entscheidend ist, sondern der Inhalt der Botschaft allein die jeweilige Form bestimmt.

Am Ende erkenne ich, unabhängig vom Ergebnis, dass ein Bild nicht einfach nur eine Ansicht ist, sondern vielmehr eine Tatsache, der ich mich stellen muss, da ein Bild mein Teil meiner Seele und Gedanken repräsentiert, die ich in Form einer Vision oder Idee umgesetzt habe.

Die Bedeutung der Farbe

Bei der Betrachtung eines Bildes nehme ich das sich ständig wechselnde wandelnde Licht, welches auch durch die pigmentierte Fläche scheint, bewusst wahr und bemerke, dass Farbe die Identifikation mit dem Licht darstellt.

Das Wechselspiel von Farbe, Raum und Zeit entfaltet sich in nun immer neuen Facetten, wobei ich erkenne, dass die Farbe nicht nur ein Merkmal der Körper wie zum Beispiel das Grün des Grases, das Weiß des Schnees, das Rot des Blutes repräsentiert, sondern ein Spiegelbild unserer Seele ist, wo man eine Harmonieleiter nach oben erklimmt, aber auch genauso wieder herunterfallen kann.

Es wird mir klar, Farbe bedeutet für mich Abwechslung, Veränderung und Gestaltung, wobei die Farbenvielfalt unendlich ist und meine Emotionen stark beeinflusst werden.

Daher fing Farbe an, mich zu berauschen, wird zu einer intensiven Berührung meines Daseins und entwickelt sich zu einer starken Leidenschaft, wo Freude und Traurigkeit eng beieinander liegen.

Dabei begeistert mich vor allem, was Farbe ausdrücken oder vermitteln kann, nicht in so sehr was sie eventuell abbildet.

Farbe bestimmt quasi mein Leben und gewinnt einen unschätzbaren Symbolcharakter, der mich zu den Ausspruch hin-

reißen lässt: „Verleihe Dein Leben Farbe, und Du begreifst,
wozu sie imstande ist"!

Am zweiten Weihnachtstag malte ich mein 30. Gemälde in
diesem Jahr. Es entstand eine Herbstlandschaft. Titel des Werkes: „Herbststimmung". Es wich stilistisch von den anderen
Werken ab.

„Es ist eines meiner besten Landschaftsbilder. Vielleicht sollte ich es behalten", kam mir als Gedanke beim Betrachten des
Bildes in den Sinn.

Jahreswechsel. Es kam die neue Währung, der Euro. Ich
tauschte meine letzten DM-Scheine um. Dafür musste ich ca.
45 Minuten bei der Sparkasse in der Hamburger Straße Schlange stehen. Der Andrang bei den Sparkassen und den Banken
erwies sich als ein riesengroßes Spektakel, fast ein Event. Menschenmassen strömten aus ihren Erdlöchern, nur um endlich
das neue Geld in Händen zu halten. Ein beinahe unbeschreibliches Szenario spielte sich vor meinen Augen ab. Die Neugier
und das Interesse bei den Menschen erreichten am Stichtag der
Euro-Einführung als offizielles Zahlungsmittel seinen absoluten Höhepunkt. Dabei spürte ich die Ungeduld und teilweise
auch die Begeisterung der Menschenmenge. Es grenzte an einen Wunder, dass es durch den Ansturm an den Kassen nicht
zu Panikattacken oder gar zu Verletzten kam. Zumindest wurde
darüber nicht in den Medien berichtet.

Durch die Währungsreform spiegelte sich eine gemischte
Stimmung in der Bevölkerung wieder. Einige vertraten die Auffassung, dass der Euro unser Untergang bedeutet und für andere spiegelte sich darin eine Chance für einen Erneuerungspro-
zess wieder. Aus meiner Sicht schien das Ergebnis völlig offen
zu sein. Ich hielt beides für möglich. Richard meinte, dass er
optimistisch sei.

Konkret äußerte er im Gespräch: „Der Euro kann sich zum
europäischen Gegenstück zum Dollar entwickeln. Auf diese
Weise könnte den Amis in Europa mehr Paroli geboten werden".

Onkel Alfred meinte hingegen: „Der Euro wird den Wert unseres Geldes in sehr kurzer Zeit halbieren. Das Geld wird deutlich an Wert verlieren".

Letztlich konnten wir nur abwarten. Viele EU-Staaten machten bezüglich der sogenannten Konvergenzkriterien ihre Hausaufgaben nicht. Stattdessen wurde geschummelt. Das Musterland Bundesrepublik Deutschland gehörte übrigens ebenfalls zu den Moglern. Beispielsweise bewertete der damalige Finanzminister Theo Waigl die Goldreserven neu, um die Zahlungsbilanz besser aussehen zu lassen. Zugegebenermaßen bewies er mit dieser Aktion viel Kreativität, aber leider an der falschen Stelle. Denn schon in der Handelsschule lernt man die Regeln des vorsichtigen Kaufmanns. Gewinne, die noch nicht realisiert sind, sollten nicht ausgewiesen werden. Hingegen Verluste, die noch nicht realisiert sind, aber möglich wären, sollten in der Bilanz berücksichtigt werden. Anders ausgedrückt heißt es, dass jeder Kaufmann grundsätzlich vom schlechtesten Ergebnis ausgehen sollte. Seriosität wäre hier also gefragt gewesen. Daher blieb ich eher begrenzt optimistisch wegen der neuen Währung. Im alten Jahr verfasste ich einen kritischen Essay zu diesem Thema. Dieser Text kam mir leider abhanden. Denn ich lieh Richard den mehrseitigen Aufsatz und bekam ihn nie zurück. Ich versäumte es, davon eine Kopie zu machen. Viele meiner Thesen stellten sich später als richtig heraus. Aus meiner Sicht machte ich eine gute Analyse. Zu meinen Ergebnissen gehörten stark sinkende Realeinkommen, eine verstärkte Inflation, steigende Arbeitslosenzahlen und eine deutlich höhere Staatsverschuldung. Ich wünschte, dass ich mit meinen Befürchtungen falsch gelegen hätte. Denn die Mehrheit in der Bevölkerung blieb betroffen von den negativen Entwicklungen. In diesem Kontext stellte ich keine Ausnahme dar. Daher empfand ich meine richtige Einschätzung in Bezug auf die Währungsreform auch nicht als eine Genugtuung.

Es fiel mir in Bezug auf die neue Währung auf, dass die Preise im Herbst 2001 stärker angehoben wurden. Im neuen Jahr senkte die Wirtschaft die Preise minimal, indem man sie abrundete, was in den Medien als Preisstabilität angepriesen wurde. Die Wirklichkeit sah aber anders aus. Real stiegen die Preise und nicht gerade wenig.

Gedanklich wollte ich mich nicht eingehender mit diesem Thema beschäftigen und kaufte mir Malerutensilien. Ich benötigte zwei neue Leinwände und etwas Farbe, die ich im neuentdeckten Malerbedarfsladen in Eppendorf bekam. Den Kontakt zum Inhaber wollte ich wegen einer möglichen Ausstellung weiterhin halten.

Kurz unterbrach ich das Schreiben am Notebook, um vom koffeinhaltigen Heißgetränk zu trinken. „Allerdings wirklich warm ist der Becher nicht mehr", stellte ich fest.

Daher kam er für einige Minuten in die Mikrowelle. Es wurde mir wieder bewusst, dass ich beim Schreiben alles um mich herum vergesse. Dazu gehören auch häufig Dinge wie zum Beispiel das Essen und das Trinken. Ich muss lernen, besser für mich zu sorgen und fasste den Entschluss, zunächst meinen Becher zu leeren, bevor ich mich wieder an die Arbeit machte. Aufgewärmt schmeckte der Inhalt zwar nicht so gut wie frisch gemacht, aber immerhin besser als kalt. Nach dieser Erfahrung setzte ich meine Aufzeichnungen fort.

Nur wenige Tage nach dem Kauf der Malerutensilien, malte ich mein erstes Gemälde im neuen Jahr. Dieses Bild gehört unter den total abstrakten Arbeiten zu den gelungensten Werken, die auf der Leinwand umsetzte. Es wurde farbenfroh gestaltet. Beim Schaffensprozess drängten sich Farben auf wie beispielsweise hellgrün, weiß, rot, orange, gelb, violett, Magenta, Gold, Silber, Kobaltblau usw. Sämtliche Techniken meiner abstrakten Malerei wurden hier angewandt. Das Bild blieb namenslos.

Innerhalb weniger Tage ging ich zweimal mit Anamaria aufs Zimmer und praktizierte Sex mit ihr, obwohl ich höchstens nur einen Besuch pro Monat für den Fucking Palace einplante. Finanziell erwies es sich als eine schlechte Entscheidung, aber dafür bekam ich eine Inspiration für das Gedicht „Die verborgenen Sehnsüchte".

Die verborgenen Sehnsüchte

Die Einsamkeit stimmt mich zur Nachdenklichkeit.
Die Nachdenklichkeit erweckt bei mir jetzt die Neugier.
Die Neugier charakterisiert meine verborgenen Sehnsüchte
nach Geborgenheit und Zärtlichkeit.
Die verborgenen Sehnsüchte drücken wiederum mein unstillbares Verlangen nach Berührung und die damit verbundene
menschliche Nähe aus.

Dabei symbolisiert die Berührung für mich so etwas wie das Spüren beziehungsweise das Nachempfinden von menschlicher Wärme.

Daher gestehe ich nun, dass die menschliche Wärme meine heimliche Hoffnung nach Zweisamkeit ist, die aber letztlich unerfüllt bleibt.

Von der Thematik handelt es sich bei diesem Gedicht um ein Ausnahmewerk. Denn über Gefühle solcher Art zu schreiben, galt für mich bis dahin als Tabu, weil ich es als Offenbarung einer Schwäche ansah. Ich zeige ungern meine Schwächen, da ich für andere eine Angriffsfläche bieten könnte. So etwas möchte ich in Normalfall vermeiden. Dieses Beispiel zeigte mir beim Verfassen meines zweiteiligen Romans, dass ich emotional verkorkst bin, eine Erkenntnis, die mir bitter und sauer aufstieß. Daher gab es Probleme bei der geeigneten Wortwahl. Ich versuchte den Balanceakt, nicht kitschig zu sein, aber dennoch diese Gefühle zum Ausdruck zu bringen. Am Ende konnte ich mit meiner Arbeit zufrieden sein.

Am nächsten Tag aktualisierte ich das Inhaltsverzeichnis meines Gedichtbandes.

Kurz darauf rief mich Christina an, die mir am Telefon mitteilte: „Eine Haarschneidekundin von mir ist sehr angetan von deinen Bildern. Ich zeige ihr Fotos davon. Du solltest bei mir vorbeikommen".

„Ich komme sofort vorbei", sagte ich kurz am Telefon angebunden und machte mich auf dem Weg.

Mein Optimismus blieb zwar nach dem Flop mit Christinas Nachbarn etwas gebremst, aber dennoch sah ich eine Chance, ein weiteres Bild verkauft zu bekommen.

Bevor ich losging, nahm ich noch ein paar weitere Fotos von meinen Arbeiten mit, um meine Verkaufschancen zu erhöhen. In Christinas Küche sprach ich mit der Interessentin, die sich mir als Corinna vorstellte, über meine Bilder. Die junge Frau machte auf mich einen sympathischen Eindruck und schien tatsächlich Interesse an Kauf meiner Bilder zu haben. Drei Bilder kamen für sie in die engere Wahl. Ein sogenanntes Spermien-Bild, eine Ölkreidezeichnung und „Die Badenden".

Sie fragte mich: „Was sollen die Bilder kosten"?

Ich überlegte kurz und schrieb die Preise auf ein Blatt Papier.

Bild Nr. 1   160 Euro
Bild Nr. 2   60 Euro
Bild Nr. 3   365 Euro

Ich gewann den Eindruck, dass die Preise keinen Schock bei Corinna verursachte.

„Ich brauche noch etwas Bedenkzeit, um eine endgültige Entscheidung zu treffen", sagte sie am Schluss des Gespräches.

„In Ordnung. Dann hoffe ich, bald von Ihnen zu hören", erwiderte ich und verabschiedete mich.

Für mich baute sich ein Spannungsbogen auf. Wie entscheidet sich die Frau? Geduld hieß hier das passende Stichwort.

Mitte Januar 2002 nahm ich ein weiteres Gemälde in Angriff. Ursprünglich wollte ich ein Landschaftsbild mit Windmühle malen. Das Ergebnis drohte schrecklich zu werden. Ich übermalte es und probierte etwas Neues. Es schien mir nichts zu gelingen. Ich verbrauchte viel Farbe und stand etwa bis 2.00 Uhr nachts vor der Leinwand. Zeitweilig bekam ich das Gefühl am Rande der Verzweiflung zu sein beziehungsweise am Abgrund zu stehen.

Am Ende fragte ich mich: „Habe ich ein gutes Ergebnis"?

Eindeutig beantworten konnte ich mir diese Frage nicht. Vermutlich auch zu müde und erschöpft, um eine Antwort zu finden. Daher legte ich die Leinwand zur Seite und ging mit einen unguten Gefühl ins Bett.

Allmählich machten sich bei mir wieder Konzentrationsschwächen bemerkbar. Daher unterbrach ich das Schreiben. Ich fasste den Entschluss, zum Briefkasten zu gehen, um nach der Post zu schauen. Erneut hoffte ich, keine unangenehmen Schreiben zu erhalten. Trotz meiner Ängste ging ich dorthin, um mich den Tatsachen zu stellen, weil sich Probleme erfahrungsgemäß sowieso nicht verschieben lassen. Also öffnete ich den Briefkasten und fand einen Umschlag vom Jobcenter Barmbek.

„Hoffentlich muss ich nicht in den sogenannten Ein-Euro-Knast", befürchtete ich.

Für mich wäre es eine grauenvolle Vorstellung, in so eine Maßnahme gesteckt zu werden. Aus meiner Sicht ein offener Vollzug für Arbeitslose, die für ihre ohnehin trostlose Lebenssituation auch noch zusätzlich vom Staat bestraft werden. Angeblich soll den Erwerbslosen eine neue Perspektive geboten werden. Jedoch laut Erzählungen einiger Betroffener weiß ich, dass genau das Gegenteil der Fall ist.

Alles läuft nach dem Motto: „Jeden Inhaftierten soll das Gefühl vermittelt werden, dass jeder Job besser ist als diese Maßnahme".

Den Bedürftigen soll in Wahrheit die Sinnlosigkeit ihres Daseins vor Augen geführt werden. Vielfach müssen sie ihre Zeit nur absitzen und erhalten ein Almosen als Aufwandsentschädigung. Auf diese Weise wird von der Behörde Druck auf die Teilnehmer ausgeübt, sich verstärkt um Arbeit zu bemühen. Darüber hinaus kann der Staat seine Arbeitslosenstatistik fälschen, was letztlich einen gesetzlich legitimierten Ediketten-schwindel darstellt, da jeder Arbeitslose, der in diesen Knast gesteckt wird, verschwindet für den Zeitraum der Haftstrafe aus der Erfassung der Erwerbslosen. Sinnvolle Fortbildungs-maßnahmen werden nur wenig oder sogar überhaupt nicht angeboten. Erschreckend finde ich in diesem Zusammenhang auch die Tatsache, dass solche Strafaktionen gegen Arbeitslose den Steuerzahler viel Geld kostet. Jeder Gefängnisinsasse kostet in Monat immerhin mindestens 500 Euro. Und die Mehrheit in der Bevölkerung ist über diese Realität trotz Internet nicht informiert. Die Ahnungslosen glauben sogar, dass es etwas Nützliches ist. Eine erschreckende Dummheit der Gesellschaft.

In die Wohnung zurückgekehrt öffnete ich emotional aufge-wühlt den Umschlag.

„Warum kann mich der Staat nicht in Ruhe lassen", ärgerte ich mich.

Mein Puls raste und meine Hände zitterten. Ich hörte mein Herz aufgeregt und wild schlagen. Es schlug zunehmend schneller. Zweifelsfrei eine Panikattacke.

„Droht mir gleich Herzstillstand", fragte ich mich ernsthaft besorgt.

Ich bekam Angst, gleich umzukippen. Aus diesem Grund setzte ich mich bequem auf die Couch im Wohnzimmer.

„Zunächst einmal durchatmen. Dann das Schreiben in Ruhe anschauen", sagte ich zu mir selbst.

Dieses Vorhaben setzte ich in die Tat um. Ich wurde inner-lich ruhiger. Entwarnung. Keine Einladung zum Gespräch. Kein Ein-.Euro-Knast. Nur ein Änderungsbescheid. Ich bekam

2,81 Euro mehr. Vermutlich verrechnete sich die Arge und korrigierte den Fehler, da durchschnittlich ungefähr jeder zweite Bescheid ohnehin als fehlerhaft gilt und dies meist zum Nachteil der Betroffenen. Aufgrund meiner negativen Erfahrungen mit den Behörden bekomme ich bei jedem amtlichen Schreiben Beklemmungen und lief Gefahr, Augenkrebs zu bekommen. Mein Vertrauen in diesen Rechtsstaat ist bis in die Grundmauern erschüttert, weil er sich häufig nicht an die eigenen Regeln hält. Dies macht unser System unberechenbar und gefährlich. Auf diesen Schrecken musste ich mir ein Glas mit Rum-Cola genehmigen, um meine schwachen Nerven zu beruhigen. Anschließend konnte ich mich wieder auf die schriftstellerische Tätigkeit konzentrieren.

So richtig zufrieden konnte ich mit dem Ergebnis beim letzten Bild nicht sein. Erneut stand ich bis 1.48 Uhr vor der Leinwand und zerstörte das Werk. Es kam nur bei heller Beleuchtung zur Geltung. Ich versuchte Korrekturen vorzunehmen und zweifelte an meinen Fähigkeiten. Zum Glück ließ sich die Leinwand weiterhin benutzen. Daher ging ich trotz meiner Selbstzweifel das Wagnis eines neuen abstrakten Experimentes ein, aber ich konnte es nicht zu Ende führen, da mein Farbenvorrat zur Neige ging. Zusätzlich drohte mir eine Schaffenskrise. Diese Tatsache zwang mich, eine Schaffenspause einzulegen. Ich gewann das Gefühl, innerlich zu verkrampfen. Unnötigerweise übte ich einen enormen Druck auf mich selbst aus. Dies erwies sich als kontraproduktiv. Ich legte das Bild wieder zur Seite. In der Kunst ist nichts erzwingbar, ein Tatbestand, der für mich manchmal nur schwer zu akzeptieren ist.

Diesen Monat machte ich mir Sorgen bezüglich Hildes Ratenzahlung. Eigentlich wollte sie die Rate am 15.1. bezahlen, aber nun war bereits der 18.1. Es kotzte mich an, dem Geld hinterherlaufen zu müssen.

„Können die Leute nicht von allein daran denken", ärgerte ich mich.

Meine Seele wurde zutiefst verletzt. Ich bereute fast, dass ich ihr das Bild überließ und mit ihr eine Ratenzahlung vereinbarte. Normal galt Hilde in Geldangelegenheiten als zuverlässig. Jetzt nicht mehr? Ich konnte es nicht mehr richtig einordnen. Daher fasste ich den Entschluss zu handeln.

Ich sprach Hilde mit einen unguten Gefühl folgende Nachricht auf AB: „Hallo Hilde, ich bin es, René. Ich wollte dich nur daran erinnern, dass die nächste Rate für das Bild fällig ist. Ansonsten wünsche ich dir einen schönen Tag".

Danach konnte ich nur abwarten, was passierte. Die Spannung stieg.

Am nächsten Tag konnte ich aufatmen. Hilde bezahlte die dritte Rate für das Bild. Ich fand das Geld wie gewohnt auf der Schuhkommode in Flur. Danach klappte es mit Hildes Ratenzahlung reibungslos. Ich bekam es vollständig bis auf den Cent genau.

In der Malerei fasste ich den Entschluss, das Malmedium zu wechseln. Ich musste etwas Neues ausprobieren. Daher stieg ich verstärkt von Acryl auf Pastell- und Ölkreide um. Auf diese Weise konnte ich etwas Geld sparen und mich gleichzeitig als Künstler weiterentwickeln. Zwei Fliegen mit einer Klappe geschlagen. Ich freute mich auf die neue Herausforderung.

Bevor ich mich an die Pastellmalerei heranwagte, wollte ich noch ein Aktgemälde in Form einer Hommage an Henri Matisse in Angriff nehmen. Von Anfang an wusste ich, dass dieses Bild sehr arbeitsintensiv sein würde, da es sehr viel Details erforderte. Anfang Februar kaufte ich dafür die Malerutensilien. Dieses Werk beanspruchte ca. 50 Arbeitsstunden, verteilt auf mehrere Sitzungen. Zunächst grundierte ich die Leinwand. Dann erfolgte eine Vorzeichnung mit Ölkreide für den Akt. Für die Aktzeichnung konstruierte ich mir ein Malen nach Zahlen. Anhand der Matisse-Vorlage berechnete ich mit Hilfe eines Taschenrechners die Verbindungspunkte und übertrug sie auf die Leinwand. Anschließend verband ich die Punkte miteinander, sodass ein Akt daraus entstand. Nachträglich musste ich allerdings einige Korrekturen vornehmen.

In nächsten Schritt skizzierte ich die räumlichen Details. Und im Abschluss malte ich die einzelnen Flächen mit Farbe aus. Die Spuren zu Matisse kann niemand übersehen, aber das Werk trug trotzdem meine Handschrift. Ich arbeitete mit einer Mischtechnik aus Acryl, Bleistift, Ölkreide und Kreidestift. Das zeichnerische und malerische Element wurde hier kombiniert. Das Ergebnis erreichte meine vollste Zufriedenheit. Titel des Werkes? „Weiblicher Akt mit ornamentalen Hintergrund".

Nur wenige Tage nach Fertigstellung des Gemäldes machte ich einige Ölkreidezeichnungen. Es entstanden meine Seelenzustände. Denn ein weiteres Gemälde konnte ich mir aus Kostengründen nicht leisten. Insgesamt machte ich bis Mitte Februar 2002 zehn Ölkreidezeichnungen. Eine davon habe ich bewusst unvollendet gelassen. Die Resultate stimmten mich zufrieden.

Nur zwei Tage später kaufte ich bei Persiehl, Schreyer & Co. am Lerchenfeld ein Zeichenblock für Pastellmalerei.

Ich fragte die Angestellte: „Ist dieses Papier auch zum Fotokopieren geeignet"?

„Ja", antwortete meine Gesprächspartnerin, „im Copy Shop kein Problem".

Dies klang wie Musik in meinen Ohren. Der Weg zur Pastellmalerei wurde mir geebnet. Sämtliche Bleistiftzeichnungen in unterschiedlichen Formaten sollten zu Pastellbildern als zusätzliche Variante umgesetzt werden. Dies bedeutete eine neue Herausforderung für mich.

Leider feierte der Winter Ende Februar 2002 ein unerwartetes Comeback. Ehrlich gesagt, konnte ich darauf verzichten. Ich sah explodierende Heizkosten und brennende Eurozeichen vor meinen Augen.

Irgendwie ahnte ich, dass ich meinen Job in der Firma früher oder später verlieren würde. Deshalb musste ich meine Aktivitäten vorantreiben und sparen, um Rücklagen für Notfälle zu haben. Ich zog die Konsequenz, dass ich in der Wohnung frieren musste. Außerdem quälte mich durch den Wetterumschwung eine starke Erkältung, insbesondere Halsbeschwerden. Die Erkältung zwang mich dazu, Medikamente kaufen zu müssen.

Vor dem Monatswechsel arbeitete ich an meinem ersten Bild mit Softpastellkreiden „Künstler mit sieben Fingern", eine Anspielung auf Chagalls gleichnamiges Selbstbildnis. Das Selbstbildnis machte ich von einer Kopie einer alten Bleistiftzeichnung von mir, welche ich mit Pastellkreiden, Rötelstift, Buntstiften und Bleistift bearbeitete. Der Umgang mit Pastellkreiden bereitete mir zu Beginn große Schwierigkeiten, da dieses Material bei der kleinsten Berührung alles verwischen kann. Daher gingen auch einige laute Flüche wie zum Beispiel „Verdammte Scheiße. Wieso kriege ich das nicht hin"? durch das Haus. Teilweise geriet ich am Rande der nervlichen Verzweiflung. Jedoch zum Glück bekam ich am Ende das Malmedium unter Kontrolle, und das Ergebnis konnte sich sehen lassen. Die Reife schien zwar noch nicht vollständig erreicht zu sein, aber für den Anfang gab ich mich damit zufrieden. Ich plante weitere Experimente dieser Art. Die Pastellmalerei fiel mir anfänglich schwerer als Acrylmalerei oder der Umgang mit Ölkreiden, aber ich gewann das Gefühl, dass ich dieses Medium ebenfalls bald beherrschen würde.

Zwischenzeitlich gab mir Christina das Bild „Feuerteufel" zurück. Sie kam kurz mit Harald bei mir zuhause vorbei.

„Du kannst das Bild zurückhaben. Ich habe das Wohnzimmer neugestrichen. Dadurch kommt es nicht richtig zur Geltung", begründete sie ihre Aktion.

Ich wusste nicht, was ich darauf erwidern sollte und schwieg. Bei diesem Bild gewann ich ohnehin das Gefühl, dass es nur bedingt ihr Geschmack traf. Für mich entstand ein merkwürdiges Gefühl bei der Rücknahme des Bildes, aber dass ist Christina, wie sie leibt und lebt. Ständig muss sie ihre Wohnung neugestalten. Vermutlich befand sie sich stets in Wettstreit mit Freunden und Nachbarn, wer die besten Schauräume präsentieren kann. Beschreiben würde ich es als eine Form des Wettrüstens. Es ist fast schon eine Zwangshaltung, zumindest sehe ich es so. Dafür investiert sie viel Geld in ihr Zuhause. Ich bin in diesem Punkt anders. Dies wäre für mich purer Stress. Daher investiere ich mein Geld lieber in schöne Reisen und schaue mir etwas von der Welt an, um meinen geistigen Horizont zu erweitern. Wahrscheinlich werde ich diesbezüglich nie wirklich befriedigt sein. Deshalb wird es mich immer wieder in die Ferne ziehen. Die Reisen üben eine ähnliche Antriebskraft wie die Kunst auf mich aus.

Bei der Rückgabe des Bildes gewann ich den Eindruck, dass Christina nicht bewusst ist, wie viel Hingabe ich in den Schaffensprozess hineinsteckte. Ich investierte nicht nur Geld in das Bild, sondern auch einen erheblichen Teil meiner Seele. Irgendwie wusste sie dies nicht wirklich zu schätzen. Sie ist im Gegensatz zu mir eher der konsumorientierte Mensch und bewegt sich mehr in der Oberflächlichkeit. Zugegebenermaßen tat es mir weh. Trotzdem versuchte ich es positiv zu sehen. Ich verfügte über ein zusätzliches Werk, was ich zum Verkauf anbieten konnte.

Zwei Tage später malte ich eine zweite Variante von „Künstler mit sieben Fingern" in Form einer Pastellzeichnung. Die zweite Pastellarbeit ging deutlich schneller von der Hand. Und ich gewann den Eindruck, dass es mir besser gelang. Sie verfügte über mehr Ausdrucksstärke und wirkte kontrastreicher. Allmählich kriegte ich den Dreh mit der Pastellkreide raus. Meine Zufriedenheit stieg.

In Anschluss an die Pastellzeichnung malte ich mein nächstes Gemälde. Es wurde wieder ein weiblicher Akt. Titel des Bildes: „Die Schlafende". Das Ergebnis stimmte mich nicht zu 100 % zufrieden. Und ich wusste nicht, woran es lag. Vorläufig akzeptierte ich das Resultat und stellte es zur Seite.

Am nächsten Tag machte ich meine dritte Pastellzeichnung. Genau wie bei „Künstler mit sieben Fingern" wurde es eine farbliche Nachbearbeitung von einer Kopie einer Bleistiftzeichnung. Thema: „Die Badenden" (frei nach Renoir). Ähnlich wie bei Picasso malte ich das Bild nach einer Vorlage bekannter Meister und übersetzte sie in eine eigene Bildersprache. Bei der Bildgestaltung arbeitete ich zum ersten Mal an der Zeichentafel. Der Umgang mit der Pastellkreide fiel mir von Bild zu Bild leichter. Mit dem Resultat konnte ich durchaus zufrieden sein, auch wenn das Bild nicht unbedingt dem Geschmack des Otto Normalverbraucher entspricht. Auf solche Dinge achte ich als Künstler nicht. Dass was sich aufdrängt, muss ich als Künstler umsetzen. Die kommerzielle Seite ist in diesem Zusammenhang eher zweitrangig, da es mich sonst in meiner Kreativität lähmt.

Natürlich muss ich wie jeder andere geldverdienen. Schließlich brauche ich etwas zu essen, zu trinken, ein Dach über den Kopf, Kleidung und ein paar Extras, die das Leben etwas angenehmer machen. Jedoch diese Dinge muss ich beim Schaffensprozess gedanklich ausschalten. Die Gedanken müssen in diesem Moment frei sein. Nur so kann ich als Künstler arbeiten.

Nun überkam mich ein Hungergefühl, sodass ich das Schreiben unterbrach. In der Mikrowelle machte ich mir ein Fertiggericht warm. Eine Gulaschsuppe, die ich noch im Kühlschrank aufbewahrte. Mit Genuss aß ich sie auf und ging anschließend wieder an meine künstlerische Arbeit.

Am Wochenende traf ich einige Vorbereitungen für weitere Pastellarbeiten. In der Firma machte ich brauchbare Kopien von Foto meines Neffen in unterschiedlichen Formaten. Außerdem machte ich eine Kopie von meinen Personalausweis(in größeren Format). Ich plante diese Vorlagen noch einmal auf Spezialpapier zu kopieren. Anschließend beabsichtigte ich die Flächen mit Pastellkreide, Rötel-, Bunt- und Bleistiften auszumalen. Damit wollte ich mich indirekt auf den Spuren von Andy Warhol begeben, der mithilfe des sogenannten Siebdruckverfahrens Gemälde anfertigte. (Fotos auf Leinwand entwickelt und anschließend mit Öl und Acryl ausgemalt.) Was ich machte, entsprach einen ähnliches Prinzip, nur weniger aufwendig und kostspielig.

Am selben Tag machte ich zuhause im Atelierzimmer an der Zeichentafel eine Bleistiftzeichnung von meinem Neffen. Hier plante ich ebenfalls eine Pastellvariante des Bildes. Als Vorlage diente mir ein kleines Foto, wo Andres ca. drei Jahre alt war.

Zwei Tage später machte ich weitere eine Zeichnung von meinen Neffen. Diesmal diente mir ein aktuelleres Foto als Vorlage, welches ich ein paar Tage zuvor von Christina geschenkt bekam. Es verfügte über ein größeres Format, was wiederum sich beim Zeichnen als Vorteil erwies. Die Hauptschwierigkeit wurde die Gestaltung des Mundes. Das verschwitzte Lächeln meines Neffen hinzubekommen, erwies sich als äußerst schwierig. Ich kam mir vor wie Leonardo da Vinci, der Schwierigkeiten bekam, das Lächeln seiner Mona Lisa zu treffen. Letztlich erzielte ich das gewünschte Ergebnis. Auch der Haaransatz gelang besser als bei der ersten Zeichnung. Beim ersten Portrait abstrahierte ich leicht, was ich beim nächsten Versuch nicht tat. Zufriedenheit erreichte ich bei beiden Werken.

Seit einigen Tagen zeigte sich meine seelische und nervliche Instabilität von ihrer unbarmherzigen

Seite. Depressionen ergriffen wieder Besitz von meinen Inneren, ein Zustand der mich total demoralisierte. Ich konnte mir nicht erklären, warum ich mich emotional in dieser heiklen Lage befand. Meine Substanz wurde spürbar aufgebraucht, eine Realität, die ich nicht aus meinen Kopf verbannen konnte. Drohte ich, verrückt zu werden? Zu allen Überfluss schwebte der Pleitegeier über mir und erschwerte meinen Lebensalltag. Unzufriedenheit wurde ein unausweichliches Symptom, da ich aus Kostengründen sogar meine Leidenschaft für die Malerei zügeln musste. Das Leben schien keinen Spaß mehr zu machen. Erst ein Anruf von Christina riss mich aus meiner negativen Gedankenwelt.

Am Telefon berichtete sie mir: „Meine Kundin möchte dir eine Auftragsarbeit für ein Bild erteilen. Und zwar möchte sie im Prinzip das ausgesuchte Spermien-Bild mit etwas weniger grün drinnen. Denn ihr Mann erinnert es sonst zu stark an Weihnachten. Ist dies für dich machbar"?

„Kein Problem", antewortete ich, „ich muss noch einige Farben kaufen. Danach kann ich mich sofort an die Arbeit machen".

„Dann richte ich es Corinna aus, dass du den Auftrag annimmst", meinte Christina.

„Danke, dass du mir den Auftrag vermittelt hast".

„Dafür sind wir eben Geschwister".

Nach dem Telefonat kaufte ich Malerutensilien in Wert von 80 Euro ein. Die Investition stellte sich zumindest kleines Risiko dar, weil vor der Fertigstellung eine Ungewissheit darüber herrschte, ob die Kundin am Ende mit Ergebnis zufrieden sein würde oder nicht. Normal lag das Geld für die Malerutensilien nicht im Etat drinnen. Jedoch versuchte ich bezüglich der Umsetzung der Auftragsarbeit optimistisch zu sein.

Innerhalb von nur vier Stunden stellte ich das Bild fertig und erreichte ein gutes Ergebnis. Ich brachte Christina das Bild vorbei, die sich in Anschluss an meinen Besuch mit der Kundin in Verbindung setzte. Die Kundin zeigte sich angetan von diesem Bild, sodass ich 160 Euro dafür bekam. Der Stundenlohn betrug beachtliche 20 Euro.

Trotz des Verkaufserfolgs entstand einige Tage später das Gefühl, dass das Leben mich überforderte. Der Stress nahm immer stärker zu. Genauso wie die finanziellen Belastungen. Beides fraß unübersehbar meine Seele auf.

Ich wusste auch, dass ich keine langfristige Zukunft in der Firma haben würde. Daher brauchte ich den dauerhaften Erfolg als Künstler, um meine finanzielle Unabhängigkeit zu erreichen. Auf dem Arbeitsmarkt sah ich keine realistische Chance, Fuß zu fassen. Und aus eigener Erfahrung wusste ich, dass ich von den Behörden keine konstruktiven Hilfen zu erwarten habe, eher im Gegenteil. Fast wäre ich sogar auf der Straße gelandet. Eine Tatsache, die ich versuchte aus meinem Bewusstsein zu verdrängen.

Christina wollte sich bemühen, ihre Kunden auf meine Bilder aufmerksam zu machen. Dafür suchte ich einige Fotos zum Vorzeigen heraus und gab sie ihr. Ich hoffte auf diese Weise, weitere Bilder zu verkaufen. Als Leistungsanreiz bot ich ihr 10 % Umsatzbeteiligung an.

Anfang April 2002 nahm ich mein nächstes Gemälde in Angriff. Titel des Werkes: „Poetisches Stillleben". Das Motiv orientierte sich an Chagall und der Farbauftrag eher an Matisse. Meine Handschrift spiegelte sich in der Mischtechnik Acryl/Ölkreide wieder, genauso was gewisse Vereinfachungen angeht. Es wurde mein erstes Stillleben in Form eines Gemäldes. Das Ergebnis sah ich als zufriedenstellend an.

Ostermontag fuhr ich mit Richard in die Marschlanden. Überraschend rief er mich ein paar Tage zuvor an.

„Hast du Lust auf einen kleinen Ausflug? Ich hole dich Montagfrüh mit dem Auto ab".

Ich sagte spontan zu.

Am Ausflugsziel konnte ich einige schöne Fotos machen, die ich als Vorstudien für Landschaftsbilder in Betracht zog. Zum Glück spielte an diesem besagten Tag auch das Wetter mit. Ich genoss bei unseren Spaziergang die Landschaft. Für mich eine willkommene Ablenkung vom Alltag.

Richard erzählte beim Rundgang auf dem Deich: „Ich muss mich wieder um Aufträge kümmern und geldverdienen. Schulden müssen bezahlt werden und neue Medikamente brauche ich auch. Eventuell habe ich schon etwas in der Hinterhand. Ich startete eine kleine Anzeige für Montagearbeiten. Einige meldeten sich bereits telefonisch bei mir. Ich vereinbarte Besichtigungstermine für Terrassenbauten und bin zuversichtlich, dass sich etwas für mich ergibt".

„Ich kann auch nicht meckern", berichtete ich stolz, „ich habe vor einigen Tagen ein Bild verkaufen können. Eine Auftragsarbeit. Abzüglich der Materialkosten verdiente ich 80 Euro für ca. vier Stunden Arbeit. Schnell verdientes Geld. So konnte ich mir finanziell etwas Luft verschaffen".

Ansonsten unterhielten wir uns kaum während des Ausflugs. Vor allem vermied ich bewusst das Thema Arbeitsplatz in der Firma, um mir meine gute Laune zu erhalten. Den Ausflug empfand ich als Balsam für meine Seele. Auf diese Weise konnte ich neue Kraft für künftige Unternehmungen tanken.

Mitte April 2002 machte ich drei farblich fast identische Portraits von meinen Neffen Andres in einer Mischtechnik aus Pastell, Rötel, Bleistift, Buntstift und Kreidestift in A 4 Format. Die Arbeitsweise glich den drei vorigen Pastellarbeiten. Fotokopien von einer Bleistiftzeichnung wurden farblich an der Zeichentafel nachgearbeitet. Ich sah die Resultate als gelungen an.

Ende April 2002 stellte ich meine vorläufige Präsentationsmappe über meine Bilder zusammen. Darin ordnete ich meine Werke nicht chronologisch, sondern nach Genres wie zum Beispiel Landschaft oder Stillleben. Dadurch entstand aus meiner Sicht eine größere Transparenz.

Allerdings entschied ich mich trotz Fertigstellung der Präsentationsmappe keine Ausstellung zu planen, weil ich mich nicht in der Verfassung fühlte, es umzusetzen. Depressionen quälten mich unaufhörlich. Ängste, die einfach nicht verschwinden wollten, drängten sich immer stärker in den Vordergrund. Das Leben schien unerträglich für mich zu sein. Nur das Malen und das Schreiben gaben meinen Leben überhaupt einen Sinn. Höchstens meine Reisen verschafften mir eine zusätzliche Befriedigung. Die Reiseerlebnisse animierten mich stets zum Lernen. Ansonsten präsentierte sich das Leben von seiner trostlosen Seite, da ich häufig mit dem Alleinsein konfrontiert wurde. Einsamkeit entwickelte sich zur unausweichlichen Konsequenz. Leider wirkte sich der emotionale Tiefpunkt auch auf meine Fucking Palace-Besuche aus.

Anfang Mai 2002 bekam ich im wahrsten Sinne des Wortes einen Durchhänger. Zwar konnte ich abspritzen, aber ich verfügte nicht über normal ein steifes Teil dabei. Insgesamt verkrampfte ich innerlich beim Geschlechtsakt, da ich nicht wirklich entspannen konnte, was aber nicht an Anamaria lag.

Daher sagte ich zu ihr: „Ich hatte zu viel Stress auf der Arbeit".

Die gleiche Standardlüge wie zuvor. Eine Verlegenheitsreaktion, da ich nicht wusste, was ich sonst sagen sollte. Irgendwie ein unangenehmes Gefühl, als ich den fragenden Blick meiner Gespielin wahrnahm. Zwar stellte sie mir diesmal keine Fragen wie beim vorigen Versagen, aber ihr Gesichtsausdruck verriet mir alles. Daher blieb ein Kommentar überflüssig. Ihre Enttäuschung konnte ich in ihrer Mimik ablesen. Ich ging davon aus, dass sie sich in ihrer Berufsehre verletzt fühlte. Frauen dieses Berufsstandes ticken häufig so, aus welchen Gründen auch immer. In Prinzip kann es solchen Frauen völlig scheißegal sein, weil sie unabhängig von der Erektion des Kunden sowieso ihr Geld erhalten. Meine Notlüge schien jedenfalls ihre Wirkung trotz mangelnden Einfallsreichtums nicht verfehlt zu haben. Denn ich erkannte eine gewisse Erleichterung in ihr Gesicht. Meine Ausrede trug dazu bei, dass sie mein Versagen nicht persönlich nahm. Somit wurde ihr Weltbild wieder in Ordnung gebracht.

Kurz nach dem eher enttäuschenden sexuellen Erlebnis versuchte ich mich abzulenken, indem ich ein weiteres Gemälde malte. Titel des Werkes: „Obstschale". Es wurde wieder eine Hommage an Henri Matisse. Meines Erachtens eines meiner besten Bilder aus dieser Zeit. Ich fasste den Entschluss. „Himmel und Hölle" im Wohnzimmer abzuhängen und durch das aktuelle Gemälde auszutauschen.

Wenn ein Außenstehender diese Arbeit betrachtet, denkt er vermutlich, dass ich mich beim Malen im Einklang mit mir selbst befand, aber dies entsprach nicht der Realität. Eher im Gegenteil. Ich denke, das Bild symbolisierte vielmehr die Sehnsucht nach Harmonie. Stattdessen quälten mich Erschöpfungserscheinungen, verfügte nur über ein hauchdünnes Nervenkostüm und spürte zeitweilig starke Kopfschmerzen. Ständig in einen emotionalen Zustand, wo sich ein sinnbildlicher Brechreiz bemerkbar machte. Und natürlich meist keine Kotz-Tüte verfügbar. Das Leben empfand ich daher als unerträglich.

Mitte Mai 2002 machte ich mein 43. Gemälde. Ursprünglich wollte ich eine weitere Hommage an Matisse machen, aber ich warf kurzfristig und spontan meine Pläne über den Haufen. Geplant hatte ich als Motiv Badende am Strand in einer Punkt-in-Punkt-Technik. Jedoch nach der Grundierung der Leinwand festigte sich das Gefühl, dass mir kein Strich gelang. Vor lauter Wut und Zorn über mich selbst, übermalte ich das Zwischenergebnis.

Dabei fluchte ich laut: „Scheiße, alles nur Scheiße".

Nachdem ich mich wieder beruhigte, machte ich alternativ ein weiteres Spermien-Bild. Das Werk bekam den Titel „Orgasmus Nr. 8".

Der Verlauf des Schaffensprozesses zeigte mir deutlich, dass ich mein emotionales Tief nicht überwinden konnte. Das Ergebnis stellte mich trotzdem zufrieden sein. Zwar gingen mir die abstrakten Werke ziemlich auf dem Keks, aber dennoch plante ich ein weiteres in diesem Genre. Denn es sollte demnächst ein Geburtstagsgeschenk für meine Schwester entstehen.

Meine Depressionen bewiesen mir ihre unerbittliche Treue. Einsamkeit, Geldsorgen, Unzufriedenheit im Job und Zukunftsängste als Gesamtpaket geschnürt, konnte ich nur schwer schultern. Es entzog mir allmählich meine Energie. Mein Nervenkostüm wurde dünner und durchsichtiger. Fast entblößte es mich als emotionalen Krüppel. Auch die Lust auf Sex schien abhanden gekommen zu sein. Alles entwickelte sich grauenhaft. Eine unbarmherzige Hölle drohte mir nahezukommen. Eigentlich hätte ich mich um eine Ausstellung kümmern müssen, aber ich schaffte es nicht.

„Angst vor dem eigenen Versagen", fragte ich mich selbstkritisch.

Damals konnte ich diese Frage nicht beantworten. Ich musste sie unbefriedigt im Raum stehen lassen.

Die Angst beherrschte meine Fantasie. Eigentlich müsste ich nach einer Gehaltserhöhung fragen, was nach einer gewissen Zeit nicht ungewöhnlich ist, weil die Lebenshaltungskosten stetig steigen. Ewig kann niemand für das gleiche Geld arbeiten. Daher sah ich mich gezwungen, spätestens Ende 2002 als Bittsteller aufzutreten. Damit fühlte ich mich unbehaglich und eine gewisse Übelkeit ließ sich nicht vermeiden. Es stellte eine enorme Belastung für mich dar. Mein Kopf erreichte nicht mehr die langersehnte Freiheit. Mein Lebensstandard sank in den letzten 2 ½ Jahren erheblich. Ich benötige keinen großen Luxus, aber ein paar kleine Lebensfreuden wären schon ganz angenehm. Deshalb sah ich mich häufig gezwungen, regelmäßig mein Dispo in Anspruch zu nehmen. Die andere Alternative wäre sonst vor dem TV-Gerät dahinzuvegetieren. Ein schrecklicher Gedanke, den ich nicht unbedingt vertiefen wollte.

Anfang Juni 2002 malte ich ein abstraktes Gemälde, das ich Christina zum Geburtstag schenken wollte. Ich konnte mit dem Ergebnis zufrieden sein.

„Jedoch wie reagiert Christina auf das Bild", überlegte ich mit einer gewissen Skepsis.

Bezüglich der Antwort herrschte vorerst Ungewissheit.

Bei diesem Bild arbeitete ich stark mit Hell- und Dunkelkontrasten. Und ich befürchtete, dass es für Christina über zu viele Farben verfügte. Andererseits hob sich dieses Werk deutlich von den anderen zwei Bildern ab, die sie von mir erhielt. Darüber hinaus beinhaltete es die gewünschten Farben Gelb, Weiß, Ocker, und Orange. Die sogenannten Spermien-Tropfen gerieten nicht zu groß und tauchten auch nicht so zahlreich auf. Insgesamt gelang mir ein sehr lebendiges Bild.

Ich übergab ihr das Präsent an Andres´ Geburtstag. Spontan kam ich für einen Kurzbesuch bei ihr zuhause vorbei.

„Heute ist ein guter Tag, um Geschenke zu machen", schoss mir als Gedanke durch den Kopf.

Andres gratulierte ich zum Geburtstag und überreichte ihm ein Umschlag mit 20 Euro, wozu er sich natürlich freute. Dieses Ritual wiederholte sich mit auffälliger Regelmäßigkeit bei fast jedem Geburtstag oder Weihnachten, weil ich zugegebenermaßen meist nicht wusste, was ich ihm kaufen sollte. Denn im Prinzip verfügte er über alles, was er brauchte. Mit fünf Jahren besaß er bereits einen eigenen Fernseher.

„Was soll ich unter diesem Voraussetzungen meinen Neffen noch kaufen", fragte ich mich verständlicherweise.

„Dies lässt sich aus realistischer Sicht nicht wirklich steigern", kam mir als nächster Gedanke.

Denn die logische Konsequenz wäre ein brandneuer Ferrari vor der Haustür. Jedoch dieser Luxus-Wahnsinn übersteigt meine finanziellen Möglichkeiten. Nun aber Spaß beiseite. Selbstverständlich erwartete niemand von mir, dass ich derartiges in die Tat umsetzte. Vielmehr muss ich an dieser Stelle gestehen, dass ich meinen Neffen kaum kannte, weil die Kontakte zu meiner Schwester spürbar abnahmen. Daher traf ich die Entscheidung, dass er selbst überlegen sollte, was er tatsächlich benötigt.

„So kann ich nichts falsch machen", überlegte ich konsequenterweise.

Und Christina? Sie zeigte sich sehr angetan von dem vorgezogenen Geburtstaggeschenk.

„Das Bild ist dir wirklich gelungen. Es passt hervorragend ins Wohnzimmer. Danke", strahlte sie.

„Glück gehabt", dachte ich im Stillen.

Denn ihr Geschmack zu treffen, gestaltete sich stets als außerordentlich schwierig, da es Einfühlungsvermögen erforderte, worüber ich aber glücklicherweise ausreichend verfügte. Ich aß ein Stück selbstgemachten Tiramisu, den mir Christina anbot und machte mich anschließend wieder auf dem Weg. Eine wirkliche Unterhaltung fand nicht statt. Nur ein kurzer und oberflächlicher Smalltalk. Für mehr blieb keine Zeit. Außerdem gab es nicht viel zu erzählen, weil wir in unterschiedlichen Welten lebten.

Mitte Juni 2002 wollte ich eigentlich eine Reise in die Toskana buchen.

Jedoch im Reisebüro erfuhr ich: „Die Reise ist bereits komplett ausgebucht".

Die Enttäuschung saß bei mir sehr tief. Innerlich stellte ich mich schon auf die Toskana-Reise ein. Zuvor kaufte ich mir einen entsprechenden Reiseführer, den ich eingehend studierte. Durch die schlechte Nachricht vom Reisebüro entstand nun das Gefühl, dass der Urlaub für 2002 gestorben sei. Um den Tag halbwegs zu retten, malte ich mein 45. Gemälde „Orgasmus Nr. 11". Die künstlerische Arbeit verschaffte mir etwas Ablenkung. Das Ergebnis des Bildes stimmte mich versöhnlich.

Trotzdem konnte ich mich damit nicht abfinden, auf eine Reise zu verzichten. Dafür errang der Urlaub in meinen Leben eine zu große Bedeutung. Daher buchte eine Reise in die Provence. Geboten wurde eine Reise durch die südfranzösische Landschaft mit einigen architektonischen Höhepunkten. Natürlich wurde mir klar, dass diese Reise anders sein würde, wie ich es zuvor kannte.

Allerdings wurde mir beim Schreiben am Notebook schlagartig bewusst, dass eine Landschaftsreise doch nicht völlig neu für mich war, da ich bereits jeweils einen Trip an die Mosel und nach Galizien machte. Ich besorgte mir einen Reiseführer, der mir zeigte, wie fantastisch Südfrankreich ist. Schade fand ich, dass ich bei meiner Reise nur einen Bruchteil davon zu sehen bekommen werde.

Es wurde im Reiseprospekt zusätzlich eine andere Südfrankreich-Reise angeboten, die ich für interessanter hielt wie meine bereits gebuchte Reise, aber sie beinhaltete einen entscheidenden Nachteil. Sie hätte 400 bis 500 Euro mehr gekostet. Dies überstieg meine damaligen finanziellen Möglichkeiten. Trotzdem freute ich mich auf die Reise und wartete ungeduldig auf meine Reiseunterlagen.

Ein Tag nach der Reisebuchung entstand ein neues Pastellbild. Dabei machte ich eine Kopie von einem Foto auf Spezialpapier, dass ich für Pastellmalerei geeignet hielt. Ein Foto von meinen Neffen Andres. Genau genommen entsprach es eine Kopie von einer Kopie. Denn ich musste von einen kleinen Foto mehrere Vergrößerungen machen, ehe ich es auf das entsprechende Papier kopierte. Dies tat ich vor einigen Wochen in der Firma. Auf diese Weise wollte ich Geld im Copy Shop sparen.

In diesem Zusammenhang dachte ich: „Wenn ich schon für ein kleines Gehalt arbeiten muss, sollte ich die wenigen Vorteile, die ich in der Firma genieße, auch gut nutzen".

Ich malte die einzelnen Flächen mit Pastellkreiden, Buntstift und Kreidestift aus. Anschließend wurde das Bild mithilfe eines Sprays fixiert. Das Ergebnis konnte sich sehen lassen. Bei dieser Arbeit ging es nicht um das zeichnerische Können, sondern um den kreativen Einfall. Ich fasste den Entschluss, diese Experimente fortzusetzen und machte weitere Pastellarbeiten in A 4-Format. Innerhalb weniger Tage produzierte ich fast 20 Pastellarbeiten in der oben beschriebenen Weise. Fast entstand eine Fließbandarbeit. Die Resultate stimmten mich zufrieden.

Ein erneutes Hungergefühl machte sich bei mir bemerkbar, sodass ich mich gezwungen sah, das Schreiben zu unterbrechen. In der Küche bereitete ich mir ein Abendbrot zu, um mich wieder zu stärken. Ich wollte wenigstens heute das Kapitel beenden. Dies würde mir ein hohes Maß an Befriedigung verschaffen, vielleicht sogar Stolz. Mit Genuss aß ich meine Mahlzeit, bestehend aus vier Scheiben Toastbrot belegt mit reichlich Wurst und Käse. Mit voller Motivation setzte ich nach der Nahrungsaufnahme mein Buchprojekt am Computer fort.

Im Juli 2002 startete ich die Provence-Reise. Am ersten Tag legten wir mit dem Bus bis Belfort etwa 860 km zurück, wo eine Zwischenübernachtung stattfand. Die Hinfahrt erwies sich als mühselig, denn wir standen mindestens 75 Minuten im Stau.

Die Reiseleiterin meldete sich daher zu Wort: „Mein Name ist Bettina Maiendorf. Unser Fahrer Karl und ich begrüßen Sie zur Reise in die Hochprovence. Es ist jetzt ein guter Zeitpunkt etwas zum Ablauf der Reise zu erzählen. Es hilft den Stau zeitlich zu überbrücken".

Wir erfuhren einiges Wissenswertes über unser Reiseziel. Unangenehmerweise machte sich meine Blase bemerkbar. Mit eingeklemmtem Schwanz saß ich im Bus, in der Hoffnung bald am Zielort zu sein. Zum Glück konnte ich an der Raststätte gerade noch rechtzeitig die rettende 00-Abteilung erreichen. Meine Blasenschwäche weckte meine Sprinterqualitäten, die ich zuvor bei mir nicht mehr vermutete. Erleichterung kündigte sich hinterher an.

„Geschafft", atmete ich auf.

In Belfort machten wir nach dem Abendessen einen Spaziergang durch die Altstadt. Die angestrahlten Sehenswürdigkeiten übten eine faszinierende Wirkung auf mich aus. Der steinerende Löwe beeindruckte besonders.

Am zweiten Tag der Reise legten wir etwa 600 km mit dem Bus bis Digne, der Hauptstadt des Lavendels zurück. Zunächst wurden wir während der Fahrt mit Regen, nichts als Regen konfrontiert, sodass ich beim Blick aus dem Fenster nur über einen begrenzten Landschaftsgenuss verfügte.

„Keine Sorge! Je näher wir der Provence kommen desto besser wird das Wetter", beruhigte uns Bettina.

Sie behielt recht. Tatsächlich besserte sich das Wetter. Die Szenerie, die sich mir bot, empfand ich als fantastisch. Einmal wie „Gott in Frankreich" leben- den Inbegriff des Wunschtraumes bietet die Provence. Eine Verheißung also von Lebenskunst und Kräuterduft, von Die-Beine-von-sich-Strecken und Nicht-als-Mensch-Sein. Sich beim Zirpen der Zikaden und einem Pastis in der Hand sanft in der Wiege des westlichen Abendlandes schaukeln lassen.

In dieser Gegend schnitten sich die Wege unserer früheren Zivilisationen, stieß bereits eine hochentwickelte Antike auf gastfreundliche Kelten, aber auch nach Süden drängende Barbaren. Spuren, die sich heute noch lesen lassen. Sie bringen uns nicht nur zum Staunen, sondern gehen uns auch zu Herzen, weil sie in dieser prallen Landschaft nicht nur Museumsstücke sind. Es nimmt genauso Bezug auf das gegenwärtige Leben. Licht und Farbe nahmen mich emotional gefangen. Die Fülle der Idyllen macht diese Landschaft einzigartig. Bei diesem Anblick konnte ich es verstehen, warum Maler wie Picasso, Matisse,

Cézanne, Braque oder Chagall sich in Südfrankreich verliebten. Wir machten zwei Fotostopps, sodass ich einige schöne Landschaftsbilder machen konnte.

In diesem Zusammenhang meinte unsere Reiseleiterin: „Sie werden genug Gelegenheiten zum Fotografieren erhalten. Ich verstehe es, dass Sie möglichst viel Erinnerungen haben möchten, da ich selbst gerne fotografiere".

Sisteron mit Durance beeindruckte mich besonders. Es ist eine Grenzstadt mit ungefähr 6.000 Einwohnern an der Flussenge der Durance und Route Napoléon und größter Umschlagsplatz für Lämmer aus der Haute-Provence. Dieser Teil des Landstrichs ist nicht karg, sondern reich und satt von Sonne und den zu Tal eilenden Wildbächen. Einst wohlhabende Hügeldörfer sind Versatzstücke. Viele Glocken hängen in kunstvoll geschmiedeten Käfigen über meist kantig-schlichtem Kirchturm. So bieten sie den Mistral weniger Angriffsfläche. Aber es war wohl auch billiger. In der Provence gibt es 250 solcher Campaniles- nach der Glockenblume Campanula benannt.

Am dritten Tag besuchten wir zunächst eine Fabrik, die Süßigkeiten herstellte. Der Vortrag weckte mein Interesse. Bettina, die fließend französisch sprach, übersetzte alles für die Reisegruppe. Die Süßigkeiten, die uns als Proben angeboten wurden, schmeckten größtenteils köstlich, aber ich kaufte trotzdem nichts, da sie in der Wärme relativ schnell schmolzen. Auf die Sauerei, die dabei entstehen konnte, wollte ich verständlicherweise verzichten.

Anschließend fuhren wir nach Forcalquier, ein Provinzstädtchen mit rund 4.000 Einwohnern, wo wir das Kloster der Cordeliers besuchten, das 1236 gegründet wurde. Es hatte zahlreiche Verheerungen zurzeit der Konfessionskriege und der Revolution auszustehen. Die Innenräume und der Garten, von Franziskanern erdacht, sind liebevoll renoviert worden. Zusätzlich sehenswert ist die Renaissance-Fontäne auf der Place St-Michel und die monumentale Prunktreppe mit Eiben-Spalier zum Friedhof. Danach ging es weiter ins Benediktinerpriorat von Salagon. Es setzt sich aus einer Kirche aus dem 12. Jahrhundert, einem Prior-Haus aus dem 15. Jahrhundert und landwirtschaftlich genutzten Nebengebäuden, die aus dem 16. und 17. Jahrhundert stammen, zusammen. Darüber hinaus verfügt es über drei Gärten: mittelalterlich, für Arznei und für aromatische Pflanzen. Alles in allem ein volles Programm. Das meiste davon lohnte sich. Auch am dritten Tag erlebte ich die Landschaft mit Genuss. Das Lichtspiel der Natur, das durch die Sonne geboten wurde, begeisterte mich. Jeder Maler verspürt bei diesem Anblick sofort die Lust zu malen, aber leider fehlten mir dafür die Zeit und die Gelegenheit dazu.

Die Hotelzimmer in Belfort und Digne stellten mich voll zufrieden. Der Komfort konnte sich sehen lassen. Für mich repräsentierte es einen Luxus, den ich zu dieser Zeit nur durch meine Spardisziplin leisten konnte. Darüber hinaus verfügten meine beiden Hotelzimmer über eine Badewanne, was ich als einen absoluten Glücksfall ansah. Nach einem anstrengenden Tagesprogramm empfand ich es als wohltuend in die Badewanne steigen zu können, um ein Vollbad zu genießen.

„Schließlich habe ich Urlaub. Fehlt nur noch eine schöne Frau, die mir nun Gesellschaft leistet", sagte ich zu mir selbst, in der Badewanne sitzend.

Zuhause könnte ich es mir nicht leisten, täglich ein Vollbad zu nehmen. Die Nachzahlung für den Wasserverbrauch wäre für mich unerschwinglich, und die Geldnot hätte mich kaltblütig ertränkt. Eine grauenvolle Vorstellung, die ich im Urlaub gedanklich wieder verdrängte.

Das Essen schmeckte ausgezeichnet. Präsentiert wurde ein Drei-Gänge-Menü mit Rotwein zum Essen. Die Teller wurden liebevoll und kreativ angerichtet. Von meiner Seite gab es nichts zu beanstanden.

Die Anzahl der Reiseteilnehmer erwies sich als sehr groß. Daher kam nur ein sehr oberflächlicher Kontakt zu den Leuten auf, was ich ein wenig bedauerte. Häufig vermisste ich zum Tagesausklang das Gespräch. In Paris gab einen besseren geistigen Austausch.

Auch am vierten Tag erlebten wir ein fantastisches Wetter. Die strahlende Sonne lud uns zu neuen Unternehmungen ein. Wir machten Ausflüge nach Moustiers Sainte Marie und Grand Canyon de le Verdon.

Moustiers Sainte Marie präsentierte sich als ein schöner kleiner Ort mit verwinkelten Gassen. Dort hielten wir uns für mehr als zwei Stunden auf. Erbaut wie ein Amphitheater in 643 m Höhe, genießt man immer das Klima der mediterranen Provence. Wasser fließt aus den zahlreichen Springbrunnen, von den Wasserfällen des Riou und der Maire, von ihrer vauclsianen Quelle.

Zwischen den beiden Felsen, über der Kapelle von Notre-Dame-de-Beauvoir, leuchtet seit Jahrhunderten ein Stern, aufgehängt an einer 227 m langen Kette, das legendäre Votivbild eines Ritters aus Blacas, der lebend von den Kreuzzügen zurückgekehrt war. Erzeugt wird in dieser Gegend Trüffel, Olivenöl und Lavendelhonig. Ich fotografierte viel. Zwischenzeitlich kaufte ich mir in einer kleinen Bäckerei ein großes Baguette als Verpflegung für die weitere Busfahrt durch den Grand Canyon de le Verdon.

Diese Fahrt lohnte sich für mich nur teilweise, da ich auf der falschen Seite des Busses saß. Die Personen auf der linken Seite verfügten meist über eine bessere Sicht. Trotzdem konnte ich zumindest teilweise erleben wie beeindruckend dieser Landschaftsabschnitt ist. Der Verdon entspringt in 2.150 m Höhe im Gebirgsmassiv von Sestrière in der Nähe des Allospasses. Die Dämme von Castillon und Chaudanne stauen ihn ab, dann stürzt er sich in fantastische Schluchten, die er in Kalkfelsen der Juraformation hineingefressen hat und dabei schon vorhandene Risse ausnutzte. Der eindrucksvollste Teil seines Laufes befindet sich zwischen Castellane und Moustier Sainte Marie, wo er wie eine Riesensäge die Hochebene von Conjures zerschnitten hat und so eine in Europa einzigartige Sehenswürdigkeit schuf.

Bei der Reisegruppe lernte ich ein paar nette Leute kennen, aber trotzdem fühlte ich mich im Gegensatz zu Paris etwas deplatziert. Daher zog ich mich immer nach dem Abendessen relativ schnell zurück.

Am fünften Tag der Reise fuhren wir zum Markt von Digne. Der Vormittag stand uns quasi zur freien Verfügung. Ich kaufte mir ein Strohhut für 12 Euro, den ich mir sofort aufsetzte. Er schützte mich vor der Sonne und stand mir ausgesprochen gut. Zusätzlich besorgte ich mir von einem Stand ein paar Bananen als Zwischenmahlzeit. Nach einem Rundgang über den Markt machte ich eine kleine Rast in einem Straßencafé. Bei einer Tasse Cappuccino beobachtete ich weiter das Treiben auf dem Markt, das sich als sehr turbulent präsentierte.

Anschließend fuhren wir zum naturhistorischen Museum und besuchten eine Manufaktur, die Grippefiguren, die sogenannten

Santons herstellte. Beides weckte mein Interesse. Bei der Reisegruppe gewann ich allerdings den Eindruck, dass das Interesse nur bedingt geweckt wurde. Manche von ihnen verließen sogar vorzeitig den Laden. Zugegebenermaßen kann ich mit diesen Arbeiten nur bedingt etwas anfangen, da ich nicht kirchlich/religiös eingestellt bin. Unabhängig davon hätte ich dafür zuhause auch keine Stellfläche. Trotzdem muss man die künstlerisch/handwerkliche Leistung anerkennen, die für solche Figuren erbracht werden. Aus meiner Sicht sind die Ignoranz und das Desinteresse der Leute als Unhöflichkeit zu werten. In solchen Momenten wird mir bewusst, dass wir es in der Gesellschaft meist nur mit Kleinstbürgern zu tun haben. Der Ladenbesitzer, der uns einiges über die Figuren erzählte, blieb zumindest nach außen hin gelassen, was ich bewunderte, weil ich vermutlich an seiner Stelle nicht so ruhig geblieben wäre.

In der Reisegruppe gab es sicherlich einige nette Leute, aber leider auch Meckerziegen, die sich über jeden Pubs beschwerten, wie ich feststellen musste. Vermutlich sind es Menschen, die eine sehr gute Rente bekamen und das Privileg genossen, sich ein schönes Leben machen zu können. Es ist eine Generation, die menschenwürdig von ihrer Rente leben kann. Unsere Generation wiederum muss froh sein, wenn sie überhaupt noch eine Rente erhält. Nur solchen Menschen ist es nicht bewusst, wie gut es ihnen wirklich geht und sind zu allen Überfluss ständig unzufrieden und undankbar. Hier würde es mich nicht überraschen, wenn diese Menschen von ihren Eltern in Meckern gezeugt wurden. Anders kann ich mir so ein Verhalten nicht erklären.

In so einen Kreis fühlte ich mich fehl am Platze. Deshalb setzte ich mich diesmal nicht auf die Terrasse, sondern ging in der Nähe des Hotelgeländes spazieren. Unterwegs traf ich Bettina, die auf einer Parkbank saß, um sich vom anstrengenden Arbeitstag ein wenig auszuruhen. Sie bat mich, Platz zu nehmen und schüttete überraschend ihr Herz bei mir aus.

„Manche von der Reisegruppe wissen nicht, wie gut sie es haben", begann Bettina zu erzählen.

„Das ist mir auch aufgefallen", stimmte ich zu.

„Sie beschweren sich, dass sie nicht genügend Wein zum Essen bekommen. Das Essen ist nicht gut genug. Angeblich wird zu viel Fisch als Menü serviert. Ich kann es alles nicht nachvollziehen", ärgerte sich Bettina.

Ich empfand es als wohltuend, dass sie die gleichen Gedanken teilte.

„Ich auch nicht. Es ist meckern auf hohen Niveau. Denn zuhause kann mir nicht so häufig Fisch leisten. Und mir hat das Essen bisher gut geschmeckt", kommentierte ich.

„Außerdem ist es hier ein Vier-Sterne-Hotel. Es wurde auf dem vierten Stern verzichtet, damit man vom Staat eine Förderung als Kurhotel bekommt", berichtete mir Bettina.

Bei unserem Gespräch gab es viele Übereinstimmungen, auch wenn ich trotz aller Bemühungen meines Gehirns nicht mehr an weitere Details erinnern konnte. Nach dem Gespräch stieg bei mir die Spannung, weil ich nicht wusste, was mir der nächste Tag bringen würde.

Am sechsten Tag bemerkte ich beim Blick aus dem Hotelzimmer die dunklen Wolken, die mich bedrohlich anschauten. Darin erkannte ich für diesen Tag der Reise ein schlechtes Omen. Und tatsächlich fing es an zu regnen. Der Regen verfolgte uns bis zum Nachmittag. Wir machten das Beste daraus. Eine Zwischenstation machten wir bei einem Lavendelbauern, der uns etwas zum Anbau dieses Produktes nahebrachte. Bettina machte für die Reisegruppe wieder die Übersetzung.

Anschließend fuhren wir nach Manosque, den Geburtsort von Jean Giono (1895-1970), dem französischen Dichter. In seiner Heimat schuf er den Stoff für seine Werke, die das einfache Leben preisen. Seine Bücher sind Pflichtlektüre in Frankreichs Schulen. Überall sind seine Spuren erkennbar.

Manosque eine charmante Kleinstadt mit etwa 20.000 Einwohnern, die sich malerisch zwischen Hügeln in 385 m Höhe erschreckt. Durch die bunten Gassen zu promenieren und auf den typisch provinzialen Plätzen auszuhalten, wo es sich im Schatten der Platanen zu verweilen lohnt, ist ein Moment, den man ohne Eile erleben sollte. Es ist ein Ort der verborgenen Gärten, der Klöster, der Brunnen und der Innenhöfe. Leider verbrachten wir einen Großteil unseres Aufenthaltes im Restaurant, um zeitlich den Regen zu überbrücken.

Zum Schluss fuhren wir auf eine Olivenplantage, wo wir uns u.a. ein Film Olivenanbau gezeigt wurde. Zum Glück wagte sich die Sonne wieder an die Öffentlichkeit, sodass wir die Anlage genießen konnten. Ich kaufte mir eine Flasche Olivenöl für zuhause. Der Preis erschien zwar sehr hoch, aber eine ausgezeichnete Qualität, wie ich später daheim bemerkte. Daher bereute ich den Kauf nicht. Fazit des Tages? Trotz mäßigen Wetters ein erlebnisreicher Tag.

Am siebten Tag der Reise erlebte ich meinen Geburtstag. Zumindest zu Beginn sah das Wetter gut aus. Wir machten einen Ausflug nach Sault zur Aufsichtsterrasse von Le Mont Ventoux (1.909 m Höhe). Obwohl die Sonne schien, konnten wir die weißen Gipfel des Berges nur zum Teil erkennen, weil er mit Wolken verhangen blieb. Trotzdem konnte ich einen herrlichen Blick auf die Landschaft werfen und einige schöne Fotos machen.

Anschließend fuhren wir zu einem alten Bergdorf mit einigen schmalen Gassen dessen Namen mir zwischenzeitlich entfallen ist. Auf der Fahrt dorthin schauten schon die dunklen Wolken hervor, die nichts Gutes erahnen ließen. Und tatsächlich stellte ich zuhause später fest, dass einige Bilder nichts geworden sind. Letztlich musste ich es akzeptieren.

Als wir nach der Fotosafari wieder in den Bus stiegen, fing es an zu regnen. Während der Busfahrt in Richtung Hotel verstärkte sich der Regen. Es wurde ein richtiges Donnerwetter.

„Zum Glück sitzen wir jetzt im Bus", dachte ich, als ich mir dieses eindrucksvolle Naturschauspiel vom sicheren Platz anschaute.

Erst gegen 17.30 Uhr schien der Regen eine Pause zu machen. In der Hoffnung auf ein besseres Wetter ging ich rechtzeitig zu Bett, um für den nächsten Tag wieder fit zu sein.

Am achten Tag zeigte sich die Reise von der negativen Seite. Bei einem Fotostopp kam ich leicht ins Stolpern und meine Kamera kam dabei unglücklich in Bodenberührung. Seitdem präsentierte mein Fotoapparat eine Macke. Der Film ließ sich unendlich weiterspannen, obwohl das letzte Bild laut Kameraanzeige längst verschossen sein müsste. 16 Jahre leistete mir die Technik gute Dienste. Ich ärgerte mich, weil vermutlich drei Filme unbrauchbar waren, und der Neukauf einer Kamera unvermeidlich wurde. Gebraucht kostet ein guter Apparat schätzungsweise 50 bis 100 Euro. Ohne brauchbare Kamera wollte ich 2003 nicht verreisen. Ich kaufte mir vor Ort einige Postkarten, um den Erinnerungsverlust so gering wie möglich zu halten. Bezüglich der Kamera musste ich notgedrungen abwarten, ob ich über genügend brauchbare Fotos verfügte oder nicht.

Mit dem Pinienzapfenzug fuhren wir nach Entrevaux, ein Ort mit vielen schönen und alten Gassen. Die Bahnfahrt bot eine interessante Landschaftsperspektive. Ich versuchte den Ausblick zu genießen, um mich etwas abzulenken. Der Verlust der Kamera schmerzte.

Die Stadt Entrevaux bietet fast 2000 Jahre Geschichte. Römische Stadt. Bistum von Glandéves, Mittelalterliche Stadt und Festungsplatz, erbaut während der Herrschschaft des Königs Ludwig XIV durch den Militärbaumeister Vauban und die Grenze Frankreichs bis 1860. Zu den Sehenswürdigkeiten gehören sechs Zugbrücken, Festungswälle, Festungskathedrale, zwei bastionierte Türme, Wehrgang, einige Verliese, unterirdische Gänge und ein Ringgraben. Mit dem Wetter konnten wir an diesem Tag zufrieden sein. Sonne satt und kein Regen. Fazit: positive und negative Erlebnisse.

Am nächsten Tag ging es wieder in Richtung Heimat. Bettina verabschiedete sich kurz vor unserer Abreise von uns, weil sie im Hotel auf die nächste Reisegruppe wartete. Wir machten eine Zwischenübernachtung in Mulhouse. Ich freute mich wieder auf Zuhause, auch wenn ich schöne Erinnerungen erlebte. Insgesamt gesehen spielte das Wetter meist mit. Mit meinen Unterkünften konnte ich zufrieden sein. Ich genoss sogar meine heißgeliebte Badewanne. Das Essen erreichte eine sehr gute Qualität. Bettina zeigte uns die Highlights der Hochprovence, sodass in dieser Hinsicht meine Bedürfnisse abgedeckt wurden. Als einziger negativer Aspekt blieb die defekte Kamera. Fazit: Die Reise erwies sich als lohnende Investition.

Zuhause angekommen, quälten mich negative Gedanken. Irgendwie schaffte ich es nicht mit mir ins Reine zu kommen und konnte mir nicht erklären, warum ich mich in diesem Zustand befand. Ich wollte innerlich zur Ruhe kommen, aber es gelang mir trotz der Provence-Reise nicht, dieses Ziel zu erreichen. Dabei ermöglichte mir der Südfrankreich-Trip einige unvergessliche Erlebnisse. Eine traumhafte Landschaft, idyllische Dörfer mit beschaulichen Gassen und meist schönen Wetter wurden mir geboten. Mehr konnte ich wahrhaftig nicht verlangen. Warum also dieser schlechter Allgemeinzustand? Diese Frage konnte ich mir nicht beantworten.

Auch der Reiz Anamaria verflog immer mehr, da ich eine zunehmende Oberflächlichkeit bei ihr bemerkte. Vielleicht lag es daran, dass sie sich zunächst von mir erhoffte, dass ich sie früher oder später heiraten würde, aber sie letztlich erkannte, dass ich bei ihr nur an Sex interessiert blieb. Und nun verging mir sogar mehr und mehr die Lust auf die Lust. Kopftechnisch spielte sich in dieser Richtung kaum noch etwas ab. Dadurch halbierten sich die Fucking-Palace-Besuche, was allerdings meinen fast leeren Geldbeutel nicht unbedingt schadete. Zeitweilig entstand bei mir das Gefühl, rapide abzubauen. Meine Lebenslust kochte auf einer winzigen Sparflamme. Trotzdem konnte ich künstlerisch arbeiten. Von Ende Juni bis Ende Juli machte ich mehr als 30 Pastellarbeiten. Jedoch ein Gemälde konnte ich wegen Geldmangel nicht in Angriff nehmen. Mein Kontostand zeigte mir meine finanziellen Grenzen auf. Erneut schwebte der Pleitegeier über mir.

Anfang August 2002 verbesserte sich mein Allgemeinzustand nicht. Meine Vereinsamung machte mich blind. Ich bekam das beschleichende Gefühl, meine Sehkraft zu verlieren. Immer weniger nahm ich meine Umwelt um mich herum wahr. Das Leben verlor an Bedeutung. Hoffnungslosigkeit entstand. Meine Seele wurde vom Alltag aufgefressen. Es blieb nichts als Leere. Dies machte mich zornig und wütend. Aggressionen wurden fast zur Normalität. Und Rastlosigkeit wurde nun zur unausweichlichen Konsequenz.

Ich versuchte mich wieder verstärkt auf die Kunst zu konzentrieren. Dabei fasste ich den Entschluss, meine Versuche Malerei mit Fotografie zu kombinieren, fortzusetzen. Diese Pastellarbeiten erforderten weniger Energie als ein Gemälde, und ich sparte Geld. Alles Vorteile, die ich nicht ignorieren konnte.

Damit ich auf andere Gedanken kam, besuchte ich eine Dalí-Ausstellung im Chilehaus. Vorwiegend kleinere Werke des spanischen Ausnahmekünstlers konnten bestaunt werden. Mehr als 2 ½ Stunden verbrachte ich in der Ausstellung. Es wurde die beste Präsentation, die ich 2002 sah. Die 9 Euro erwiesen sich als eine gute Investition. Darüber hinaus schrieb ich weitere Gedichte wie zum Beispiel „Die Bedeutung der Kunst".

Die Bedeutung der Kunst

Für mich ist Kunst facettenreich, ausdrucksstark, energiegeladen, sinnlich, poetisch und voller Leben.
Für mich ist Kunst eine nie enden wollende und immer neue Komposition aus Formen, Farben, Materialien, Klängen, Tönen und Effekten, die als unverwechselbares Unikat ihre Zuschauer fasziniert.
Für mich ist Kunst eine visionäre Idee, die versucht alles realisierbar zu machen, auch die Dinge, die zunächst nicht realisierbar erscheinen.
Für mich ist Kunst das Ziel, die Menschen aufzurütteln, sie emotional zu berühren, etwas in ihren Köpfen und Herzen zu bewegen.
Für mich ist Kunst quasi der Spiegel der menschlichen Seele, der all meine Emotionen offenlegt.
Für mich ist Kunst etwas mit Ewigkeitscharakter, was der Nachwelt unbedingt erhalten bleiben muss.

Inspiration hierfür wurden meine aktuellen Gedanken zu diesem Thema. Zugegebenermaßen kein Meisterwerk, aber ich atmete auf, dass ich meine dichterische Flaute überwinden konnte. Daher gab ich mich mit dem Ergebnis zufrieden.

Zusätzlich setzte ich meine Experimente mit der Kombination aus Fotografie und Malerei fort. Ich machte vier Bilder: „Eiffelturm", „Sacre Coeur", „Moulin Rouge 1" und „Das Atelier". Die Ergebnisse überraschten mich im positiven Sinne und ermunterten mich für weitere Versuche.

Der Schaffensprozess konnte nicht darüber hinwegtäuschen, dass sich bezüglich meiner Lebenssituation eine große Unzufriedenheit breitmachte. Mein Kontostand deprimierte mich. Das Urlaubsgeld, das ich in meinem Etat einplante, erschien nicht auf meinen Kontoauszügen, obwohl alle anderen Kollegen bereits welches erhielten.

Ist etwas schiefgelaufen oder doch pure Absicht? Tendenziell gehe ich Seitens der Firmenleitung von einer böswilligen Absicht aus. Denn ich blieb nur der Neffe beziehungsweise der Cousin, der in der Firma sein Gnadenbrot verdienen durfte. Diese Denkstruktur dieser liebenswerten Verwandtschaft kotzte mich an und stieß bei mir übel auf. Ich kam mir vor wie ein

Mitarbeiter 3. Klasse. Frust kam auf. Natürlich wollte ich mir dies nicht gefallen lassen und nahm mir vor, den Firmenclan darauf anzusprechen. Genauso sollte eine Gehaltserhöhung zum Jahreswechsel Gesprächsthema mit meinem Onkel werden.

„Sollte ich in beiden Fällen keine positive Antwort erhalten, müsste ich mich mit den Gedanken anfreunden, mich beruflich anders zu orientieren", überlegte ich ernsthaft, auch wenn ich damals keine Alternative sah.

Für das Gespräch wollte ich allerdings die passende Gelegenheit abwarten.

Wenigstens künstlerisch ging es weiter gut voran. Mehr als 70 Pastellarbeiten in den letzten zwei Monaten konnte ich meiner stolzen Bilanz nachweisen. Das Ergebnis konnte sich durchaus sehen lassen. Meine Depressionen beeinträchtigten mich zum Glück nicht meine kreative Arbeit. Diese Tatsache wertete ich positiv.

Jedoch tröstete mich diese Erkenntnis nur bedingt. Es kotzte mich an, ein Bohéme-Leben führen zu müssen. Ich konnte mir fast nichts mehr leisten. Notgedrungen schränkte ich immer stärker meinen Lebensstil ein, und mein Konto blieb trotzdem im Minus. Selbst ein Besuch im Eiscafé wurde oftmals zum Luxus. Meine Ernährung wurde immer einseitiger. Ich gab nur noch 20 Euro pro Woche für Lebensmittel beim Discounter aus. Sogar Einschränkungen in der Malerei wurden unvermeidbar. Und die Fucking-Palace-Besuche bereiteten mir aufgrund meiner finanziellen Situation kaum noch Freude. Auch auf Weihnachten und Silvester konnte ich mich immer weniger freuen. Es entwickelte sich sogar ein Hass auf die Feiertage. Meine Verbitterung nahm zu. Meine Lebensfreude nahm hingegen ab und bewegte sich in Richtung Nullpunkt.

Ich fand eine passende Gelegenheit Onkel Alfred wegen des fehlenden Urlaubgeldes anzusprechen. Wir saßen im Büro zusammen bei einer Tasse Tee.

„Ich musste auf meiner Gehaltsabrechnung feststellen, dass ich im Gegensatz zu meinen Kollegen kein Urlaubsgeld erhalten habe. Kann ich in diesem Zusammenhang von einen Versehen ausgehen", fragte ich ihm.

„Kannst du. Ich werde mit meinen Söhnen darüber sprechen, dass du dein Urlaubsgeld bekommst. Ich kümmere mich darum", erwiderte Onkel Alfred.

Nach dieser Antwort kam vorerst Erleichterung bei mir auf, obwohl ich mir nicht sicher sein konnte, dass er sein Versprechen kurzfristig einlösen wird. Nicht unbedingt absichtliche Bösartigkeit, sondern vielmehr eine gewisse Oberflächlichkeit des Akteurs.

„Vermutlich muss ich trotz der Zusage, meinen Geld hinterherlaufen, weil es dessen Mentalität entspricht, aber ich weiß, ich bekomme es", dachte ich im Stillen.

Beruhigte mich diese Einschätzung? Keine Ahnung. Ich musste abwarten.

Ich muss an dieser Stelle meiner Aufzeichnungen gestehen, dass ich Stolz empfand, weil ich Rückgrat bewies. Die Frage nach dem Urlaubsgeld sah ich als Generalprobe für die Frage nach der Gehaltserhöhung. Für mich bewertete ich sie als gelungen.

Bei mir stieg die Spannung, weil ich nicht wusste, wie mein Konto aussah. Zuletzt traute ich mich nicht, einen Kontoauszug zu ziehen, weil mir die Angst im Nacken saß. Ich konnte nicht einschätzen, ob meine Sparmaßnahmen mir den gewünschten Erfolg brachten. Doch irgendwann musste ich mich der Realität stellen. Der aktuelle Kontoauszug ließ mich zum Glück aufatmen. Das Minus betrug nur 135,33 Euro. Das Ergebnis betrachtete ich als zufriedenstellend. Die sexuelle Enthaltsamkeit lohnte sich. Genauso der Verzicht auf einige andere Extras.

Ergänzend muss erwähnt werden, dass ich in August nur deshalb meine Lust kontrollieren konnte, weil Anamaria in ihre Heimat fahren musste.

Nach unserer letzten Begegnung teilte sie mir mit: „Ich muss wegen der Beerdigung meines Vaters nach Ecuador".

Danach verschwand sie von der Bildfläche. Fast zum Ende des Monats sah ich kurz ihre Schwester Irene in St, Georg. Daher ging ich davon aus, dass Anamaria sich wieder in Deutschland aufhielt. Allerdings Sehnsucht verspürte ich keine nach ihr. Der Sex mit ihr machte immer weniger Spaß. Die zunehmende Oberflächlichkeit verschaffte mir keine echte

Befriedigung meines Schwanzes mehr. Gedanklich schloss ich allmählich dieses Kapitel.

Später hörte ich von Nathalie, eine Hure, die ich sexuell schon einmal ausprobierte in der Kneipe „Zar und Zimmermann: „Anamaria hat sich einen Freier geangelt, der sie vor kurzem geheiratet hat. Deshalb steht sie nicht mehr in den Straßen von St. Georg".

Ich kommentierte bei einem Glas Bier: „Dann hat die Frau endlich ihr Ziel erreicht".

Danach ging Nathalie wieder auf die Straße, um ihre Dienstleistung anzubieten. Meistens reichte die Zeit nur für einen Smalltalk.

Denn für eine Frau ihres Berufstandes gilt stets die Devise: „Time is Money".

Zunächst entwickelte sich ein regelmäßiger Klatsch mit Biergenuss. Zu einem anderen Zeitpunkt wurde ich für ca. knapp zwei Jahre einer ihrer Stammfreier. Sollte ich mich entschließen, eine weitere Fortsetzung zu schreiben, werde ich darüber berichten. Jedoch ist bezüglich eines dritten Teils noch keine endgültige Entscheidung gefallen.

Müdigkeit überkam mich. Zusätzlich verspürte ich eine Lust nach einem Drink. Ich unterbrach das Schreiben am Notebook mit der Absicht, mir in der Küche einen Rum-Cola zu mixen, was ich auch in die Tat umsetzte. Im Wohnzimmer setzte ich mich auf die Couch und verfiel dem Alkoholgenuss. Innerlich kam ich zur Ruhe. Für mich ein sehr befriedigendes Gefühl, soweit mit meinem Buchprojekt gekommen zu sein. Allmählich näherte ich mich dem entscheidenden Finale. Die Spannung stieg. Und meine Chefin vom Hamburger Abendblatt unternahm keinen dritten Versuch, um mich telefonisch zu nerven. Ich hoffte, es bleibt so.

„Es behindert mich sonst nur bei der künstlerischen Arbeit", dachte ich, als ich einen Schluck aus meinem Glas trank.

Die Unberechenbarkeit meiner Sklaventreiberin stellte zweifelsfrei ein Unsicherheitsfaktor für mich dar. Nach meiner bisherigen Erfahrung kannte sie gegenüber ihren Beschäftigten nur Zuckerbrot und Peitsche als Führungsstil. Ich wollte mich aber nicht davon einschüchtern lassen und verdrängte meine negativen Gedanken. Nach dem Schlaftrunk ging ich zu Bett, um zu schlafen.

5. Kapitel

Als ich aufwachte, drang in mein Bewusstsein; „Es geht in die letzte Runde".

Einige freie Tage blieben mir noch übrig, um weiter an meinem Buchprojekt schreiben zu können.

„Eventuell schaffe ich die Fertigstellung meines Werkes sogar noch vor dem Ende des Urlaubs", freute ich mich riesig.

Bei diesem Projekt wollte ich mich allerdings nicht unnötig unter Druck setzen. Dies wäre aus meiner Sicht kontraproduktiv gewesen. Daher versuchte ich nach dem Frühstück entspannt an meine künstlerische Arbeit zu gehen.

Im neuen Kapitel schienen sich die Ereignisse für mich völlig zu überschlagen. Einige Veränderungen traten in meinem Leben, die ich anfänglich nicht überschauen konnte. Wieder kam es zu entscheidenden Wendepunkten in meinem Dasein. Dinge, die zuvor zum Mittelpunkt meines Alltags gehörten, verloren dramatisch an Bedeutung. Andere Dinge wurden hingegen wichtiger.

In diesem Abschnitt meines Lebens lernte ich mich von einer anderen Seite kennen. Ich begann Dummheiten, die ich bei mir sonst zuvor völlig ausschloss. Teilweise erkannte ich mich nicht wieder.

Es stellte sich mir die unausweichliche Frage: „Bin ich es tatsächlich noch ich selbst"?

Eindeutig beantworten kann sie mir bis heute nicht. Vermutlich haben wir Menschen Seiten an uns, die wir erst spät oder gar nicht entdecken. Vielleicht liegt genau darin die Herausforderung des Lebens.

Alles nahm seinen Anfang mit der Begegnung mit einer attraktiven Frau. Kennenlernen konnte ich sie in St. Georg in der Kneipe „Zar und Zimmermann". Nach Feierabend machte ich einen Abstecher an diesem besagten Ort, um ein kühles Bier zu trinken. Nach ficken schien mir nicht zumute zu sein, weil ich mein Konto nicht zusätzlich belasten wollte.

„Die finanzielle Erholung durch mein selbstverordnetes Zölibat tut meiner Seele bestimmt gut", dachte ich gewohnt pragmatisch.

Ich saß bei einem Glas Bier am Tisch in der Nähe des Tresens. Mir gegenüber am Tresen stand ein weiblicher Blickfang, der mehrfach zu mir herüberschaute und mich vielversprechend anlächelte. Ihr Lächeln sah ich als perfekte Ablenkung von nervigen Berufsalltag. Beschreiben würde ich die Frau als knackigen Schokoriegel. Die kaffeebraune Schönheit wurde zu einer zartsüßen Versuchung. Ihre Herkunft vermutete ich irgendwo in Lateinamerika. Und ihre enge Jeans brachte ihr gutgeformtes Hinterteil vorteilhaft zur Geltung.

„Insgesamt gesehen ein gefährlicher Appetitanreger", stellte ich fest.

Ein Verliebtheitsgefühl entstand zwar nicht, aber ich fand, dass diese Frau über das gewisse Etwas verfügte. Mehrfach sah ich sie schon an der Straße stehen. Daher ging ich davon aus, dass sie zum horizontalen Gewerbe gehörte.

Sie kam zu mir an dem Tisch.

„Darf ich mich zu dir setzen", fragte sie freundlich.

„Ja, bitte", erwiderte ich zustimmend.

„Ich heiße Dolores", stellte sie sich mir vor, als sie sich mir gegenüber am Tisch setzte.

„Und ich heiße René", entgegnete ich ihr.

„Bestellst du mir ein Bier", fragte Dolores darauf.

„Ich hole dir eines", antwortete ich kurz entschlossen.

Ich stand auf, ging zum Tresen und bestellte ihr ein Bier, das 2 Euro kostete. Kurz darauf ging ich mit dem Getränk wieder zurück an den Tisch.

„Woher kommst du? Was ist deine Heimat", fragte ich sie, als ich wieder Platz nahm.

„Ich bin Kubanerin. Ich komme aus Havanna", sagte sie mit einem gewissen Stolz in der Stimme.

Wir tranken zusammen unser Bier und setzten unsere Unterhaltung fort.

Nach kurzer Zeit erzählte sie: „Ich werde demnächst in einem Reisebüro ein Praktikum machen, weil ich nicht mehr hier an der Straße stehen will".

„Dies kann ich verstehen", brachte ich ihr an Verständnis entgegen.

„Und was arbeitest du", fragte sie mich.

„Zurzeit arbeite ich als Kaufmann", gab ich ihr bereitwillig zur Auskunft.

Danach stellte sie mir die Frage, die Huren ihren potenziellen Kunden immer stellen.

„Hast du Lust zu bumsen? Ich bin wirklich gut".

Jedoch ich musste ihr leider einen Korb geben.

„Tut mir leid, aber ich habe nicht mehr genug Geld, um dich bezahlen zu können. Ein anderes Mal komme ich gerne auf dein mündliches Angebot zurück".

Am Ende unserer Unterhaltung fragte sie mich überraschend: „Am 26. August habe ich Geburtstag. Ich lade dich ein. Du bist ein netter Mann. Kommst du"?

„Ich werde versuchen zu kommen", antwortete ich leicht irritiert, fast ein wenig überrumpelt.

Die Frau kannte mich nicht, aber lud mich trotzdem zu ihrem Geburtstag ein. Dies empfand ich als absolut ungewöhnlich. Welche Motive verfolgte sie? Versuchte sie auf diese Weise einen neuen Stammkunden zu gewinnen? Keine Ahnung. Bisher übte ich nicht den Geschlechtsakt mit ihr aus. Ich sah sie nur aus der Distanz an der Straße stehen. Wieso schenkte ich ihr vorher keine Beachtung? Alles Fragen, die Antworten suchten. Irgendwie weckte die Situation meine wissenschaftliche Neugier. Allerdings wusste ich nicht, wohin es mich führen wird.

„Ich schreib dir meine Adresse auf", sagte Dolores zielorientiert.

Von der Kneipenbedienung holte sie sich einen Stift und ein Zettel. Sie schrieb mir ihren Namen und ihre Adresse auf.

„Wann geht die Geburtstagsfeier los", fragte ich am Schluss unseres Gespräches.

„Ungefähr gegen 17.00 Uhr. Ich würde mich freuen, wenn du tatsächlich kommst".

Anschließend trennten sich unsere Wege.

Auf dem Heimweg dachte ich, dass ich sie unter anderen Umständen gerne gefickt hätte, aber das Minus auf dem Konto machte mir ein Strich durch die Rechnung. Zuhause angekommen, musste ich diese ungewöhnliche Begegnung für mich analysieren. Irgendwie schaffte es die Frau, mich in den Bann zu ziehen. Nein sagen konnte ich nicht. Unmöglich. Trotzdem überlegte ich, ob ich tatsächlich zur Geburtstagsfeier hingehen sollte.

Eine innere Stimme sagte zu mir: „René, gehe nicht hin! René, gehe nicht hin"!

Dieser Satz wiederholte sich immer wieder in meinen Gedanken. Er manifestierte sich in meinem Kopf. Jedoch ich hörte nicht auf diese eindringlichen Worte. Stattdessen machte ich mir Gedanken, was ich Dolores für wenig Geld kaufen konnte. Ich entschied mich einen Douglas- Gutschein in Wert von 15 Euro zu kaufen plus eine Flasche Sekt zu schenken. Eine preiswerte Möglichkeit, um mich einigermaßen aus der Affäre zu ziehen. Denn meine finanziellen Mittel blieben zum Monatsende beschränkt.

Und offen gesagt: „Was soll ich einer Person schenken, die ich letztlich nicht kannte"?

Irgendwie begab ich mich in einen Irrgarten meiner Gedanken, den ich nicht mehr entrinnen konnte.

Die Einladung versuchte ich trotz einiger Bedenken als eine Herausforderung zu sehen. Meine Neugier übertraf meine Angst. Anders konnte ich mir mein damaliges Verhalten nicht erklären. Weitere Überlegungen wären nur reine Spekulationen. Dies half mir bei meinen Aufzeichnungen nicht weiter, um zu irgendwelchen neuen und hilfreichen Ergebnissen zu kommen. Entscheidend blieb ohnehin die Tatsache, dass ich zur Geburtstagsfeier hinging. Ich fuhr mit der U2-Linie bis Habichtstraße. Etwa fünf Minuten von Bahnhof entfernt befand sich ihre Wohnung. Ich schaute nochmals auf dem Zettel ihrer Adresse und stellte fest, dass Dolores ihren Nachnamen nicht drauf schrieb. Zum Glück gab es nur einen spanisch-klingenden Namen am Briefkasten, sodass ich an der richtigen Haustür klingelte.

Gutgelaunt öffnete mir Dolores die Haustür. Im Hintergrund hörte ich bereits Salsa-Musik. Natürlich gratulierte ich ihr zum Geburtstag und übergab ihr mein Präsent. Sie nahm mich bei der Hand und stellte mich bei ihren Gästen als ein Freund vor, was ich als seltsam empfand, weil wir uns erst kurz kannten. Unter den Gästen erkannte ich einige Prostituierte wieder, die ich schon einige Male in St. Georg wahrnahm. Keine von ihnen fickte ich zuvor. Vermutlich auch besser so. Sonst wäre mir irgendwie komisch zumute gewesen. Teilweise befanden sich Dolores Kolleginnen mit ihren Stammfreiern auf der Party.

Entweder saßen sie händchenhaltend nebeneinander oder tanzten zusammen.

Dolores bot mir ein Platz und ein Glas Bier an, was ich nicht ablehnte. Für einen kurzen Augenblick setzte sie sich zu mir.

„Schön, dass du gekommen bist", sagte sie freudestrahlend.

Plötzlich stand sie nach einigen Minuten wieder auf.

„Möchtest du etwas essen", fragte sie mich.

„Gerne", antwortete ich, da ich Hunger verspürte.

Aus der Küche, die als Kochmische von Wohnzimmer abgetrennt war, holte sie mir ein Teller Paella.

„Schmeckt gut", sagte ich, als ich das Essen probierte.

Während ich aß, kümmerte Dolores sich um die anderen Gäste. Ich beobachtete beim Essen das festliche Treiben. Insgesamt erweckte die Feier auf mich den Eindruck, dass ich mich auf einem Heiratsmarkt befand. Die Prostituierten boten sich ihren Freiern als Ehefrauen an, zumindest entsprach dies meinen Empfinden. Genau wissen tat ich es nicht, aber die Verhaltensweise der Akteure ließ klar darauf schließen. Ich betrachtete die Gäste als Studienobjekte. Für mich bot diese Beobachtung etwas Neues, was zweifelsfrei mein detektivisches Interesse weckte.

Nach dem Essen forderte mich Dolores zum Tanzen auf. Dabei machte ich keine gute Figur. Dies merkte ich daran, dass die Gastgeberin nur sehr kurz mit mir tanzte. Auch ihre Körpersprache und Gestik ließ darauf schließen, dass ich mit meiner persönlichen Einschätzung richtig lag.

Bei der Feier trank ich insgesamt zwei Gläser Weißwein und zwei Gläser Bier. Und zweimal wurde ich von anderen Frauen zum Tanzen aufgefordert.

Gegen 22.00 Uhr sagte Dolores zu mir: „Es ist spät für dich. Du musst morgen wieder zur Arbeit"!

Dies erkannte ich als höfliche Aufforderung zu gehen. Anders ausgedrückt: ein diplomatischer Rauswurf. Keine Ahnung, was ich verbrochen haben könnte. Vielleicht merkte sie, dass ich mich fehl am Platze fühlte. Oder es störte sie, dass ich die Gäste beobachtete. Letztlich spielte es keine Rolle. Ich verabschiedete mich und trat die Heimreise an.

Wieder an der frischen Luft angekommen, wusste ich nicht, wie ich die Geburtstagsfeier bewerten sollte. Vertiefen wollte ich den Gedanken zunächst nicht, da ich plötzlich eine gewisse

Müdigkeit verspürte. Ich freute mich auf zuhause und wollte vor dem laufenden Fernseher den Abend ausklingen lassen, um zur wohlverdienten Bettruhe zu kommen.

„Abschalten und schlafen", sollte meine Devise sein, da ich am nächsten Tag wieder zur Arbeit musste.

Am Bahnhof Habichtstraße schien das Glück auf meiner Seite zu sein. Denn als ich auf dem Bahnsteig ankam, traf nur wenige Augenblicke später die U-Bahn ein. Ich überlegte während der Bahnfahrt, ob es ein Fehler war, die Geburtstagsfeier zu besuchen. Es drang mir wieder ins Bewusstsein, dass ich mich auf der Party deplatziert fühlte.

„Vielleicht schickte mich Dolores deshalb nach Hause", schoss mir erneut der Gedanke durch den Kopf.

Bei solchen Massenveranstaltungen spüre ich die Einsamkeit besonders stark. Gegen solche Gefühle bin ich stets machtlos. Es entspricht einfach meiner Persönlichkeit, eine Tatsache, die mir beim Verfassen meines zweiteiligen Romans klar vor Augen geführt wurde. Darüber hinaus handelte es sich bei den Partyteilnehmern um Fremde. Dadurch verstärkten sich meine Negativgedanken. Darum bereute ich meine Entscheidung, zu dieser Feier gegangen zu sein. Die Situation führte mir mein emotionales Loch vor Augen, als ich Dehnhaide ausstieg.

An der Ampelkreuzung des Bahnhofs bekam ich schlagartig einen klassischen Filmriss. Alles wurde schwarz um mich herum. Ich hörte nur das Quietschen von Autoreifen und vernahm ein lautes Krachen eines Aufpralls in Kombination mit dem Klirren einer Scheibe.

Aufgewacht lag ich auf einer Trage in einer Ambulanz. Ich wusste nicht, was eben zuvor passierte.

„Was ist überhaupt los", fragte ich mich in einem Zustand der kurzfristigen Verwirrung.

Ich konnte mich an nichts mehr erinnern. Mein linkes Bein schmerzte fürchterlich.

„Ein Unfall", begriff ich allmählich.

Meine Gedanken suchten nach plausiblen Antworten, die ich aber nicht fand. Das Szenario machte mir allein schon wegen der vorherrschenden Ungewissheit Angst. Irgendwie fühlte ich mich hilflos.

„Wieso passierte dies ausgerechnet mir", fragte ich mich verärgert.

Wieder keine Antwort. Es blieb zum Verrücktwerden. Innerlich wurde ich unruhig.

„Bleiben Sie ruhig! Es ist alles in Ordnung", sagte die Sanitäterin, die sich um mich kümmerte.

Vermutlich behielt sie recht. Es nutzte mir nichts, mich aufzuregen. Ich konnte ohnehin nichts an meiner Lage ändern. Abwarten hieß nun das passende Stichwort, obwohl zugegebenermaßen Geduld nicht immer zu meinen besonderen Eigenschaften gehörte.

Die Ambulanz fuhr mich ins Eilbeker Krankenhaus, das sich in der Nähe des Bahnhofs befand.

Dort angekommen, wurde ich von einem zuständigen Arzt gefragt: „Haben Sie etwas getrunken"?

„Ja, ein wenig", gab ich offen zu.

In der Zwischenzeit wurde mir Blut abgenommen.

„Haben Sie irgendwelche Krankheiten", wurde ich von einem anderen Arzt in der Aufnahme gefragt.

„Ja, früher hatte ich epileptische Anfälle", antwortete ich.

Natürlich wurden meine Personalien aufgenommen. Anschließend röntgte man mein kaputtes Bein. Die ganze Zeit bekam ich das Gefühl, im falschen Film zu sein.

„Ich begreife immer noch nicht, was eigentlich passiert ist", stellte ich fest.

In meinem Kopf herrschte ein absolutes Chaos.

„Können Sie sich an den Unfall erinnern", wurde ich kurzfristig aus meiner negativen Gedankenwelt gerissen.

Ich versuchte im Kopf den Unfall zu rekonstruieren, aber ohne Erfolg. Die Bilder ergaben keine neuen Erkenntnisse. Schemenhaft sah ich nur Teile der Geburtstagsfeier vor meinen Augen. Es wurde ausgiebig gefeiert. Mehr konnte ich gedanklich nicht abrufen.

„Nein, ich habe einen Blackout", erwiderte ich daher auf die Frage.

Was sollte ich sonst in dieser Lage antworten? Schließlich konnte ich mir die Antwort nicht aus den Fingern saugen. Einen klaren Gedanken fand ich nicht mehr. Im wahrsten Sinne blieb ich fassungslos. Ich stand unter Schock.

„Wir bringen Sie jetzt auf ihr Zimmer", hörte ich eine weibliche Stimme im Hintergrund.

Am nächsten Morgen wachte ich im Zimmer auf. Früh wurde mein Zimmergenosse, der übrigens Mark Jansen hieß und ich geweckt. Es gab Frühstück. Die Krankenschwester, die uns aus dem Schlaf riss, stellte meine Körpertemperatur fest. Fieber spürte ich zwar keines, aber etwas erhöhte Werte. 37,6 Grad Celsius, um es genauer auszudrücken.

„Die erhöhte Temperatur ist nicht besorgniserregend. Das ist in Ihrer Situation nicht ungewöhnlich", beruhigte mich die Krankenschwester.

Einen kurzem Augenblick später fragte sie mich: „Möchten Sie irgendwelche Schmerzmittel"?

„Nein", antwortete ich kurz und knapp.

Ich entschied mich bewusst gegen sie. Nach meiner Auffassung sind die Schmerzen ein klares Signal dafür, wie der Heilungsprozess verläuft. Darüber hinaus empfand ich die Schmerzen als erträglich, sodass ich keine Notwendigkeit darin sah, irgendwelche Medikamente zu schlucken.

Zusätzlich fragte mich die Krankenschwester: „Möchten Sie jemanden informieren, dass Sie im Krankenhaus sind"?

„Ja, ich möchte meine Schwester anrufen", gab ich ihr zu verstehen.

Sie holte ein Mobiltelefon.

„Hoffentlich ist jemand zuhause", sagte ich, als ich das Mobiltelefon entgegennahm.

Ich wählte die Nummer. Das Telefon klingelte in der anderen Leitung. Emotional blieb ich aufgewühlt.

„Geht gleich jemand ans Telefon", fragte ich mich.

Ich fing an, ungeduldig zu werden. Endlich nahm jemand nach dem dritten oder vierten Klingeln den Hörer ab. Christina meldete sich am Telefon. Ich informierte sie darüber, dass ich wegen eines Unfalls in Eilbeker Krankenhaus lag. Außerdem bat ich sie, in der Firma anzurufen, um Bescheid zu sagen.

Am Schluss des Telefonates sagte Christina zu mir: „Ich komme heute mit Harald ins Krankenhaus und bringe dir ein paar Klamotten vorbei. Von Hilde hole ich mir den Wohnungsschlüssel, damit ich in deine Wohnung komme".

„Okay. Bis später", erwiderte ich.

Danach beendeten wir das Gespräch.

Die trostlose Atmosphäre im Krankenhaus löste bei mir erneut einen negativen Gedankenstrudel aus. Mein Zimmergenosse erwies sich nicht als der richtige Gesprächspartner, um mich geistig aus dem emotionalen Tief zu befreien. Die Geburtstagsfeier von Dolores endete für mich in einem Fiasko, eine Realität, der mich nicht verschließen konnte. Ich erlebte einen Albtraum und wachte nun auf.

„Wieso habe ich nicht auf meine innere Stimme gehört", fluchte ich innerlich.

Nun steckte ich im Schlamassel. Denn rückgängig konnte ich es nicht machen. Die Zeit ließ sich einfach nicht zurückdrehen, auch wenn ich es gerne getan hätte. In dieser fast aussichtslosen Konfrontation fing ich an, mich selbst zu hassen. Ich stellte meine Intelligenz infrage.

Die Visite der Stationsärztin unterbrach meinen emotionalen Teufelskreislauf, zumindest für einige Minuten. Sie informierte mich über meinen Gesundheitszustand.

„Durch den Unfall haben Sie einen Bruch im Unterschenkelbereich. Ein operativer Eingriff wird daher nötig. Wir werden eine Gelenksflächenkonstruktion und eine Kunstknochenunterfütterung vornehmen. Zusätzlich wird eine Abstützplatte modelliert, um alles zusammenzuhalten. Ein Routineeingriff. Sie haben Glück gehabt. Die Operation wird in den nächsten Tagen stattfinden".

Die Auskunft half mir weiter. Ich befand nicht mehr im Tal der Ahnungslosen. Immerhin wusste ich zumindest gesundheitlich, was Sache ist. Es beruhigte meine schwachen Nerven. Auf diese Weise konnte ich weitere Fortschritte im Gedankenpuzzle machen. Jedoch den Unfallhergang konnte ich immer noch nicht rekonstruieren. Meine Amnesie schien sich zu einem Dauerzustand zu entwickeln.

Gegen frühen Abend besuchten mich Christina und Harald.

„Wie geht es dir", fragte mich Christina sichtlich besorgt.

„Den Umständen entsprechend gut. Danke", antwortete ich leicht erschöpft.

„Was ist eigentlich passiert", wollte Harald wissen.

„Ich weiß nur, dass ich beim Überqueren der Straße von einem PKW erfasst wurde. An mehr kann ich mich nicht erinnern", gab ich zur Auskunft.

„Es dir doch klar, dass du bei Schuld des Fahrers Schmerzensgeld verlangen kannst", merkte Harald an. „Ehrlich gesagt, habe ich mir diesbezüglich noch keine Gedanken gemacht", erwiderte ich ermüdet.

„Wir können heute nicht lange sehr lange bleiben, aber wir werden uns wegen des Unfalls bei der Polizei informieren. Vielleicht wissen wir morgen mehr", meinte Christina.

Kurz darauf verabschiedeten wir uns.

Am nächsten Abend kamen mich Christina und Harald erneut besuchen. Die Gesichter der beiden sahen besorgniserregend aus, und ich ahnte Schlimmes.

Nach der Begrüßung sagte Christina: „Wir waren auf der Wache, um uns zu informieren. Es sieht nicht gut für dich aus. Du hast bei rot eine Ampel überquert. Damit man eine genauere Akteneinsicht erhält, musst du dafür einen Anwalt beauftragen, da Zivilpersonen sie nicht bekommen. Aber mein Anwalt macht es schon. Er ist Experte im Verkehrsrecht".

„Mach dir keine Sorgen! Wir kriegen es schon hin", versuchte Harald mich zu beruhigen.

Christina fügte hinzu: „Laut Auskunft der Polizei beträgt der Schaden am Auto mehr als 5.500 Euro. Es muss noch geklärt werden, ob der Fahrer nicht zumindest eine Teilschuld trägt. Eine Teilschuld würde dann vorliegen, wenn der Unfallgegner zu schnell gefahren wäre".

„Ich hatte so etwas Ähnliches schon befürchtet", kommentierte ich den Sachverhalt.

Mit dieser Nachricht konnte ich mich verständlicherweise nur schwer anfreunden. Jedoch nun musste ich mich der Realität stellen.

„In den nächsten Tagen kommen wir noch einmal vorbei. Der Anwalt braucht eine Unterschrift für die Vollmacht, damit er für dich tätig werden kann", versuchte Christina zum Schluss zu kommen.

Anschließend machten die beiden sich auf dem Heimweg.

Für mich präsentierte sich eine Hiobs-Botschaft, ein Horrorszenario. Schlechter konnte es kaum laufen. Mir schwirrte eine Vielzahl von negativen Gedanken durch meinen Kopf. Verliere ich durch den Unfall meine Arbeit? Dieses Gedankenspiel wollte ich wegen der hohen emotionalen Belastungen vorerst nicht weiter vertiefen. Vermutlich hätte es zu einer Verschlechterung meines Allgemeinzustandes geführt. Dies wäre absolut kontraproduktiv gewesen.

Stattdessen überlegte ich mir, wie ich diesem Schaden bezahlen könnte, ohne meine Rücklagen zu stark angreifen zu müssen. Unabhängig vom Unfall konnte ich meinen Arbeitsplatz nicht als sicher einstufen. Und die Rücklagen brauchte ich für meine Kunstprojekte. Eventuell die einzige Chance, wieder auf die Füße zu kommen. Also musste ich mich um Schadensbegrenzung bemühen.

„Ich muss versuchen, eine sozialverträgliche Ratenzahlung mit dem Unfallgegner vereinbaren", kam mir als erster Gedankenschritt in den Sinn,

Allerdings müsste die Ratenhöhe mindestens 100 Euro pro Monat betragen. Darunter brauchte ich es bei dieser Schadenshöhe nicht probieren. Wie soll ich bei meinen ohnehin geringen Einkommen dies finanziell bewältigen? Meines Erachtens ging dies nur durch Einsparungen. Ich überlegte, das monatliche Fondsparen auszusetzen. Genauso zog ich in Betracht, den Vertrag mit den Vermögenswirksamen Leistungen zu kündigen. Beides zusammen wäre immerhin ein Einsparungspotenzial von ca. 90 Euro pro Monat. Zusätzlich plante ich eine Anzahlung von 1.500 bis 2.000 Euro zu machen, damit sich die Gegenseite auf einen Vergleich einlässt. Meine restlichen Ersparnisse wollte ich vorher in Sicherheit bringen. Mit dieser Strategie sah ich die Möglichkeit, meinen Arsch zu retten und konnte anschließend beruhigt einschlafen.

Am nächsten Tag kam ein Mann, den ich auf ca. Mitte/Ende dreißig schätzte, an mein Bett. Anfangs blieb ich irritiert, weil ich ihn nicht kannte. Jedoch dann stellte er sich vor.

„Mein Name ist Thomas Müller. Ich bin ihr Unfallgegner. Ich wollte mich erkundigen, wie es Ihnen geht".

„Gesundheitlich bin ich mit einem blauen Auge davongekommen. Der Unfall hätte auch anders ausgehen können", entgegnete ich ihm.

„Wieso haben Sie bei rot die Straße überquert", fragte er mich vorwurfsvoll.

Aus seiner Sicht verständlich. Er wollte für sich nachvollziehen, wie der Unfall zustande kam.

„Kann ich nicht beantworten. Ich kann mich an nichts erinnern", antwortete ich geistesgegenwärtig.

Es schien mir klüger zu sein, mich bedeckt zu halten.

„Es ist Ihnen klar, dass hohe Kosten auf Sie zukommen werden", meinte der Mann mit einem gewissen Nachdruck.

„Wer was zu bezahlen hat, muss noch geklärt werden", wehrte ich energisch den verbalen Angriff ab.

Natürlich machte ich mir die Tatsache bewusst, dass mein Unfallgegner vermutlich rechthaben würde, aber ich wollte keine Schwäche nach außen zeigen.

Ich wollte nicht zu früh meine Karten offenlegen, sonst wäre ich vorzeitig ausgespielt worden. Der Bluff verhinderte eine frühe Niederlage. Allerdings kostete es mich einiges an Nerven und Angstschweiß. Es ist kein leichtes Unterfangen, Stärke zu demonstrieren, wenn man angeschlagen im Ring steht. Immerhin hielt ich mit meiner Strategie die Partie zumindest vorläufig offen.

Nach unserem kurzen Gespräch verabschiedete sich der Mann und ging. Interessierte den Unfallgegner tatsächlich mein gesundheitliches Wohl? Oder wollte er nur in Erfahrung bringen, wer sein Gegner ist? Dies wird wahrscheinlich nicht mehr eindeutig geklärt werden, was letztlich keine Rolle mehr spielte, da es keinen Einfluss auf den weiteren Verlauf der Handlung nahm.

Ich verfügte über keine Zeit zum Luftholen. Die wenigen Augenblicke der Ruhe ließen meine Gedanken wieder verrücktspielen. Ich versuchte nochmals die Geburtstagsfeier von Dolores zu analysieren.

„Warum bekam ich im falschen Moment ein Blackout und überquerte bei rot die Straße", lautete meine erste Frage.

Übermäßig viel Alkohol trank ich an diesem Abend nicht. Ich trank in der Vergangenheit schon deutlich mehr, ohne irgendwelche Aussetzer zu haben. Deshalb verstand ich nicht, warum mir dies passierte.

„Hat mir irgendjemand etwas ins Getränk getan", formulierte ich gedanklich die nächste Frage.

Dreimal befand ich mich auf der Tanzfläche und einmal kurz auf der Toilette. Gelegenheiten gab es also genug, um mir Drogen zu verabreichen.

„Jedoch, was ist das Motiv", fragte ich mich am Schluss.

Ich beobachtete die Gäste. Vielleicht störte es jemanden. Habe ich etwas gesehen, ohne dass es mir bewusst wurde? Gedanklich unternahm ich den erneuten Versuch, die Feier nochmals Revue passieren zu lassen. Drogenkonsum stach mir dabei nicht ins Auge. Auch sonst fiel mir nichts Besonderes auf. Verworrene Bilder nahm ich wahr, die mir nicht weiterhalfen. Diese Ungewissheit quälte mich. Eine innere Unruhe kam bei mir auf. Schnell erkannte ich, dass mir der Versuch der Rekonstruktion emotional schadete. Sofort brach ich die Aktion ab und wollte nicht weiter über die Vorgänge an den besagten Abend nachdenken.

Zwei Tage später stand die Operation an. Angesetzt wurde sie für 14.00 Uhr nachmittags. Die ganze Zeit durfte ich nichts essen. Eine gewisse Aufregung wegen der bevorstehenden Operation ließ sich nicht leugnen. Verläuft alles planmäßig oder gibt es doch Komplikationen?

Ein Tag zuvor kamen Christina und Harald wegen der Unterschrift für den Anwalt noch einmal kurz vorbei.

Christina erzählte mir: „Beim Unfall konnten zwei Autos stoppen, aber der Unfallgegner nicht. Vermutlich war er schneller gefahren. Und der Anwalt meinte, es ist noch nichts entschieden".

Diese Information machte mir Hoffnung, dass ich eventuell nicht den ganzen Schaden zahlen muss.

„Nun muss nur noch die Operation gut verlaufen", dachte ich wieder optimistischer.

Pünktlich brachte man mich in den Operationssaal und bekam eine Narkose. Erst als ich wieder in mein Zimmer gebracht wurde, wachte ich leicht benommen und erschöpft auf.

Auf dem Weg zurück in mein Zimmer stellte sich mir die Frage: „Ist die OP gut verlaufen"?

Keine Ahnung. Gewissheit erhoffte ich mir am nächsten Tag.

Ein Tag später kam die Visite. Für mich wurde ein Spannungsbogen erzeugt, da ich nicht wusste, was der Stationsarzt sagen wird.

„Wie fühlen Sie sich Herr Krüger", fragte der Mediziner freundlich gestimmt.

„Gut, soweit ich es beurteilen kann", antwortete ich nervlich leicht angespannt.

„Die Operation ist aus meiner Sicht gut verlaufen. Nach Ihrem Krankenhausaufenthalt müssen Sie zur Krankengymnastik. Es muss Muskelaufbau gemacht werden, um die Bewegungsfähigkeit Ihres Beines wieder herzustellen".

Hörte sich nicht schlecht an, was der Doc sagte. Dies beruhigte mich ein wenig.

Plötzlich klingelte zuhause wieder mein Telefon.

„Es nervt", fluchte ich lautstark durch die Wohnung.

Dieses Geräusch störte meine Konzentration beim Schreiben. Ich hörte auf, am Notebook zu tippen, weil ich hören wollte, wer mir gleich auf AB spricht.

„Hier noch einmal Adriana Kraftmeier. Wieso melden Sie sich nicht bei uns in der Agentur zurück? Es wäre nett, wenn Sie meiner Bitte nachkommen würden. Wir haben immer noch einen hohen Krankenstand und brauchen Sie", äußerte meine Chefin etwas ungehalten am Apparat.

Die Frau ging mir allmählich auf dem Sack, was bei einem Mann bekanntlich sehr schmerzhaft sein kann. Dennoch wollte ich mich durch den Telefonterror nicht einschüchtern lassen und blieb stur, indem ich nicht ans Telefon ging.

Die restlichen Tage brauchte ich unbedingt für die Arbeit an meinem zweiteiligen Roman. Meinen Urlaub meldete ich bereits vor mehr als sechs Monaten an. Schlimm genug, dass ich dies so frühzeitig machen musste. Schließlich übte ich kein sozialversicherungspflichtiges Arbeitsverhältnis aus, sondern nur einen Minijob. Ein klares Indiz für rücksichtslose Ausbeutung. An diesem Zustand wollte ich unbedingt etwas ändern. Darum hielt ich weiter an meiner Strategie fest und sah nicht ein, nachzugeben. Letztlich nahm ich nur meine Rechte als Arbeitnehmer wahr. Arbeitsrechtlich konnte mir diese Frau nicht ans Bein pinkeln oder scheißen. Deshalb blieb mir der unangenehme Gestank des Urins oder des Kots vorerst erspart. Diesbezüglich befand ich mich auf der sicheren Seite.

„Wie rechtzeitig muss ich als Zusteller meinen Urlaub ankündigen, um sicher zu sein, dass ich ihn auch tatsächlich erhalte", fragte ich mich berechtigt.

Ich versuchte weiterhin die Ruhe zu bewahren, auch wenn es mir zugegebenermaßen schwerfiel. Nach einer kleinen Kaffeepause setzte ich mich wieder ans Notebook und schrieb weiter.

Im Krankenhaus blieb ich insgesamt drei Wochen. Das Essen erreichte eine bessere Kantinenqualität und das Pflegepersonal verhielt sich meist höflich und zuvorkommend. Ich bekam regelmäßig Besuch. Nicht nur Christina und Harald kamen, sondern auch Hilde und sogar Onkel Alfred. Dadurch empfand ich den Krankenhausaufenthalt nicht ganz so monoton. Wichtig in diesem Zusammenhang blieb die Aussage von Onkel Alfred an meinem Krankenbett.

„René, mache dir keine Sorgen! Dein Arbeitsplatz ist sicher. Konzentriere dich darauf, wieder gesund zu werden"!

Nach ungefähr zwei Wochen machte ich mithilfe von Krücken und einer Schiene, die mein Bein ruhig stellte, erste Gehversuche. Am Abschlusstag zeigte man mir, wie ich mit meinem Handicap die Treppe rauf und runter kam. Nun musste ich mich zuhause auf dem Genesungsprozess konzentrieren und hoffte, dass mir der Anwalt von Christina helfen kann.

Zuhause angekommen, wusste ich nicht wirklich, was alles auf mich zukommen würde. Die nervlichen Belastungen erwiesen sich als gigantisch. Schlafstörungen traten verstärkt auf. Weiterhin verspürte ich die Angst, meinen Arbeitsplatz zu verlieren, obwohl mich Onkel Alfred bei seinen Besuch im Krankenhaus diesbezüglich beruhigte. Trotzdem misstraute ich dieser Aussage. Denn er neigte dazu, eine heile Welt zu präsentieren, unabhängig vom Wahrheitsgehalt.

Welche Chancen hätte ich im Falle eines Gerichtverfahrens bezüglich einer Wiedereinstellung? Keine Ahnung. Und wie lange dauert der Genesungsprozess? Muss ich eventuell damit rechnen, dass mein Bein steif bleibt? Für mich tauchten eine Reihe ungeklärter Fragen auf. Ich verspürte eine enorme Druckwelle, die ich kaum aushalten konnte. Alles wuchs mir über den Kopf. Am liebsten wäre ich weggelaufen, was allerdings mit einem kaputten Bein extrem schwierig wäre.

Zuhause lief häufig die Glotze, obwohl meistens nur Mist geboten wurde. Malerei wurde für die nächsten Wochen und Monate unmöglich. Hingegen das Schreiben funktionierte, zumindest wenn es meine seelische Verfassung zuließ. Sex interessierte mich nicht. In meinen Möglichkeiten blieb ich ohnehin eingeschränkt. Nicht einmal Selbstbefriedigung weckte mein Interesse. Und was den Haushalt betraf, blieb ich auf die Hilfe von Christina und Harald angewiesen. Einerseits spürte ich für die Unterstützung Dankbarkeit, aber andererseits musste ich mich den beiden unterordnen. Beispielsweise ärgerte ich mich darüber, dass meine Schwester Geschirr und Besteck ohne meine Erlaubnis entsorgte. Die Sachen holte ich kurz vor dem Unfall extra aus dem Keller, weil ich sie für dic Malerei benötigte. Die Teller wollte ich zum Beispiel als Farbpaletten nutzen. Ich fühlte mich durch diese Aktion entmündigt und nicht ernst genommen. Daher stellte ich Christina zur Rede.

„Was hast du mit dem Geschirr und den Besteck im Flur gemacht"?

„Die Sachen habe ich in den Müll getan", antwortete sie kurz.

„Ich habe dir dafür nicht die Erlaubnis erteilt", merkte ich leicht angesäuert an.

Innerer Zorn kam in mir hoch.

„Du hast genug Teller im Küchenschrank. Außerdem kam bei dir etwas Ordnung und Sauberkeit nicht schaden", widersprach mir Christina energisch.

Ihr Ton wurde dabei etwas unverschämt. Jedoch ich ließ mich von ihrem vorlauten Mundwerk nicht beeindrucken.

„Diese Sachen habe ich für die Malerei aus dem Keller geholt. Du hattest kein Recht, dich an mein Eigentum zu vergreifen. In Zukunft verbiete ich dir solche Aktionen in meiner Wohnung", machte ich ihr unmissverständlich klar.

Meine Schwester schwieg. An ihrer Mimik und Körpersprache konnte ich aber erkennen, dass ihr meine Äußerungen nicht gefielen.

Ohne dass sie es direkt aussprach, erkannte ich die Botschaft in ihrem Gesicht: „Ich finde mein Verhalten immer noch richtig. Und René ist nur undankbar".

Hier wurde mir wieder bewusst, dass meine Schwester und ich in völlig unterschiedlichen Welten leben. Zusätzlich kotzte mich aufgrund dieses Vorfalls die Abhängigkeit von Christina und Harald in der ohnehin beschissenen Situation an.

Zur Bundestagswahl wollten mich die beiden auch nicht fahren. Dabei wollte ich unbedingt meine Stimme abgeben. Für eine Briefwahl blieb leider keine Zeit mehr.

Jedoch Christina sagte am Telefon: „Wir fahren dich nicht zur Bundestagswahl. Du musst selbst sehen, wie du es machst".

Und auch Harald meinte im Hintergrund, aber dennoch hörbar: „Nein, dass machen wir nicht".

Noch eine Kröte, die ich schlucken musste.

„Vermutlich eine Retourkutsche, weil ich Christina zusammengestaucht hatte", überlegte ich im Stillen.

Innerlich spürte ich eine erneute Enttäuschung und Verärgerung. Daher brach ich die Diskussion ab. Ich hielt es für Zeitverschwendung, das Gespräch fortzusetzen.

„Okay, dann muss ich mir etwas einfallen lassen", sagte ich am Telefon und verabschiedete mich.

Es sah laut Umfragen nach einem Kopf-an-Kopf-Rennen aus. Zu Beginn des Wahlkampfes führte zunächst das sogenannte bürgerlich/konservative Lager. Doch Schröder erwies sich als Krisenmanager bei der Flutkatastrophe, die viele Menschen in Not brachte. Und auch seine Anti-Golfkriegshaltung brachte ihm Pluspunkte. Dadurch gab es einen allmählichen Stimmungsumschwung in der Bevölkerung. Und ich wollte verständlicherweise keinen Stoiber als Bundeskanzler.

„Diese Peinlichkeit sollte uns in Deutschland in jedem Fall erspart bleiben", vergegenwärtigte ich mir.

Ein Regierungschef, der nicht einmal die deutsche Sprache richtig beherrscht, geschweige denn einen vollständigen Satz formulieren kann, wäre meines Erachtens ein großes Desaster für unser Land gewesen. Zwar erwies sich die rotgrüne Bundesregierung nicht als der große Wurf, aber sie repräsentierte das geringere Übel, zumindest dachte ich es zu diesem Zeitpunkt.

Als Lösung entschied ich mich beim Service der Parteien anzurufen, damit ich unbeschadet die Wahlurne erreichen konnte. Sie fahren alte Leute und Gehbehinderte zur Wahl. Auf diese Weise wurde ich in die Lage versetzt, doch meine Stimme abzugeben.

Mit dem Rückweg bekam ich allerdings Probleme. Der Fahrservice der SPD war verschwunden, als ich das Wahlbüro wieder verließ.

„Wie komme ich wieder nach Hause", fragte ich mich verärgert.

Ich wollte nicht in Panik geraten und traf die Entscheidung, den Rückweg auf eigener Faust zu probieren. Ein schwieriges Unterfangen, da draußen überall nasses Laub lag. Dies gestaltete sich mit den Krücken als gefährlich. Zugegebenermaßen bekam ich etwas Angst, auch wenn es sich nur um eine kurze Wegstrecke handelte. Am Ende konnte ich froh sein, es heil nach Hause geschafft zu haben. Ein Erfolgserlebnis für mich. Ärgern tat ich mich trotzdem. Frust kam auf. Vermutlich nahmen die Fahrer meine Behinderung nicht ernst. Erfreulich blieb die Tatsache, dass Stoiber am Ende doch nicht Bundeskanzler wurde. Rotgrün wurde nach einem langen und aufregenden Wahlkrimi erneut als Regierung bestätigt. Schröder verfügte am Ende über einen hauchdünnen Vorsprung von etwas mehr als 8.000 Stimmen gegenüber Stoiber.

Anfang Oktober 2002 ging ich zu Dr. Hackmann, einen Unfallarzt, der sich um meine ambulante Behandlung kümmern sollte. Ich betrat ohne Termin die Praxis, was bei einem Durchgangsarzt auch üblich ist. Daher erschien ich immer frühzeitig, damit ich mich nicht auf allzu lange Wartezeiten einstellen musste, was meist auch gut funktionierte. Zum Glück musste ich keine lange Wegstrecke zum Arzt zurücklegen. Ein normaler Fußgänger benötigte ca. fünf Minuten. Und ich brauchte mit meinen Krücken etwa das Dreifache für diese Tour.

Dr. Hackmann machte von meinem kaputten Bein nochmals einige Röntgenaufnahmen, um sich selbst ein Bild zu machen.

Als der Arzt sich die Aufnahmen anschaute, sagte er: „Der Verlauf der Heilung ist gut. Ich verschreibe Ihnen eine Krankengymnastik, damit Ihre Muskulatur aufgebaut werden kann".

„Ich brauche eine ärztliche Bescheinigung dafür, dass ich eine Haushaltshilfe benötige", machte ich meinen Gesprächspartner darauf aufmerksam.

„Ich stelle Ihnen eine aus. Plus natürlich eine Krankschreibung", erwiderte der Arzt freundlich.

Die Bescheinigung für die Haushaltshilfe benötigte ich für Christina. Dadurch erhielt sie einen kleinen Nebenverdienst für die Pflege. Es gab immerhin 7,15 Euro pro Stunde. So wurde ihre Hilfe belohnt, und ich bekam weniger das Gefühl, ihr etwas schuldig zu sein. Allerdings empfand meine Schwester den Stundenlohn als zu niedrig. Wir einigten uns darauf, dass ich mehr Stunden aufschrieb, als tatsächlich geleistet wurden.

Nachdem ich alle Bescheinigungen vom Facharzt ausgehändigt bekam, verabschiedeten wir uns, und ich humpelte nach Hause.

Nachmittags klingelte das Telefon im Wohnzimmer. Ich nahm den Hörer ab.

„Hier René Krüger", meldete ich mich.

„Hier ist Richard, Warum meldest du dich nicht", fragte mich mein ehemaliger Arbeitskollege.

„Ich war für drei Wochen im Krankenhaus", gab ich zur Auskunft.

„Was ist denn passiert", fragte mein Gesprächspartner weiter.

„Ich habe bei rot eine Straße überquert", meinte ich.

„Hört sich nicht gut an", entgegnete mir Richard etwas besorgt.

„Das ist richtig. Ich muss vermutlich mehr als 5.500 Euro an meinen Unfallgegner bezahlen", fügte ich meinem Bericht hinzu.

„Dann solltest du stufenweise deine Ersparnisse von der Bank abziehen und das Geld in ein Schließfach unterbringen", riet er mir.

„Das werde ich auch tun. Allerdings muss ich dafür fitter sein als jetzt", erwiderte ich meinen Kumpel.

„Ich werde morgen Nachmittag vorbeikommen, um dich zu besuchen", sagte Richard am Schluss des Telefonats.

Vor Richards Besuch fragte mich Hilde telefonisch: „Kann ich dir etwas besorgen? Ich gehe zu Minimal einkaufen".

„Ich bekomme Besuch von einem ehemaligen Arbeitskollegen. Da möchte ich etwas anbieten", erwiderte ich.

„Ich könnte dir Butterkuchen und Cappuccino besorgen", schlug sie mir vor.

„Gute Idee. Ich gebe dir später das Geld dafür", freute ich mich über ihre Hilfsbereitschaft.

„In Ordnung. Bis später", beendete sie das Gespräch.

Nachmittags brachte sie mir die Besorgungen vorbei. Während meiner Krankschreibungszeit schaute sie zwischendurch nach dem Rechten, ob ich etwas benötigte.

Richards Besuch sah ich als eine willkommene Abwechslung vom eher tristen Alltag. Meist besuchten mich nur Christina und Harald. Die restliche Zeit blieb ich allein mit meinen negativen Gedanken. Dabei ging mein Stimmungsbarometer ständig rauf und runter, was sich zum festen Bestandteil meiner Tagesordnung entwickelte. Die Isolierhaft machte mir stark zu schaffen. Depressionen setzten mir arg zu. Und meine Telefonrechnung erreichte die Rekordmarke von ca. 66 Euro. Die Summe ein Indiz für meine Einsamkeit.. Darüber hinaus hielt ich auch telefonisch Kontakt zur Firma, um die Sachlage zu erkunden. Für mich eine unumgängliche Maßnahme, um festzustellen, ob mein Arbeitsplatz weiterhin sicher blieb. Mit dieser Ungewissheit zurechtzukommen fiel mir offen gesagt schwer. Jedoch konnte ich nichts Negatives aus den Firmentelefonaten entnehmen, sodass ich das Gefühl erhielt, vorläufig aufatmen zu können.

Richard brachte mir bei seinen Besuch Bücher zum Lesen mit.

„Der Trick dabei ist, dass man sich durch das Lesen in eine andere Welt begeben kann. So komme ich immer auf andere Gedanken", kommentierte Richard bei der Bücherübergabe.

Ich fand die Idee prinzipiell gut, da das Lesen für mich ein wichtiger Bestandteil meines Lebens symbolisierte, aber ich konnte nicht einschätzen, ob ich zurzeit die Muse dazu verspürte. Denn es ging mir seelisch hundsmiserabel. Diese Tatsache behielt ich lieber für mich, da ich mir nicht sicher sein konnte, ob Richard es verstehen würde.

Daher sagte ich bei der Bücherausgabe nur: „Danke".

Seit diesem Besuch kam Richard mindestens einmal pro Woche bei mir zuhause vorbei.

Wegen meines kaputten Beines musste ich ungefähr zweimal pro Woche zur Krankengymnastik in die Stückenstraße. Normal ein Fußweg von ca. zehn bis fünfzehn Minuten. Mit meinen Krücken benötigte ich zwischen dreißig und vierzig Minuten, je nach Wetterlage. Zuvor rief ich bei meiner Krankenkasse wegen der Übernahme der Taxikosten an.

Jedoch ich bekam zur Antwort: „Sie haben ein zu hohes Einkommen, um die Taxikosten erstattet zu bekommen".

Verstanden habe ich es nicht, da ich mittlerweile Krankengeld bekam. Das ist nur unwesentlich mehr als die damalige Sozialhilfe. Es fehlte mir aber die Energie, nochmals nachzuhaken. Meinen seelischen Tiefpunkt konnte ich nicht überwinden. Also akzeptierte ich die Abfuhr von der Krankenkasse und ging weiterhin zu Fuß zur Therapie. Sie dauerte pro Termin ungefähr zwanzig bis dreißig Minuten. Der Therapeut machte Bewegungsgymnastik für das Bein und gab mir Hausaufgaben auf, die aus Übungen bestanden, die ich gut zuhause ausführen konnte. Als fleißiger Schüler machte ich regelmäßig mein Trainingsprogramm, weil ich schnell wieder fit sein wollte. Dabei immer die Angst im Nacken, dass ich sonst doch meinen Job verlieren könnte. Nicht weil ich meine Arbeit besonders liebte, sondern wegen dem Geld.

„Wie soll ich ohne Arbeit meine Schulden bezahlen", drängte sich mir verständlicherweise als Frage auf.

Ich bewies bei den Übungen Ehrgeiz und verfügte über genügend Disziplin. Der Genesungsprozess ging gut voran.

Mein Therapeut, der übrigens Jan Hansen hieß, sagte zu mir: „Der Therapie verläuft bisher positiv. Du kannst das Bein jetzt mehr als 90 Grad anwinkeln".

Diese Aussage stimmte mich optimistisch. Es motivierte mich, eisern weiter zu trainieren.

Ende Oktober 2002 schickte mir mein Arbeitgeber die aktuelle Gehaltsabrechnung. Aufgeregt öffnete ich den Umschlag. Endlich bekam ich mein Urlaubsgeld bezahlt. Allerdings musste ich dafür mehrfach hinterher telefonieren. Ich kam mir vor wie ein Bittsteller. Ehrlich gesagt, kein angenehmes Gefühl. Trotzdem empfand ich eine Befriedigung, nicht nachgegeben zu haben.

„Schließlich bin ich nicht die Caritas, um die Firma zu sponsern", erkannte ich folgerichtig.

Vielmehr sah ich meine Tätigkeit darin, Geld für meine Arbeitsleistung zu erhalten, damit ich meinen gesellschaftlichen Verpflichtungen nachkommen kann.

Richard unterstützte mich bezüglich des Urlaubsgeldes, indem er mir bei einen seiner Besuche sagte: „René, lass dir dies nicht gefallen! Das Geld steht dir zu. Sonst wirst du in Zukunft nur noch verarscht".

Er behielt recht. Und glücklicherweise zahlten sich seine moralische Unterstützung und meine Hartnäckigkeit aus. Dadurch brauchte ich mein Konto nicht so stark belasten. Diese Tatsache änderte aber nichts an meinen Geldsorgen, die auf mich zukamen.

Anfang November 2002 erfuhr ich schriftlich durch meinen Anwalt Bernd Mehlmann, dass die gegnerische Seite sich nicht mehr mit ca. 5.500 Euro zufrieden gab, sondern mittlerweile sogar mehr als 7.000 Euro von mir haben will. Für mich ein erneuter Niederschlag im Ring, den ich kaum verkraften konnte.

„Wohin soll mich dies noch führen", fragte ich mich frustriert.

„Fordert die Gegenseite demnächst 10.000 oder sogar 15.000 Euro von mir", lautete meine nächste Frage.

Panik entstand. Ich wusste nicht, wie ich es schaffen sollte. Es überforderte mich. Dabei überkam mich das Gefühl, jedem Moment kotzen zu müssen.

„In dieser Verfassung kann ich nicht ständig in den Ring steigen, um mich durchzuboxen", erkannte ich in dieser heiklen Lage.

Und natürlich ärgerte ich mich über mich selbst. Ich hörte nicht auf meine innere Stimme und ging auf die Party von Dolores. Offensichtlich schien mein Gehirn ein durchlöcherter Käse zu sein. Die Aussetzer meines Verstandes konnte ich mir nicht anders erklären. Diese Unvernunft, die ich hier walten ließ, galt zuvor als eher untypisch. Konnte ich mich noch daher als zurechnungsfähig einstufen? Kopfchaos. Vielleicht auch Lebensmüdigkeit? Keine Ahnung. Ich fühlte mich wie ein Raubtier, das in die Enge wurde. Die Angst wurde mein Begleiter. Verstärkt durch das Gefühl, bald meine Arbeit zu verlieren.

Eine Merkwürdigkeit fiel mir beim anwaltlichen Schreiben auf. Bernd Mehlmann schrieb meinen Namen dreimal falsch. Er bot mir drei unterschiedliche Schreibweisen meines Namens und keine stimmte. Von einem studierten Menschen sollte ich eigentlich erwarten können, dass er die Rechtschreibung wenigstens einigermaßen beherrscht.

„Hoffentlich schreibt er seine Briefe in nüchternen Zustand", drängte sich mir in diesem Kontext auf.

Entsetzen breitete sich in meinen Gedanken aus. Es entstand bei mir allmählich der Verdacht, dass mein Anwalt ein Alkoholiker sein könnte. Eine grauenhafte Tatsache? Ich konnte diese Befürchtung nicht aus meinem Kopf verbannen.

Zumindest gewisse Zweifel kamen bei mir auf. Trotz berechtigter Bedenken behielt ich meinen Anwalt, weil ein Wechsel weitere Kosten verursacht hätte. Außerdem fühlte ich mich zu angeschlagen, um nach einer Alternative zu suchen.

Eine wichtige finanzpolitische Entscheidung traf ich bereits einige Tage vor dem Eintreffen des anwaltlichen Schreibens. Ich beendete den Sparplan für mein Investmentfond. Auf diese Weise erhöhte ich meinen finanziellen Spielraum. Das Krankengeld erwies sich nicht unbedingt als übermäßig hoch, um meine Einkommenssituation zurückhaltend zu beschreiben. Allein schon aus diesem Grund erschien mir dieser Schritt notwendig zu sein. Ein zusätzlicher Grund ergab sich dadurch, dass ich bei Arbeitsaufnahme meine Schulden in Form von Raten zurückzahlen muss.

Dieses Thema drückte auf meine Blase. Ein unangenehmes Gefühl. Schlagartig unterbrach ich das Schreiben am Notebook und rannte zum Klo. Rechtzeitig konnte ich mir Erleichterung verschaffen. Ein Malheur blieb mir zum Glück erspart. An meine damalige Krisensituation erinnert zu werden, stellte eine emotionale Belastung meiner Gedanken dar, auch nach so langer Zeit. Erschreckend. Es wurde mir bewusst, dass ich mich endlich davon befreien muss.

„Vielleicht hilft mir das Schreiben, die bösen Geister der Vergangenheit zu vertreiben", hoffte ich zumindest.

In der Küche mixte ich mir ein Glas Rum- Cola, um innerlich wieder ruhiger zu werden. Anschließend schrieb ich weiter.

Aus finanzieller Hinsicht konnte ich vorerst nicht mehr machen. Spätestens nach dem anwaltlichen Schreiben wünschte ich mir fast, dass mich das Auto richtig erwischt hätte.

„Dann hätte ich die Geldsorgen und die damit verbundenen Zukunftsängste von der Backe", kam mir in den Sinn.

Ich fragte mich, warum ich überhaupt lebte. Das Leben erschien mir wie ein sinnloser Kampf um das Überleben. Keine richtige Freude an meinem Dasein. Die ganze Negativität meiner Gedanken entlud sich in sehr erschreckenderweise. Die Heilungschancen stufte ich als äußerst gering ein. Eine Untergangsstimmung entstand, die ich in dieser Misere nicht stoppen konnte. Alles schien sich zu verselbständigen. Kontrollverlust. Bezeichnend in Anbetracht der Lage. Ich erkannte keinen Ausweg. Selbstmordszenarien spiegelten sich in meiner Seele wieder. Muss ich nicht früher oder später sowieso sterben? Warum soll ich diesen Prozess nicht beschleunigen? Die Quälerei hätte dann endlich ein Ende. Meine Lebensbilanz sah ohnehin unausgeglichen aus. Diese Erkenntnis nahm mir weitgehend die Motivation. Kraftlosigkeit und Erschöpfung wurden zur unausweichlichen Konsequenz. Nicht der Tod ängstigte mich, sondern das Leben. Eine bittere Wahrheit, die ich gedanklich nicht weiter vertiefen wollte.

Etwas Hoffnung kam für mich auf, als ich zur Krankengymnastik ging.

Jan, mein Therapeut sagte am Schluss des Therapietermins: „Der Genesungsprozess geht weiter gut voran. Donnerstag können wir mit dem Belasten anfangen".

Diese Botschaft tat mir gut. Die Stimmungskurve stieg wieder an. Es half mir wieder positivere Gedanken in meinem Gehirn zu empfangen. Meine Therapiefortschritte gaben mir neue Impulse. Mein kaputtes Bein konnte ich um weitere fünf Grad beugen.

Dennoch konnte ich meine emotionale Krise nicht überwinden. Es ging mir weiterhin wechselhaft. Irgendwie blickte ich in eine ungewisse Zukunft. Das zuletzt verfasste Gedicht drückte meine damalige Stimmung aus. Ich schrieb „Die Erkenntnissuche"

Die Erkenntnissuche

Wir unterstellen: „Erkenntnis zu erlangen, ist das Ziel der meisten Menschen".
Dabei erkenne: „Nichts entspricht tatsächlich der Wirklichkeit".
Alles ist nur Illusion.
Dadurch wird das Leben zu einer Show mit trivialem Charakter, aber zum Glück bemerkt dies niemand.
Es entsteht in diesem Zusammenhang die Frage: „Warum bedeutet das Nicht-Erkennen Glück"?
Ganz einfach, da sonst das Erkennen ein traumatisches Erlebnis wäre, von denen sich Mehrheit der Menschen vermutlich nie erholen würde.

Mitte November 2002 ging ich wieder zum Doc. Erneut wurden Röntgenbilder von meinem kaputten Bein gemacht.

Anschließend sagte Dr. Hackmann: „Sieht alles gut aus. Sie können das Bein statt 20 kg jetzt 40 kg belasten".

Die Auskunft ließ meine Depressionen nur kurzfristig verschwinden. Sie kehrten leider mit einer gewissen Heftigkeit zurück.

In der Zwischenzeit befolgte ich Richards Rat und hob stufenweise mein Kapital von den Sparbüchern ab. Durch den Genesungsverlauf traute ich mir zu, mehrfach zur Bank zu gehen. Zuhause packte ich die Geldbeutel in ein großes Couvert, welches ich gut in der Wohnung versteckte.

Von meinem Anwalt bekam ich die Information, dass ein Verkehrswidrigkeitsverfahren seitens der Staatsanwaltschaft gegen mich eingestellt wurde. Welche Auswirkungen es auf dem Rest meines Falles haben würde, wusste ich zu diesem Zeitpunkt nicht. Denn ich führte noch kein Gespräch mit meinem Rechtsverdreher. Mein Anwalt bat mich in seinem Schreiben, einen Gesprächstermin mit ihm zu vereinbaren. Somit näherte sich der Tag der Wahrheit. Ich befürchtete, dass ich keine guten Nachrichten zu hören bekommen werde. Zumindest versuchte ich mich innerlich darauf einzustellen. Emotional eine enorme Belastung. Für mich eine schwer verdauliche Kost, die bei mir einen unangenehmen Brechreiz verursachte. Eine Zitterpartie begann. Was wird mich erwarten? Gewiss blieb nur die Tatsache, dass ich mich nicht meiner Verantwortung entziehen konnte. Wenn der Unfall tatsächlich mein Verschulden war, muss ich zweifelsfrei dafür gradestehen. Dies ist ein unumstößlicher Sachverhalt. Jedoch wusste ich auch, dass ich trotz der mündlichen Jobgarantie meines Onkel nicht langfristig in der Firma bleiben werde. Und ich brauchte meine Rücklagen für einen beruflichen Neustart. Ich ahnte, dass ich einen Balanceakt zwischen Schuldentilgung und Neugestaltung meines Lebens hinbekommen muss. Eine absolute Herausforderung, der ich mich vermutlich demnächst stellen musste.

Ich unterbrach ich das Schreiben am Notebook und hielt kurz inne. Mein damaliges Desaster vergegenwärtigte ich mir in diesem Augenblick. Emotional wühlte es mich auf, sodass ich mich wieder beruhigen musste.

„Wie konnte ich dies alles bewältigen", fragte ich mich und trank ein Schluck aus meinem Glas, das Rum-Cola beinhaltete.

Danach schrieb ich weiter.

Ende November 2002 brachte ich Fotos von meinen Kunstwerken zur Krankengymnastik mit. Jan, mein Therapeut schaute sich interessiert die Bilder an.

„Machst du auch Auftragsarbeiten", fragte er mich.

„Kommt drauf an", erwiderte ich.

Ich horchte auf und lauerte auf meine Chance. Trotzdem erinnerte ich mich, was ich als Verkäufer in meiner Ausbildung gelernt habe, nämlich zunächst zu hören, was mein Gegenüber von mir will, ehe ich in die Offensive gehe.

„Als Motiv stelle ich mir vor, dass ein Therapeut das Bein eines Patienten wieder einrenkt. Der Patient soll ein schmerzverzerrtes Gesicht machen, während der Therapeut dabei lächelt. Titel des Bildes soll „Der leidende Therapeut" sein. Und das Bild soll in einem modernen und abstrakten Stil gemalt werden", beschrieb mir Jan seine Vorstellungen vom Bild.

„Das traue ich mir zu", meinte ich selbstsicher.

„Wie teuer wird es", wollte Jan wissen.

„Ungefähr 200 Euro", antwortete ich souverän.

Ich machte Jan den Vorschlag, einen Ideenentwurf zu machen. Und er soll anhand des Entwurfes entscheiden, wie das Gemälde aussehen wird. Mein Therapeut fand die Idee gut.

Auf dem Heimweg traf ich unerwartet in der Nähe des Dehnhaide-Bahnhofes meinen alten Kumpel Martin Passvogel wieder.

„Hallo René. Wir haben uns lange nicht gesehen. Was ist passiert", eröffnete er das Gespräch.

„Ich hatte einen Unfall und bin krankgeschrieben", erwiderte ich.

Über die näheren Umstände des Unfalls hüllte ich mich lieber in Schweigen, weil es mir unangenehm und peinlich war. Den Preis der Lächerlichkeit wollte ich nicht bezahlen.

„Wie geht es Hanna", fragte er weiter.

„Sie ist zwischenzeitlich verstorben. Sie hatte Krebs", antwortete ich kurz und knapp.

Auch hier wollte ich nicht in die Tiefe gehen, da ich Hannas Ableben immer noch nicht verarbeitet hatte. In keinem Fall sollten alte Wunden wieder aufgerissen werden. Diesen Schmerz konnte ich in Anbetracht meiner schwierigen Situation nicht zusätzlich gebrauchen.

„Und wo wohnst du", wollte mein Gesprächspartner wissen.

„Ich habe Hannas Wohnung übernommen", gab ich zur Auskunft.

„Ich werde mich bei dir melden", beendete Martin das Gespräch.

Jedoch tat er es nicht. Lag es daran, dass ich ihm meinerseits keine Fragen stellte? Möglich. Es interessierte mich nicht wirklich, ob er bei mir anruft oder nicht. Mittlerweile strichen einige

Jahre ins Land und gedanklich beschäftigte sich mein Gehirn mit anderen Dingen. Für mich schien es wichtiger zu sein, dass ich mein Leben wieder in den Griff bekam. Für manchen Leser dieser Zeilen mag mein Verhalten und Denkweise falsch gewesen sein, aber ich befand mich in einem Ausnahmezustand und konnte daher die kleine Episode nicht anders betrachten. Darum klammerte ich schnell weitergehende Gedankenspiele in diesem Zusammenhang aus.

Zuhause machte ich mich sofort daran, einen Ideenentwurf für meine Auftragsarbeit mit Filzstiften zu kreieren. Beim nächsten Krankengymnastiktermin zeigte ich Jan meinen Entwurf. Bis auf ein paar Kleinigkeiten zeigte er sich zufrieden mit der Vorstudie und erteilte mir endgültig den Auftrag. Dieses Projekt gab mir den nötigen Auftrieb.

Nach dem Erhalt der Auftragsarbeit machte ich einen Gesprächstermin mit meinem Anwalt. Meine seelische und nervliche Anspannung wuchs. Die Belastungsgrenze galt längst als überschritten. Meine bösen Vorahnungen traten wieder in Erscheinung. Ich fühlte mich wie in einer Falle, aus der ich mich nicht mehr befreien konnte. Es entstand ein Gefühl von Beengung und Beklemmungen. Die Luft zum Atmen wurde dramatisch knapper. Ich erhielt keine Chance, innerlich zu Ruhe zu kommen, aber ich bemühte mich das Beste aus der Situation zu machen. Es nützte mir nichts, mich in meine Angst hineinzusteigern, zumindest sagte es mir mein Verstand. Ich machte mir ein Cappuccino, setzte mich ins Wohnzimmer und betrachtete meine Bilder, die dort ihren wohlverdienten Platz fanden. Auf diese Weise versuchte ich einen klaren Kopf zu bekommen.

Zwischenzeitlich befanden sich ungefähr 50 % meiner Geldreserven in sicherer Verwahrung. Es musste nun schnell gehen, um auch den Rest in Sicherheit zu bringen, damit ich wenigstens teilweise zur Ruhe kam. Ich verfügte nicht über die Gelassenheit eines Richard Klasen oder den Optimismus meines Schwagers in spe, sondern über die Angst eines René Krügers. Ich konnte kaum etwas dagegen tun und befand mich in einen Elendszustand. Erneut fragte ich mich, ob ich über genügend Kraft verfügte, um mich den knallharten Fakten stellen zu können. Im Stillen hoffte ich trotz geringer Erfolgsaussichten auf ein Happyend. In meinen Gefühlen blieb ich hin- und hergerissen. Ein explosives Gemisch aus Hoffnung und Furcht. Meine negativen Gefühle konnte ich nicht mehr verdrängen, da sich der Tag der Wahrheit näherte, der Anwaltstermin.

Ende November 2002 ging ich zu meinem Anwalt in die Kanzlei. Zunächst musste ich im Warteraum Platz nehmen. Es blieb kaum Zeit, mich weiter in meine Angst hineinzusteigern. Ich musste nicht lange warten. Herr Mehlmann bat mich nach einer kurzen Begrüßung, vor seinen Schreibtisch Platz zu nehmen. Äußerlich erweckte er den Eindruck, ein Lebemann mittleren Alters zu sein. Der Gesichtsausdruck meines Anwaltes sah nicht hoffnungsfroh aus und ließ meine schlimmsten Befürchtungen wahrwerden.

„Wie sieht es aus", fragte ich ihm, um schnell Gewissheit zu haben

Denn nichts ist schlimmer, als mit seinen Gefühlen im Dunkeln zu tappen.

„Nicht gut Herr Krüger, Sie müssen alles zahlen", gab er mir prompt zur Auskunft.

„Hört sich wirklich nicht gut an", meinte ich nach dieser klaren Aussage.

„Haben Sie eine Haftpflichtversicherung", fragte mich Mehlmann nach einer kurzen Pause.

„Nein", antwortete ich kurz und bündig.

„Dann müssen wir einen Vergleich schließen. Was können Sie zahlen", fragte mein Anwalt weiter.

„Ich kann 1.500 Euro anzahlen", antwortete ich.

„Zu wenig. Es müssen wenigstens 2.500 Euro sein", meinte Mehlmann in einen bestimmenden Ton.

„Ich kann bei meinen Einkommensverhältnissen höchstens 2.000 Euro anzahlen", widersprach ich meinem Anwalt.

Zwischenzeitlich bat ich meinen Anwalt um ein Glas Wasser, was er mir freundlicherweise auch einschenkte.

„Als monatliche Rate kann ich 100 Euro anbieten", schlug ich vor, als ich einen Schluck Wasser trank.

„Meines Erachtens sollte bei dieser Schadenssumme die monatliche Rate mindestens 200 Euro betragen", fiel mir Mehlmann ins Wort.

„Bei meinen Einkommen kann ich in Höchstfall 150 Euro monatlich bezahlen", gab ich meinen Anwalt unmissverständlich zu verstehen.

Den Verlauf des Anwaltsgespräches empfand ich als reichlich merkwürdig und absolut sonderbar. Ich musste quasi mit meinem eigenen Anwalt um die Zahlungsbeträge falschen, die ich den Unfallgegner bereit war, zu zahlen. Ich erlebte ein kurioses Szenario, wo ich mir nicht sicher sein konnte, ob ich zuvor tatsächlich mit meinem Anwalt sprach oder nicht. Außerdem fragte ich mich, was er über meine Einkommensverhältnisse dachte. Stufte er mich gehaltsmäßig auf 1.800 Euro netto ein? Vielleicht sogar höher? Ich gehörte in unserer Gesellschaft eher zur unteren Einkommensschicht. Eventuell erhielt er von Christina Informationen über meine heimlichen Rücklagen. Offen gesagt, traute ich ihr dies zu. Keine Böswilligkeit, sondern eher unüberlegtes Handeln. Manchmal redet sie ohne darüber nachzudenken und brachte mich wohlmöglich in eine verzwickte Lage.

Mehlmann erwartete, dass ich ihn für seine Arbeit bezahle. Aus seiner Sicht nachvollziehbar. Jedoch kann ich im Gegenzug verlangen, dass er meine Interessen bestmöglich vertritt, zumindest entsprach dies meiner felsenfesten Überzeugung. Während des Gespräches bekam ich ein schlechtes Gefühl. Ich hoffte, dass er zumindest das Besprochene zu 100 % umsetzt.

„Die Anzahlung von 2.000 Euro kann ich zum Jahreswechsel machen. Und die Ratenzahlung kann ich voraussichtlich in März beginnen, da ich wahrscheinlich erst Anfang Februar wieder arbeitsfähig bin", teilte ich meinem Anwalt mit.

Am Schluss des Gespräches äußerte mein Anwalt: „Der Vergleich ist die einzige Möglichkeit. Ich habe die Unterlagen gründlich durchgesehen. Auch keine Chance auf eine Teilschuld des Gegners. Und ehrlich gesagt, möchte ich mich vor Gericht nicht auszählen lassen".

Nach dieser Offenbarung meines Anwalts, verabschiedeten wir uns, und ich ging.

Nun konnte ich nur hoffen, dass die Gegenseite das Vergleichsangebot akzeptiert. Meine geringe Belastbarkeit spürte ich in vollem Umfang. Dennoch wollte ich mich nicht verrücktmachen lassen, da ich ohnehin nur abwarten konnte.

Nach der Hiobs-Botschaft meines Anwaltes gab es auch Positives zu berichten.

Dr. Hackmann schaute sich meine aktuellen Röntgenbilder an und meinte: „Der Genesungsprozess schreitet erstaunlich schnell voran. Demnächst können Sie wieder voll belasten".

„Endlich ein Lichtblick", dachte ich erfreut.

Es motivierte mich, um mein Training zu intensivieren. Da ich mir nie sicher sein konnte, wie lange ich meinen Job noch behalten würde, wollte ich schnell gesund werden, um so viele Raten wie möglich in Höhe von 150 Euro zurückzahlen zu können.

Aus irgendwelchen Gründen, die ich selbst nicht verstand, zog es mich Anfang Dezember 2002 nach St. Georg. Dort machte ich meine Gehübungen mit den Krücken. Mittlerweile durfte ich die Schiene für mein Bein abnehmen. Unerwartet sah ich Dolores in der Ellmenreichstraße links neben der Kneipe „Zar und Zimmermann" stehen. Sie entdeckte mich auf der anderen Straßenseite und winkte mir freundlich zu. Für einen kurzen Moment überlegte ich, ob ich überhaupt zu ihr rüber gehen sollte. Denn den Unfall, der mit ihr in Verbindung stand, konnte ich kaum vergessen. Jedoch ich ging auf die andere Straßenseite. Warum tat ich es? Vermutlich wollte ich ihre Reaktion testen. Eventuell hoffte ich dadurch, etwas über die Hintergründe meines Unfalls zu erfahren.

„Was ist denn passiert", fragte sie mich erstaunt.

„Auf deinen Geburtstag hatte ich einen Unfall. Ich wurde von einem Auto angefahren und lag für mehrere Wochen Krankenhaus", antwortete ich.

„Wieso hast du mich nicht angerufen? Ich hätte dich gerne besucht", fragte sie weiter.

„Ich hab deine Telefonnummer nicht mehr", log ich bewusst.

„In zwei Tagen fliege ich nach Kuba, um meine Familie zu besuchen. Ich komme erst in März zurück nach Deutschland. Ich schreibe dir nochmals meine Nummer und meine Adresse auf", sagte sie darauf.

Wir gingen kurz in die Kneipe, wo sie mir ihre Daten aufschrieb. Anschließend trennten sich unsere Wege.

Wie soll ich diese erneute Begegnung mit Dolores bewerten? Ihre Besorgnis schien ehrlich zu sein. Sie zeigte mir gegenüber auch keine Unsicherheit. Keinen Ausdruck schlechten Gewissens konnte ich in ihr Gesicht ablesen. Ein Zeichen ihrer Unschuld? Oder besaß sie außergewöhnliche schauspielerische

Fähigkeiten? Ich konnte es nicht einschätzen. Wahrscheinlich blieb ich emotional zu betroffen, um tatsächlich objektiv die Sachlage beurteilen zu können.

Mein Ehrgeiz trieb mich voran, meine Gehversuche fortzusetzen. Mitte Dezember 2002 schaffte ich es, mir das Gehen wieder beizubringen. Und die Beugung meines Beines erreichte ich fast zu 100 %. Es fehlte mir allerdings noch die Kraft für längere Strecken.

Zunehmend spürte ich, dass ich meine Chancen stiegen, in Januar wieder arbeiten zu können. Ich brauchte nur eine Krücke als Gehhilfe. Jedoch mein Seelenzustand besserte sich nicht, und ich kippte emotional aus dem Gleichgewicht. Es herrschte ein völliges Chaos in meinem Kopf. Die Klarheit meiner Gedanken kam mir abhanden. Ein Zustand geistiger Verwirrung? In jedem Fall verlor ich die Orientierung. Dies lag vermutlich daran, dass sich meine Depressionen schon vor dem Unfall bemerkbar machten. Mittlerweile befand ich mich im Tal des Jammers. Ein Ort, der mir nicht gefiel, aber ich sah kaum Fluchtmöglichkeiten. Es beschäftigte mich die Frage, ob meine schlechte Verfassung auch ein Grund für meinen Blackout/Unfall gewesen sein könnte. Eine Antwort fand ich nicht. Damit ich wieder zu mir selbst finde, fasste ich den Entschluss, demnächst wieder ins Kino zu gehen und einige Museumsbesuche zu machen. Ablenkung hielt ich für die beste Medizin. Außerdem zog es mich allmählich wieder vor die Leinwand. Ein gutes Zeichen? Ich hoffte es.

Richard fragte mich bei einen seiner zahlreichen Besuche bei einer Tasse Tee: „Kannst du mir Geld für die Anschaffung eines Autos leihen"?

„Wie viel Geld brauchst du dafür", wollte ich wissen.

„Du musst mir 500 Euro leihen", antwortete Richard.

Dieses „Du musst" in seiner Wortwahl gefiel mir überhaupt nicht. Einen Imperativ hielt ich nicht für angemessen. Trotzdem wies ich ihn nicht zurecht. Dafür fühlte ich mich seelisch zu angeschlagen.

Jedoch immerhin fragte ich ihm: „Wann bekomme ich es zurück"?

„Ich kann dir zwischen 50 und 100 Euro pro Monat zurückzahlen", erwiderte er.

Ich lieh Richard das Geld, obwohl ich wusste, dass es eine schwierige Angelegenheit sein würde, die Summe zurückzuerhalten. Denn Richard galt als ein Mensch, der laut seiner eigenen Aussage entweder über viel oder wenig Geld verfügte. Tatsache blieb auch, dass er nicht mehr für die Baufirma arbeitete, weil er keine Lust verspürte, ständig seinem Lohn hinterherlaufen zu müssen. Und Nebenjobs, die er zwischendurch machte, wurden auch immer schwieriger zu ergattern. Der Leser dieser Zeilen wird sich wahrscheinlich fragen, warum ich trotz dieser Fakten ihm den Betrag zur Verfügung stellte. Eventuell lag es zum Teil auch daran, weil ich das Gefühl verspürte, Richard etwas schuldig zu sein. Schließlich half er mir zuvor entscheidend im Kampf gegen die Behörden. Nutzte er dies für seine Zwecke aus? Zumindest konnte ich bei meinen Aufzeichnungen nicht völlig ausschließen, da zweifelsfrei Manipulation von Menschen zu seinen zahlreichen Talenten gehörte. Darüber hinaus verfügte er über ausgezeichnete Menschenkenntnisse, die er häufig gezielt für seine Zwecke einsetzte. Rücksichtslosigkeit gehörte ebenfalls zu seinem Handwerkzeug. Dabei nutzte er geschickt die Schwachstellen der Gesellschaft. In diesem Fall bildete ich das schwache Glied in der Kette, da ich mich gegenüber meinen ehemaligen Kumpel in der Bringschuld sah und gleichzeitig durch meine damalige Situation angeschlagen wirkte. Offensichtlich handelte es sich hierbei um Eigenschaften, die im allgemein als negativ eingestuft werden, aber letztlich nur unsere menschliche Evolution beschreibt. Eine Notwendigkeit, um in unserem gesellschaftspolitischen System zu überleben? Zumindest meisterte Richard mit dieser Strategie viele Krisensituationen, die häufig sogar von vielen Menschen als aussichtslos beurteilt werden. Nur der Stärkere setzt sich im Überlebenskampf durch. Die Schwächeren verlieren hingegen ihre Daseinsberechtigung. Repräsentierte Richard daher das Spiegelbild unserer Gesellschaft? Erschreckenderweise muss ich dies bejahen. Vorwürfe möchte ich ihn an dieser Stelle der Aufzeichnungen aber nicht machen, weil ich ihm einiges zu verdanken hatte. Irgendwie gleicht sich die Lebensbilanz erfahrungsgemäß immer wieder aus. Darauf versuchte ich zu vertrauen.

Genug philosophiert. Kurz unterbrach ich das Schreiben am Notebook, um mein halbvolles Glas mit Rum-Cola zu leeren.

Es beruhigte meine schwachen Nerven. Bedingt durch mein Buchprojekt durchlebte ich ein Wechselbad der Gefühle. Ein Kraftakt, der an meine Substanz ging. Daher tat mir eine kleine Atempause gut. Nun konnte ich meine Aufzeichnungen wieder fortsetzen.

Ich verordnete mir die Therapie zu malen. Zwischen Weihnachten und Silvester nahm ich mir vor, zwei Bilder auf die Leinwand umzusetzen. In der Planung befanden sich ein Landschaftsbild und ein abstraktes Werk. Diese Projekte sah ich als Vorabübung für die Auftragsarbeit. Es erschien mir wichtig zu sein, das Feeling für die Malerei zurückzugewinnen.

Mein Anwalt teilte mir schriftlich mit, dass ich vorab 2.000 Euro anzahlen soll. Diese Abmachung stimmte mich nicht besonders glücklich, da mein Unfallgegner ansonsten über das Vergleichsangebot bisher seine Zustimmung versagte. Letztlich blieb mir nichts anderes übrig, als diese Vereinbarung zu akzeptieren, da sonst keine endgültige Einigung möglich wäre. Eine Tatsache, die ich zum Kotzen fand.

Als weiterer Schritt der Strukturierung meiner Finanzen kündigte ich den Vertrag mit den Vermögenswirksamen Leistungen, um mehr Geld zum Leben übrig zu haben. Ich musste die Fonds mit über 300 Euro Verlust verkaufen. Ärgerlich, aber leider notwendig.

Dolores schrieb ich ein Weihnachts- und ein Neujahrsgruß. Die Zeilen verfasste ich sogar auf Spanisch. Kein Liebesgeplänkel, um für den Leser Missverständnisse aus dem Weg zu räumen, sondern nur die typischen Floskeln für diesem Anlass. Bagger-Briefe hielt ich nicht für angebracht und zwar aus zwei Gründen.

1.) Ich war nicht verliebt.

2.) Ich wollte mich nicht lächerlich machen.

Dolores schrieb mir bei unserer letzten Begegnung auch ihre Adresse auf Kuba auf. Es lag in meiner Absicht, den Kontakt zu ihr zu halten. Ich wollte herausfinden, was mich dazu bewegte, ihre Geburtstagsfeier zu besuchen. Unter normalen Umständen hätte ich es nicht gemacht. Vielleicht konnte ich auch in Erfahrung bringen, was sich auf der Party tatsächlich abspielte, auch wenn ich zugegebenermaßen kein Meisterdetektiv bin. Die Antworten auf meine ungeklärten Fragen konnte ich nur erreichen, wenn ich den Kontakt zu ihr halte und sie eventuell näher kennenlerne.

Irgendwie stellte meine Strategie ein gewisses Risiko dar, aber auch ein Abenteuer, das einen speziellen Reiz auf mich ausübte. Ohne dieses Vorhaben käme ich innerlich nicht zur Ruhe, weil die Ereignisse und deren Umständen garantiert für immer im Dunkeln bleiben würden. Somit verfügte ich wieder über etwas Hoffnung, dass sich der Nebel in meinen Gedanken verabschiedet und Lichtstrahlen der Erkenntnisse meinen Kopf durchfluten. Ich wollte dem Geheimnis um Dolores auf die Spur kommen. Spielten an den besagten Tag, wo ich sie kurz kennenlernte, die Hormone verrückt? Oder steckte ein anderes Motiv dahinter, warum ich die Party aufsuchte? Vielleicht meine selbstzerstörerische Ader? Es tauchte eine Reihe von Fragen auf, die ich beantwortet haben wollte. Ich strebte nach einer emotionalen Bewältigung meiner Probleme. Darüber hinaus stieg bei mir die Spannung, wie Dolores auf meine Karte reagieren würde. Schreibt sie mir aus Havanna? Abwarten hieß nun die Devise.

Kurz vor Heiligabend besuchte ich die Picasso-Ausstellung im neueröffneten Bucerius Kunstforum direkt neben den Rathaus. Der Eintritt kostete nur 2 Euro. Eine Spitzenpräsentation, vielleicht sogar die beste Ausstellung, die ich bis dahin in Hamburg je sah. Es wurde zwar keine Riesenauswahl des spanischen Genies präsentiert, aber dafür eine besonders Erlesene. Die Ausstellung zeigte mir Werke aus fast allen Schaffensperioden des Malers.

„Eine willkommene Abwechslung in meinem tristen Alltag", dachte ich während meines Aufenthaltes in den ehrwürdigen Hallen.

Ich zog es in Betracht, die Räumlichkeiten ein zweites Mal aufzusuchen.

Die Weihnachtsfeiertage brachte ich ebenfalls gut über die Bühne. Heiligabend besuchte ich Christina und ihre Familie. Am 1. Weihnachtstag lud mich Hilde ein. Und am 2. Weihnachtstag kam Richard bei mir vorbei. Auf diese Weise blieb ich nicht allein mit meinen Gedanken. Dadurch konnte ich zumindest kurzfristig meine Depressionen vergessen. Es entlastete meine kranke Seele. Ich empfand es als Wohltat, die mich emotional kurzfristig aufleben ließ.

Damit meine negativen Gedanken nicht zurückkehren konnten, stürzte ich mich in die künstlerische Arbeit. In den letzten Tagen machte ich eine Reihe von kleinen Pastellarbeiten und ein abstraktes Gemälde im Stil von Jackson Pollock.

Anfang Januar 2003 grundierte ich die Leinwand für die Auftragsarbeit. Eine Herausforderung und ein Risiko des Scheiterns blieben mit dieser Arbeit verbunden. Ich nahm mir vor, das Bild in mehreren kleinen Etappen zu malen, weil mich das lange Stehen anstrengte. Zum Glück spürte ich keinen Zeitdruck im Nacken. Jan übte sich in Geduld. So konnten für mich ideale Arbeitsmöglichkeiten geschaffen werden.

Neben der künstlerischen Arbeit musste ich auch unangenehme Sachen erledigen. Ich machte beispielsweise die Anzahlung in Höhe von 2.000 Euro an meinem Unfallgegner.

„Von diesem Betrag hätte ich einen Traumurlaub in der Karibik oder in der Südsee machen können", kam mir gedanklich in den Sinn.

Diesen Gedanken wollte ich lieber nicht vertiefen, sonst hätte ich wahrscheinlich kotzen müssen. Jedoch vermutlich verdiente ich es nicht anders. Ich wurde zu unvorsichtig. Mindestens viermal ließ ich mein Glas unbeaufsichtigt. Für diesen Leichtsinn wurde ich bestraft. Daher durfte ich eigentlich nicht jammern.

Die Auftragsarbeit „Der leidende Therapeut" beendete ich Mitte Januar 2003. Das Ergebnis stimmte mich zufrieden. Ich hoffte, dass dieses Werk Jans Zustimmung fand. Das Bild zeigte Ansätze des Kubismus, des Expressionismus und der naiven Malerei. Das Gemälde verfügte über geometrische Flächen, die teilweise die Perspektiven aufhoben. Das Motiv wurde durch starke Farbkontraste dargestellt. Die Gesichtszüge der beiden Personen wurden auf das Wesentliche reduziert, damit die Botschaft des Bildes stärker zum Ausdruck kam. Ich wandte eine Mischtechnik aus Acryl sowie Öl- und Pastellkreide an. Aus meiner Sicht setzte ich die Akzente gezielt mit dem jeweiligen Bildträger ein. Für mich lohnte sich die Herausforderung, die das Werk an mich stellte.

Jan teilte ich bei der Krankengymnastik mit, dass das Bild fertig sei.

„200 Euro ist mir ehrlich gesagt ein wenig zu viel", fing Jan an, neu zu verhandeln.

„Was stellst du dir als Preis vor", fragte ich ihm.

Ein Gefühl der Verärgerung kam in mir hoch. Denn eigentlich gilt, dass auch das gesprochene Wort ein Vertrag ist. Dieser wurde offensichtlich gebrochen. Trotzdem wollte ich mir äußerlich nichts anmerken lassen.

„Ich dachte an 130 Euro", antewortete Jan.

„Zu wenig. Immerhin stecken 20 bis 25 Arbeitsstunden in diesem Werk", gab ich ihm zu verstehen.

„Alternativ biete ich dir 100 Euro in bar an. Ich habe eine gebrauchte Waschmaschine, die im Gegensatz zu deiner noch einwandfrei funktioniert. Diese würde ich dir zusätzlich überlassen. Außerdem würde ich dafür sorgen, dass du rezeptfrei deine Therapie fortsetzen könntest", schlug er mir überraschend vor.

Zugegeben, ein verlockendes Angebot. Jedoch auch ein Risiko. Denn ich wusste nicht, wie viel Jahre seine Waschmaschine auf dem Buckel hatte. Ich musste genau abwägen zwischen Risiko und Chance.

Ich überlegte einen Augenblick und sagte: „Einverstanden".

Die neue Vereinbarung stellte sich schnell für mich als ein guter Deal heraus. Die Krankenkasse hätte demnächst kein Rezept mehr akzeptiert, wie ich später erfuhr. Dies wiederum hätte bedeutet, dass meine Therapie vorzeitig geendet hätte. Die gebrauchte Waschmaschine ersparte mir zumindest vorerst einen Neukauf. Und das Bargeld lachte auch.

Jan gab mir die restlichen 50 Euro. Ansonsten vereinbarten wir, dass er die Waschmaschine zwei Tage später liefert. Die Bildübergabe sollte bei der Lieferung des Gerätes erfolgen. Alles klappte reibungslos. Die Waschmaschine wurde geliefert und das Bild übergeben. Jan zeigte sich zufrieden mit dem Werk.

Trotz des erfolgreichen Deals spürte ich weiterhin meine Depressionen, die sich zu einem Dauerproblem entwickelten. Daher schrieb ich „Die depressive Stimmung" und „Die Lebenssituation".

Die depressive Stimmung

Schlagartig überfallen mich unvorhersehbare Depressionen
und lösen bei mir Beklemmungen aus.

Diese Beklemmungen nehmen mir mehr und mehr die Luft zum Atmen und drohe zu ersticken.
Auf diese Weise werde ich quasi außer Gefecht gesetzt.
Bewegungsunfähigkeit ist die unausweichliche Konsequenz und allmählich wird eine emotionale Lähmung bei mir spürbar.
Die Selbstkontrolle geht verloren und nichts ist wie es vorher war.
Passivität und Müdigkeit werden meine ständigen Begleiter, und momentan kann ich nichts dagegen tun.

Die Lebenssituation

Ich gestehe: „Ich bin ein emotionaler Krüppel, der die Kunst als Krücke dringend benötigt, da ich meist nicht auf beiden Beinen stehen kann".
Denn mein Job erhält mich finanziell nur gerade mal so eben über Wasser, nicht mehr, aber auch nicht weniger.
Darüber hinaus ertappen mich die regelmäßigen Bordellbesuche bei meiner momentanen Einsamkeit.
Daher können nur meine ständigen Reisen für die nötige Abhilfe und erweisen sich als ideale Fluchtmöglichkeiten.
Hierbei wird nun die Philosophie mein ständiger Lehrmeister.
Und am Ende erkenne ich: „Der Individualismus ist mein Ziel".

Beide Werke setzen sich mit den möglichen Ursachen meiner damaligen Stimmung auseinander. Über die Qualität dieser Texte möchte ich hier in meinen Aufzeichnungen nicht sprechen, sondern nur über den emotionalen Aspekt.

Gefühle gehen häufig seltsame Wege, die ich vielfach nicht verstehe. Manchmal muss ich sie einfach akzeptieren, da sie ohnehin nur bedingt steuerbar sind. In meiner damaligen Lebenslage liefen sie oftmals aus dem Ruder. Das emotionale Chaos konnte meist nur vorübergehend gestoppt werden. Ein emotionaler Strudel aus negativer Energie ließ sich nicht dauerhaft vermeiden. Den sicheren Hafen konnte ich nicht immer entdecken. Hoffnungslosigkeit entstand.

Ich fragte mich: „Wie lange reicht mein Überlebenswille"?

Die Turbulenzen meiner Gefühle erwiesen sich als wechselhaft und unbeständig wie das Wetter. Und ich wusste nicht, wohin sie mich letztlich führen werden.

Für das Jahr 2003 nahm ich mir vor, weniger Gemälde zu malen und mich stärker auf die Pastellarbeiten zu konzentrieren. Portraits sollten ähnlich wie beim Kubismus in ihre Einzelteile zerlegt und wie bei einer Collage beliebig wieder zusammengefügt werden. Bei Jobantritt nahm ich mir vor, Kopien von meinen Vorlagen zu machen. Ich wollte mich demnächst vom Arzt wieder arbeitsfähig schreiben lassen.

Zweimal ging ich vergeblich wegen meiner Arbeitsfähigkeit zum Arzt, weil die Praxis geschlossen blieb. Im dritten Versuch klappte es. Meine Arbeitsfähigkeit wurde Mitte Januar 2003 wieder hergestellt.

Am Tag der Bescheinigung der Arbeitsfähigkeit erhielt ich vom Anwalt der Gegenpartei ein Schreiben. In diesem Schriftstück wurde behauptet, dass ich angeblich die Anzahlung in Höhe von 2.000 Euro nicht geleistet habe.

Sofort rief ich Bernd Mehlmann an.

„Guten Tag Herr Mehlmann. Hier ist René Krüger. Der Anwalt der Gegenpartei unterstellt mir, dass ich nicht die vereinbarten 2.000 Euro angezahlt habe. Das Geld habe ich bereits vorige Woche überwiesen. Bitte teilen Sie dies Ihrem Kollegen mit", sagte ich leicht verärgert.

„In Ordnung", meinte Mehlmann, „und was ist mit dem Rest"?

„Ab März beginnt wie vereinbart meine Ratenzahlung", antwortete ich.

Nach dem Telefonat schrieb ich „Der Bordellbesuch" und „Die Konfrontation mit den Depressionen".

Der Bordellbesuch

Auf der Suche nach einem unvergesslichen Moment im traurigen Alltag gehe ich ohne tatsächliche Lust ins Bordell und zahle den üblichen Preis.
Gedanklich bin ich beim Liebesspiel woanders, nicht bei der Frau, obwohl sie über einen wunderschönen Körper mit wohlgeformten Rundungen verfügt.

Dabei ist kein Gefühl von menschlicher Nähe spürbar, eher im Gegenteil, eine kühle Distanz entsteht.
Die Illusion der Erotik wird bei mir immer stärker ins Bewusstsein gerufen.
Ich erkenne in diesem Augenblick: „Alles ist nur ein Spiel".
Und am Ende bleibt trotz der Erektion nur das ungute Gefühl einer Enttäuschung.

Die Konfrontation mit den Depressionen

„Verliere ich die Kontrolle über meinen Verstand"?
Meine Depressionen rechtfertigen diese Frage.
Ein emotionales Chaos bricht bei mir aus.
„Warum ging ich ohne jegliche Lust ins Bordell"?
„Die Flasche Rotwein lasse ich doch lieber im Regal des Supermarktes stehen".
Selbstzerstörung wäre sonst die unausweichliche Konsequenz.

Mein damaliger schlechter Allgemeinzustand wurde in diesen Werken zutreffend wiedergegeben. Sicher keine Highlights der Dichtkunst, aber eine gute Möglichkeit, mich meinen Problemen zu stellen. Mit dem Verfassen der Texte legte ich sie offen. Auf diese Weise hoffte ich, sie bewältigen zu können. Es gestaltete sich als ein langer und mühsamer Kampf, den ich mit mir selbst austragen musste. Ständig entstand ein Kotrollverlust. Eine Berg- und Talfahrt ins Ungewisse.

Am Wochenende gelang es mir zumindest für einen Augenblick das emotionale Tief zu durchbrechen. Mit Richard machte ich einen Tagesausflug an die Ostseeküste von Dänemark. Das Wetter spielte halbwegs mit, da nicht regnete. Allerdings blieb es an den besagten Tag kühl und ungemütlich, sodass wir uns ein Großteil der Zeit im Auto verbrachten. Landschaftlich gab es dort einige schöne Ecken.

„Im Sommer, wenn die Sonne scheint und alles grün ist, kommt die Schönheit der Ostsee stärker zum Tragen", warf ich als Gedanke ein, als wir im Auto saßen.

Daher machte Richard den Vorschlag: „Bei so einer Landschaft braucht man eigentlich nicht in die Karibik fliegen. Hier kann man gut seine Zeit verbringen. Was hältst du von der Idee hier im Sommer Urlaub zu machen"?

„Im Prinzip hört es sich gut an. Jedoch weiß ich wegen des Unfalls nicht, ob ich dieses Jahr überhaupt in den Urlaub fahren kann", antwortete ich.

„Ich denke, ein Campingurlaub ist auch mit einem kleinen Geldbeutel machbar. Notfalls bezahle ich den Urlaub. Bis dahin habe ich bestimmt einiges an Extrajobs gemacht", meinte Richard zuversichtlich.

„Wenn du es tatsächlich hinbekommst, machen wir es", entgegnete ich ihm mit leichter Skepsis.

Abends wurden wir zum Essen bei Freunden von Richard eingeladen. Sie hießen übrigens Erik und Brigitte. Ein Paar in mittleren Jahren mit zwei Söhnen im schulpflichtigen Alter. Kennenlernen konnte er sie beim Kauf seines Segelbootes, das hier im Hafen von Apenrade seinen Liegeplatz hat. In seiner Abwesenheit kümmern sich seine Freunde um das Boot. Offiziell darf er als Arbeitsloser so etwas nicht besitzen. Da es sich aber in Dänemark befindet, kann der Staat es nur schwer überprüfen. Und mit seinem Auto ist er in ungefähr zwei Stunden am Jachthafen. Richard ist eben ein typischer Lebenskünstler. Durch meine Finanzspritze von 500 Euro besaß er fortan sogar ein eigenes Autos. Sein Fahrzeug wiederum lief auf dem Namen eines anderen Freundes von ihm. Fazit? Dieser Mann ist mit allen Wassern gewaschen. Seine Freunde machten einen netten Eindruck und bewiesen ihre gute Gastfreundschaft. Das Essen erwies sich als solide Hausmannskost. Frikadellen mit Kartoffeln, Soße und Gemüse. Es schmeckte lecker. An die einzelnen Themen unserer Unterhaltung konnte ich beim Verfassen meiner Aufzeichnungen nicht mehr erinnern. Gegen späteren Abend fuhren wir im Regen wieder nach Hause.

An meinem ersten Arbeitstag in der Firma verlief alles sehr ruhig. Insgesamt nur sieben oder acht Anrufer und keine Kundschaft auf dem Platz. Darum konnte ich problemlos 50 Vorlagen für meine Pastellarbeiten vorbereiten, ohne meine Arbeit zu vernachlässigen. Auf diese Weise nutzte ich die Zeit sinnvoll.

Kurz vor Geschäftsschluss kamen Onkel Alfred und Tante Rita in die Firma.

„Na, wie war dein erster Arbeitstag", fragte mich Tante Rita.

„Soweit alles in Ordnung", antwortete ich leicht erschöpft.

„Ist irgendetwas Wichtiges passiert", fragte darauf Onkel Alfred.

„Nein. Nur ein paar unwichtige Telefonate. Keine Kundschaft", gab ich zur Auskunft.

„In Ordnung. Wir wollten nur mal sehen, wie es dir an deinen ersten Arbeitstag ergangen ist. Wir sehen uns dann morgenfrüh", meinte Onkel Alfred am Schluss des Gespräches.

„Bis morgen", sagte ich schließlich.

Nach der Verabschiedung schloss ich die Musterhäuser und machte mich auf dem Heimweg.

Ende Januar 2003 wurde ich mit einer neuen Hiobs-Botschaft konfrontiert. Meine Fond-Anteile fielen kurstechnisch in den Keller. Sie besaßen nur noch einen Wert von 1.131,49 Euro. Der Wertverlust betrug fast 72 %. Ein Schock für mich. Meine Depressionen feierten ein ungewolltes Comeback. Mein Nervenkostüm wurde immer dünner. Alles wuchs mir über den Kopf. Meine Belastbarkeit verfügte nicht über ausreichende Reserven. Angeschlagen versuchte ich mich auf den Beinen zu halten. Letztlich musste ich die Tatsache akzeptieren, dass sich diese Wertpapiere als Flop herausstellten. Ändern konnte ich es sowieso nicht mehr. Schadensbegrenzung nahm ich bereits vor, indem ich das monatliche Sparen stoppte.

Anfang Februar 2003 zog ich eine kleine Zwischenbilanz. In Januar bewies ich meine künstlerische Produktivität. 40 Pastellarbeiten, 1 Gemälde, 6 Gedichte und über 100 Vorlagen für künftige Pastellarbeiten brachte ich in fast vier Wochen zustande. Damit konnte ich zufrieden sein. Durch die Improvisation hielten sich meine Kosten bezüglich der Malerei in einem überschaubaren Rahmen. Den Wasser- und Energieverbrauch reduzierte ich auf ein Minimum. Bei der Auswahl der Kinofilme wurde ich wählerischer, sodass sich die Kinobesuche ebenfalls reduzierten. Die Fucking Palace-Besuche blieben in diesem Monat aus. Der 20- Euro-Lebensmitteleinkauf pro Woche fand fast seine 100 % Umsetzung. Erfolglos blieb ich bei den Restaurantbesuchen. Vier Restaurantbesuche stellten eine Überforderung meiner Finanzen dar. Für den Februar nahm ich mir vor, die Ausgaben dafür zu halbieren.

Ich fasste den Entschluss, die Bank zu wechseln. Mit dieser Aktion wollte ich verhindern, dass der Unfallgegner gewisse

Zahlungsvorgänge bei mir überprüfen kann. Bei der Haspa eröffnete ich ein Girokonto und nahm in der Firma per Telefon alle Abbuchungsänderungen vor.

In dieser Angelegenheit fragte ich zuvor Onkel Alfred: „Darf ich die Abbuchungsänderungen hier von der Firma aus machen"?

„Ist in Ordnung", erteilte er mir die Erlaubnis.

Ich sparte auf diese Weise Telefonkosten.

In Februar beschäftigte ich mich mit der Strukturierung meiner Finanzen. Jeder Briefumschlag bekam sein Verwendungszweck zugeordnet und wurde mit einen Buchstaben versehen. Beispielsweise das A für Anwalt, DK für Dänemark-Urlaub, M für Malerei, K für Kamera usw. Überschüsse durch beispielsweise Bilderverkauf oder Auszahlung der Vermögenswirksamen Leistungen habe nach Wichtigkeit/Priorität auf die einzelnen Umschläge verteilt. Weitere Sparbeträge sollten demnächst folgen.

Schon wieder klingelte es. Diesmal nicht das Telefon, sondern die Haustür.

„Allmählich bekomme ich eine Krise", dachte ich, als das Schreiben erneut unterbrach.

Fast widerwillig ging ich zur Haustür und öffnete sie.

Daraufhin betätigte ich den Summer und fragte: „Wer ist da"?

„Werbung", erwiderte eine männliche Stimme im Treppenhaus.

„Wegen dieser bekloppten Werbung musste ich das Schreiben unterbrechen? Verdammte Scheiße", ärgerte ich mich und knallte wütend die Haustür wieder zu.

Natürlich wusste ich, dass Prospektverteiler arme Schweine sind. Denn sie bekommen deutlich weniger Geld ausgezahlt als ich beim Hamburger Abendblatt. Und dies ist schon sehr dürftig. Trotzdem wollte ich nicht gestört werden. Leider vergaß ich die Klingel auszustellen. So gesehen trug ich eine gewisse Mitschuld an dieser unnötigen Störung. Darum sollte ich mich nicht weiter über den Zusteller aufregen und mich wieder der Schreiberei widmen.

Meine Experimente mit Pastellkreide setzte ich in Februar konsequent fort. Mehr als 40 Pastellarbeiten entstanden in diesem Monat an der Zeichentafel. Die Monatsbilanz stimmte mich zufrieden. Denn im Monat schaffte ich mehr als ein Bild pro Tag.

Ende Februar 2003 bekam ich einen Brief von Dolores. Ehrlich gesagt, rechnete ich nicht mehr damit, Post von ihr zu erhalten. Ich überlegte, ob ich ein Fehler machte, meinen Absender auf dem Brief zu schreiben oder nicht. Denn eine zu große Nähe zu einer Hure wollte ich nie zulassen. Spielte ich mit dem Feuer? Zumindest scheute ich zu meinem eigenen Erstaunen das Risiko nicht und ließ mich auf dieses Abenteuer ein. Vermutlich sah ich darin die einzige Chance herauszufinden, was sich tatsächlich auf der dubiosen Geburtstagsfeier abspielte. Trank ich doch zu viel Alkohol? Oder bekam ich sogenannte K.O-Tropfen verabreicht? Alles Fragen, die sich in bestimmten zeitlichen Intervallen ständig in meinem Kopf wiederholten. Ein quälendes Ritual, das fast schon zur erschreckenden Gewohnheit wurde. Die Ungewissheit stellte in diesem Zusammenhang eine seelische Folter dar. Ein unerträglicher Zustand, der in jedem Fall beendet werden musste.

Zwangsläufig musste ich mir die richtige Strategie überlegen, wie ich die Hintergründe des Unfalls in Erfahrung bringe. Dabei kam ich zur Erkenntnis, dass ich mich behutsam und vorsichtig herantasten sollte, da ich mich weder als Action-Held noch als Detektiv sah. Diesbezüglich litt ich zum Glück nicht unter Realitätsverlust. Wohlmöglich hätte es zu einer Unvorsichtigkeit geführt, was wiederum fatale Konsequenzen für mich gehabt hätte. Außerdem blieb ich in dieser Angelegenheit auf mich allein gestellt. Keine Schützenhilfe von außen. Ein Faktor, den ich ebenfalls nicht unterschätzen durfte.

Ernsthaft zog ich in Betracht, ob ich Dolores zusätzlich als Inspirationsquelle nutzen sollte. Eine verrückte und gefährliche Idee, ich weiß, aber nur emotional verkorkste Typen wie ich kommen auf solche schrägen Gedankengänge. Ich bin eben Künstler und lebe in meiner eigenen Welt. Vermutlich würde ein sogenannter Normalo so etwas kategorisch ausschließen.

Natürlich ist es ein gefährlicher Zeitvertreib, mit seinen Gefühlen Roulette zu spielen. Allerdings gelangte ich zu der Überzeugung, dass dieses emotionale Glücksspiel ein überschaubares Risiko darstellte. Zugegebenermaßen fand ich diese Frau zwar äußerlich sehr attraktiv, aber ich empfand kein Gefühl der Verliebtheit für sie. Die nötige Distanz zu ihr blieb zunächst gewahrt. Diese Tatsache gab den entscheidenden Ausschlag, dass ich Dolores als Muse für die Kunst nutzen wollte. Dabei behielt ich die Themen Liebe und Erotik in Blick. Sie sind nun mal wesentlich Bestandteil unseres Lebens. Wenn ich sie inhaltlich nicht verarbeiten würde, wäre ich für die Leser als Mensch nicht greifbar und somit als Künstler uninteressant. Dennoch blieb eine gewisse Unsicherheit. Wie viel Nähe kann und darf ich hier zulassen? Die Antwort blieb ich mir vorerst schuldig, weil ich die Grenzen meiner Belastbarkeit nicht kannte.

Anfang März 2003 erhielt ich eine Schreckensmeldung von meinem Anwalt. Der Anwalt der Gegenseite behauptete, ich sei bezüglich der Zahlungen unzuverlässig und dass er seinen Mandanten raten will, die Angelegenheit gerichtlich zu regeln. Schnell wurde ich gnadenlos auf dem Boden der Tatsachen zurückgeholt. Meine Nerven lagen völlig blank. Meine Depressionen, die erneut ungewollt zum Vorschein kamen, bezeugten meinen schlechten Allgemeinzustand. Wieso wurde meine Zahlungsmoral infrage gestellt? Hat mein Anwalt ein wichtiges Detail unserer Absprache in seiner Kanzlei der Gegenseite nicht weitergegeben? In diesem Zusammenhang ging es darum, dass ich erst ab März mit der Ratenzahlung beginnen konnte, weil ich vor Februar nicht wieder arbeitsfähig sein würde. Dieses Gedankenspiel ließ eindeutig darauf schließen, dass mein Anwalt schlampig gearbeitet hatte.

„Lag ich mit meinem ursprünglichen Verdacht richtig, dass mein Anwalt ein massives Alkoholproblem hat", fiel mir schlagartig wieder ein.

Aus Bequemlichkeit behielt ich ihn trotzdem. Ich verfasste ein Schreiben, dass ich insgesamt mindestens viermal überarbeitete. Richard und sogar Onkel Alfred gaben mir einige Anregungen, die ich in der Endfassung berücksichtigte. Darin stellte ich meinen Standpunkt klar und gab meinen Anwalt die Strategie vor. Dieses Schreiben faxte ich in der Firma meinen Anwalt zu. Gleichzeitig tätigte ich meine erste Überweisung in Höhe von 150 Euro an die Gegenpartei.

René Krüger
Lohkoppelstraße 63
22083 Hamburg

Rechtsanwalt
Bernd Mehlmann
Bramfelder Chaussee 251

22177 Hamburg

Hamburg, d. 03.03.03

AR-NR. 02/00440
Das Schreiben v. 20.02.2003

Sehr geehrter Herr Mehlmann,
ich beziehe mich auf das Schreiben der Gegenpartei vom 20.02.2003. In diesem Schreiben wird mir unterstellt, dass ich bezüglich der Zahlungen unzuverlässig sei und dass der Anwalt der Gegenpartei aufgrund dessen seinen Mandanten raten will, die Angelegenheit gerichtlich zu regeln. Ist die Gegenpartei überhaupt an einer außergerichtlichen Einigung interessiert?

Diese Frage scheint aus meiner Sicht der Dinge mehr als berechtigt zu sein. Denn der Anwalt der Gegenpartei behauptete, dass ich die vereinbarte Vorauszahlung in Höhe von 2.000 Euro nicht geleistet habe. Wie sich nun herausgestellt hat, entspricht diese Behauptung nicht der Wahrheit. Daher ist die Zuverlässigkeit der Gegenpartei zumindest als fragwürdig anzusehen.

Trotzdem habe ich mein ursprüngliches Vergleichsangebot verbessert, indem ich vorgeschlagen habe, monatlich bis zum Jahresende eine Rate in Höhe von 150 Euro zu zahlen und dass ich in Anschluss daran bestrebt sein werde, einen Bankkredit aufzunehmen, um die restliche Schuld zu tilgen (siehe Ihr Schreiben v. 21.01.03). Wochenlang wartete ich vergeblich auf eine Reaktion der Gegenseite. Und jetzt erhalte ich dieses Schreiben. Wie soll ich dieses Schreiben bewerten?

Ich bin Kaufmann von Beruf und in meinem Berufszweig ist es üblich, dass zunächst eine Bestätigung erfolgt, ehe eine Leistung erbracht wird. In meiner Naivität bin ich davon ausgegangen, dass dies unter Anwälten genauso üblich sei. Bitte machen Sie es der Gegenpartei klar!

Selbstverständlich bin ich weiterhin an einer außergerichtlichen Einigung interessiert. Als Zeichen meines guten Willens, den ich bereits mit der Vorauszahlung von 2.000 Euro in Januar 2003 unter Beweis gestellt habe, werde ich am Dienstag, d. 04.03.2003 die erste Rate in Höhe von 150 Euro überweisen, obwohl immer noch keine Bestätigung der Gegenpartei erfolgt ist. Weitere Zahlungen folgen monatlich mit 150 Euro.

Ich hoffe, dass mit diesem Schreiben alle Unklarheiten und Missverständnisse aufgeklärt werden konnten. Daher bitte ich Sie, eine außergerichtliche Einigung bei der Gegenpartei durchzusetzen!

Mit freundlichem Gruß

René Krüger

Nun musste ich abwarten, wie mein Unfallgegner reagieren würde. Jedoch meine Ungeduld wuchs. Ich wollte den schnellen Erfolg und setzte ein weiteres Schreiben für meinen Anwalt auf. Ich dachte nur: „Angriff ist die beste Verteidigung".

René Krüger
Lohkoppelstraße 63
22083 Hamburg

Rechtsanwalt
Bernd Mehlmann
Bramfelder Chaussee 251

22177 Hamburg

Hamburg, d. 03.03.03

AR. 02/00440

Sehr geehrter Herr Mehlmann!

Immer noch bin ich empört über das Schreiben der Gegenpartei von 20.02.03, da meine Zuverlässigkeit und somit auch meine Glaubwürdigkeit angezweifelt wurde (siehe mein Schreiben vom 03.03.03).

Daher werden zwecks Beweisführung meiner Zahlungswilligkeit eine Kopie des Überweisungsauftrages über 150 Euro und eine Kopie des Kontoauszuges, wo der Abgang der Rate in Höhe von 150 Euro hervorgeht, diesem Schreiben beigefügt.

Ich hoffe, dass die Beweisführung dazu beiträgt, dass weitere Behauptungen und Unterstellungen bezüglich meiner angeblichen Unzuverlässigkeit in Zukunft unterbleiben.

Darüber hinaus möchte ich ankündigen, dass die Zahlung der zweiten Rate in Höhe von 150 Euro am Mittwoch, d. 02.04.03 erfolgt, um meine Zahlungswilligkeit erneut unter Beweis zu stellen, obwohl die Gegenpartei nach wie vor im Verzug mit der Zustimmung meines Angebotes ist.

Zu meiner eigenen Sicherheit wird die Beweisführung bezüglich meiner Zahlungswilligkeit fortgeführt.

Mit freundlichem Gruß

René Krüger

In diesem Schreiben kündigte ich die Zahlung der zweiten Rate an und setzte den Gegner mit der Zustimmung meines Vergleichsangebotes in Verzug. Viele Menschen verfolgen so eine Strategie nicht, weil sie zu ängstlich sind. Zugegebenermaßen fühlte ich mich nicht angstfrei, aber ich zeigte es nicht nach außen. So etwas bietet den Gegner sonst nur unnötige Angriffsfläche. Mit diesen zwei Schreiben tat ich alles, was ich in dieser Angelegenheit tun konnte und musste abwarten, was nun passierte.

Durch die Rechtsstreitsache fühlte ich mich ausgekotzt und müde. Meine Motivation erreichte nahezu den Nullpunkt. Das Leben empfand ich als ein Haufen Scheiße, den ich am liebsten ins Klo runtergespült hätte. Seelisch und nervlich fühlte ich eine Endzeitstimmung. Keine Lust zu arbeiten. Keine Lust auf Kino. Kein richtiges Reisefieber. Nicht einmal Lust auf Sex.

Seit Jahreswechsel spielte sich bei mir unterhalb der Gürtellinie nichts mehr ab. Erschreckend, aber wahr.

Zeitweilig nervte mich auch Richard. Ständig musste ich mein TV-Programm nach ihm ausrichten, wenn er mich besuchte. Und er fand kein Ende und blieb bis spät abends. Ich musste mich notgedrungen müde durch den Abend quälen. Meist ging er erst, wenn ich auffallend und demonstrativ gähnte.

Ich bemerkte, dass er sich nicht wirklich in mich hineinversetzen konnte. Er schien nicht zu akzeptieren, dass es auch Menschen gibt, die nur wenig belastbar sind, weil er grundsätzlich immer von sich selbst ausgeht. Ich hörte Sprüche wie beispielsweise „Schulden haben andere auch" oder „Ich habe es auch irgendwie geschafft". Es fehlte ihn trotz seiner Intelligenz die nötige Sensibilität und Empathie. Leichte Zweifel kamen mir bezüglich unserer Freundschaft auf. Kommunikation fand nur begrenzt statt. Kündigte sich das Ende unserer Freundschaft an?

Ende März 2003 begab ich mich nach langer Zeit wieder auf dem Kiez. In einer kleinen Seitenstraße sah ich Dolores stehen. Sie entdeckte mich und kam mir mit einer rothaarigen Kollegin entgegen, die ich schon einige Male in der Rotlichtszene bemerkte.

„Schön dich zu sehen", begrüßte mich Dolores.

„Ich bin Viktoria", stellte sich mir die andere Frau vor.

„Und ich bin René", gab ich mich ihr zu erkennen.

„Gehen wir in die Kneipe", fragte Dolores.

„Können wir machen", erwiderte ich mit einer gewissen Entschlossenheit.

Wir betraten die Kneipe „Zar und Zimmermann". Am Tresen bestellte ich drei Bier. Anschließend setzten wir uns am Tisch in der Nähe des Tresens.

„Ich hatte in letzter Zeit viel zu tun. Daher ist es schon lange her, dass ich hier in St. Georg war", begann ich die Unterhaltung.

In der Zwischenzeit kam das Bier.

„Kann ich kassieren? Ich habe nämlich gleich Schluss", unterbrach die weibliche Bedienung das zuvor begonnene Gespräch.

„Kein Problem", antwortete ich und bezahlte.

„Ich habe mich über deine Karte gefreut. Sie kam aber erst nach mehreren Wochen an meine Adresse an. Das ist auf Kuba so üblich", setzte Dolores den Dialog fort.

„Ich hoffe, mein Spanisch war korrekt", warf ich ins Gespräch ein.

„Es war alles in Ordnung", erwiderte Dolores.

Während der Unterhaltung bekam ich das Gefühl, dass mich Viktoria anhimmelte. Sie warf mir einen schmachtenden Blick zu. Ich wusste nicht, wie ich damit umgehen sollte und tat so, als bemerkte ich nichts.

„In letzter Zeit malte ich viel", berichtete ich sachorientiert.

„Du malst", schaltete sich Viktoria ins Gespräch ein.

„Ja", gab ich zur Auskunft, „leider ist aber der Verkauf der Bilder schwierig. Ihr verdient mit eurer Arbeit mehr Geld als ich".

Die beiden Frauen lachten. Sie hielten es offenbar für einen Scherz.

„Ich habe ein paar Fotos von meinen Bildern in meinem Aktenkoffer. Ich kann sie euch zeigen, falls es euch interessiert", sagte ich nach einer kurzen Pause.

„Oh, dass interessiert mich", erwiderte Dolores.

Ich holte die Fotos aus dem Aktenkoffer und zeigte sie den beiden Frauen.

„Schöne Bilder", meinte Viktoria, als sie sich die Fotos anschaute.

„Du kannst gut malen", kommentierte auch Dolores.

Wir tranken unser Bier.

Anschließend fragte mich Dolores: „Hast du Lust zu bumsen"?

„Lust habe ich schon, aber nun ist Ende März. Ende des Monats bin ich immer Pleite", antwortete ich geistesgegenwärtig.

„Schade, ich bin wirklich gut", entgegnete mir Dolores mit leichter Enttäuschung im Gesicht.

Wir verabschiedeten uns, und die Wege trennten sich. Zwar herrschte tastsächlich Ebbe auf meinem Konto, aber ich wäre ohnehin nicht mit ihr aufs Zimmer gegangen, weil ich keine Nähe zu ihr zulassen konnte. Warum? Wegen meines Unfalls misstraute ich ihr. Denn ich wusste nicht, welche Rolle sie in dieser Angelegenheit tatsächlich spielte. Es blieb eine Hemmschwelle, die ich nicht überwinden konnte. Ist dies möglicherweise ein Hindernis, um die Hintergründe des Vorfalls zu erfahren?

Nach der Zahlung der zweiten Rate an meinem Unfallgegner, bekam ich eine positive Mitteilung von meinem Anwalt. Die Gegenseite stimmte meinem Vorschlag zu. Endlich konnte ich aufatmen. Es gelang mir, die riesengroße Hürde zu überspringen.

Trotzdem machte ich mir Sorgen um meine Zukunft. Denn in der Firma kam kaum Kundschaft. Nur wenige Aufträge. Das Geschäftskonto rutschte immer dramatischer ins Minus. Und beim Aufräumen von Onkel Alfreds Schreibtisch entdeckte ich zufällig eine Gewinn- und Verlustrechnung von 2002. Natürlich interessierte mich nur eine Zahl.

„Machte die Firma einen Gewinn oder ein Verlust", drängte sich mir in diesem Kontext als Frage auf.

Ein Fehlbetrag von fast 50.000 Euro machte mir Sorgen. Es wurde mir schlagartig bewusst, dass sich mein Arbeitsplatz in riesengroßer Gefahr befand und geriet in Alarmbereitschaft.

Zum späteren Zeitpunkt sprach ich mit Andrea, meiner Kollegin über die Situation in der Firma.

„Es ist zu wenig los in der Firma. Fast keine Kundschaft", eröffnete ich das Gespräch.

„Momentan sieht es nicht wirklich gut aus", stimmte mir Andrea besorgt zu.

„Ich befürchte, wenn in den nächsten drei bis vier Wochen keine neuen Aufträge reinkommen, sind unsere Arbeitsplätze in Gefahr", sprach ich offen aus.

„Die Geschäftsleitung war zu wenig präsent", versuchte Andrea eine Erklärung für die heikle Situation zu finden.

„Denke ich auch. Zumindest ist es einer der Hauptgründe für die schlechte Lage der Firma", analysierte ich den Sachverhalt.

„Wie geht es weiter", fragte mich Andrea.

„Wenn tatsächlich keine Aufträge mehr reinkommen, verliere ich spätestens im Herbst meine Arbeit. Dich werden sie vorläufig verschonen, weil du bei der Geschäftsleitung eine größere Wertschätzung genießt wie ich. Für Onkel Alfred bin ich bestenfalls der besser ausgebildete Hilfsarbeiter", antwortete ich in schonungsloser Offenheit.

„Es stimmt, dass dein Onkel dich als eine Art Hilfsarbeiter sieht. So etwas Ähnliches hat er mir gegenüber geäußert", nahm Andrea Stellung zu meiner Aussage.

„Ich hoffe, dass ich im Härtefall zumindest auf Minijobbasis hier weitermachen kann. Was anderes kann sich die Firma vermutlich demnächst nicht mehr leisten", analysierte ich weiter.

„Davon gehe ich auch aus", meinte Andrea am Schluss des Gespräches.

Es stellte sich als ein unerwartet offenes Gespräch heraus, dass die damalige Dramatik in der Firma aus meiner Sicht richtig wiederspiegelte. Zwar besaß ich ein kleines Stück Hoffnung, dass sich doch alles zum Guten wendete, aber die Chancen dafür standen erschreckend schlecht. Meine Erwartungshaltung erreichte daher ein sehr niedriges Niveau. Für mich stellten sich nun einige unbequeme Fragen. Kann ich trotz Arbeitslosigkeit meine Schulden bezahlen? Und habe ich trotz meiner Schulden, die Chance wieder auf die Füße zu kommen? Ich konnte mir diese Fragen zunächst nicht beantworten. Diese Tatsache machte mir arg zu schaffen. Schließlich konnte ich die Handlung nicht wirklich beeinflussen. Insgesamt entstand bei mir das Gefühl, mein Leben nicht mehr in den Griff zu bekommen. Zeitweilig herrschte ein totales Chaos in meinem Kopf. Eine Überforderung ließ sich nicht vermeiden. Der Wahnsinn kam mir gefährlich nahe.

Darüber hinaus wünschte ich mir, dass ich Dolores nie kennengelernt hätte. Vielleicht hätte ich ohne sie weniger Probleme. Ich gehe davon aus, dass ich ohne ihre Bekanntschaft der Unfall mir erspart geblieben wäre. Daher sollte ich mich von Dolores fernhalten, was ich aber nicht tat. Es reizte mich, ihr Geheimnis zu lüften. Wollte sie mich nur als neuen Freier gewinnen? Oder strebte sie wie Anamaria an, mich heiraten zu können, um als Prostituierte nicht mehr offiziell anschaffen gehen zu müssen? Und immer wieder beschäftigte mich die Frage, ob sie mir etwas ins Glas getan hatte oder nicht.

Ich wusste, eine Beziehung mit Dolores hätte nie eine Zukunft. Eine eheliche oder eheähnliche Partnerschaft mit einer Prostituierten konnte meines Erachtens nicht funktionieren. Auf Dauer hätte ich Probleme mit ihrer beruflichen Tätigkeit. Die Vorstellung, dass sie mit anderen Kerlen ins Bett steigt und sich durchvögeln lässt, würde bei ernsthaften Gefühlen zu ihr, emotionale Konflikte bei mir auslösen. Jedoch irgendwie fesselte mich diese Frau. Allerdings konnte ich den Sexualtrieb ausschließen. Denn seit dem Unfall regte sich bei mir unterhalb der Gürtellinie nichts. Impotenz? In jedem Fall verspürte keine Lust zu ficken. Es quälten mich in diesem Zusammenhang eine Vielzahl von negativen Gedanken, die ich an dieser Stelle meiner Aufzeichnungen nicht näher vertiefen wollte. Wieder einmal schien mich die Welt zum Kotzen zu animieren

Am nächsten Tag wurde ich für einen kurzen Moment aus meiner negativen Gedankenwelt herausgerissen. Richard rief mich an.

„Hier ist der Richard. Finanziell geht es mir nicht so gut. Kannst du mir helfen", fragte er mich.

„Ich könnte mit meinen Onkel sprechen und fragen, ob du für ihn die Buden auf dem Platz anmalen kannst. Die sind ohnehin nicht mehr in einem guten Zustand. Viel verdienen tust du wahrscheinlich nicht, aber es könnte reichen, dich für einige Wochen über Wasser zu halten", schlug ich Richard vor.

„Dies könnte mir wirklich helfen. Es wäre gut, wenn du fragen könntest", freute sich Richard.

„Ich versuche morgen bei passender Gelegenheit mit meinem Onkel zu sprechen", entgegnete ich ihm.

„Telefonieren wir morgen, ob es geklappt hat", fragte er mich.

„Ich rufe dich morgen an", erwiderte ich.

„Danke. Dann bis morgen", verabschiedete sich Richard.

Nach dem Auflegen des Telefonhörers schoss mir durch den Kopf, dass es der Firma nicht so gut geht. Daher musste ich mir die richtige Strategie überlegen, Onkel Alfred zu überzeugen, dass Richard die Häuser auf dem Platz anmalen soll. Onkel Alfred legte häufig ein Pokerface auf. Und viele machten den Fehler, ihn zu unterschätzen. Zwar gehörte er nicht unbedingt zum Kreis der Intellektuellen, aber er verfügte über eine gewisse Bauernschläue. Diese sicherte für ihm und der Firma oftmals das Überleben ab. Daher wurden meine Fähigkeiten als Verkäufer gefordert. In diesem Fall betrachtete ich Richard als Ware, die ich zum Verkauf anbieten wollte. Gelingt mir dieser Clou?

Ein Tag später saß ich mit Onkel Alfred bei einer gemeinsamen Tasse Tee in der Firma am Schreibtisch.

„Es kam mir gestern die Idee, dass die Lauben wieder gestrichen werden müssen. Sie sind zum großen Teil in einen schlechten Zustand. Und ich könnte mir vorstellen, wenn der Platz wieder in einem besseren Verfassung ist, dass dies verkaufsfördernd sein könnte", eröffnete ich das Gespräch.

„Das ist eine gute Idee. Jedoch wer soll die Häuser anmalen", wollte Onkel Alfred wissen.

„Mit meiner Höhenangst kann ich nicht auf die Leiter steigen. Daher schlage ich Richard Klasen vor. Er war hier für einige Wochen Praktikant und hat ähnliche Arbeiten für die Firma schon erledigt", antwortete ich zielorientiert.

„In Ordnung. Jedoch können wir nur 8 Euro pro Stunde bezahlen", legte sich Onkel Alfred frühzeitig fest.

„Ich denke, er wird einverstanden sein. Ich telefoniere heute mit ihm", sagte ich am Schluss des Gespräches.

Am Abend telefonierte ich mit Richard und verkündete ihm die frohe Botschaft. Er wirkte erleichtert und bedankte sich bei mir. Am nächsten Tag kam er kurz in der Firma vorbei und schenkte mir eine Übergangsjacke, die ihm wegen seines Übergewichtes nicht mehr passte.

Einige Tage später sah ich Dolores wieder. Sie stand vor der Kneipe „Zar und Zimmermann".

„Hast du Lust auf Dartspielen", fragte sie mich überraschend.

„Ja, warum nicht", antwortete ich und betrat mit ihr die Kneipe.

Viktoria, die Freundin von Dolores saß bei einen Glas Bier in der Nähe des Tresens und beobachtete uns. Wieder gewann ich den Eindruck, dass sie mich anhimmelte. Für Dolores und mich bestellte ich zwei Bier. Danach fand das Dartspiel statt. Obwohl ich dieses Spiel zum ersten Mal ausprobierte, gewann ich.

„Scheiße, ich habe verloren", ärgerte sich Dolores aufrichtig, fast leidenschaftlich.

„Na, wie geht es meinen Cuba Libre", fragte auf einmal ein freundlicher älterer Herr, der am Tresen saß und ein Bier trank.

„Nicht so gut. Ich habe leider nicht gewonnen", gab Dolores zur Auskunft.

Ihre Enttäuschung konnte ich in ihrem Gesicht ablesen.

„Und wie geht es dir Frank", fragte sie nach einer kleinen Pause.

„Gut soweit", antwortete Frank.

„Ich möchte tanzen", schaltete sich Viktoria ins Gespräch ein.

„Wir brauchen Geld für die Musikbox", ergänzte Dolores.

Ich drückte Dolores ein paar Geldmünzen in die Hand. Sie ging zur Musikbox und suchte uns lateinamerikanische Rhythmen aus. Zu viert tanzten wir. Alle schienen ihren Spaß zu haben, auch wenn tanzen zugegebenermaßen nicht unbedingt meine Welt ist. Jedoch ich spielte meine Rolle fehlerfrei.

Bis Frank auf einmal sagte: „Ich muss gehen".

Stimmungsmäßig wirkte er etwas niedergeschlagen. Ich gewann den Eindruck, dass er wegen Dolores eifersüchtig auf mich wurde. Zusätzlich schien er auch etwas verunsichert zu sein.

„Willst du nicht doch bleiben", fragte Dolores überrascht.

„Nein, es ist Zeit für mich zu gehen", meinte Frank entschlossen.

Vermutlich wollte er einen Konflikt vermeiden. Er bezahlte sein Bier und verließ fast überfallartig die Kneipe.

Zu dritt saßen wir an einem Tisch und tranken unser Bier. Nach ein paar Minuten klingelte das Handy von Dolores.

„Mache dir keine Sorgen Frank! Ich erkläre dir später alles", versuchte Dolores ihren Gesprächspartner am Apparat zu beruhigen.

Frank pflegte zweifelsfrei ernsthafte Gefühle für Dolores, zumindest würde ich es aus seinem Verhalten schließen. Näher kennengelernt habe ich ihn nicht. Dolores wurde für mich immer mehr zu einem unlösbaren Rätsel. So häufiger ich ihr begegnete, umso mehr Fragen tauchten auf. Die Antworten blieben hingegen aus.

Die zuvor gute Stimmung galt als beendet. Ein Unbehagen kam bei mir auf. Für mich ein klares Signal nach Hause zu fahren. Ich kam trotz einiger offener Fragen zu der wichtigen Erkenntnis, dass Dolores gerne mit dem Feuer spielte und ein Sinnbild des durchtriebenen Luders darstellte. Männer galten für sie als austauschbar. Sie suchte sich bestimmte Kerle als Opfer aus, die sie finanziell ausbeutete. Dafür versprach sie ihnen Freundschaft, Zuneigung und Liebe. Dies versuchte sie ebenfalls bei mir, wenn auch ohne Erfolg. Zwar fand ich sie äußerlich attraktiv, aber ernsthabhafte Absichten verfolgte ich nicht. Gefickt hätte ich sie gerne, aber die Umstände ließen es nicht zu. Durch meine Potenzprobleme konnte ich ihr nicht verfallen. Vielleicht auch besser so. Unter den Vorwand, dass ich mit einem Kumpel verabredet war, verabschiedete ich mich von den beiden Frauen und verließ die Kneipe. Etwas irritiert schauten mir die Damen hinterher, da sie offenbar mit dieser Reaktion nicht rechneten.

Irgendwie merkte Dolores, dass ich nicht in ihr Beuteschema hineinpasste. Dies könnte ein Motiv dafür sein, dass sie mir irgendetwas ins Glas getan hat. Vorerst blieben meine Gefühle in Unklaren darüber, ob mir die Hypothese, die aufgrund einiger Indizien und Beobachtungen aufstellte, ausreicht, um meinen inneren Frieden wiederzufinden. Soll ich den Kontakt zur Feme Fatale abbrechen oder nicht? Eine Frage, die zunächst keine Antwort fand. Ich konnte nicht erkennen, welche Fakten den letzten Ausschlag für meine Entscheidungsfindung geben würden. Ein Zustand der Überforderung entstand. Dabei musste ich höllisch aufpassen, dass ich nicht in Gefahr geriet. Eine Unvorsichtigkeit konnte ich mir nicht leisten, soviel stand für mich fest, wenn ich den Kontakt tatsächlich weiter zu ihr halten sollte. Augenblicklich herrschte eine Unsicherheit, wie ich mich ihr gegenüber weiterhin verhalten werde. Letztlich verfügte ich nur über Spekulationen, die ich nicht beweisen konnte.

Mich beschäftigte zu dieser Zeit auch ein anderes Thema. Unabhängig von Dolores wollte ich endlich wieder die Geilheit spüren. Denn ich finde es schön, wenn er drinnen ist, eine Tatsache, die offen an dieser Stelle meiner Aufzeichnung gestehen muss.

„Ficken und abspritzen wäre ein gutes Mittel gegen meine Depressionen", überlegte ich in diesem Kontext.

Zuhause begann ich, Fitness zu machen, um mein kleines Problem wieder lösen zu können. Liegestütze, Hantel-Training und Gymnastik gehörten zu meinem Programm. Dabei besaß ich den festen Willen, alles wieder in den Griff zu bekommen. Das Selbstmitleid wollte ich unbedingt beenden. Das Problem musste im wahrsten Sinne des Wortes bei der Wurzel gepackt werden, um den Lusthammer wieder zu spüren.

„Es wäre ein Akt der Befreiung", spürte ich.

Jedoch musste ich zunächst einen klaren und freien Kopf bekommen. An ein körperliches Problem glaubte ich nicht, sondern ich ging von einer seelischen Ursache aus. Eventuell auch durch den Unfall ausgelöst? Möglicherweise. Ich versuchte mir, keinen Druck zu machen. Ich hielt es für kontraproduktiv.

„Irgendwann werde ich wieder Leben in der Hose spüren", machte ich mir Mut.

Zweckoptimismus? Hoffentlich nicht.

Einige Tage später. Wieder drehten sich meine Gedanken um Dolores. In dieser Phase meines Lebens herrschte ein ziemliches Durcheinander in meinem Kopf. Meine Emotionen wurden unerbittlich aufgerieben. Das Wort Gnade schien in diesem Zusammenhang ein Fremdwort zu sein. Ich empfand Höllenqualen, da ich immer noch keine endgültige Entscheidung in Bezug auf Dolores treffen konnte. Soll ich den Kontakt zu ihr abbrechen oder nicht? Ich bekam das Gefühl, nicht zu wissen, was ich eigentlich wollte. Es wurde spürbar, dass der Unfall unübersehbar seine blutige Fährte hinterließ. Sie durchzog sich schmerzhaft durch meine gedanklichen Irritationen, die kein Ende zu haben schien. Ein Teufelskreislauf, den ich nicht durchbrechen konnte. Daher schrieb ich „Der unsichere Weg".

Der unsichere Weg

Ein gefährliches Spiel ist es, worauf ich mich einlasse.
„Welche Konsequenzen erwarten mich dabei"?
„Enttäuschung oder sogar ein unerträglicher Schmerz"?
Ungewissheit quält mich bei diesem Gedanken.
Trotzdem gehe ich den Pfad der Ungewissheit weiter.
Dabei geht das Leben seltsame Wege und was bleibt, ist ein Gefühl der Unsicherheit und Angst, aber dennoch muss ich im Leben auch Wagnisse mit allen verbundenen Konsequenzen eingehen, da ich sonst nie weiß, was ich im Leben eventuell versäumen kann.

Jedoch das Gedicht löste mein Problem nicht. Ich tendierte dazu, den Kontakt zu Dolores abzubrechen, da ich zunehmend zu der Erkenntnis kam, dass ich vermutlich das Rätsel, ob sich eine verbotene Substanz in meinem Glas befand oder nicht, ohnehin nicht eindeutig klären konnte. Ich schob meine Entscheidung gedanklich hin und her. Ein Chaos der Gefühle.

Durch die Bekanntschaft mit Dolores wurde mir auch verstärkt bewusst, dass der Sex mit Prostituierten mir allmählich zu oberflächlich wurde. Sie weckte Sehnsüchte nach Zweisamkeit bei mir, die vermutlich schon länger im Verborgenen schlummerten, obwohl ich nie eine gemeinsame Zukunft mit ihr sah. Diese Art von Gefühlen wollte ich mir für keinen Preis der Welt zugestehen, weil ich sie stets als große Schwäche ansah. Ich vertrat immer die feste Überzeugung, dass mich die Verletzbarkeit, die zweifelsfrei durch das Zugeständnis solcher Empfindungen erzeugt wird, angreifbar macht. Und ich wollte stets unverwundbar sein. Nun musste ich mit Schrecken feststellen, dass dieses Ziel unerreichbar ist. Dolores legte meine Schwächen schonungslos offen. Ein erstaunliches Resultat, wenn man hierbei bedenkt, dass ich keine tiefergehenden Gefühle für diese Frau pflegte. Mit dieser Tatsache musste ich umgehen lernen. Auf diese Weise entdeckte ich neue Seiten an mit.

Bei meinen Aufzeichnungen wurde mir bewusst, dass ich mich zu diesem Zeitpunkt fast radikal veränderte. Nicht nur wegen Dolores, sondern auch wegen dem Unfall. Ich betrachtete zunehmend das Leben aus einer anderen und neuen Perspektive. Nichts schien mehr zu sein wie vorher. Alles wurde ein dynamischer Prozess, der unaufhaltsam mein Leben umwälzte. Die Erde geriet immer stärker aus den Fugen, weil sie eine bewegliche Masse symbolisierte, die landschaftliche Umgestaltungen vornahmen, die ich nicht mehr aufhalten konnte. Emotionale Erdbeben und Überschwemmungen bestimmten fortan mein Dasein. Diese Herausforderung musste ich annehmen. Alles andere wäre der sichere Tod.

Meine Einstellung zur Kunst änderte sich nicht. Sie blieb im Zentrum meiner Gedanken. Die Malerei und das Schreiben behielt ich weiter im Blick. Ich strebte nach dem Erfolg beziehungsweise den Durchbruch als Künstler, unabhängig davon, wie leicht oder schwer dieses Ziel tatsächlich erreichbar schien. Allein schon deshalb, weil ich wusste, dass ich in der Firma keine langfristige Zukunft für mich gab. Der geringe Publikumsverkehr und der laue Auftragsbestand im Betrieb sprachen leider eine ziemlich eindeutige Sprache, die keinen anderen Interpretationsansatz zuließ. Dieser schmerzhaften Realität musste ich mich stellen. Natürlich drängte sich mir die Frage auf, wie ich in Anbetracht der schwierigen Lage weiterhin meine Schulden wegen des Unfalls bezahlen sollte ohne meine heimlichen Reserven angreifen zu müssen. Dies bereitete mir die größten Sorgen, weil ich nicht einschätzen konnte, ob ich unter dieser schweren finanziellen Last nicht doch zusammenbreche. Es wurde mir immer bewusster, dass ich mich einen neuen Wendepunkt meines Lebens näherte. Daher musste ich mir überlegen, wie ich mein Leben neu ordne.

Nach dieser Erkenntnis unterbrach ich erneut das Schreiben. Ein starkes Hungergefühl machte sich bei mir bemerkbar. Das Magenknurren wurde unüberhörbar. Deshalb ging ich in die Küche, um etwas zu essen. Ich aß eine große Schüssel Müsli. Zum aufwendigen Kochen verspürte ich keine Lust. Dafür fehlte mir die nötige Energie. Für mich blieb die Hauptsache, dass ich satt wurde. Etwas anderes interessierte mich augenblicklich nicht, denn das Schreiben ging zweifelsfrei an meine körperliche und seelische Substanz. Ich spürte die Erschöpfung in vollen Umfang. Müdigkeitssignale ließen sich nicht mehr ignorieren. Zum Glück bin ich bezüglich der Nahrungsaufnahme nicht anspruchsvoll. Eine einfache Mahlzeit reichte mir. Sie half mir zu neuer Kraft, um meine Aufzeichnungen fortzusetzen. Mehr konnte ich nicht erwarten.

Anfang Mai 2003 machte ich die Bekanntschaft mit Rita Laurenz. Alterstechnisch schätzte ich sie auf Anfang/Mitte vierzig. Sie ist Buchautorin, die im Selbstverlag ihre eigenen Werke veröffentlicht. Kennengelernt habe ich sie durch meine Arbeitskollegin Andrea. Andrea ist wiederum eine Cousine dieser Künstlerin. Es wurde mir viel vorgeschwärmt und von Erfolg der Autorin erzählt, was sofort meine Neugier weckte. Rita schrieb zu diesem Zeitpunkt hauptsächlich Gedichte im Bereich Liebe und Erotik, aber auch einige Kurzgeschichten. Sie kam nachmittags vorbei, als Onkel Alfred sich nicht in der Firma aufhielt, weil er einen Kundentermin wahrnahm.

„Ich heiße Rita Laurenz", stellte sie sich mir vor, als sie das Büro betrat.

„Und ich René Krüger", begrüßte ich sie, als ich ihr die Hand schüttelte.

Wir setzten in den Nischenbereich, der als Essecke gestaltet wurde. Andrea servierte uns netterweise den Tee am Platz. Sie gesellte sich anschließend zu uns und lauschte interessiert unserer Unterhaltung. Zum Glück keine Kundschaft auf dem Platz und kein störendes Telefonklingeln, sodass wir uns ungestört verbal austauschen konnten.

„Du schreibst auch", fragte sie mich, als sie einen kleinen Schluck aus ihrem Becher getrunken hatte.

„Ja, ich mache zurzeit Lyrik mit meist gesellschaftskritischen und philosophischen Inhalten. Ich habe auch schon mehrere Verlage getestet. Leider ohne Erfolg", antwortete ich leicht wehmütig.

Ich trank ebenfalls einen kleinen Schluck aus meinem Becher. Der Inhalt erwies sich sehr heiß, wie ich schnell bemerkte, sodass ich aufpassen musste, dass ich mir nicht die Zunge verbrühte. Auf gewisse schmerzhafte Erfahrungen wollte ich verständlicherweise verzichten.

„Das Problem ist, dass es heutzutage viele motivierte Schreiber gibt, die ihre Texte an Verlage schicken. Daher ist man als Autor meist chancenlos. Für Lyrik ist es besonders schwer. Dichtkunst erweist sich oftmals als sogenannter Ladenhüter, sodass Verlage sich dafür nur selten interessieren. Darum veröffentlichte ich bisher im Selbstverlag", gab sie mir zur Auskunft.

Bei mir klickte es im Gehirn. Es fing an, in meinem Kopf zu arbeiten. Eine Maschine, die sich nicht mehr stoppen ließ. Es wurde mir immer bewusster, dass die Informationen, die ich von meiner Gesprächspartnerin erhielt, wird entscheidend für mein künftiges Handeln als Künstler sein.

Daher wollte ich unbedingt von ihr wissen: „Mit diesem Gedanken habe ich auch schon gespielt. Daher frage ich dich, was es kostet, seine Werke im Selbstverlag zu veröffentlichen"?

Zu diesem Zeitpunkt verfügte ich nicht über die Vorstellung, in welchen finanziellen Rahmen sich so ein Projekt realisieren lässt. Ist es überhaupt bezahlbar? Keine Ahnung. Die Spannung stieg.

„Heutzutage ist so eine Veröffentlichung erschwinglich. Für Masterring, Barcode und ISBN-Nummer musst du ungefähr 500 Euro rechnen. Allerdings musst du vieles selbst machen wie zum Beispiel Buchcover und Schriftblock", antwortete sie auskunftsfreudig.

„Das heißt, ein PC ist zwingend notwendig", hakte ich nach.

„Nicht nur ein PC, sondern auch das Internet. Ist allein auch wegen der Geschäftsabwicklung und der Kontakte wichtig", ergänzte mein Gegenüber.

Sie zeigte mir ein Exemplar ihrer Bücher, das sie zufällig griffbereit hatte.

„Schau dir die Qualität an! Ich probierte einige Anbieter aus, wo man Bücher in Eigenregie veröffentlichen kann. BOD ist am Besten", erklärte sie.

Ich schaute mir das Exemplar genau an. Es verfügte tatsächlich über eine ausgezeichnete Qualität.

„Es sieht wirklich gut aus", stimmte ich zu und gab ihr das Buch wieder zurück.

„Um die Vermarktung musst du dich selbst kümmern, d.h. du machst Lesungen oder Märkte, um deine Exemplare verkaufen zu können", fügte sie ergänzend hinzu.

„Und was kostet mich die Veröffentlichung ohne Eigenleistung", fragte ich zum Schluss.

Denn meine Fachkenntnisse am Computer reichten nicht aus, um die Eigenleistung tatsächlich in vollem Umfang erbringen können. In diesem Punkt blieb ich absoluter Realist. Es half mir nicht, mir selbst etwas vorzumachen. Dies hätte durchaus sonst in einem Fiasko enden können. In diesem Zusammenhang rief ich mir in Erinnerung, dass ich mich im Computerkurs sehr schwertat. Technik ist eben nicht meine Welt. Trotzdem versuchte ich mich, mit ihr zu arrangieren. Denn ohne sie könnte ich keine Bücher veröffentlichen.

„Ungefähr 800 bis 1.000 Euro musst du in so einen Fall rechnen", riss mich meine Autorenkollegin aus meinen Gedanken.

„Gut zu wissen", merkte ich an.

„Und ich empfehle dir dein Buch grundsätzlich als Paperback zu veröffentlichen. Das ist günstiger als Hardcover. Außerdem musst du beim Hardcover den doppelten Verkaufspreis nehmen, um ungefähr die gleiche Gewinnspanne zu haben wie beim Paperback. Dies wiederum gestaltet sich beim Genre Lyrik in Bezug auf die Vermarktung als schwierig, fast unmöglich. Zusätzlich sei anzumerken, dass ein Lyrik-Band nicht mehr als 100 Seiten umfassen sollte", ergänzte meine Gesprächspartnerin.

Wir leerten unsere Becher. Danach bedankte ich mich für die Informationen, die sie mir gab. Sie zeigte während unserer Unterhaltung keine Starallüren und blieb bodenständig, was ich als sehr angenehm empfand. Diese positiven Eigenschaften erleichterten den Dialog. Auf diese Weise wusste ich ungefähr, was auf mich zukam. Es half mir, meine Entscheidung zu treffen. In mir reifte der Entschluss, mein Lyrik-Band auf eigene Kosten zu veröffentlichen. Der Preis schien mir akzeptabel zu sein. Bewusst wurde mir auch die Tatsache, dass ich einen PC benötigte. Für diesen speziellen Verwendungszweck fing ich an zu sparen. Ich hoffte in diesem Zusammenhang auf die Kontakte von Richard. Sein Kumpel Jürgen verfügte weiterhin über die Möglichkeit, kostengünstig an gebrauchte PCs zu kommen. Diese Option behielt ich im Hinterkopf. Nochmals durfte nichts dazwischen kommen, was den Kauf des Computers verhindert. Denn ich wollte keine weitere unnötige Verzögerung des Buchprojektes.

Seit einigen Wochen arbeitete Richard wieder für die Firma meines Onkels. Er brachte das Gelände auf Vordermann, indem er die Gartenarbeit erledigte und begann die Musterhäuser zu streichen. Für ihn sprang zwar kein großer Stundenlohn heraus, aber es half ihm, sich passabel über Wasser zu halten. Daher verstand ich es nicht, warum er mich ständig in der Firma anschnauzen musste. Ich hörte Kommentare wie zum Beispiel „Du nervst", „Du stehst nur im Weg rum" oder „Kannst du gar nichts richtig machen"? Und dies stellten noch die harmlosen Beispiele dar.

Mit seiner Anwesenheit vergiftete er zeitweilig das ohnehin schlechte Betriebsklima, das aufgrund des miserablen Auftragsbestandes zweifelsfrei herrschte.

Zwar erwartete ich von Richard keinen Kniefall für die Beschaffung des Jobs, aber diese verbalen Attacken verdiente ich keineswegs. Eine Undankbarkeit mir gegenüber entstand. An dieser Stelle dieser Aufzeichnung muss ich gestehen, dass ich gelegentlich sogar eine Erleichterung verspürte, wenn er keinen Einsatz für die Firma ausführte. Ich empfand eine Wut auf ihn, aber ich konnte es nicht ihm gegenüber äußern. Daher ärgerte ich mich über mich selbst. Was habe ich ihn bloß getan? Welcher Teufel hatte ihn dabei geritten, mich verbal so stark zu attackieren? Ließ er seine Unzufriedenheit mit sich selbst an mir aus? Unabhängig von den Antworten, bereute ich, dass ich ihm diesen Job besorgte. Zusätzlich überlegte ich, ob ich dem Dänemark-Urlaub eine Absage erteilen sollte, da ich verständlicherweise keine Lust verspürte, massive Aggressionen ertragen zu müssen. Andererseits sah darin die einzige Möglichkeit, 2003 kostengünstig Urlaub machen zu können. Außerdem hoffte ich, dass die Urlaubsatmosphäre für eine bessere Stimmung bei Richard sorgen wird. Bezüglich des Urlaubs blieb ich hin- und hergerissen.

Ende Mai 2003 telefonierte ich im Wohnzimmer kurz mit Dolores.

„Ich bin es, René. Können wir uns heute treffen", fragte ich sie.

„Ich bin um 12.00 Uhr bei der Arbeit. Wir können uns vor der Kneipe Zar und Zimmermann treffen", antwortete meine Gesprächspartnerin.

„In Ordnung. Bis gleich", bestätigte ich den Termin.

Danach beendeten wir das Telefonat.

„Für mich wirkten ihre Äußerungen in Bezug auf ihre berufliche Tätigkeit immer, als ob sie einen normalen Job wie jeden anderen ausübt", stellte ich nach dem Telefongespräch fest.

Sie sprach in einer Art und Weise über ihre Arbeit, als sei sie eine Kassiererin im Supermarkt. Zugegebenermaßen konnte ich ihre Haltung weder nachvollziehen noch nachempfanden.

„Muss ich auch nicht", erkannte ich nüchtern.

„Außerdem braucht sie diese Einstellung, um diese Tätigkeit überhaupt ausüben zu können", kam mir als nächster Gedanke.

Vertiefen wollte ich diesem Denkansatz nicht, weil es für mich eigentlich egal blieb, wie sie über ihre Arbeit dachte, da ich keine intime Beziehung mit ihr beabsichtigte. Für mich blieb das vereinbarte Treffen eine weitere Möglichkeit, neue Erkenntnisse darüber zu erlangen, was letztlich zu meinen Unfall führte. Natürlich wusste ich, dass sie mir dies nie offen erzählen würde. Jedoch hoffte ich Rückschlüsse aus ihrem Verhalten mir gegenüber ziehen zu können. Vielleicht ein Weg, um zumindest der Wahrheit sehr nahe zu sein.

In der Ellmenreichstraße stand Dolores vor der betreffenden Kneipe. Sie winkte mir zu, als sie mich auf der anderen Straßenseite kommen sah. Zusammen betraten wir die Lokalität. Ich bestellte uns zwei Bier.

„Wie geht es dir", eröffnete ich das Gespräch.

„Danke, gut", gab sie zur Auskunft. „gleich kommt noch eine Kollegin von mir".

Zwischenzeitlich saßen wir am Tisch in der Nähe des Ausgangs.

„Und wie geht es dir René", fragte Dolores, nachdem wir ein Schluck aus unseren Gläsern tranken.

„Mittelmäßig. Auf der Arbeit ist wenig los. Und ich muss froh sein, meinen Job noch zu haben", antwortete ich offen.

„Bei mir ist zurzeit auch nicht viel los. Zwei Tage hatte ich keinen Kunden", berichtete Dolores mit einer leichten Besorgnis in der Stimme.

Plötzlich betrat eine dunkelhäutige Schönheit den Raum, die für einen kurzen Moment meine volle Aufmerksamkeit weckte. Nicht nur wegen ihres äußerlichen Erscheinungsbild, sondern auch weil ich sie wiedererkannte. Ich sah sie bereits auf der Geburtstagsfeier von Dolores. Sie kam direkt auf uns zu.

„Ich bin Gabi", stellte sie sich mir vor und nahm bei uns Platz.

„Und ich bin René", sagte ich, als ich kurz aufstand und ihr aus Höflichkeit die Hand gab.

Denn eigentlich wollte ich mit meiner Begleiterin allein sein. Es passte mir nicht in den Kram, dass eine weitere Person fast unerwartet aus dem Nichts auftauchte. Jedoch ich ließ mir nichts anmerken.

„Kannst du meiner Kollegin auch ein Bier holen", fragte mich Dolores.

Ich stand auf und ging zum Tresen. Dabei gewann ich den Eindruck, dass die beiden Frauen hinter meinen Rücken über mich lachten. Zumindest ihr Verhalten ließ darauf schließen. Es verletzte meine Gefühle und tat weh.

„Die Verarschung musst du dir nicht länger antun", sagte ich zu mir selbst.

Äußerlich zeigte ich meine Betroffenheit nicht und bestellte das Bier für Gabi, aber gedanklich suchte ich nach einem Vorwand zu gehen. Mit dem Bier in der Hand kam ich wieder an den Tisch und setzte mich zu den beiden Frauen.

„Danke für das Bier", sagte Gabi darauf und trank einen Schluck aus dem Glas.

Danach fingen die Freundinnen an, sich auf Spanisch zu unterhalten. Ich verstand nur Bruchstücke des Dialogs, weil sie ein unglaublich schnelles Sprechtempo an den Tag legten, den ich keineswegs folgen konnte. Dabei gewann ich das Gefühl, dass ein Hochgeschwindigkeitszug an mir vorbeirauschte. Es wurde mir unbehaglich und fühlte mich daher deplatziert. Außerdem stufte ich so ein Verhaltensmuster als unhöflich ein. Dies wollte ich mir verständlicherweise nicht mehr zumuten. Ich fühlte wie ein Trottel, der die Drinks bezahlen durfte.

„Entschuldigt", unterbrach ich die Unterhaltung, „aber ich muss gehen, weil ich noch einen wichtigen Termin habe. Fast hätte ich ihn vergessen".

Diese Aussage entsprach nicht der Wahrheit, aber es half mir, mich halbwegs aus der Affäre zu ziehen. Die beiden Damen schauten mich verwundert an, als ich aufstand und mich per Handschlag eilig von ihnen verabschiedete. Ich verließ mit einer gewissen Zufriedenheit die Kneipe, auch wenn ich ein fast volles Bierglas auf dem Tisch stehenließ. Für mich schien es wichtiger zu sein, mein Gesicht nicht völlig zu verlieren.

Die eben geschilderte Erfahrung zeigte mir allzu deutlich, dass es für mich besser wäre, den Kontakt zu Dolores endgültig abzubrechen, da ich ohnehin nicht die Antworten erhielt, die ich suchte.

Auf der Straße traf ich zufällig Anamarias Schwester Irene, die zu mir sagte: „Die Kubanerin ist nicht gut für dich. Sie hat viele sogenannter Freunde, die alles für sie bezahlen. Ernsthafte Chancen hast du sowieso nicht bei ihr".

„Danke für den Tipp", sagte ich zu ihr.

„Und was macht dein Schwanz? Hast du Lust zu bumsen", fragte mich Irene darauf.

„Leider keine Zeit", erwiderte ich und fuhr mit der Bahn wieder nach Hause.

Stellte Irenes Äußerung tatsächlich einen gutgemeinten und freundschaftlichen Rat dar? Oder verfolgte sie nur eigene Interessen? Immerhin übte sie selbst den Beruf der Hure aus. Außerdem galt ich zumindest für eine gewisse Zeit als Stammfreier. Eventuell erhoffte sie sich, mich als Kunde wiederzugewinnen, da sich ihre Schwester bekanntermaßen aus dem Gewerbe zurückzog. Jedoch deckten sich Irenes Äußerungen weitgehend auch mit Dolores seltsamen Verhalten in der Kneipe, als wir mit Dartpfeilen auf die Scheibe warfen. Hier gewann ich den Eindruck, dass Dolores mit den Gefühlen ihres Stammfreiers Frank spielte. Daher kam mir zu diesem Zeitpunkt bereits der Gedanke, die Verbindung zu ihr abzubrechen. Ich stufte mittlerweile den Kontakt zu ihr als bedenklich, vielleicht sogar als gefährlich ein. Die Treffen schien mich immer mehr zu überfordern. Deshalb lag Irene mit ihrer Kritik vermutlich richtig, was mich zusätzlich bestärkte, meine Konsequenzen aus den letzten beiden Begegnungen mit Dolores zu ziehen. Meistens befand sie sich ohnehin in Begleitung einer Freundin. Manchmal gewann ich das Gefühl, dass sie ahnte, was ich tatsächlich beabsichtigte. Somit bekam ich keine Chance, allein Zeit mit ihr zu verbringen. Erhalten hätte ich sie nur, wenn ich mit ihr aufs Zimmer gegangen wäre. Hier schwingt zugegebenermaßen quasi der Konjunktiv mit, da ich zu diesem Zeitpunkt über ein kleines Problem unterhalb der Gürtellinie verfügte. Deshalb schloss ich diese Möglichkeit aus, Sex mit ihr praktizieren zu wollen. Ich konnte überhaupt nicht einschätzen, wann ich dieses spezielle erhebende männliche Gefühl wieder spüren würde. Meinen Emotionen erreichten einen absoluten Tiefpunkt. Darüber hinaus kam ich zu der Einsicht, dass ich kein Detektiv bin, der über Erfahrung mit Ermittlungsarbeit verfügte. Für diesen Berufszweig fehlte mir offensichtlich die Abgebrühtheit und Kaltschnäuzigkeit. Genauso wenig bin ich eine fiktive Romanfigur, die alle Situationen als Held mit Bravur meisterte. Dieser Realität musste ich mich nun endgültig stellen. Zuvor schien ich vermutlich naiv zu glauben, dass ich dieser Sache gewachsen bin. Jedoch musste ich nach einigen Begegnungen mit dieser dubiosen Person erkennen, dass ich mich irrte. Eine schmerzhafte, aber lehrreiche Erfahrung, die zum Leben einfach dazugehörte. Viele Geheimnisse blieben am Ende ungelöst. Die unbeantworteten Fragen musste ich notgedrungen akzeptieren. Zurück blieb ein unbefriedigendes Gefühl, aber dennoch erschien mir der Kontaktabbruch die beste Lösung zu sein. Gelegenheiten, mir etwas ins Getränk zu tun, gab es bei der fragwürdigen Geburtstagsfeier zweifelsfrei genug. Dies konnte ich bereits gedanklich im Kopf rekonstruieren. Und Dolores traute ich aufgrund gewisser Verhaltensmuster, die sich mir zunehmend offenbarten, durchaus zu, es zu tun. Dennoch fehlte mir der ultimative Beweis. Für mich stellte sich in diesem Zusammenhang die Frage, wie ich ihn überhaupt erlangen sollte. Ich sah keine realistische Chance dafür. Dieses Zugeständnis musste ich mir machen. Das logische Fazit? Jeder weitere Kontakt zu dieser Frau wäre die reine Zeitverschwendung. Stattdessen musste ich mich auf andere Dinge konzentrieren, um mein Leben einigermaßen wieder in den Griff zu bekommen. Rechtzeitig siegte bei mir die Vernunft, da ich keine weitere unnötige Ablenkung gebrauchen konnte. Ich schloss das Kapitel Dolores, um den Kopf wieder freizubekommen.

Immerhin schaffte es diese Frau, dass ich mein Leben nochmals komplett überdachte, ohne dass sie es allerdings beabsichtigte. Durch sie wurde ich mir verstärkt meiner Einsamkeit bewusst, da ich sie zu keinen Zeitpunkt als meine Auserwählte betrachtete. Ich spürte in ihrer Gegenwart die Lücke, die sich nicht schloss, da ich eigentlich einen Menschen außerhalb des Rotlichtmilieus suchte, mit dem ich Freude und Schmerz gleichermaßen tatsächlich teilen konnte. Ich sehnte mich nach einer Frau an meiner Seite, einer Seelenverwandten. Entdeckte ich eine neue Seite an mir, die ich zuvor nicht kannte? Rückblickend muss ich an dieser Stelle meiner Aufzeichnungen gestehen, dass ich stets versuchte, diese Sehnsucht nach Zweisamkeit aus meinen Kopf auszublenden. Vermutlich bestand Dolores Part darin, dass ich erkenne, dass die Fucking Palace-Besuche keine dauerhafte Lösung für mich darstellten. Der Kompromiss, den ich jahrelang mit mir selbst schloss, wurde für mich immer weniger tragbar. Gleichzeitig gewann ich das Gefühl, dass ich allein bleiben würde und nichts an meiner Situation ändern konnte. Eine unschöne Erkenntnis, die wehtat. Sie verursachte neue Depressionen. Unberechenbare Stimmungsschwankungen wurden zur unvermeidlichen Konsequenz. Irgendwie musste ich versuchen, mein Leben zu ändern. Ich wollte bewusster und intensiver leben.

„Jedoch wie setze ich dieses Vorhaben um", fragte mich am Rande der Verzweiflung.

Denn bei mir entstand das Gefühl, dass die Ereignisse der letzten Wochen und Monate mir spürbar viel Kraft kosteten. Allein aus diesem Grund ließ es sich zumindest vorerst nicht umsetzen. Genauso wusste ich, dass ich eine To-Do- Liste abarbeiten musste, um mein Leben neu zu regeln. Dies wiederum bedeutet zusätzlich einen gewaltigen Zeitaufwand, den ich noch bewältigen musste.

Übrigens sah ich Anamarias Schwester Irene kurze Zeit später nie wieder in der Ellmenreichstraße stehen. Darüber wunderte ich mich. Denn bei ihr spürte ich nicht die Bestrebung irgendwann einen Freier zu heiraten. Was ist also ihr Motiv für das Wegbleiben?

„Ist ihr eventuell etwas zugestoßen", fragte ich mich fast besorgt.

Die Auflösung des Rätsels kam von Nathalie. Sie diente mir häufig als Informationsquelle auf dem Kiez. Wir saßen, wie sooft, in der Kneipe „Zar und Zimmermann" bei einem Glas Bier am Tresen.

„Irene habe ich in letzter Zeit nicht mehr in St. Georg gesehen. Weißt du mehr", warf ich in die Unterhaltung ein.

„Ich hörte, dass sie jetzt in einen Privat-Puff auf St. Pauli arbeitet. Das Geschäft auf der Straße lohnte sich nicht mehr für sie", antwortete Nathalie und trank ein Schluck aus ihrem Glas.

„Dann scheint es ihr jetzt wieder besser zu gehen", stellte ich erleichtert fest.

Um Missverständnisse aus dem Weg zu räumen, muss hier gesagt werden, dass ich nicht danach strebte, erneut Irenes Freier zu sein, sondern mir Sorgen machte, weil ich sie mochte. Nicht mehr, aber auch nicht weniger.

„Ich muss wieder auf die Straße, um Geld zu verdienen", verabschiedete sich Nathalie hastig und ging nach draußen zu ihrem Stammplatz.

Dort wartete bereits die Kundschaft, die ihrem Gelüsten nachgehen wollte.

Anfang Juni 2003, ein paar Tage nach dem letzten Treffen mit Dolores, bekam ich zuhause einen unerwarteten Anruf. Gemütlich saß ich gerade mit einem heißen Becher Früchtetee in der Hand auf der Couch im Wohnzimmer, als plötzlich das Telefon klingelte und die zuvor erzeugte Stille durchbrochen wurde.

„Hier René Krüger", sprach ich ins Telefon, als ich den Hörer abgenommen hatte und meinen Becher wieder auf dem Tisch abstellte.

„Ich bin es, Andrea. Ich muss dir leider etwas Unangenehmes sagen", teilte mir meine Arbeitskollegin am Apparat mit.

Ihre leicht zittrige Stimme verriet mir sofort, dass es ihr schwerfiel, mich anzurufen. Was erwartete mich nun? Eine innere Unruhe kam in mir hoch.

„Was ist los", fragte ich Böses ahnend.

„Dein Onkel und seine Söhne sprachen darüber, dass sie dich aus Kostengründen entlassen müssen. Du bist für sie nicht mehr finanziell tragbar", erwiderte Andrea, als sie einmal kurz Luft geholt hatte.

„Die Kündigung kommt etwas früher als erwartet, aber ich rechnete damit, dass sie demnächst kommen würde. Ich hatte es schon lange befürchtet", entgegnete ich ihr äußerlich gefasst.

Innerlich musste ich mich zunächst wieder sammeln, um diese Hiobs-Botschaft zu verdauen. Ich bekam das Gefühl, nun eine zentnerschwere Last tragen zu müssen. Es drohte der emotionale Zusammenbruch. Eine zusätzliche Überforderung wurde spürbar. Schnell setzte ich mich wieder auf die Couch und atmete einmal gedanklich durch.

„Ich wurde gebeten, es dir offiziell zu sagen. Jedoch bin ich der Meinung, dass dein Onkel es dir selbst sagen sollte", riss mich Andrea aus den negativen Gedankenstrudel.

„Diese Courage sollte er als Chef haben", stimmte ich ihr zu.

„Offiziell weißt du noch nichts. Auf diese Weise kannst du vielleicht noch etwas Zeit für dich herausholen", schlug mir meine Gesprächspartnerin vor.

„Eine gute Idee. Danke für die Info", beendete ich das Gespräch.

Mit Andrea gewann ich eine unerwartete Verbündete. Zunehmend musste ich mich auf eine neue Lebenssituation einstellen, wo ich nicht einschätzen konnte, ob ich mich dieser Herausforderung überhaupt gewachsen fühlte. Diese Tatsache machte mir enorme Angst.

„Wie gehe ich damit um", überlegte ich in Anbetracht der heiklen Atmosphäre.

Menschlich spürte ich bezüglich meines Onkels eine maßlose Enttäuschung. Nicht weil er mich zu einem denkbar ungünstigen Zeitpunkt zu kündigen beabsichtigte. Vielmehr ärgerte es mich, dass er offensichtlich über keine Eier in der Hose verfügte, es mir persönlich zu sagen. Andererseits verschaffte mir seine Feigheit kostbare Zeit, die ich benötigte. Daher versuchte ich den Sachverhalt pragmatisch zu sehen und verdrängte meine negativen Gefühle. Dies half mir, seelisch einigermaßen stabil zu bleiben und nicht den Kopf zu verlieren. Ich zahlte artig meine Raten an Unfallgegner weiter und richtete mir bei der Bank ein Dispo von 1.000 Euro ein. Ansonsten musste ich abwarten, was passiert. Nach außen ließ ich mir nichts anmerken. Ich legte mir eine Maske auf, um meine Unsicherheit zu verbergen.

Ein schwieriges Unterfangen. Jedoch mit einer ähnlichen Strategie machte ich in der Vergangenheit bereits mehrfach meine Erfahrung. Darauf versuchte ich zu vertrauen. Jedoch entstand trotzdem ein unerträgliches Spannungsszenario, dass mir arg zu schaffen machte. Gedanklich beschäftigte mich seit dem Anruf meiner Kollegin das Gefühl, dass ich demnächst meine Kündigung erhalten werde. Täglich fuhr ich mit dieser quälenden Gewissheit zur Arbeit.

Einige Tage später. In der Praxis unterhielt ich mich mit meinem Therapeuten Jan über meine aktuelle Arbeitsplatzkonstellation.

„Bei uns in der Firma sieht es nicht gut aus. Die Kundschaft bleibt fern, und der Umsatz stagniert seit mehreren Wochen. Und durch meine Kollegin habe ich kürzlich am Telefon erfahren, dass die Geschäftsleitung mich aus Kostengründen einsparen will. Offiziell weiß ich nichts. Jedoch ich gehe davon aus, dass es nur eine Frage der Zeit ist, dass mir die Kündigung präsentiert wird", berichtete ich offenherzig.

Ich verspürte den Drang, es mir von der Seele zu reden, weil es mich emotional stark belastete.

Jan bemerkte meine gedrückte Stimmung und sagte zu diesem Thema: „Betrachte es als eine Chance für einen Neubeginn! Eventuell ist ein Wechsel sogar besser für dich, damit du deine Fähigkeiten besser entfalten kannst".

„Vielleicht hast du recht. Denn eine langfristige Zukunft sah ich in diesem Betrieb ohnehin nicht. Der Zeitpunkt der Kündigung ist allerdings ungünstig, da ich hohe Schulden wegen des Unfalls habe. Wie soll ich es unter diesen Voraussetzungen schaffen, wieder auf die Füße zu kommen", fragte ich besorgt.

„Ich bin davon überzeugt, dass du es schaffst, weil du clever bist", beruhigte mich Jan.

„Kennst du dich mit Kündigungsfristen aus", fragte ich weiter.

„Vier Wochen. Eine Kündigung erfolgt entweder am Monatsanfang oder zur Monatsmitte", antwortete mein Therapeut bereitwillig.

Im Prinzip behielt Jan recht, wenn er sagt, dass meine bevorstehende Kündigung auch eine Chance für mich darstellte. Genauso stimmte ich ihm zu, dass ich über ausreichend Fähigkeiten verfügte, um mein Leben meistern zu können. Trotzdem blieben meine Ängste, weil die Rahmenbedingungen nicht stimmten. Über 8.000 Euro Schulden konnte ich leider nicht einfach verschwinden lassen, so sehr ich es mir auch wünschte. Möglicherweise musste ich mich auf knallharte Neuverhandlung mit meinen Unfallgegner einstellen. Und ich wusste nicht, ob ich den Stress mit dem Unfallgegner aushalte oder nicht. Es lastete ein enormer Druck auf mich, zumindest empfand ich es so.

Jeden Tag ging ich mit einem unguten Gefühl zur Arbeit. Immer wenn ich mich dem Firmengelände näherte, bekam ich leichtes Herzrasen und wurde innerlich unruhig. Ich hielt stets Ausschau nach Onkel Alfreds Auto. Hätte ich seinen Wagen vor Geschäftsbeginn gesehen, musste ich mit der Hiobs-Botschaft rechnen. Die ersten zwei Wochen konnte ich zunächst erstmal beruhigt aufatmen.

Mitte Juni 2003 kam doch der Tag, den ich gefürchtet hatte. Der Wagen von Onkel Alfred stand auf dem Firmengelände. Offensichtlich wartete mein Gesprächspartner im Büro auf mich, um mir das Unausweichliche zu verkünden. Mit entsprechend mulmigem Gefühl betrat ich die Räumlichkeiten. Tatsächlich spielte sich genau das Szenario ab, was ich zuvor bereits vermutete. Mit ernster Mine saß mein Onkel am Schreibtisch.

Nach einer kurzen Begrüßung sagte er zu mir: „Bitte nehm Platz! Ich muss mit dir sprechen".

Ich bemerkte eine gewisse Ernsthaftigkeit und Entschlossenheit in seiner Stimme. Genauso spürte ich, dass er nervlich angespannt blieb. Vermutlich fühlte er sich unwohl in seiner Rolle, die er notgedrungen nun doch übernehmen musste. Daher wollte er ursprünglich Andrea den unbequemen Part zuschieben. Diese Strategie ging aber nicht auf. Jetzt musste er sich selbst durchbeißen. In diesem Bewusstsein setzte ich mich auf eines der zwei Stühle vor dem Schreibtisch.

„Die Situation in der Firma ist ernst. Wir müssen dich entlassen", fing er sofort an, zum Anliegen des Gespräches zu kommen.

Ich nahm eine gewisse Erleichterung bei ihm wahr, als er die Kündigung offen aussprach. Seine Gesichtszüge entspannten sich wieder.

„Ich habe so etwas schon vermutet. Kaum Publikum auf dem Platz und wenig Aufträge im Ordner sprechen eine klare Sprache. Es trifft mich nicht völlig unerwartet", entgegnete ich ihm.

„Wir müssen dich so schnell wie möglich loswerden", fügte Onkel Alfred hinzu.

Fingerspitzengefühl bewies er mit dieser Formulierung nicht. Eher im Gegenteil. Vermutlich ein Ausdruck einer Überforderung. Er fühlte sich dieser Rolle nicht gewachsen.

„Laut gesetzliche Kündigungsfrist könnt ihr mich zum 1. August kündigen. Diesbezüglich habe ich mich vorab vorsorglich erkundigt", gab ich ihm zur Auskunft.

„In Ordnung", stimmte Onkel Alfred zu.

„Kann ich hier auf Minijobbasis weiterarbeiten", wollte ich wissen

„Ich habe bereits mit meinen Söhnen darüber gesprochen. Und wir kamen zu dem Entschluss, dass wir dich nicht hängen lassen wollen. Daher ist es möglich", versicherte mir Onkel Alfred.

„Allerdings darf ich offiziell nur 200 Euro verdienen. Und die restlichen 200 Euro brauche ich schwarz in die Hand", fügte ich hinzu.

„Warum", fragte mich mein Gegenüber etwas irritiert.

„Leider darf ich nur 165 Euro dazuverdienen. Der Rest wird mir von Arbeitslosengeld in Abzug gebracht, was ich als ungerecht empfinde. Außerdem könnte ich mit dem Schwarzgeld zunächst weiter ungehindert meine Schuldenraten bezahlen, und ich könnte zusätzlich 50 Euro im Monat sparen", antwortete ich bereitwillig.

Leicht verblüfft von meiner Antwort, erwiderte mein Gesprächspartner: „Ich denke, dass wir dies geregelt bekommen".

„Ich wusste von Anfang an, dass ich hier keine Lebensstellung haben würde", warf ich überraschend ein.

Damit wollte ich testen beziehungsweise herausfinden, ob ich mit meiner bisherigen Einschätzung richtig lag. Ich dachte, dass es mir hilft zu erfahren, wie lange ich als Aushilfskraft über- haupt in der Firma weitermachen kann. Muss ich mir kurzfristig einen neuen Minijob besorgen? Ein Gedanke, der mir bei die- sem Gespräch blitzartig durch den Kopf schoss.

„Das ist richtig", bestätigte mir mein Onkel kurz und knapp.

Dabei zeigte er äußerlich keine Gefühlsregung. Er legte wie- der sein typisches Pokerface auf.

„Ich hoffte aber wegen meiner Schulden, dass sich der Job- verlust um 1 ½ bis 2 Jahre noch hinausschieben wird", ergänzte ich.

Das Gespräch galt als beendet. Onkel Alfred erwiderte nichts auf meine Schlussbemerkung und ließ meine Aussage unkom- mentiert stehen. Was sollte er dazu äußern? Es änderte nichts an der Realität. Ich stand kurz vor der Arbeitslosigkeit und zwar zum zweiten Mal in meinem Leben. Wie gehe ich mit dieser neugeschaffenen Tatsache um? Angstzustände überka- men mich. Wie sieht demnächst meine Zukunft aus? Offiziell stand nun endgültig fest, dass ich mein Leben komplett neuges- talten muss. Das Kapitel Dolores hatte ich bereits schon seit mehreren Wochen geschlossen, sodass ich mich mehr auf die wesentlichen Dinge konzentrieren konnte.

„Bloß keine überflüssige emotionale Ablenkung", hieß dies- bezüglich mein Motto.

Denn ein Gefühlschaos könnte mich möglicherweise vom Weg abbringen. Daher sah ich meine Entscheidung, den Kon- takt zu Dolores abzubrechen, immer noch als richtig an. In den nächsten Tagen musste ich versuchen, einen Kredit bei der Haspa zu erhalten, um meine Schulden beim Unfallgegner zu tilgen. Natürlich durfte ich die Haspa nicht über meine neue wirtschaftliche Lage informieren. Viele Leser werden vermut- lich an dieser Stelle meiner Aufzeichnungen denken, dass ich sehr leichtsinnig bin. Jedoch zu diesem Zeitpunkt wähnte ich mich in Sicherheit, da mir Onkel Alfred eine Zusicherung machte, dass ich zumindest auf Minijobbasis in der Firma wei- termachen kann.

Stets galt bei ihm die Aussage: „Auch das gesprochene Wort ist ein gültiger Vertrag".

Genauso erinnerte ich mich an die Worte von Herrn Vogt- länder, meinen damaligen Ausbilder: „Bei deinen Onkel brauchst du keinen schriftlichen Vertrag".

Auf diese Aussagen vertraute ich.

Für den PC hatte ich bereits das Geld zusammengespart. Der Computer wird unabhängig von meinen weiteren Plänen unumgänglich sein. Die geplante Buchveröffentlichung ist ohne ihn nicht denkbar.

„Möglicherweise brauche ich den PC auch für die Jobsuche, um mich als Künstler finanziell über Wasser halten zu können", erkannte ich zusätzlich.

Und ein Studium in Kunstgeschichte zog ich ebenfalls in Betracht. Mit dieser Option erhoffte ich mir, eine weitere Zukunftsperspektive zu schaffen. Außerdem überlegte ich mir in diesem Zusammenhang, dass ich als Student eventuell leichter Nebenjobs erhalte. Die Hausarbeiten für die Uni dürfen allerdings nicht handschriftlich verfasst werden. Eine traditionelle Schreibmaschine wird genauso wenig von den Dozenten und Professoren akzeptiert.

„Also bräuchte ich auch für die Universität ein Computer", überlegte ich weiter.

Demnächst musste ich Richard nochmals wegen des Rechners ansprechen. Mein Ziel, mich als Künstler selbst zu verwirklichen, behielt ich trotz der oben genannten Überlegungen weiter im Auge. Ich wollte vor allem weiter den Kontakt zu Rita Laurenz halten. Von ihr erhoffte ich weitere Hilfestellung und Tipps bezüglich der Buchveröffentlichung zu erhalten, vielleicht sogar für die Vermarktung. Außerdem wollte ich auch wegen einer geplanten Ausstellung in eigener Sache den Malerbedarfsladen in Eppendorf aufsuchen. Diesbezüglich räumte ich mir große Chancen ein, mich als Künstler präsentieren zu können. In diesem Punkt verfügte ich über ein gesundes Selbstbewusstsein. Ich blieb von der Qualität meiner Kunst überzeugt. Trotz meiner Ängste schmiedete ich Zukunftspläne. Ein positives Zeichen? Zumindest versuchte ich es so zu sehen. Meine Furcht durfte mich nicht lähmen. Dies hätte sonst fatale Konsequenzen für mich gehabt.

Ungefähr zwei Stunden später. Ich saß zusammen mit meiner Kollegin Andrea im kleinen Büro, wo die Ablage für die Firma gemacht wurde. Andrea kontrollierte Lieferantenrechnungen während ich eine Rechnung an einen Kunden an der Schreibmaschine tippte. Plötzlich stand Onkel Alfred im Türrahmen unseres Arbeitszimmers.

„Frau Sommer, René benötigt ein Arbeitszeugnis von uns. Vielleicht können Sie sich mit meinen Neffen zusammensetzen, um es zu schreiben", schlug mein Onkel meiner Kollegin vor.

„Mache ich Herr Krohn", erwiderte Andrea, als sie für einen kurzen Augenblick ihre Arbeit unterbrach.

Danach wandte sich mein Noch-Chef mir zu. Ich hörte auf zu tippen.

„René, du kannst in Anschluss an die Rechnung deine Kündigung schreiben. Du kannst sie mir später für die Unterschrift auf mein Schreibtisch legen", trug er mir auf.

Im ersten Moment dachte ich, mich verhört zu haben.

„Meinst du es tatsächlich ernst", hakte ich leicht irritiert nach.

„Ja, weil ich denke, dass du am besten weist, welche Formulierung passend ist für diesem Anlass", antwortete mein Gegenüber.

„Jetzt muss ich in meiner Situation mein eigenes Todesurteil selbst verfassen. Wenigstens muss ich es nicht auch noch selbst unterschreiben", kommentierte ich halb in Ernst, halb in Spaß.

Onkel Alfred lachte. Hielt er meine Äußerung für einen Scherz? Möglich. Oder eher eine Verlegenheitsreaktion? Genauso denkbar. Letztlich auch egal. Es spielte keine Rolle mehr. Für mich schien es wichtiger zu sein, meine Kritik bezüglich seiner ungewöhnlichen Bitte zum Ausdruck zu bringen. Dies tat ich mit meinem Statement. Äußerlich gelassen ging mein Gesprächspartner wieder zurück zu seinem Schreibtisch. Irgendwie konnte ich mir sein merkwürdiges Verhalten nicht erklären. Schaffte er es tatsächlich nicht einen simplen Zweizeiler selbst zu formulieren? Eigentlich erfordert so ein Schreiben keine allzu große Dichtkunst.

„Vielleicht sollte ich ihn über den Tatbestand aufklären", überlegte ich fast ernsthaft.

Schnell verwarf ich diese Idee wieder, weil ich trotz meiner Verärgerung, die ich in Bezug auf die Situation verspürte, auf Minijobbasis weiter im Betrieb arbeiten wollte. Schließlich brauchte ich das beschissene Geld, um meine Schulden schmerzfreier zurückzahlen zu können und gleichzeitig wollte ich mich provisorisch auch besser über Wasser halten. Daher hielt ich es für ratsam zu schweigen und schrieb in seinen Namen die Kündigung. Wieder musste ich notgedrungen eine Kröte schlucken. Schwer bekömmlich, wie ich schmerzlich feststellte. Später legte ich meinen Vorgesetzten das Schreiben zur Unterschrift auf seinen Schreibtisch vor.

„Die Kündigung musste ich wegen der Kündigungsfrist auf den 1. Juli datieren", erklärte ich Onkel Alfred, als er sich das Dokument anschaute.

„In Ordnung", kommentierte er kurz und unterschrieb die Hiobs-Botschaft.

Ich kopierte für die Firma den Zweizeiler und packte ihn zu meinen Unterlagen.

„Warum fragte er nicht Andrea, die Kündigung zu schreiben", kam mir zusätzlich in den Sinn.

Ich verstand nicht wirklich, warum er sich gezielt an mich wandte, um diese Entlassung zu verfassen. Es verunsicherte mich. Daher versuchte ich diese Gedanken nicht weiter zu vertiefen.

Wieder zurück in kleinen Büro. Ich setzte mich wieder an die Schreibmaschine, um die nächste Rechnung zu schreiben. Andrea füllte Überweisungsträger aus, um die Lieferantenrechnung bezahlen zu können.

„Du solltest auch in Betracht ziehen, ein Arbeitszeugnis für dich zu schreiben", sagte ich zu Andrea, als ich den Papierbogen für die nächste Rechnung in die Schreibmaschine einspannte.

„Darüber habe ich auch schon nachgedacht", erwiderte Andrea.

Ich bemerkte eine leichte Besorgnis in ihrer Stimme, was mir verriet, dass sie ebenfalls Existenzängste verspürte.

„Dich werden sie vorläufig verschonen, weil sie dich momentan noch brauchen. Jedoch was passiert, wenn es der Firma noch schlechter geht", sprach ich offen ihren Gedanken aus.

„René, du hast recht", bestätigte meine Kollegin.

„Wir können uns gegenseitig beim Formulieren der Arbeitszeugnisse helfen", bot ich ihr an.

„Vielleicht sollten wir jeweils zwei Arbeitszeugnisse schreiben. Eines für die Zeit, als die Firma noch dem Senior gehörte und eines für die Zeit, als die Söhne die Firma übernommen haben", schlug sie mir vor.

„Eine gute Idee. Streng genommen sind es zwei Firmen. Zumindest sehe ich es so. Es erhöht die Chancen auf dem Arbeitsmarkt", erkannte ich eine kleine Chance in dieser Strategie.

„In den nächsten Tagen sollten wir es in Angriff nehmen", meinte Andrea am Schluss des Gespräches.

Anschließend konzentrierten wir uns wieder auf die Arbeit.

Drei Tage später. Ich nahm einen Termin bei der Sparkasse wegen des Kredites wahr, den ich benötigte, um meine Schulden beim Unfallgegner kurzfristig tilgen zu können. Innerlich spürte ich eine enorme nervliche Anspannung. Denn es fiel mir ein Tag zuvor ein, dass ich wegen Christinas Auto einen Eintrag in der Schuffa hatte. Durch den Stress der letzten Wochen und Monate vergaß ich es. Meine Schwester konnte das Auto nicht in ihrem Namen kaufen, weil sie zu dieser Zeit als arbeitslos galt. Und auf Haralds Namen ging es auch nicht, weil er eine private Insolvenz wegen seiner Schulden beantragte. Daher wurde ich als Strohmann eingesetzt. Ich ließ mich nur deshalb auf dieses Vorhaben ein, weil ich meiner Schwester in Bezug auf die Rückzahlung des Kredites vertraute. Denn früher lieh sie sich höhere Geldbeträge von mir wegen der Schulden ihres Exmannes. Stets zahlte sie pflichtbewusst in Raten das Geld zurück. Nun aber musste ich zittern, ob ich den Kredit erhalte oder nicht. Ich betrat die Räumlichkeiten der Haspa und ging zum Servicetresen. Zum Glück kam ich schnell dran, da nur zwei Personen vor mir der Schlange standen.

„Was kann ich für Sie tun", fragte der freundliche Herr am Schalter.

„Mein Name ist René Krüger. Ich habe um 15.00 Uhr einen Termin mit Frau Möller wegen eines Kredites", antwortete ich.

Äußerlich versuchte ich souverän zu wirken, um meine Chancen auf dem Kredit zu erhöhen.

„Nehmen Sie doch für einen kleinen Augenblick Platz auf der Bank. Ich sage meiner Kollegin bescheid", meinte der Sparkassenangestellte und zeigte auf die Bank, die links neben uns für Kunden bereitstand.

Ich nahm darauf Platz und wartete ungeduldig auf diese Frau, während der Mann, der mich eben am Tresen bediente, sich auf dem Weg machte, um seiner Kollegin über meine Anwesenheit zu informieren. Meine innere Unruhe stieg zunehmend. Von diesem Kredit hing es ab, ob meine geplante Strategie tatsächlich funktionierte.

„Meine Zukunft hängt möglicherweise von diesem Kredit ab, weil ich nicht einschätzen kann, wie die Gegenseite reagiert, wenn ich das Geld nicht erhalte", schoss mir gedanklich in den Sinn.

Ich geriet in einer negativen Gedankenspirale. Horrorszenarien spielten sich in meinem Kopf ab.

„René, nimm dich zusammen, sonst hast du keine Chance für dein Vorhaben", sagte ich daher zu mir selbst.

Ich atmete einmal tief durch und beruhigte mich wieder. Nach ca. fünf Minuten kam Frau Möller endlich zu mir. Ich erkannte sie an ihrem Namensschild, dass sie nahe ihrer Brust trug. Zuvor lernte ich sie noch nicht kennen, da bei der Kontoeröffnung jemand anders für mich zuständig war. Ein ständiger Wechsel der Zuständigkeit? Möglich. Symptomatisch für unsere Zeit? Vermutlich. Letztlich aber egal. Ich wollte einfach nur das Geld.

Äußerlich würde ich diese Frau als attraktiv beschreiben, obwohl sie nicht meinem Beuteschema entsprach. Eine Blondine mit kurzgeschnittenen Haar und ansprechender Modelfigur. Alterstechnisch schätzte ich sie auf etwa Mitte dreißig.

„Sie sind Herr Krüger", fragte mich die Frau freundlich.

Ich stand auf und gab ihr die Hand.

„Das ist richtig", erwiderte ich darauf.

Nach dem Händeschütteln äußerte meine Gesprächspartnerin: „Folgen Sie mir bitte Herr Krüger"!

Ich begleitete sie zu ihrem Schreibtisch.

„Bitte nehmen Sie Platz", bat mich die Frau.

Ich folgte ihrer Bitte, indem ich auf dem Stuhl Platz nahm, der sich vor ihrem Schreibtisch befand. Sie nahm ebenfalls Platz. Vermutlich um die Illusion zu erwecken, dass gleich ein Dialog auf Augenhöhe stattfinden wird. Die Realität sieht allerdings meist anders aus. Die Bank sitzt am längeren Hebel. Und der Kunde muss häufig als Bittsteller auftreten. Dieser Gedanke bereitete mir ein unangenehmes Gefühl, aber ich musste mich gegenüber meiner Sparkasse weitgehend offenbaren, um die erforderliche Summe zu erhalten.

„Sie brauchen einen Kredit", fing Frau Möller an, sachlich zu werden.

„Ja, das ist richtig. Ich brauche 5.000 Euro", antwortete ich.

„Sie haben Arbeit", arbeitete mein weibliches Gegenüber ihre gedankliche Strichliste ab.

„Ja, ich arbeite als Industriekaufmann bei der Baufirma Krohn und verfüge über ein geregeltes Einkommen", gab ich zur Auskunft.

Dabei verschwieg ich, dass ich demnächst arbeitslos sein werde .Viele Leser werden wahrscheinlich an dieser Stelle meiner Aufzeichnungen immer der Auffassung sein, dass meine Strategie falsch sei. Jedoch ich sah es zu diesem Zeitpunkt anders.

„Was machen Sie genau in der Firma", wollte Frau Möller wissen.

„Hauptschwerpunktmäßig arbeite ich im Vertrieb. Ich verkaufe Gartenlauben und Gerätehäuser. Zusätzlich mache ich Preiskalkulationen, Kundenbetreuung, Ablage und Schriftverkehr", berichtete ich äußerlich selbstbewusst, um als kreditwürdig eingestuft zu werden.

„Wofür brauchen Sie das Geld", setzte die Bankerin das Gespräch fort.

„Für die Renovierung der Wohnung", log ich weiter.

„Was können Sie als Rückzahlungsrate anbieten", hakte meine Gesprächspartnerin nach.

„Ich kann Ihnen eine monatliche Rate von 150 bis 200 Euro anbieten", schlug ich vor.

Frau Möller warf anhand des Computers einen Blick auf meine Daten. Ich bemerkte ein besorgtes Gesicht bei der Frau. Dies schien meine Befürchtungen, die zuvor aufkamen, zu bestätigen.

„Ich sehe anhand Ihrer Daten einen Eintrag in der Schuffa", merkte sie an.

„Das stimmt. Dabei geht es um das Auto meiner Schwester. Damals konnte sie den Wagen nicht offiziell selbst kaufen. Daher bin ich für sie als Strohmann eingesprungen", versuchte ich ihr zu erklären.

„Jedoch wegen dieses Eintrages können wir Ihnen den Kredit leider nicht geben", entgegnete sie mir mit fester Entschlossenheit. .

„Aber die Rate zahlt meine Schwester selbst. Ich habe damit nichts zu tun", äußerte ich darauf.

Ich sah es als letzten Versuch, den Kredit doch zu erhalten.

„Das Problem besteht darin, dass sie haften müssen, wenn Ihre Schwester doch nicht zahlen kann. Das Risiko aus Sicht der Sparkasse ist daher zu groß. Außerdem ist Ihr Einkommen nicht übermäßig hoch", widersprach mir Frau Möller.

„Verstehe. Dann muss ich mir etwas anderes einfallen lassen", erkannte ich, stand auf und verabschiedete mich bei der Sparkassenangestellten per Handschlag.

Enttäuscht verließ ich den Raum.

Zuhause machte ich mir Gedanken, wie es nun nach dieser Niederlage weitergehen soll. Schnell wurde mir klar, dass ich meine Strategie radikal ändern musste. Jedoch wie könnte sie aussehen? Kann ich aufgrund der veränderten Rahmenbedingungen erneut eine Einigung mit dem Unfallgegner erreichen? Oder wird erhöhter Druck von der Gegenseite auf mich ausgeübt? Kann ich dem Druck in meiner Verfassung überhaupt standhalten? Zur nervlichen Beruhigung trank ich im Wohnzimmer ein Glas Rum-Cola. Eine heilbringende Medizin? Vermutlich nicht, aber es half zumindest, um ein wenig entspannter zu sein. Dadurch bekam ich erstaunlicherweise wieder einen klareren Kopf. Ich gewann die Erkenntnis, dass ich demnächst den Unfallgegner über meine aktuelle Lebenssituation informieren muss. Außerdem werde ich eine monatliche Rate von 30 Euro anbieten, um weiterhin meinen guten Willen zu bezeugen. Meine Hoffnungen beruhten darauf, dass die Gegenseite froh sein wird, dass sie trotzdem Geld von mir erhalten. Eine andere Chance sah ich nicht. Das Bangen fand seine gnadenlose Fortsetzung.

Schrittweise stellte ich Überlegung an, was alles noch vor der geplanten Dänemark-Reise erledigt werden muss. Beispielsweise machte ich einen Rohentwurf für mein Arbeitszeugnis. Ich zog es in Betracht, Richard diesen Versuch zu zeigen.

„Eventuell kann er brauchbare Verbesserungsvorschläge machen, die mir weiterhelfen können", überlegte ich in diesem Zusammenhang.

Aus Sicherheitsgründen richtete ich mir ein Referenzkonto für meine Fondanteile ein, um sie in Notfall schnellstmöglich veräußern zu können. Aus Kostengründen stornierte ich das Abo für Art, Das Kunstmagazin. Ärgerlich, aber ließ sich in Anbetracht meiner damaligen Lage nicht vermeiden. Ich musste notgedrungen diese finanzielle Einsparung vornehmen, um geldlich etwas mehr Luft zu haben. Die private Altersvorsorge musste ebenfalls aus Kostengründen vorläufig auf Eis gelegt werden. Bei der Öra holte ich mir wegen des neuangestrebten Vergleiches ein paar allgemeine Tipps, die mir allerdings nur bedingt weiterhalfen. Zwischenzeitlich vergaß ich sogar, was mir der Rechtshelfer damals vermittelte. Daher taucht dieses Gespräch nicht in meinen Aufzeichnungen auf.

„Gelegentlich muss ich auch Lücken akzeptieren, die sich definitiv nicht mehr schließen lassen", erkannte ich beim Verfassen meines Buches am Notebook.

Außerdem machte ich eine Einkaufsliste für die Dänemark-Reise, die ich im Vorwege mit Richard besprach. Denn Lebensmittel sind in Skandinavien deutlich teurer als in Deutschland. Aus diesem Grund machte es Sinn, den Proviant zum großen Teil in der Heimat zu kaufen.

Einige Tage nach meinen Haspa-Termin setzte ich mich mit Richard erneut auf die Terrasse einer der Musterlaube des Betriebes zusammen und sprachen über den Dänemark-Urlaub. Draußen schien die Sonne und keine Kundschaft befand sich auf dem Platz. Also gute Gesprächsbedingungen.

Gleich zu Beginn des Gespräches offenbarte mir Richard: „Leider konnte ich für den Urlaub kein Geld zurücklegen. Der Verdienst reichte, um mich über Wasser halten zu können. Viel Geld ging für Medikamente und Schuldentilgung drauf".

„Warum sagte er es mir erst jetzt, dass er kein Geld für den Urlaub hat", fragte ich mich verwundert.

Irgendwie fühlte ich mich überrumpelt. Schämte er sich, weil er vor einigen Monaten noch großspurig getönt hat, dass er notfalls allein die Reise bezahlt? Keine Ahnung. Oder doch eiskaltes Kalkül? Schwer zu sagen. Zumindest ausschließen konnte ich es nicht, weil er den Hang zur Manipulation hatte, um ans Ziel zu gelangen.

„Und ich konnte nur 500 Euro für Dänemark zurücklegen. Mehr ist von meiner Seite auch nicht drinnen, weil ich das übrige Geld für meine Projekte benötige", gab ich ihn zu verstehen.

Es wurde mir klar, dass ich hier eine Grenze setzen musste, weil ich mich nicht ausnutzen lassen wollte. Offen gesagt, gab es zu diesem Zeitpunkt bereits Zweifel, ob diese Freundschaft dauerhaft bestehen konnte. Eigentlich schlechte Voraussetzungen für einen gemeinsamen Urlaub, aber trotzdem zog ich ihn in Betracht. In diesem Zusammenhang hoffte ich, dass der

Urlaub mir helfen würde, neue Kraft für meine künftigen Unternehmungen tanken zu können.

Nach einer kurzen Überlegung äußerte mein damaliger Kumpel: „Das Geld müsste reichen, weil wir campen und ein Großteil der Lebensmittel in Hamburg kaufen".

„Dann können wir den Urlaub in Juli machen", stimmte ich trotz einiger Bedenken zu.

„Hast du schon mit den Einkauf begonnen", wollte Richard wissen.

„Nein, aber in den nächsten Tagen werde es tun", erwiderte ich.

„Und was meinst du eigentlich mit den anderen Projekten", hakte mein Gesprächspartner nach.

Versuchte er mit dieser Frage zu erreichen, dass ich den Etat für den Urlaub doch erhöhe? Denkbar.

Jedoch ich konterte: „Beispielsweise gehört zu diesen Projekten der Kauf eines Computers, den ich nach unseren Urlaub tätigen will".

„Ich könnte nochmals mit Jürgen wegen eines gebrauchten Gerätes fragen. Nur diesmal darfst du nicht noch einen Rückzieher machen. Es fällt sonst auch auf mich zurück", merkte Richard kritisch an.

„Für diesen Zweck konnte ich 320 Euro zurücklegen. Wenn es reicht, können wir nach unserem Dänemark-Trip den Deal machen", machte ich meinen Kumpan klar.

„Für den PC ist es genug, aber für den Drucker reicht es nicht", gab er mir wiederum zu verstehen.

„Dann kaufe ich den Drucker später nach", entgegnete ich ihn nach seiner Auskunft.

„In Ordnung. Ich setze mich mit Jürgen wegen des Computers in Verbindung", beendete er das Gespräch.

Anschließend konzentrierten wir uns wieder auf die Arbeit. Ich ging zurück ins Büro, und Richard strich die Wände der Gartenlaube.

Am 2. Juli 20ß3 musste ich mich bei der Bundesagentur für Arbeit, wie die Institution seit der Agenda 2010 offiziell hieß, arbeitslos melden. Für mich blieb es aber weiterhin das Arbeitsamt, da allein ein anderer Name nicht unbedingt die Qualität einer Behörde erhöht, auch wenn man genau diese Illusion beim Wahlvolk gerne erwecken wollte. Der oben genannte

Stichtag musste unbedingt eingehalten werden, sonst hätte ich möglicherweise weniger Arbeitslosengeld I bekommen. Die damalige Bundesregierung versprach sich von dieser Strategie, dass man frühzeitiger auf dem Arbeitsmarkt vermittelt werden kann. Gleichzeitig spürten die Erwerbslosen sofort den Erfolgsdruck des Staates und der Gesellschaft. Darauf beruht das Grundprinzip der gesamten Arbeitsmarktreform, die in März 2003 von Kanzler Schröder ins Leben gerufen wurde. Immer stärker drang mir ins Bewusstsein, dass ich maximal nur ein Jahr Zeit zur Verfügung habe, um mir etwas einfallen zu lassen. In diesem Zeitraum bekam ich zumindest eine sogenannte Haftverschonung bezüglich des Ein-Euro-Knastes. Diese Zeit musste ich sinnvoll nutzen, um mein Buch zu veröffentlichen, Künstlerkontakte aufzubauen und mich um Veranstaltungen wie zum Beispiel Ausstellungen, Lesungen und Märkte zu kümmern. Eine absolute Herausforderung, der ich mich künftig stellen musste. Ein beklemmendes Gefühl überkam mich, als ich mit meinen Unterlagen inklusive der Kündigung die Hallen der Behörde betrat. Es gibt eben Rituale, die man über sich ergehen lassen muss, unabhängig davon, ob sie sich tatsächlich der allgemeinen Beliebtheit erfreuen. Irgendwie musste es für mich weitergehen. Ich brauchte das Geld vom Staat, um mich wenigstens über Wasser halten zu können. Die Miete musste weiterhin bezahlt werden und einen gefüllten Kühlschrank brauchte ich auch. Wer lebt alternativ lieber freiwillig als mittelloser Obdachloser auf der Straße? Vermutlich niemand. Also musste ich mich notgedrungen in die Abhängigkeit der unbeliebten Behörde begeben. Am entsprechenden Schalter gab ich daher die notwendigen Unterlagen ab.

Die Frau am Tresen schaute sich die erforderlichen Dokumente sorgfältig an und sagte: „Sie haben Anspruch auf Arbeitslosengeld I für 12 Monate. Ein entsprechender Bescheid wird Ihnen in den nächsten Tagen mit der Post zugeschickt".

Danach konnte ich erstaunlicherweise schon nach Hause fahren. Keine lange Wartezeit, wie zuvor befürchtet. Diese generationsübergreifende Tradition blieb mir zum Glück erspart. Keine üblichen blöden Kommentare von Beamten. Keine widerlichen und bösartigen Kläffer, die mich einschüchtern wollten. Ich interpretierte es als eine positive Überraschung. Meine Erfahrung aus der Vergangenheit ließ eher auf eine Fortsetzung behördlicher Schikane schließen. Stattdessen konnte ich anschließend wieder beruhigt aufatmen. Paradiesische Zustände, die sich an diesem besagten Tag erfüllten. Entspannt, fast zufrieden verließ ich das Gebäude. Zuhause legte ich mich im Wohnzimmer auf die Couch und lauschte bei geschlossenen Augen den Klängen der klassischen Musik.

Zwei Tage später auf der Arbeit. Eine merkwürdige Stimmung lag in der Luft, die ich mir zunächst nicht erklären konnte. Eine böse Vorahnung beschäftigte meine Gedanken. Irgendwie überkam mich das Gefühl, dass ich nochmals bei Onkel Alfred nachfragen sollte, ob sein Angebot bezüglich der Weiterbeschäftigung auf Minijobbasis noch steht.

Ich ging zu seinem Schreibtisch und fragte ihn direkt: „Steht deine Zusage noch, dass ich auf Minijobbasis in der Firma weitermachen kann"?

„Ich sprach mit meinen Söhnen darüber und wir kamen zu dem Ergebnis, dass es nicht geht", antwortete er emotional unberührt, fast teilnahmelos.

Das zuvor Gesagte verlor dramatisch in diesem Augenblick an Bedeutung. Eine Welt brach für mich zusammen. Äußerlich ließ ich mir nichts anmerken, aber innerlich kochte ich vor Wut. Ich fühlte mich nicht nur im Stich gelassen, sondern wie ein Mensch zweiter/dritter Klasse. Wieder wurde mir bewusst, dass mein Noch-Chef über keine Fähigkeiten von Menschenführung verfügte. Wann wollte er es mir mitteilen, dass ich doch nicht in Betrieb bleiben kann? Wieder verfügte mein Onkel über keine Eier in der Hose, vorher Klartext zu sprechen. Was wäre passiert, wenn ich den Kredit bei der Sparkasse doch erhalten hätte? Dies hätte mich möglicherweise in große Schwierigkeiten gebracht. Ohne den Minijob hätte ich die Raten nicht zahlen können, ohne meine Reserven anzugreifen. Eine Tatsache, die ich an dieser Stelle der Aufzeichnungen nicht verschweigen konnte. In meiner Naivität verließ ich mich auf das Wort meines Onkels. Fast wäre ich in eine verhängnisvolle Falle getappt. Zum Glück bekam ich den Kredit nicht.

Nach längerer Zeit unterbrach ich das Schreiben an Notebook. Ich musste einmal tief durchatmen, weil man mich sehr schäbig behandelte. Mit meinen Gefühlen wurde sehr leichtfertig gespielt. Vermutlich machte sich mein Onkel keine Gedanken darüber, was er mit seinen Verhalten mir gegenüber anrichtete. Er löste in meiner ohnehin schwierigen Situation ein zusätzliches emotionales Chaos aus. Selbst nach so langer Zeit entstand ein großer Zorn bei mir, der mich erschreckte. Zunächst musste ich mich beruhigen, ehe ich weiterschreiben konnte.

Dringend musste ich an die frische Luft. Abreaktion wurde das entscheidende Stichwort. Wutentbrannt ging ich auf die riesengroße Wiese, wo mich niemand hören konnte. Es befand sich in diesem Moment keine Kundschaft auf dem Platz. Offen gesagt, es wäre mir scheißegal gewesen, ob sich jemand auf dem Gelände befand oder nicht. Ich fühlte mich wie ein Häufchen Scheiße. Und die Firma konnte mich mit Verlaub gesagt am Arsch lecken. Daher sah ich es auch nicht ein, Rücksicht zu nehmen. Warum auch? Mich verschonte auch niemand. In dieser Lage konnte ich ohnehin keinen Blumentopf mehr gewinnen. Lautstark und hemmungslos schrie ich meinen Schmerz heraus. Die Vertrauensbasis, die noch ein Tag zuvor zweifelsfrei bestand, wurde bis auf die Grundmauern erschüttert. Ein negatives Echo entstand. Mehrfach warf ich eine Mistgabel, die zufällig auf der Wiese lag, wütend hin und her. Allmählich half es mir, wieder ruhiger zu werden und einen klareren Kopf zu bekommen. Keineswegs wollte ich meinen Ärger in mich hineinfressen. Dies hielt ich für ungesund. Deshalb sah ich mein Verhalten durchaus als gerechtfertigt an. Es ging mir wieder ein Stück besser, sodass ich zur Arbeit zurückkehren konnte. Fast zeitgleich verließ Onkel Alfred das Bürogebäude und verabschiedete sich eilig von mir. Er stieg in seinen Wagen und fuhr fort. Irgendwie gewann ich den Eindruck, dass er sich auf der Flucht befand. Zumindest würde es zu seinen bisherigen schäbigen Verhalten passen. Ich interpretierte sein Betragen zunehmend als Charakterschwäche. Eine Antipathie entstand.

Im Büro sprach ich mit Richard, der an den besagten Tag einen Arbeitseinsatz ausübte, über diese überraschende Wendung in Bezug auf Onkel Alfreds Verhalten. Meine Kollegin genoss einen freien Tag zuhause, sodass wir ungestört sprechen konnten. Mittlerweile saß Richard mit einem Becher Kaffee in der Essecke auf eines der Stühle und zwar mit dem Rücken zum Fenster gewandt. Neben ihn lag das Wochenblatt aufgeschlagen.

„Für dich keine schöne Situation", eröffnete er das Gespräch.

„Das ist richtig. Ich finde das Verhalten meines Onkels ziemlich mies", äußerte ich verärgert.

„Weil er dich nicht weiterbeschäftigt", hakte mein damaliger Kumpel nach.

„Vor zwei Wochen gab er mir das Versprechen, dass ich als Aushilfe weitermachen kann. Darüber hinaus tönte er, dass er mich nicht hängen lassen will. Nun machte er es doch und entlarvt sich als Sprücheklopfer. Es bringt mich in Schwierigkeiten", begründete ich meine Verärgerung.

Ich setzte mich meinen Gesprächspartner gegenüber auf die Sitzbank.

„Du brauchst eine Jobalternative", erkannte Richard schnell das Kernproblem.

„Hast du etwas für mich", fragte ich ihn interessiert und deutete mit dem Zeigefinger auf die aufgeschlagene Zeitung.

Ich ahnte, dass Richard etwas vorbereitet hatte. Er blieb stets ein pragmatischer Mensch und konnte sich schnell den neuen Rahmenbedingungen anpassen. Diese Eigenschaft rettete ihn oftmals das finanzielle Überleben. Hier sah ich eine Chance, von seinen Fähigkeiten zu profitieren.

„Du könntest das Hamburger Abendblatt austragen. Die Agenturen suchen immer Zusteller. Du musst allerdings früh aufstehen. Ich würde dir vorläufig mein Fahrrad leihen. Dann bist du mit deiner Arbeit schneller fertig. Anschließend könntest du dich für ein Stündchen hinlegen und hast du danach viel Freizeit", schlug er mir vor und zeigte mir die Anzeige im Wochenblatt.

Ich kopierte mir die Anzeige und verstaute die Seite in meinen Aktenkoffer.

„Hast du mit meinen Onkel über diese Alternative gesprochen", wollte ich unbedingt von Richard wissen.

„Nein, habe ich nicht. Ich bekam das Gespräch mit deinen Onkel mit und erinnerte mich aus früheren Tagen, dass ich so etwas auch schon gemacht habe. Daher suchte ich dir die Anzeige heraus", antwortete er mir überzeugend.

Letztlich spielte es keine Rolle, ob es diesbezüglich eine Absprache mit meinen Onkel gab oder nicht. Für mich wäre es nur interessant gewesen, ob sich mein Möchtegern-Chef wenigstens Gedanken um eine Jobalternative für mich machte.

Zumindest hätte er mir gegenüber ein Stück Verantwortungsbewusstsein gezeigt, was aber offensichtlich nicht der Fall zu sein schien. Meine menschliche Enttäuschung stieg unaufhaltsam. Durch Richards Jobvorschlag verfügte ich wieder über einen kleinen Hoffnungsschimmer. Somit wurde ich in die Lage versetzt beruhigter in den Dänemark-Urlaub fahren zu können.

Zuvor nahm ich einige Anpassungen bezüglich meiner Strategie vor, weil sich die Rahmenbedingungen einschneidend veränderten. Ich setzte ein Schreiben an meinen Unfallgegner auf, um ihn über meine aktuelle Lebenssituation zu informieren. Ich fügte dem Brief eine Kopie der Kündigung bei, um meine Glaubwürdigkeit zu unterstreichen. Zusätzlich bot ich der Gegenseite an, übergangsweise monatlich 30 Euro zu zahlen, um meine weitere Bereitschaft zu signalisieren, für den entstandenen Schaden die Verantwortung zu übernehmen. Natürlich abgeschickt per Einschreiben mit Rückschein. Nun begann eine neue Zitterpartie. Denn diesen Rechtsverdreher lernte ich bereits als einen eisenharten Bluthund kennen. Trotzdem versuchte ich mich nicht in meine Angst hineinzusteigern, weil es erfahrungsgemäß sich meist als kontraproduktiv herausstellt. Ich versuchte darauf zu vertrauen, dass ich den richtigen Schritt machte, um Erfolg zu haben. Zusätzlich überarbeitete ich mein Arbeitszeugnis und verfasste auch eines für meine Kollegin Andrea. Später tippte meine Kollegin mein Arbeitszeugnis auf einen Geschäftsbogen und ließ das Dokument von Chef unterschreiben. Ob mir dieses Zertifikat tatsächlich hilft, um wieder auf die Füße zu kommen, konnte ich nicht einschätzen. Der Arbeitsmarkt sah damals nicht rosig aus. Meist wurden Jobs nur bei Leifirmen, Call Centern und Putzkolonen angeboten. Der Blick auf die Stellenangebote in den Zeitungen frustrierte und demoralisierte mich.

Innerlich stellte ich mich auf Langzeitarbeitslosigkeit ein. Denn entweder galt ich als über- oder unterqualifiziert. Ein Teufelskreislauf, den ich nicht entrinnen konnte. Meine Zukunftsangst stieg. Schlaflose Nächte quälten mich. Alles schien mich zu überfordern. Die einzige Chance, um mir eine neue Perspektive zu verschaffen, erkannte ich zunehmend in der Aufnahme eines Studiums an der Hamburger Universität. Meine Studienwahl fiel auf das Fach Kunstgeschichte. Zunächst blieb es allerdings nur ein Gedankenspiel, noch keine endgültige Entscheidung, aber eine Option. Mein Kopf arbeitete fast ununterbrochen. Ich suchte einen passenden Weg, mich aus einer fast aussichtslosen Lage zu befreien. Ich spielte mehrere Möglichkeiten durch und bemerkte, dass ich nur über geringe realistische Chancen verfügte, wieder in Brot und Arbeit zu kommen. Darüber hinaus hielt ich mich für die Arbeitswelt nur bedingt geeignet. Nicht wegen mangelnder Fähigkeiten, sondern weil ich Künstler bin. Es fällt mir schwer, mich den brutalen Regeln der Marktwirtschaft und seiner Ausbeutung zu unterwerfen. Ständig den Ellenbogen der Gesellschaft zu spüren, bereitete mir großes Unbehagen. Dem Leistungsdruck fühlte ich mich nicht dauerhaft gewachsen. Und wegen meiner Andersartigkeit galt ich stets als klassisches Mobbingopfer, eine Erfahrung, die ich ungern wiederholen wollte. Deshalb machte mir die Arbeitswelt enorme Angst. Eine Panikstimmung kam auf, die ich nur schwer kontrollieren konnte. Gedanklich fiel sogar das Stichwort Suizid, was ich aber schnell wieder verwarf. Ich versuchte den Erfolgsdruck standzuhalten, unabhängig wie aussichtslos mir dieses Vorhaben erschien.

Vor dem Reisetrip richtete ich ein Schließfach bei der Haspa für die Bunkerkohle ein. Mein Geld wollte ich auf diese Weise in Sicherheit bringen.

„Ohne diese Rücklagen könnte ich es vergessen, mich als freischaffenden Künstlers auszuprobieren", erkannte ich schlussfolgernd.

Deshalb hielt es für moralisch gerechtfertigt, dem Unfallgegner meine tatsächlichen finanziellen Möglichkeiten zu verschweigen. Natürlich bin ich mir an dieser Stelle meiner Aufzeichnungen bewusst, dass dies manche Leser anders sehen werden. Darauf konnte ich damals keine Rücksicht nehmen, weil ich darin die einzige Möglichkeit sah, wieder Fuß fassen zu können.

„Mein Weg wird ohnehin zweifelsfrei kein leichter Spaziergang, sondern ein mühseliger und beschwerlicher Marsch ins Ungewisse", schoss mir hierbei gedanklich durch den Kopf.

Es wurde mir auch bewusst, dass ich mich auf eine lange Durststrecke einstellen musste. In dieser Hinsicht machte ich mir nichts vor, weil ich sonst mit fatalen Konsequenzen rechnen musste. Meine Reserven sah ich als wichtige Starthilfe für meine Zukunft. Die Anschaffung des Computers, die Buchveröffentlichung, die Werbung für die Kunst oder die Standgebühren für die Märkte kosten Geld. Nichts bezahlte sich von selbst. Außerdem gelangte ich zur festen Überzeugung, dass mein Unfallgegner zumindest eine Teilschuld an den Vorfall trägt. Zwei Autos konnten abbremsen und ein Wagen konnte es nicht. Für mich stand fest, dass der Unfallwagen zu schnell fuhr. Zwar sagte mein Anwalt, dass es keine Chance auf Teilschuld gab, aber ich vermute, dass mein Rechtsverdreher nur sehr einfach und bequem sein Honorar verdienen wollte. Diese Tatbestände sehe ich auch heutzutage als zusätzliche moralische Rechtfertigung für mein Handeln. Ein schlechtes Gewissen habe ich diesbezüglich nicht. Warum auch?

Am 11.07.2003 ging es nach Dänemark. Tage zuvor kaufte ich noch einige Lebensmittel ein und besorgte mir mit Richard in der Innenstadt eine aufblasbare Matratze für mich. Außerdem konnte ich mir eine neue gebrauchte Kamera kaufen, um Urlaubserinnerungen darauf festhalten zu können. Normalweise machte ich nie Urlaub, wenn chronischer Geldmangel herrschte. Nur diesmal ging es nicht anders, da Richard über kein Geld verfügte. Ich machte mir Sorgen, ob es gut geht. In diesem Zusammenhang erinnerte ich mich auch an die Wutausbrüche, die er mir auf der Arbeit entgegenbrachte. Eine richtige Reisestimmung kam daher nicht auf. Wenigstens schien am ersten Urlaubstag die Sonne. Ich versuchte es als gutes Omen zu sehen. Um spätestens 11.30 Uhr wollte mich Richard mit seinen Wagen abholen. Er klingelte pünktlich an meiner Haustür und ich kam ihm mit dem Gepäck entgegen. Schnell wurden die Sachen im Auto verstaut, und die Fahrt ging los.

Während unserer Fahrt äußerte Richard: „Wir sind in weniger als drei Stunden in Paradies. Besser geht es kaum".

„Darüber hinaus haben wir sogar Glück mit dem Wetter", ergänzte ich.

Zunächst verlief alles bilderbuchmäßig, was ich nicht unbedingt erwartete. Wir besuchten Richards dänische Freunde Erik und Maria und machten einen Ausflug nach Kalvo. Allerdings ergab sich der von mir befürchtete Stress beim Zeltaufbau. Das aufkommende unbeständige Wetter mit Wind und Regen spiegelte die schlechte Stimmung passend wieder. Bei fast jeder Kleinigkeit schnauzte mich mein Kumpel an. Seine Formulierungen waren ähnlich respektlos wie auf der Arbeit. Daher wiederholte ich sie an dieser Stelle der Aufzeichnungen nicht. Nur so viel. Er legte bei mir jedes Wort auf die Goldwaage. Eine anstrengende Prozedur. Ich würde sogar von einer Zumutung sprechen.

Richard meinte beim Zeltaufbau: „Du kannst ja gar nichts".

Einen aggressiven Unterton in seiner Stimme konnte ich hierbei nicht überhören.

„Ich habe so etwas noch nie gemacht", konterte ich verbal.

„Du bist völlig unpraktisch", stichelte mein Reisebegleiter weiter.

„Dann ist es am besten, wenn wir gleich morgenfrüh wieder nach Hause fahren", äußerte ich wütend, weil bei mir der Geduldsfaden riss.

„Das kommt gar nicht in Frage", widersprach mir mein Streitpartner.

Seinen Tonfall empfand ich als sehr einschüchternd. Seine Worte duldeten in diesem Augenblick keinen Widerspruch. In diesem Zusammenhang würde ich sogar von einem verbalen Übergriff sprechen. Irgendwie fühlte ich mich als sein Gefangener, der über keine Fluchtmöglichkeit verfügte. Eine beschissene Situation, die mir nicht behagte.

Fazit des Tages? Ich bezahlte die Reise, und er behandelte mich schlecht. Muss ich später aus dieser Erfahrung Konsequenzen ziehen? Ich wollte zunächst abwarten, wie es sich weiterentwickelt. In der ersten Nacht schlief ich nicht besonders gut. Maximal vier Stunden Schlaf.

Bei der Dänemark-Reise zog ich insgesamt ein gemischtes Fazit. An sehr viele Einzelheiten kann ich mich aber nicht besonders gut erinnern. Selbst meine Tagebuchaufzeichnungen erwiesen sich nicht als sehr hilfreich. Trotzdem versuchte ich beim Verfassen meines zweiteiligen Romans zumindest einige wesentliche Eindrücke festzuhalten. Insbesondere die ersten zwei Tage empfand ich als Katastrophe. Richard entlarvte sich erneut als Täter der verbalen Gewalt. Zugegebenermaßen musste ich ein Teil seiner Kritikpunkte als durchaus berechtigt ansehen, aber trotzdem reagierte er nicht angemessen. Der Tonfall hätte moderater sein können. Aus Gründen der Fairness muss erwähnt werden, dass mein Reisepartner auch verträgliche Phasen zeigte. Immerhin zeigte Richard mir, wie man ein Zelt aufbaut, was ich anschließend meist allein und selbständig ausführte. Mein Selbstbewusstsein tat es gut. Somit bewies mein Kumpel, dass er auch nette Seiten präsentieren konnte. Allerdings schwankten seine Stimmungen teilweise erheblich, sodass ich häufig nie sicher sein konnte, ob Entspannung oder Stress auf der Tagesordnung stand. Ein anstrengender Part, der für mich zu einer großen Herausforderung wurde. Positiver Aspekt der Reise blieb das Wetter. Meistens spielte es gut mit. Ich bekam sogar etwas Farbe im Gesicht. Mit dem Geld kamen wir geradeso aus. Museums- und Schlossbesuche mussten wir uns oftmals verkneifen. Für mich wurde es frustrierend, im Urlaub knausern zu müssen. Von den größeren Orten hat mir Farbourg mit seiner Altstadt gefallen und von kleineren Örtchen Troense. In Troense gefiel mir die Verkaufsausstellung des Malers Steen Lystrup. Die Farbkombination seiner Bilder beeindruckte mich. Daher machte ich von seinen Werken viele Fotos. Dabei hielt ich es damals für vorstellbar, dass mich sein Stil bei meinen zukünftigen Arbeiten beeinflussen könnte.

Der beste Campingplatz befand sich in der Nähe von Kolding. Er besaß einen besonderen Charme. Klein und überschaubar. Angelegt wurde die Anlage als Park mit Bäumen und Pflanzen aus aller Welt. Darüber hinaus verfügte die Anlage über einen Seerosenteich und einen Papagei. Zusätzlicher positiver Vorzug des Platzes? Die Campinggebühr betrug pro Person und Übernachtung nur 40 Kronen.

Am Ende der Reise stand für mich fest, dass ich nicht nochmals einen Urlaub mit Richard machen würde. Denn ich ging davon aus, dass es sonst unserer Freundschaft schaden könnte. Außerdem kam ich zu der Erkenntnis, dass Camping nicht unbedingt mein Universum ist. Der Urlaub entsprach mehr dem Geschmack meines Kumpels. Er liebte es, sich Jachthäfen anzuschauen, was wir auch ausgiebig taten. Ich fand es nur bedingt interessant. Außerdem schauten wir uns einige Kirchen an, die sich stilistisch sehr ähnlich sahen und machten etwas Badeurlaub. Damit war bezüglich des Urlaubs alles gesagt, was mir erwähnenswert erschien.

Ende Juli 2003 schaute ich in meinem Briefkasten und entdeckte einen Umschlag. Sofort fokussierte ich dessen Absender. Es wurde mir bewusst, dass ich eine Antwort von Anwalt der Gegenseite bekam.

Hektisch öffnete ich das Couvert und holte aufgeregt den Brief heraus. Bevor ich das anwaltliche Dokument las, atmete ich einmal tief durch, um mich zu beruhigen. Danach las ich den Inhalt des Schreibens. Ein Gefühl der Erleichterung kam auf, da der Anwalt meinen neuen Vorschlag der Ratenzahlung akzeptierte. Natürlich gab es den Hinweis, dass ich die Rate erhöhen muss sobald ich wieder in Brot und Arbeit bin, was mir aber keine Kopfschmerzen bereitete.

„Vermutlich das übliche Geschreibsel in solchen Fällen", dachte ich, als ich den Brief zu Ende gelesen hatte.

Ich erreichte einen wichtigen Etappensieg und ging zufrieden zurück in die Wohnung.

Anfang August 2003 gab ich bei der Haspa meine letzte Überweisung in Höhe von 150 Euro an meinen Unfallgegner ab und zog einen Kontoauszug. Zu meinem Erstaunen musste ich feststellen, dass mein letztes Gehalt von der Firma nicht überwiesen wurde. Daraufhin ging ich zum Schalter, um nochmals überprüfen zu lassen, ob auch tatsächlich schon alle Zahlungen auf meinem Konto berücksichtigt wurden.

Ich zeigte den Bankangestellten meine EC-Karte und fragte: „Mein Name ist Krüger. Könnten Sie prüfen, ob mein Gehalt auf dem Konto ist. Auf meinen Kontoauszug ist es nicht drauf".

„Ich schaue mal nach", meinte der Bankangestellte freundlich und betrachte am PC meine Zahlungsvorgänge.

Nach einer kurzen Weile meinte der Mann am Schalter: „Leider ist das Gehalt noch nicht drauf".

Ich bedankte mich für die Auskunft und ging irritiert nach Hause.

Wieder in meiner Wohnung angelangt, rief ich sofort in der Firma an.

„Hier ist René. Mein letztes Gehalt ist nicht auf meinen Konto drauf", sprach ich hastig ins Telefon.

„Vermutlich ein Versehen", beruhigte mich Onkel Alfred, „in zwei Tagen hast du dein Geld".

Mit dieser Auskunft gab ich mich vorerst zufrieden und verabschiedete mich am Telefon. Ich hoffte, dass ich in meiner ohnehin schwierigen Lebenssituation nicht auch noch meinem letzten Gehalt hinterherlaufen muss. Immerhin wurde ich wegen schlechter Auftragslage entlassen. Daher könnte die Firma in Zahlungsschwierigkeiten sein. Ein beschissener Sachverhalt für mich. Onkel Alfred sagte mir bei meinen letzten Arbeitstag, dass ich die Firmenschlüssel behalten soll, da es nicht auszuschließen ist, dass ich doch als Aushilfe weitermachen kann. Darum versuchte ich, erstmal die Füße stillzuhalten. Zum Glück richtete ich vorsorglich ein Dispo in Höhe von 1.000 Euro ein, sodass mein Konto vorerst gedeckt blieb. Trotzdem wurde ich mir der Tatsache bewusst, dass ich nicht ewig geduldig sein konnte. Denn dieser Kreditbetrag wurde schnell durch meine Lebenshaltungskosten aufgezehrt, wenn nicht rechtzeitig wieder Geld aufs Konto kommt. Meine Nervenstärke wurde auf eine harte Probe gestellt.

Ein Tag später. Ich fasste nach dem Frühstück den Entschluss beim Hamburger Abendblatt anzurufen, um mich als Zeitungszusteller zu bewerben. Der zunehmende Vertrauensbruch zwischen meinen Onkel und mir hat mich in meiner Entscheidung bestärkt, diesen Schritt zu tun. Außerdem konnte ich nicht einschätzen, wann mein Onkel mich tatsächlich als Aushilfskraft anfordern wird. Und mein Arbeitslosengeld I betrug nur knapp 700 Euro. Dieser Betrag deckte gerade mal soeben meine fixen Kosten, und der Kühlschrank blieb leer. Also musste ich mir das Geld für meine Lebensmittel dazuverdienen, wenn ich nicht ergänzend Scheiße IV betragen will. Ich wollte unbedingt vermeiden, von zwei Behörden gleichzeitig abhängig zu sein. Dies hätte garantiert doppelten Ärger und Stress bedeutet. Ein Tatbestand, der mir Unbehagen bereitete. Also griff ich zum Telefonhörer und wählte die entsprechende Nummer.

„Hier Agentur Kraftmeier, Hamburger Abendblatt", hörte ich eine ältere Frauenstimme am anderen Ende der Leitung.

„Guten Morgen. Mein Name ist René Krüger. Ich wollte mich bei Ihnen als Zusteller bewerben", stellte ich mich kurz am Telefon vor.

„Und was machen Sie zurzeit beruflich", fragte mich die Frau.

„Ich bin seit ein paar Tagen arbeitslos und brauche einen Zuverdienst", antwortete ich bereitwillig.

„Wie viel dürfen Sie dazuverdienen", wollte meine Gesprächspartnerin wissen.

„165 Euro", erwiderte ich kurz und knapp.

„Momentan ist noch nichts frei. Rufen Sie nochmals Ende des Monats bei uns an", meinte die Frau am Schluss des Gespräches.

„Danke für die Auskunft. Ich werde mich wieder melden", verabschiedete ich mich und legte den Hörer wieder auf.

Das Telefonat verlief vielversprechend. Ich verfügte nun über eine Joboption. Zufrieden entspannte ich an der Alster und genoss das schöne Wetter.

Am nächsten Tag ging ich wieder zur Haspa, in der vollen Erwartung, dass sich wenigstens heute mein Gehalt auf dem Konto befindet. Jedoch kam beim Blick auf dem Kontostand ein Gefühl der Ernüchterung und Enttäuschung auf. Onkel Alfred brach erneut sein Wort. Mein Gehalt fehlte weiterhin und das Konto rutschte allmählich immer dramatischer ins Minus. Die Situation zwang mich dazu, wieder in der Firma anzurufen, was mich zunehmend nervte. Insgesamt ließ ich mich noch zweimal bezüglich meines Geldes von meinen Onkel vertrösten. Danach riss mein Geduldsfaden endgültig. Am 10.8.2003 fuhr ich morgens nach dem Frühstück mit der Bahn zur ÖRA, um rechtliche Schritte einzuleiten. Natürlich musste ich wieder eine lange Wartezeit in Kauf nehmen. Jedoch war es mir in diesem Moment scheißegal. Ich wollte einfach nur mein Recht. Vielleicht sogar Vergeltung. Denn ich fühlte mich durch das Verhalten meines Onkels wie ein Stück Scheiße. Und ich vertrat die Auffassung, dass ich diese Form der Behandlung nicht verdient habe. Die Firma sollte daher meinen vollen Zorn zu spüren bekommen.

Nach einer ca. zweistündigen Wartezeit rief mich endlich meine Rechtsberaterin auf. Ich folgte ihr in ein kleines Zimmer.

„Bitte nehmen Sie Platz Herr Krüger", bat mich die Frau höflich.

Ich nahm ihr gegenüber am Schreitisch Platz.

„Was kann ich für Sie tun", fragte sie mich darauf.

„Ich wurde wegen schlechter Auftragslage entlassen und bekam mein letztes Gehalt nicht. Mehrfach wurde ich von der Firma am Telefon vertröstet. Wie komme ich jetzt an mein Geld", schilderte ich kurz den Tatbestand.

„Sie haben die Möglichkeit der Firma eine terminierte Mahnung zu schicken. Die Frist beträgt üblicherweise eine Woche. Sollte das Geld nach Ablauf dieser Frist immer noch nicht auf dem Konto sein, dann können Sie das Arbeitsgericht einschalten. Dann folgt eine neue Fristsetzung von sieben Tagen. Sollte dieser Versuch ebenfalls ergebnislos bleiben, wird das Firmenkonto quasi eingefroren. Der Betrieb kann in so einen Fall seine Zulieferer nicht bezahlen, weil Sie als Arbeitnehmer ein Vorrecht auf das Geld haben.", erklärte mir die Rechtsberaterin.

Diese Strategie fand meine Zustimmung und ich erwiderte: „Genauso machen wir es".

Daraufhin verfasste die Rechtsberaterin handschriftlich die Mahnung, die ich an die Firma schicken konnte. Ich bedankte mich für die hilfreiche Unterstützung und verließ zufrieden mit dem Schreiben das Gebäude. Zuhause tippte ich den Brief auf meiner Schreibmaschine und schickte ihn per Einschreiben mit Rückschein ab.

Das Schreiben sah aus wie folgt:
René Krüger
Lohkoppelstraße 63
22083 Hamburg

Firma
A & M Krohn GmbH
Rothenhauschaussee 56

21029 Hamburg

Hamburg, d. 11.08.03

Gehalt für Juli 03

Sehr geehrter Herr Krohn,
leider habe ich bis zum heutigen Tag den mir zustehenden Lohn für den Juli 2003 in Höhe von Euro 1.104,60 netto immer noch nicht erhalten, obwohl Sie mehrfach telefonisch zugesagt hatten, mir den o.g. Betrag zu überweisen.

Hiermit fordere ich Sie auf, den Betrag in Höhe von Euro 1.104,60 bis spätestens zum 18.08.2003 auf das Ihnen bekannte Konto zu überweisen.

Sollte ich bis zum 18.08.2003 keinen Zahlungseingang feststellen können, sehe ich mich leider gezwungen, gerichtliche Schritte einzuleiten.

Mit freundlichem Gruß

René Krüger

Ein Tag später telefonierte ich vormittags mit meiner ehemaligen Kollegin Andrea.

Ich erzählte ihr: „Ich habe immer noch nicht mein letztes Gehalt erhalten, obwohl der Senior es mir mehrfach telefonisch zugesagt hatte. Daher sah ich mich gezwungen, eine terminierte Mahnung per Einschreiben zu schicken. Die Firma hat eine Woche Zeit mir das Geld zu überweisen. Ansonsten werde ich gerichtliche Schritte einleiten, um mein Recht einzufordern. In Notfall kann sogar das Geschäftskonto vorläufig eingefroren werden, was die vorübergehende Zahlungsunfähigkeit der Firma bedeuten kann".

„Willst du dir es nicht noch einmal überlegen. Ich kann den Postboten abfangen und das Schreiben verschwinden lassen", meinte Andrea nach meiner Offenlegung der Fakten.

„Warum sollte ich es tun? Das Geld steht mir zu", widersprach ich.

„Du wirst den Senior verärgern und verspielst deine letzte Chance, in der Firma als Aushilfe weiter beschäftigt zu werden", argumentierte meine Ex-Kollegin.

„Mittlerweile gehe ich ohnehin nicht mehr davon aus, dass es für mich eine Fortsetzung in der Firma geben wird. Also kann ich mit meiner Aktion nur gewinnen", konterte ich entschlossen.

„Warum gehst du davon aus, dass du in Betrieb nicht weitermachen wirst", wollte sie wissen.

„Die Situation der Firma ist vermutlich sogar noch kritischer, als ich zuvor angenommen hatte. Sonst müsste ich nicht hinter meinem Geld herlaufen. Und das ständige Ja/Nein des Chefs bezüglich der Weiterbeschäftigung als Aushilfe stimmt mich offengesagt nicht unbedingt zuversichtlich", gab ich ihr am Telefon zu verstehen.

„Ich muss das Telefonat beenden. Dein Onkel kommt gerade", sagte meine Gesprächspartnerin leicht unruhig.

Ich verabschiedete mich und der Dialog fand sein überraschendes Ende. Hier konnte ich mir nicht sicher sein, ob es sich um eine Ausrede handelte, um das Gespräch kurzfristig beenden zu können. Denn ich gewann den Eindruck, dass ihr meine Worte unangenehm waren. Ich entdeckte sogar eine gewisse Furcht in ihrer Stimme. Nachträglich sah ich es als Fehler, sie über den Stand der Dinge zu informieren. Informiert sie jetzt meinen Onkel? Damit musste ich zumindest rechnen. Wieso machte ich es überhaupt? Keine Ahnung. Irgendein Teufel wird mich wohl in diesem Moment geritten haben. Ich musste die Ruhe bewahren. Ändern konnte ich es sowieso nicht mehr.

Zwei Tage später ging ich zur Sparkasse, um einen Kontoauszug zu ziehen. Ich musste unbedingt wissen, ob bisher alle Abbuchungen klappten. In diesem Zusammenhang besonders wichtig: die Miete und die Schuldenrate. Zu meinem Erstaunen stellte ich fest, dass die Firma mir genau 50 % meines Gehaltes überwiesen hat, obwohl sich der Rückschein für meine Mahnung noch nicht im Briefkasten befand. Ein Schachzug, um mich von gerichtlichen Schritten abzuhalten? Sehr wahrscheinlich. Deshalb rief ich erneut in der Firma an. Wieder bekam ich Andrea am Apparat.

„Hier ist René. Die Firma überwies mir nur die Hälfte meines Lohnes. Wann kommt der Rest", kam ich schnell zum Thema.

„Ich denke, dass die Firma dir gegenüber mit dieser Zahlung einen guten Willen zeigte. Somit sind gerichtliche Schritte hinfällig", erwiderte meine Ex-Kollegin, ohne tatsächlich die Frage zu beantworten.

Indirekt bestätigte sie, dass sie den Firmenclan informierte. Vermutlich bekam sie Angst wegen ihres Jobs. Ich konnte mir sehr gut vorstellen, dass dieser Schachzug ihrem Gehirn entsprang. Sie verfügte über eine gewisse Bauernschläue, die niemand unterschätzen sollte.

„Ich werde noch einige Tage warten, was passiert und entscheiden, was ich mache", entgegnete ich ihr äußerlich unbeeindruckt.

„Also soll ich das Schreiben an die Firma nicht verschwinden lassen", hakte Andrea nach.

„Nein", antwortete ich kurz und knapp, da ich unbeirrt meinen Weg beibehalten wollte.

Danach beendeten wir das Gespräch. Für mich blieb es wichtig, klare Verhältnisse zu schaffen. Und dieses Ziel erreichte ich zweifelsfrei.

Einige Tage setzte sich der Nervenkrieg fort, der für mich zu einer hohen emotionalen Belastungsprobe wurde. Ich kam mir fast schon wie ein Bittsteller vor, der sein zustehendes Recht einfordert, was ich als ziemlich entwürdigend empfand. Jedoch ich wollte mit erhobenem Haupt dieses Kapitel schließen. Daher schien es mir wichtig zu sein, nicht klein beizugeben. Zu häufig musste ich schon in meinem Leben eine schwerverdauliche Kost schlucken. Dazu fehlte mir nun die Bereitschaft. Zusätzlich reifte in mir der Wunsch, jobtechnisch andere Wege zu gehen. Eine langfristige Jobgarantie hätte ich selbst als Aushilfe bei Onkel Alfred nicht. Darüber hinaus ging ich davon aus, dass ich ständig meinem Geld hinterherlaufen müsste. Diese Unsicherheiten hielt ich nicht mehr für eine gute Basis. Im Hinterkopf behielt ich die Idee mit dem Zeitungsjob. Diese Option beruhigte zumindest teilweise meine schwachen Nerven. Die Zitterpartie ging an meine psychische Substanz. Schlafstörungen, Stimmungsschwankungen und innere Unruhe kamen auf. Kurz vor Ablauf der Frist entdeckte ich den Restbetrag meines Lohnes auf meinen Kontoauszug. Somit konnte ich endlich aufatmen. Meine Hartnäckigkeit zahlte sich aus. Irgendwie empfand ich sogar etwas Stolz. Übrigens fand ich am selben Tag den Rückschein für meine Mahnung im Briefkasten, was allerdings keine Rolle mehr spielte. Hauptsache das Geld befand sich auf mein Konto. Alles andere im Zusammenhang mit meinen alten Arbeitgeber wurde fortan bedeutungslos.

Durch zwei weitere Telefonate fühlte ich mich zusätzlich bestärkt, der Firma A & M Krohn GmbH den ausgestreckten Mittelfinger zu zeigen.

Laut Aussage meiner Ex-Kollegin soll Onkel Alfred beim Anblick der Mahnung gesagt haben: „Was fällt René ein, mir eine Mahnung zu schicken? Er hat doch genug Rücklagen, um finanziell zu überbrücken. Eine Unverschämtheit. Jetzt braucht er nicht damit rechnen, dass wir ihn helfen".

Gegenüber Richard äußerte mein Ex-Chef: „Wer mir eine Mahnung schicken kann, braucht unsere Hilfe nicht mehr. Seinen Aushilfsjob kann er endgültig vergessen".

Laut Auskunft meiner beiden Gesprächspartner am Telefon soll mein Onkel stark in Rage gewesen sein. Darüber hinaus fühlte er sich mit seinen Verhalten mir gegenüber in Recht. Ich empfand es als eine Genugtuung, dass ich einen wunden Punkt bei ihm traf, weil mir seine Haltung, die ich damals sogar als asozial einstufte, nicht gefiel und daher meine Konsequenzen daraus zog. Für mich verkörperte er fortan eine menschliche Enttäuschung. Ich wollte nie wieder etwas mit ihm zu tun haben. Der Schmerz saß einfach zu tief. Ich vertrat die Auffassung, dass ich es nicht verdient habe, so schäbig behandelt zu werden.

Zwar meinte Christina am Telefon: „Ich denke, es muss nur etwas Gras darüber wachsen. Dann werden sie dich wieder als Aushilfe anfordern, weil sie keine Alternative haben. Und du hättest eine Arbeit, die deiner Qualifikation entspricht".

Zweifelsfrei ein gutgemeinter Rat meiner Schwester. Trotzdem wurde der Abnabelungsprozess unausweichlich. Dabei hielt ich es für sinnvoll, dass ich mir für die Beschreitung meines neuen Weges einen Psychiater als Unterstützung hole. Den entscheidenden Tipp bekam ich von Hilde Schrader. Sie empfahl mir Patrick Ehrlicher in der Hamburger Straße. Dort befand sie sich selbst in Behandlung. Demnächst wollte ich mich auch mit Richards Kumpel wegen den Kauf des Computers in Verbindung setzen. Genauso hielt es für wichtig den Kontakt zu Rita Laurenz zu halten, weil ich mir von ihr für die erste Buchveröffentlichung eine entscheidende Hilfestellung versprach. Schließlich verfügte ich zu diesem Zeitpunkt über keinerlei Erfahrung auf diesem Gebiet. Außerdem fasste ich den Entschluss, den Malerbedarfsladen in Eppendorf aufzusuchen, um dort eine Ausstellung machen zu können. Mit meinen Unfallgegner vereinbarte ich kleinere Raten, um materiell mehr Luft zu haben. Und der geplante Zeitungsjob sollte mir die finanzielle Unabhängigkeit von meinen Onkel verschaffen. Allerdings musste ich auf das zweite Arbeitszeugnis verzichten, weil sich die Ereignisse überschlugen, was ich aber nicht als dramatisch einstufte. Mein Leben ging ohnehin in eine andere Richtung.

„Trotz meiner Ängste schmiede ich Zukunftspläne", stellte ich mit großer Zufriedenheit fest.

Ein gutes Zeichen? Möglich. Allerdings schaute ich in eine ungewisse Zukunft, die mir Unbehagen bereitete.

Vielleicht musste ich die Arbeitslosigkeit auch als ein Antriebsmotor sehen, um meine Wünsche und Sehnsüchte zu verwirklichen. Zumindest versuchte ich es jetzt auch das Positive in meiner schlechten Ausgangslage zu sehen. Irgendwoher musste für die Bewältigung meines neuen Lebensabschnittes meine Kraft und Motivation schöpfen. Das Leben wurde hierbei zu einen Abenteuer mit großen Herausforderungen. Ständig in Begriff mein Ich emotional durcheinanderzuwirbeln. Vieles blieb starken Turbulenzen ausgesetzt. Die Gefahr des Scheiterns konnte ich keineswegs ignorieren. Dadurch entstand eine unkalkulierbare Spannung. Was wird als nächstes passieren? Kann ich meine Zukunft meistern? Ich versuchte auf meine Fähigkeiten zu vertrauen. Eine andere Alternative gab es nicht mehr.

„Endlich geschafft", dachte ich, als ich den PC wieder heruntergefahren hatte.

Mein Buchprojekt betrachtete ich nun als beendet. Ein Gefühl des Stolzes kam bei dieser Tatsache bei mir zum Vorschein. Während des schöpferischen Prozesses drehte sich das Karussell der Gefühle mit rasender Geschwindigkeit, die ich zugegebenermaßen nicht immer kontrollieren konnte. Manchmal befand ich mich in einem Zustand am Rande der Überforderung. Teilweise musste mich überwinden, überhaupt weiterzumachen, obwohl einige schmerzliche Erinnerungen aus meiner Vergangenheit heftig und intensiv an meiner seelischen Substanz nagten.

„Was bleibt jetzt noch von mir übrig", fragte ich mich daher nach getaner Arbeit.

Eine Frage, die ich mir vorerst nicht beantworten konnte. Ich fasste den Entschluss mit einen Glas Rum-Cola auf dem Balkon zu entspannen, weil draußen die Sonne schien. Darüber hinaus gelangte ich zu der Überzeugung, dass ich es verdient habe, es mir gutgehen zu lassen. Schließlich schrieb ich in einen relativ kurzen Zeitraum einen zweiteiligen Roman. Ein enormer Kraftakt. Außerdem wurde mir bewusst, dass mir demnächst Stress mit meiner Chefin bevorstehen wird, weil ich mich trotz mehrfacher telefonischer Aufforderungen nicht in der Agentur meldete. Sie wird einen Vorwand suchen, mich klein zu machen. Solche Hinrichtungsrituale gehören zur typischen Firmenphilosophie für diese Art von Jobs. Einige dieser Machtspiele erlebte ich bereits live. Teilweise musste ich einige sogar am eigenen Leib erfahren. Jeder Zusteller wird in solchen Momenten bezüglich seiner menschlichen Würde demontiert. Vermutlich ist sich meine Vorgesetzte nicht bewusst, dass es die Menschenrechte gibt oder es ist ihr einfach schlichtweg scheißegal. Dies werde ich wahrscheinlich nie ergründen. Letztlich spielt dies ohnehin keine Rolle. Wichtig blieb in diesem Zusammenhang, dass ich am ersten Tag genügend Rückgrat beweise. Zum Glück blieben mir noch einige Urlaubstage Zeit, mich auf diese schwierige Situation einzustellen. Mit dieser Gewissheit schloss ich meine Augen und genoss das schöne Wetter. Fast gewann ich den Eindruck, dass alles gutgehen wird. Darauf versuchte ich zu vertrauen.

6. Kapitel

Als um 3.15 Uhr nachts der Wecker klingelte, wurde mir schlagartig die Bedeutung des Wortes Morgengrauen schmerzlich bewusst. Diesbezüglich kannte das Weckgeräusch keine Gnade. Die Tretmühle meines trostlosen Alltags hatte mich zweifelsfrei wieder. Mühsam quälte ich mich aus dem Bett meines Schlafzimmers. Der Zwang der finanziellen Notwendigkeit sorgte am Ende dafür, dass ich es schaffte, aufzustehen. Im Halbschlaf bewegte ich mich mit schweren Schritten ins Badezimmer und entleerte traditionell, wie immer nach dem Aufstehen, meine Blase. Hingegen mein Darm verspürte zu dieser frühen Stunde kein Bedürfnis, sich gewisser Dinge befreiend zu entledigen. Für diese Scheiße fehlte mir ohnehin die Zeit, da ich die Auseinandersetzung mit meiner Chefin schnell hinter mich bringen wollte. Ich reinigte mir die Hände und spritzte mir etwas Wasser ins Gesicht, in der Hoffnung munter zu werden. Erfolgslos, wie ich feststellen musste. Trotzdem zwang ich mich in meine Klamotten und ging in die Küche, um mir eine Schüssel Müsli zuzubereiten. Im Wohnzimmer schaufelte ich mir müde den Inhalt des Behältnisses in meinen Magen. Anschließend musste ich mich auf dem Weg zur Arbeit begeben. Ein schwieriger Gang nach Canossa stand mir unmittelbar bevor. Zumindest entsprach es meinen Empfinden. Es wurde mir bewusst, dass ich unbedingt bei meiner Story bleiben muss, nämlich dass ich meinen Urlaub an der Ostsee verbrachte und mich deshalb telefonisch niemand erreichen konnte. Aus meiner Sicht, die einzige Möglichkeit, das Tribunal halbwegs heil zu überstehen.

„Schlimm genug, dass ich überhaupt lügen muss", schoss mir gedanklich durch den Kopf.

Denn arbeitsrechtlich stand mir der Urlaub zu. Kein Zusteller muss normalerweise meines Erachtens sein Urlaub kurzfristig abbrechen. Und ich sah mich nicht als Leibeigner des Verlags. Jedoch die einschüchternden Methoden der Agentur versetzten mich in die Misere, Lügen zu müssen. Außerdem wollte ich es mir zugegebenermaßen auch mal einfach machen. Mit der Gewissheit, dass mir die Agentur Kraftmeier nicht das Gegenteil beweisen kann, versuchte ich die innere Ruhe zu bewahren. Ich atmete einmal kurz tief durch, bevor ich meine Haustür hinter mir schloss. Weiterhin mit schweren Schritten verließ ich das Treppenhaus. Draußen dunkelte es. Keine Menschenseele konnte ich auf meinen Weg zur Arbeit entdecken. Es herrschte eine fast beunruhigende Stille. Vereinzelnd hörte ich nur das Motorengeräusch eines Autos im Hintergrund. Darüber hinaus fror ich, obwohl ich eine warme Jacke trug. Ein eiskalter Schauer lief mir über den Rücken. Ich bekam regelrecht eine Gänsehaut. Lag es an den Außentemperaturen oder an meiner nervlichen Anspannung? In meiner Aufregung konnte ich es nicht wirklich einschätzen. Ich dachte auch nicht weiter vertiefend darüber nach. Es änderte ohnehin nichts meiner bevorstehenden Auseinandersetzung. Zu allem Überfluss entdeckte ich ein Tretminenfeld aus Hundekot.

„Ekelhaft, aber irgendwie passend", dachte bei dem eher unappetitlichen Anblick.

Mit Mühe und Not schaffte ich es, dem Gefahrenherd zu entgehen. In die Scheiße zu treten, hätte womöglich sonst ein Symbolcharakter bekommen, wer weiß. Ich brauchte ungefähr 15 Minuten bis zur Vertriebsstelle des Hamburger Abendblattes. Einige Kollegen kamen mir bereits mit den Zeitungskarren entgegen. Dabei konnte ich es nicht verstehen, dass sie verhältnismäßig munter wirkten. Denn ich kämpfte immer noch mit meiner Müdigkeit.

„Hoffentlich rächt sich meine Erschöpfung nicht", dachte ich, als ich noch ca. 50 Meter von meinem bevorstehenden Duell mit meiner Vorgesetzten entfernt war.

Es wurde mir überfallartig bewusst, dass ich gleich hellwach sein musste, um den verbalen Attacken gewachsen zu sein. Vermutlich muss ich sogar damit rechnen, dass die Mutter meiner Chefin ebenfalls ihrem Senf dazugibt. Und diese alte Gewitterhexe spritzte meist verbal noch mehr Gift wie die Tochter. Ein widerliches Geschöpf, das einfach unfähig blieb, zu sterben. Irgendwie schien sie unsterblich zu sein. Trotz ihres hohen Alters steht die Frau nachts auf, um die Zusteller zu tyrannisieren. Eine Lebensaufgabe? Durchaus möglich. Nun musste ich mich den beiden ehrenwerten Damen stellen. Es gab kein Zurück mehr.

„Guten Morgen", sagte ich, als ich die Vertriebsstelle betrat.

„Ach, mit Ihnen haben wir gar nicht mehr gerechnet Herr Krüger", kommentierte meine Chefin in einen scharfen Unterton.

„Ehrlich gesagt gingen wir wegen Ihrer Unzuverlässigkeit sogar davon aus, dass Sie nicht mehr wiederkommen", versuchte die Mutter die Tochter in der Gehässigkeit zu übertreffen.

„Warum sollte ich nicht kommen? Mein Urlaub ist doch zu Ende. Nun beginnt ganz normal mein Arbeitsalltag", konterte ich äußerlich unbeeindruckt, obwohl ich eine nervliche Anspannung fühlte.

Bewusst äußerte ich mich nicht zur erwähnten Unzuverlässigkeit. In diese Falle tappte ich zum Glück nicht, weil ich ihr böses Spiel durchschaute. Die zwei Frauen versuchten offensichtlich einen wunden Punkt bei mir zu finden.

„Es ist eine Frechheit, dass Sie sich in der Agentur nicht meldeten, obwohl wir Sie mehrfach um Rückruf baten", wurde meine Chefin laut.

„Oder sind Sie einfach nur unfähig zu telefonieren", stichelte darauf die Alte.

„Sorry, ich wusste nicht, dass ich Bereitschaftsdienst hatte", blieb ich cool.

„Eigentlich müsste ich Sie für diese Äußerung rausschmeißen", verlor die Seniorchefin allmählich die Fassung.

„Sie ziehen es in Betracht mich zu kündigen, nur weil in meinen Urlaub verreist bin", erboste ich mich.

„Sie waren verreist", hakte die Junge nach.

„Ja, ich war mit Freunden an der Ostsee", log ich

„Sie lügen Herr Krüger", giftete die alte Zicke.

Sie ahnte etwas, aber konnte mir nichts beweisen. In diesem Augenblick musste ich einfach nur die Ruhe bewahren. Sonst wäre meine Strategie womöglich gescheitert.

„Ich habe es nicht nötig zu lügen Frau Kraftmeier", präsentierte ich mich daher weiter gelassen.

„Sie haben uns aber nicht darüber informiert, dass Sie verreisen wollen", meinte die junge Chefin.

„Es war auch eine spontane Reise", entgegnete ich ihr gut vorbereitet.

„Dann gehen Sie jetzt an Ihre Arbeit, damit Sie rechtzeitig fertig werden", äußerte die Gewitterhexe entnervt.

„Natürlich", sagte ich zum Abschluss und holte meine Tourenliste und das Schlüsselbund aus meinem Fach heraus.

Ich aktualisierte die Tourenliste mit den Zu- und Abgängen der Zeitungen. Anschließend kontrollierte ich, ob die Stückzahlen der Revolverblätter tatsächlich stimmten. Alles in Ordnung. Ich packte die Exemplare in die Karre und startete zufrieden meine Tour. Ein Gefühl des Stolzes kam in mir hoch, da ich mich gut gegen das Duo des Morgengrauens behauptet habe. Es gelang mir, meine menschliche Würde zu bewahren, was meines Erachtens eine absolute Herausforderung darstellte. Zwar schöpften die Frauen Verdacht, dass ich mich doch nicht an der Ostsee befand, aber konnten es letztlich nicht beweisen. Und ich ließ mich von den verbalen Attacken der Giftspritzen nicht aus der Ruhe bringen. Meine Strategie ging daher zu 100 % auf. Außerdem werde ich demnächst mein Manuskript an sämtliche Verlage schicken, in der Hoffnung Erfolg zu haben. Diesbezüglich spürte ich eine große Zuversicht, die mir Auftrieb für den Tag gab. Dabei warf ich einen positiven Blick in die Zukunft.

E N D E ?

Klappentext

Die Gefühle des ambitionierten Künstlers René Krüger gerieten in immer stärkere Turbulenzen. Die inneren Kämpfe vor der Leinwand rückten dabei genauso in den Blickpunkt wie die sexuellen Ausschweifungen im Rotlichtmilieu von St. Georg.
Bei dieser emotionalen Rückschau wurde zweifelsfrei viel von René abverlangt. Kann er tatsächlich sein ehrgeiziges Buchprojekt bewältigen? Eine Reise ins Ungewisse findet seine Fortsetzung.

Auch erhältlich

Thomas Sichelschmied
Marsdämmerung

2087, der Kontakt zur Relaisstation MZ-4 auf Phobos, dem größeren der beiden Marsmonde, ist abgebrochen. Alle Versuche, die
Probleme von der Erde aus zu beheben, schlagen fehl. Ein Schiff
mit Technikern an Bord wird entsandt. Unter ihnen befindet sich
auch Simon Hauser, ein Wartungsarbeiter für Ibu-Profatoren.
Wobei Profatoren nur wenig mit solaren Sendeanlagen gemein
haben und er sich schon fragt, weshalb man gerade ihn für diesen
Auftrag ausgewählt hat.

Angekommen auf MZ-4, finden sie die Station verlassen vor. Gra-
vitation und Sauerstoff sind noch intakt. Auf den Gängen ver-
streut, liegen bizarre fleischliche Gebilde und lange Schlieren, wie
von Raubtierkrallen gezogen, verlaufen im Stahlkomposit der
Wände. Was auch auf MZ-4 geschehen sein mag, es ist nicht gut
ausgegangen.
Doch erst als die Veränderungen beginnen, erkennen Hauser und
seine Kollegen, in welchen Albtraum sie tatsächlich geraten sind.

Marsdämmerung – eine Hommage an die blumigen 3-D-Spiele
der 90er-Jahre